Charlotte Otter

Balthasars Vermächtnis

Deutsch von B. Szelinski und Else Laudan

Ariadne Krimi 1214
Argument Verlag

Ariadne Kriminalromane
Herausgegeben von Else Laudan
www.ariadnekrimis.de

Originaltitel: Balthasar's Gift

Weltweite Erstausgabe

Glashüttenstraße 28, 20357 Hamburg
Telefon 040/4018000 – Fax 040/40180020
www.argument.de
Umschlag: Martin Grundmann, Hamburg
Lektorat und Satz: Iris Konopik
Druck und Bindung: CPI Moravia Books, Pohorelice
Printed in Czech Republic
ISBN 978-3-86754-214-2
Erste Auflage 2013

Elise Cooper und Tony Shelembe
für ihre Leidenschaft

1

Dienstag, 7 Uhr früh

Sonnenlicht glitzerte auf der Klinge. Es hätte auch eine Armbanduhr sein können oder das Display eines Handys, die blinkende Schnalle eines Gürtels, aber es war ein Messer. Sie erkannte es an der verstohlenen Bewegung, mit der er das gezackte grinsende Ding aus seiner Jeanstasche zog und der Frau an die Rippen drückte. Sein Komplize plünderte ihre Einnahmen, schaufelte Münzen in eine Plastiktüte. Die Frau hielt den Kopf verschämt gesenkt, als sei das Schlimmste die Schande, in aller Öffentlichkeit ausgeraubt zu werden. Ihre Beine drohten zitternd nachzugeben. Nur die Grimasse des Messers hielt sie aufrecht.

Im frühmorgendlichen Berufsverkehr konnten die ihr das Messer in den Leib rammen, ohne dass es jemand mitbekam. Man würde ihren hingestreckten, blutenden Körper erst entdecken, wenn die Menschenmassen sich in ihre Büros, Fabriken, Läden und Schnellrestaurants verfügt und dort ihre Arbeitsgesichter, Uniformen und Namensschilder angelegt hatten. Maggie sah das Ganze von der Straße aus mit an, wo sie zwischen verkeilten Vorstadtlimousinen und Minibustaxis im Chaos des Stoßverkehrs festsaß. »Haltet sie auf!«, brüllte sie, doch die Polsterung ihres Helms verschluckte die Worte. Niemand hörte sie.

Der Messermann verpasste dem Stand der Straßenhändlerin einen Tritt, und ihre Waren – eine bunte Mischung aus Äpfeln, Orangen und Basecaps mit dem Logo der hiesigen Footballmannschaft – kullerten über den Boden. Sein Kumpan schubste die Frau, sie taumelte, fiel hin, und ihr Kopf traf das Pflaster mit einem scheußlichen Knack, das Maggie durch ihren Helm und über den Lärm der Motoren hinweg zu hören glaubte.

Ihr Schrei gellte in Maggies Ohren.

Die Ampel sprang auf Grün, und Maggie riss den Gaszug auf. Es roch scharf nach Benzin. Sie verfolgte die auf und nieder wippenden Köpfe der Diebe in der Menschenflut auf dem Bürgersteig. Sah, wie sich das rote und das gelbe T-Shirt durch die Menge schlängelten, Blicke gesenkt, nicht rennend, aber mit schnellem Schritt. Zielstrebig hielten die beiden auf den nahen Taxistand zu, wo sie der Innenstadt und der Gefahr des Entdecktwerdens entrinnen konnten. Maggie blieb auf gleicher Höhe mit ihnen, der Motor ihrer Yamaha knurrte tief.

Sie querten die Longmarket Street, Maggies Weg zur Arbeit. Eigentlich sollte sie hier rechts abbiegen, noch ein Stück fahren, ihr Bike parken und sich im Büro an ihr Tagwerk begeben, aber eine süße Mischung aus Benzindunst, Adrenalin und Grimm über den großspurigen Auftritt der Diebe trieb sie weiter hinter ihnen her. Sie gab wieder Gas, und der eine Kerl wandte sich um. Stumm blickte er ihr direkt in die Augen. Sie funkelte ihn drohend an. Er packte den anderen Mann am Arm und zog. Sie rannten los. Maggie peitschte ihre Maschine hoch.

Die Männer rempelten Fußgänger an, wichen aus, hasteten im Zickzack weiter. Sahen sich über die Schulter nach dem Motorrad um, schwenkten an der nächsten Ecke scharf nach rechts. Die Ampel stand auf Grün, und sie folgte ihnen. Hier waren weniger Leute unterwegs, die Männer rannten schneller. Sie würde sie verlieren. Gleich kamen die Querstraßen, die zu den Gassen der Innenstadt führten. In diesem Gewirr konnten sie abtauchen und endgültig verschwinden.

Sie schaltete runter, die Maschine brüllte auf, doch der Abstand zwischen ihr und den Männern vergrößerte sich weiter. Sie entkamen ihr.

Es gab nur eine Möglichkeit. Sie hielt auf den Bordstein zu und riss den Lenker hoch. Auf dem Gehweg kam sie schneller voran. Ein Mann im Anzug mit Handy am Ohr japste entgeistert und presste sich schleunigst an ein Schaufenster. Jetzt holte sie auf. Schon sah sie die Armmuskeln der beiden Kerle pumpen, hörte ihr Keuchen. Eine Frau, die gerade ihren Wagen geparkt hatte, schrie auf und warf hastig die Autotür zu. Im Rückspiegel sah Maggie kurz das dunkle O ihres Mundes.

Das Motorrad berührte beinahe schon die Fersen. Die T-Shirts waren dunkel von Schweiß.

»Halt!«, schrie sie. Keine Reaktion.

Vor ihr lag die Auffahrt zu einem Parkhaus. Die beiden drehten ab und sprinteten hinein. Maggie hinterher, doch da trennten sich die Männer. Einer rannte zurück auf die Straße. Der andere – gelbes Shirt, der Messermann – kletterte hastig die Holzstreben hoch, die auf die Überdachung des seitlich offenen Carports führten. Schon zog er sich aufs Dach.

Maggie drehte den Motor ab, zerrte die Maschine auf ihren Ständer und setzte ihm nach.

Die Hände schmierig vom Dachpappenteer, kämpfte sie um Halt, um sich aufs Dach zu wuchten, dann gelang es ihr, ein Knie über die Kante zu schieben. Sie hakte die Finger hinter ein paar Blechschindeln, die schon in der Morgensonne glühten, und zog sich vollends hoch. Das Dach bebte unter den Schritten des Mannes, als er über die Längsseite des Carports rannte. Maggie stürmte hinterher, in ihren Ohren donnerte das Blut.

Er erreichte das Ende des Dachs, schwang sich über die Begrenzungsmauer. Sie hörte ein Ächzen, als er unten aufkam. Dann stand sie an der Kante, sah die Betonfläche zwei Meter tiefer. Der Mann rappelte sich hoch und kam auf die Füße, aber er hinkte. Er hatte sich verletzt.

Sie kniete sich hin, drehte sich um, hielt sich mit beiden Händen fest und ließ sich bäuchlings an der rauen Mauer hinabgleiten. Spürte den Stoß in den Knöcheln, als sie unten landete, wirbelte herum und sah den Mann um die nächste Ecke humpeln. Schon fast in Reichweite.

Sie sprintete über den leeren Hof, schoss hinter ihm her um die Ecke.

Das Messer grinste sie an.

»Lass mich in Ruhe«, keuchte er, die Finger um den Griff geklammert. »Ich hab das Geld nicht.«

Maggie fühlte, wie ihr eine kalte Schweißperle zwischen den Schultern hinabrann. Sie streckte eine Hand aus. »Gib mir das Messer.«

Mit der anderen Hand griff sie in ihre Hosentasche. Sie hatte Mathonsi im Kurzwahlspeicher.

Schmerz peitschte über ihre offene Handfläche, eine Linie aus Blut durchkreuzte das Wort, das dort eintätowiert war. Die vier Buchstaben verschwammen, wurden unleserlich. Sie schaute hoch und sah seine Zähne aufblitzen, bevor er herumfuhr und wieder loslief. Roter Dunst schien sich um ihre Schläfen zu bilden, nackte Wut vernebelte ihr den Blick. So kam er ihr nicht davon.

Sie spurtete hinterher, packte seine Arme und sprang ihn an, ohne auf den stechenden Schmerz in ihrer Hand zu achten. Unter ihrem Gewicht gab sein angeknackster Knöchel nach, er ging zu Boden. Maggie spürte die steinharten Muskeln in seinen Armen, als sie verbissen rangen. Er strampelte wild mit den Beinen, sie zog den Fuß zurück und trat kräftig gegen seinen verletzten Knöchel. Er schrie auf. Als er reflexhaft seinen Fuß umklammerte, griff sie rasch zu, zog das Messer aus seiner Jeanstasche. Zielte mit seiner eigenen Klinge auf ihn, rappelte sich auf, zückte ihr Handy und wollte Mathonsis Nummer drücken.

Stattdessen klingelte das Handy. Ihr Boss war dran.

»Das passt gerade ganz schlecht«, sagte sie. Zu ihren Füßen manövrierte sich der Dieb in eine sitzende Haltung. Maggie setzte ihm das Messer unters Kinn, und er fuhr zusammen. In seinem Blick lag ein stumpfes Schillern der Verzweiflung. Er machte Anstalten, von ihr weg zu kriechen. Sie stellte einen Fuß auf seine ausgestreckte Hand – nein, er würde ihr nicht entwischen. Dafür sorgten ihre stahlkappenbewehrten Docs.

»So ist es immer«, versetzte Zacharius Patel ungerührt. »Es hat eine Schießerei gegeben. Vermutlich Mord. Mach, dass du zum HIV-Haus kommst. Ed ist schon auf dem Weg.«

»Geht klar«, sagte sie. Mord war brisanter als ein messerschwingender Dieb. »Muss hier nur noch schnell was abfertigen.«

»Mach keinen Quatsch, Cloete«, sagte Patel. »Gib Gas und versuch vor den Cops da zu sein. Wenn sie erst den Tatort abgesperrt haben, ist die Story im Koma.«

Sie verzog das Gesicht und drückte den Anruf weg. Ihr brauchte kein Zacharius Patel zu erzählen, wie sie ihren Job zu machen hatte.

Ohne den Schmerz zu beachten, packte sie mit der Rechten das knochige Handgelenk des Mannes und zog mit der Linken schnell den Schnürsenkel aus einem ihrer Docs. Zerrte den Kerl auf die Füße, schubste ihn zu einem Laternenpfahl und band ihm die Hände hinter dem Pfahl zusammen. Dann rief sie Mathonsi an.

»Ich hab hier ein Geschenk für euch«, erklärte sie der Polizistin. »Carbineer Street, gleich hinterm Parkhaus Prince Alfred.«

Zurück beim Bike, ruckte sie es vom Ständer und setzte den Helm auf. Keine Zeit, die blutende Hand zu säubern oder zu versorgen. Sie musste zum HIV-Haus, und zwar schnell.

Eine Fahrt von acht Blocks im dicksten Berufsverkehr. Als sie den Blinker setzte, um auf die Hauptstraße einzubiegen, klemmte sich wild hupend ein Minibustaxi vor ihre Nase, aus den offenen Fenstern dröhnte Kwaito, drinnen drängten sich fünf Fahrgäste pro Sitz. Sie stieß einen lautlosen Fluch aus, der Fahrer warf ihr ein lässiges Peacezeichen zu. Die Taxis beherrschten die Straßen, und wer anders darüber dachte, riskierte einen Stoß in die Seite. Das konnte sie sich gerade nicht leisten. Die Arbeit rief.

Dann sprang die Ampel um, und Horden von Fußgängern schwärmten über die Straße. Sie fluchte erneut. Sobald der Weg frei von menschlichen Hindernissen war, trieb sie die Maschine hoch, bis die Häuser und Läden links und rechts zu Streifen verschwammen.

Als sie rechts einbog, sah sie die dicht gedrängte Menschenmenge vor dem Sitz der hiesigen Aidshilfe-Mission, den Einheimischen als HIV-Haus bekannt. Ein finster dreinblickender Polizist bewachte das Tor in dem stacheldrahtbewehrten Zaun.

Sie kam zu spät. Patel würde fuchsteufelswild sein. Jagd auf Straßenräuber stand eindeutig nicht in ihrer Stellenbeschreibung.

Sie eilte auf die schweigende Menge zu, suchte Ed. Schnell machte ihr geübter Blick seine blonden Haare und breiten Schultern ausfindig.

»Hi«, sagte sie. »Bin gekommen, so schnell ich konnte.«

»Nicht schnell genug«, erwiderte der Fotograf, die Kamera ans Gesicht gepresst. Ed hatte ein Händchen für Bilder, nicht für Worte.

Aus dem Inneren des Gebäudes ertönte Wehklagen. Jemand lag auf der *Stoep*, blutüberströmt. Ein Notarztteam versuchte offenbar gerade, die Person zu reanimieren, aber es sah nicht aus, als ob sie Erfolg hätten.

Mit gezücktem Notizbuch wandte sich Maggie an einen Mann mittleren Alters, der neben ihr stand. Er war klein und rundlich und hielt sich beide Hände vor den Mund, die Augen weit aufgerissen.

»Ich bin von der *Gazette*. Haben Sie gesehen, was passiert ist?«

»Hau, Miss«, sagte er. »Ich hab in meinem Laden die Schüsse gehört. Bin hergerannt und sah ihn da liegen.«

»Allein?«

»Nein, die Chefin vom HIV-Haus …«

»Lindiwe Dlamini.« Das Oberhaupt der Aidshilfe-Mission war wohlbekannt für ihre Ansichten zur Politik um HIV und AIDS. Sie erzählte jedem, der zuhörte, dass die Regierung bei weitem nicht genug tat, um die Epidemie in den Griff zu bekommen.

»Ja, genau, sie saß da, hat ihn im Arm gehalten und geweint. Das Blut lief aus seiner Brust überallhin, auch auf ihre Sachen. Dann kamen die Cops und brachten sie nach drinnen.«

»Wissen Sie, wer der Mann ist?«

»Er kommt oft in meinen Laden, holt sich Cooldrinks. Sein Name ist Balthasar Meiring.«

Maggie erinnerte sich sofort an die heisere leise Stimme. Es war kurz vor Redaktionsschluss gewesen, und sie stand unter Zeitdruck, als sie den Anruf entgegennahm, die Finger auf der Tastatur, den Hörer zwischen Kopf und Schulter geklemmt.

»Ms. Cloete?« Er hatte einen Akzent gehabt, Afrikaans mit einer Schicht gehobenem Englisch darüber, als hätte er eine englische

Schule oder Universität besucht. Der Dialekt klang ähnlich wie ihr eigener, nur dass sie nicht das Privileg einer akademischen Bildung genossen hatte. Stattdessen hatte ihr die *Gazette* eine Art dritten Bildungsweg eröffnet, mit einem Bachelor in Mord, Vergewaltigung und Raub, Tag für gnadenlosen Tag.

»Cloete.«

»Balthasar Meiring hier, von der Aidshilfe-Mission. Wir haben nächste Woche einen Fall vor dem Landgericht, bei dem Sie unbedingt dabei sein müssen.«

»M-hm.« Sie unterbrach das Tippen, um in ihren Notizen zu wühlen. Da war der O-Ton, den sie suchte. Mit einer Breitseite fliegender Finger feuerte sie das Zitat in ihre Story.

»Mehrere hiesige Familien, die durch AIDS Angehörige verloren haben, führen eine Sammelklage gegen den Arzt, der ihnen gefälschte Medizin verkauft hat. Es geht um gewaltige Schadenersatzansprüche.«

Sie hörte auf zu tippen und sah aus dem Fenster auf die Kronen der Eichen in den Old Supreme Court Gardens. »Klingt nach einer Story, die wir bringen würden. Hören Sie, ich geb das weiter an Aslan Chetty, meinen Kollegen vom Ressort Gesundheit und Soziales. Wie, sagten Sie noch, war Ihr Name?«

»Meiring«, antwortete er, »Balthasar Meiring.« Kurze Pause, dann fuhr er hartnäckig fort: »Aber, Ms. Cloete, Sie sind doch zuständig für Verbrechen. Ich kenne Ihre Artikel. Ich will, dass *Sie* der Sache nachgehen.«

»Danke für das Kompliment, aber ich kann nicht einfach im Revier meiner Kollegen wildern.«

»Ms. Cloete«, die Stimme wurde eindringlicher. »Hier geht es um Leute, die das Leben schon übelst drangsaliert hat. Sie brauchen jemanden, der an ihrer Story dranbleibt und sich ernsthaft für ihr Schicksal interessiert. Jemand mit Sinn fürs Menschliche. Nicht bloß irgendwelche Paparazzi, die nur ihre Schlagzeilen im Kopf haben. Ich war lange fort, aber 1989 war ich noch hier. Ich hab mitgekriegt, wofür Sie einstehen und was Sie auf sich genommen haben.«

»Ich will mal sehen, was ich tun kann.« Sie war es gewöhnt,

von Spinnern angerufen zu werden, die glaubten, ihre Story sei ein Aufmacher. Sie hatte Übung darin, solche Kandidaten elegant am Telefon abzuwimmeln. Im Übrigen wollte sie nicht an 1989 denken. Eine Kostprobe Knast hatte ihr gereicht. »Ich verspreche Ihnen, wir bleiben dran.«

»Sie sind die Richtige, Ms. Cloete«, raunte der Mann.

Sie hatte das Gespräch beendet und ihre Story vor Ablauf der Deadline eingereicht. Auf dem Weg nach draußen steuerte sie Aslans Schreibtisch an und erzählte ihm von dem Anrufer. Er wiegte den Kopf. »Ich tu mein Möglichstes, Maggie, aber du weißt ja, wie es ist.« Sie wusste es. Dank der AIDS-Epidemie und dem spürbaren Mangel an Engagement seitens der Regierung war das Ressort Gesundheit und Soziales mehr als ausgelastet und das zweitgrößte der Zeitung. Nach Verbrechen, versteht sich.

Balthasar Meiring hatte ihr also eine Story ans Herz legen wollen, und nun war er tot. Am helllichten Tag erschossen, und zwar auf der *Stoep* der Aidshilfe-Mission. Verdammt. Sie hätte doch auf ihn hören sollen, als er anrief. Hätte zu dieser Verhandlung gehen sollen. Wäre er dann noch am Leben? Musste man jetzt schon sterben, um sich ihre Aufmerksamkeit zu sichern?

Sie bahnte sich einen Weg zu dem Polizisten und zeigte ihm ihren Presseausweis. »Wissen Sie, was hier vorgefallen ist?«

Es kam selten vor, dass Cops am Tatort Informationen preisgaben, aber ab und zu erwischte sie jemanden, der redete. Sie fragte immer, nur für den Fall, doch der Uniformierte sah sie kaum an. »Da ist wohl ein Raubüberfall aus dem Ruder gelaufen«, knurrte er unbeteiligt. »Für druckbare Informationen wenden Sie sich an die Pressestelle der Polizei.«

Das war die Antwort, mit der sie gerechnet hatte. Thandi Mathonsi, die Polizeisprecherin, informierte Maggie tagtäglich über große und kleine Verbrechen und beantwortete geduldig ihre Millionen von Fragen. Groß und schlagfertig, mit einem Verstand so scharf wie ihre Designerbrille, wusste sie immer, wie sie den journalistischen Hunger nach Details befriedigen konnte, ohne ihre politischen Grenzen zu überschreiten.

»Keine Fotos mehr jetzt!« Der griesgrämige Cop reagierte wohl auf ein Signal von drinnen und hielt resolut eine Hand vor Eds Linse.

Maggie warf Ed einen Blick zu und hoffte, er hatte etwas im Kasten. Er zog eine Grimasse und ließ sich die Kamera auf die Brust fallen.

Die Sanitäter gaben auf. Der Tod hatte gesiegt. Sie breiteten eine schwarze Decke über die Leiche und zogen ab. Der Rest war Sache der Polizei. »Gehen Sie weiter«, forderte der Charmeur am Tor die Schaulustigen auf. »Die Party ist vorbei.«

Die Leute zerstreuten sich kopfschüttelnd. Niemand sieht gern Menschen sterben. Maggie griff sich den rundlichen Typ, bevor er verschwinden konnte, und sie verzogen sich in den Schatten eines Jacarandabaums auf der anderen Straßenseite. »Ich schreibe einen Bericht für die morgige Ausgabe der *Gazette*. Darf ich Sie zitieren?«

»Das geht in Ordnung.« Er buchstabierte seinen Namen, und sie wiederholte ihn, um sicherzugehen.

»Gibt es etwas, was Sie über Meiring sagen möchten?«

»Freundlicher Typ, nahm sich immer Zeit zum Reden. Sprach auffallend gut Zulu.« Er zog eine Ausgabe der *Gazette* aus der Gesäßtasche und fächelte sich Luft zu.

»Ist so was hier früher schon vorgekommen?«

»Keine Schießereien«, er sog Luft durch die Zähne. »Nicht seit der Geiselnahme im Dezember. Ein paar kleinere Überfälle, aber das ist der erste richtig schlimme Vorfall seit langer Zeit.«

»Hat irgendwer, den Sie kennen, irgendwas gesehen? Vielleicht den Täter?«

»Nix.«

Ein zweiter Krankenwagen rollte heran. Eine Frau in blauer Jacke mit reflektierenden Streifen auf den Ärmeln stieg aus und ging ins Haus. Sie trat über die Blutlache hinweg, die auf der Treppe der *Stoep* langsam gerann.

Maggie und Ed warteten im Schatten, während die Polizei die Leiche abtransportierte. Es hieß immer, der unter Journalisten so verbreitete Alkoholismus läge am Stresspegel, aber sie war überzeugt, dass der ständige Leerlauf viel mehr dazu beitrug. Sie verbrachten ihr Leben mit Warten: Warten, bis Leute zu weinen aufhörten. Warten, dass sie aus dem Haus kamen, damit man ihnen ein Statement abluchsen konnte. Warten auf diesen und jenen Rückruf. Warten, ob eine Gerichtsverhandlung nicht zum x-ten Mal vertagt wurde. Warten, bis die Polizei eine Erklärung abgab, so dass man eine Story raushauen konnte. Warten, ob der Chefredakteur die Story absegnete, damit man sie in Satz geben und verflixt noch mal endlich nach Hause gehen konnte. Kein Wunder, dass sie alle soffen.

Ihre Hand tat allmählich ernstlich weh. Das getrocknete Blut zog eine schartige Linie über ihre Handfläche.

Jetzt kam die Sanitäterin wieder aus dem Haus, den Arm stützend um eine Frau gelegt. Lindiwe Dlamini ging gebeugt und lehnte sich schlaff an den Körper der jungen Helferin. Ihr weißes Hemd war stellenweise mit Rot vollgesogen, der marineblaue Rock übersät von dunkleren Flecken. Maggie überquerte die Straße.

»Mrs. Dlamini?«

Sie blickte auf, die Augen geschwollen, die Wangen tränengestreift.

»Ich bin Maggie Cloete von der *Gazette*. Können Sie mir sagen, was passiert ist?«

Die Sanitäterin machte ein finsteres Gesicht, aber Lindiwe Dlamini blieb stehen. Maggie hielt den Atem an. Irgendeine Information, ein Ansatzpunkt für ihre Story?

»Wir werden zu gegebener Zeit eine Erklärung veröffentlichen«, sagte Dlamini, ihre riesige schwarze Handtasche fest an sich gepresst, und ging weiter.

»Ist das Opfer Balthasar Meiring?«

Die Frau stand schon vor dem Krankenwagen, um ihre Schultern lag beschirmend der blaue Arm der Helferin. Maggie erhaschte ein kurzes Nicken der Bestätigung, ehe Lindiwe Dlamini einstieg. Dann rollte das Fahrzeug davon. Zurück blieben zwei Polizisten, die auf der *Stoep* standen und sich berieten, sowie eine Pfütze gerinnenden Blutes und die kreischenden Hirtenmainas in den Jacarandabäumen.

Bis auf den Namen des Opfers hatte sie nichts – keinen Zeugen, keinen Kommentar von Lindiwe Dlamini, und dank dem muffeligen Cop wahrscheinlich nicht mal brauchbare Bilder. Alles, was sie hatte, war eine schmerzende Hand und in ihren Eingeweiden das nagende Gefühl, dass sie Balthasar Meiring nicht so hätte abwimmeln dürfen.

2

Dienstag, 9 Uhr

In der Redaktion hielt sie ihre Hand unter kaltes Wasser. Frisches und getrocknetes Blut und Dreck rannen in den Abfluss. Sie tupfte die Hand trocken und wickelte etwas Klopapier um die Wunde. Die Tätowierung war mal wieder verblasst. *Lynn.* Sie würde den Schriftzug bald nachstechen lassen müssen. Alle paar Jahre wieder. Damit sie es nie vergaß.

Sie holte sich einen Kaffee – schwarz, kein Zucker – und begab sich in den Besprechungsraum, wo ihre Kollegen rund um den ovalen Tisch saßen, auf dem sich die Zeitungen des Tages türmten. Es roch nach Kaffee und Tinte, unterlegt vom Adrenalin eines neuen Tages an der Front. Auch nach elf Jahren als Kriminalreporterin hatte sie die Nase noch nicht voll von diesem Geruch.

Aslan zwinkerte ihr zu, als sie sich neben ihm auf einen Stuhl gleiten ließ, aber Patel bedachte sie mit einem finsteren Blick. Der Nachrichtenredakteur war klein und durchtrainiert mit einem dazu passenden blitzschnellen Verstand. Er hatte eine ganze Reihe von Marotten. Eine davon betraf Pünktlichkeit.

»Du warst heute spät dran, Cloete.«

Sie zuckte die Achseln. »Musste einen Dieb fangen.« Sie lehnte sich nach vorn und zog eine druckfrische Zeitung zu sich heran. Ihr Artikel von gestern – Massenkarambolage auf dem Highway – war auf der Titelseite. Ihren Namen unter dem Aufmacher der Zeitung zu sehen gab ihr ein warmes Gefühl der Befriedigung.

»Und dir dabei Blessuren einhandeln.« Er deutete auf ihren behelfsmäßigen Verband.

»Bloß ein Kratzer.«

»Schön, wir fühlen uns also geehrt, dass du pünktlich zur Sitzung erscheinst. Und warten mit angehaltenem Atem auf deinen Bericht.«

Sally-Anne Sheperd, die Kunstjournalistin, kicherte beflissen. Männer auf der Suche nach Bestätigung für ihr Ego konnten sich auf die Dienste von Sally-Anne Sheperd stets verlassen.

»Sieht nach Mord aus. Das Opfer ist ein Mann namens Balthasar Meiring.«

»Motiv?«

»Keine Ahnung. Die Cops vor Ort spekulierten, dass es ein vermasselter Raubüberfall war.«

»Wissen wir was über diesen Meiring?« Patel kratzte sich mit einem Bleistift am Kopf. Ein Leben als Chefredakteur und Sklave von sechs Deadlines pro Woche, dazu ein Team von dickköpfigen Reportern und ein Herausgeber, dem vor allem daran lag, seinen Status in Cocktailkreisen zu erhalten – das alles hatte seine Schläfen grau gefärbt.

»Wenig. Er hat mich letzte Woche angerufen, es ging um den Prozess wegen AIDS-Medikamentenschwindel vor dem Landgericht.«

Patel runzelte die Stirn. »Er hat dich angerufen, und jetzt ist er tot?«

Sie wand sich unbehaglich. »*Ja.* Ich hab den Fall an Aslan weitergereicht, aber jetzt fällt er wohl wieder in mein Ressort.«

»Ich schau mal, ob ich es dazwischenkriege.« Aslan fuhr sich mit der Hand über die sorgfältig nach hinten gegelten Haare.

»Du meintest doch, du hast zu viel zu tun.«

»Das war, bevor ein aufsehenerregender Mordfall daraus wurde.« Aslan lehnte sich im Stuhl zurück und verpasste Maggie die volle Breitseite seines einnehmenden, strahlend weißen Lächelns.

»Womit es naturgemäß in mein Ressort fällt.« Sie verschränkte die Arme. Solche Spielchen waren ihr nicht neu. Sie hatte ihm alles beigebracht, was er über Journalismus wusste. Übergriffe auf ihr Ressort ließ sie nicht durchgehen.

»Na, dann sollen andere Federn bei Schuld und Elend verweilen.« Aslan mit seinem Abschluss in englischer Literatur zitierte bei jeder Gelegenheit Jane Austen. Sie schnitt ihm eine Fratze. Sie hatte nie eine Zeile von Jane Austen gelesen und auch nicht die Absicht.

»Kinder, keine Streitereien.« Patels Mahnung brachte beide zum Schweigen. Er wandte sich an Ed. »Fotos?«

»Ein paar«, sagte der Fotograf. Sally-Anne beugte sich vor und flüsterte ihm etwas zu. Die Nähe ihrer Lippen an seinem Ohr und das leichte Kräuseln der gebräunten Haut um seine Augen beim Zuhören verrieten deutlich, dass ihre Beziehung über das Professionelle hinausging. Maggie bohrte sich die unversehrte Faust in ihre verletzte Handfläche. Was sah er bloß in dieser oberflächlichen, affektierten Nulpe?

»Warum nur ein paar?« Patel fixierte ihn wie ein Mungo eine Schlange.

»Die Cops haben nicht mitgespielt.«

»Dann müsst ihr wohl die trauernde Familie besuchen. Rettet die Story und bringt mir Fotos von tief erschütterten Angehörigen.«

Maggie zupfte an ihrem Klopapierverband herum. Er begann sich bereits aufzulösen. »Die Polizei hat die Verwandten wahrscheinlich noch gar nicht benachrichtigt. Es ist erst vor einer Stunde passiert.«

Patel rieb sich das Kinn. »Meiring«, sagte er. »Kann es sein, dass er irgendwie mit Lourens Meiring verbandelt ist?«

Lourens Meiring war ein ortsansässiger Farmer. Er hatte vor über einem Jahrzehnt ein grotesk mildes Urteil erhalten, nachdem er einen seiner Arbeiter umgebracht hatte. Er plädierte auf Notwehr, und das Justizsystem des Apartheidsregimes hielt es für angemessen, ihm nicht mal ein Jahr auf Bewährung zu verpassen.

»Das weiß ich nicht«, sagte Maggie. »Wobei – einer hat erzählt, dass Meiring gut Zulu sprach. Das würde zu einem Farmersohn passen.«

»Überprüf das noch, bevor ihr hinfahrt. Cloete und Blomfeld wegtreten.«

Sie erhoben sich, bereit zum Aufbruch.

»Ach, Cloete?« Patel starrte in seine Aufzeichnungen, sah sie nicht an.

»Ja?«

»Nzimande macht mir Druck, er will eine starke Headline, also reiß dich bitte zusammen. Keine Umwege, um Jagd auf Bankräuber zu machen oder Taschendiebe zu verprügeln. Ich will eine anständige Titelstory und gute Bilder.« Er gönnte ihr ein schiefes Lächeln.

»Jawohl.« Sie schlug die Hacken zusammen und stapfte aus dem Raum, dicht gefolgt von Ed. Zacharius Patel bekam vielleicht Druck vom Herausgeber, aber seine Direktiven konnte er sich sparen. Sie wusste besser als jeder andere in seinem Stab, wie man noch unter schwierigsten Umständen eine Story an Land zog.

»Ich geh noch ins Archiv und hol mir Hintergrundinfos zu Meiring«, sagte sie zu Ed. »Schnapp dir deine Ausrüstung und warte beim Fuhrpark auf mich.«

Ed trollte sich, um seine Kameras zu holen. Maggie ging Informationen jagen. Auf dem Weg rief sie bei Officer Mathonsi an, die nach dem zweiten Klingeln dran war. »Hallo, Maggie.«

»Thandi? Der Typ, der heute Morgen vor dem HIV-Haus erschossen wurde, habt ihr da schon irgendwas?«

»Jaa«, sie dehnte das Wort, als ob sie ihren Arm nach einer Akte ausstreckte. »Meiring. Familie aus Greytown. Farmer. Sie sind schon unterrichtet. Der Vater ist auf dem Weg hierher, um die Leiche zu identifizieren.«

»Wie heißen die Eltern mit Vornamen?« Maggie hielt den Atem an.

»Sanet und Lourens.«

Sie atmete aus. Balthasar Meiring war also der Sohn eines schießwütigen Rechten, der nicht erfreut sein würde, wenn die lokale Presse ihm mit Fragen über die Verbindung seines Sohns zum HIV-Haus die Tür einrannte.

Verdammter Patel. Er hatte auf Anhieb richtig gelegen. Wieder mal.

Thandi gab ihr die Adresse – eine Farm namens *Oorwinning* an der Straße nach Greytown.

»Und mein Geschenk?«, fragte Maggie. »Habt ihr ihn gefunden?«

»Als wir hinkamen, war er weg. Hat uns nichts hinterlassen bis auf einen blutbefleckten Schnürsenkel. Ich schätze, der gehört dann wohl Ihnen?«

Maggie überging den leisen Spott. Thandi Mathonsi mochte sich amüsieren, aber die Cops taten einfach nicht genug, um gewöhnliche Leute zu schützen. Sie verabschiedete sich, zog ihren senkellosen, schlappenden Stiefel aus und eilte die zwei Stockwerke zum Archiv hinauf.

»Morgen, Alicia«, rief sie laut. Es rumorte kurz hinter den Regalen, dann tauchte Alicia auf. Ihre Kleidung war heute in verschiedenen Schattierungen von Mauve gehalten, was zu ihrer bläuliche Haartönung passte, und sie roch nach dem Lavendelduft alter Damen. Die dienstälteste Angestellte der *Gazette* sah sich als Torhüterin des Zugangs zu Informationen. Sie verlangte besondere Behandlung. Außerdem unterhielt sie einen Medikamentenfundus, der jeder Apotheke Konkurrenz machen konnte.

»Wie geht es Ihnen?«, fragte Maggie und wappnete ihre Nase gegen die bevorstehende Reizüberflutung, als die Archivarin sich über den Tresen lehnte und sie sorgenumflort anblickte. Alicia, die zwei Etagen entfernt vom Trubel der Redaktion im Archiv festsaß, fand, dass höfliche Erkundigungen über ihren Gesundheitszustand das Mindeste waren, was ihr zustand. Ohne diesen Tribut würde sie keine Informationen preisgeben, und Maggie brauchte Informationen.

»Ich habe sehr schlecht geschlafen.« Alicia hatte eine Vorliebe für schlimme Nächte. »Die verflixten Affen haben schon wieder auf dem Dach herumgetobt.«

»Das tut mir leid.«

Alicia blinzelte sie an. »Haben Sie Probleme mit Ihrem Schuhwerk, Liebes?«

»Ja«, sie stellte ihren Stiefel auf den Tresen. »Sie haben nicht zufällig einen Schnürsenkel übrig?«

»Doch. Und einen Verband für die Hand da brauchen Sie auch.« Alicia öffnete ihre Schublade, holte ein antiseptisches Spray heraus und duschte die Wunde damit. Es stach höllisch, aber sie war dankbar. Eine entzündete Hand konnte sie nicht brauchen. Alicia nahm eine Mullbinde aus ihrem Erste-Hilfe-Fundus, wickelte sie um Maggies Hand und förderte dann einen Schnürsenkel zutage. Neongrün. »Jetzt, wo der Selbstfürsorge Genüge getan ist: Wie kann ich Ihnen behilflich sein?«

Sie trug ihr Anliegen vor und fädelte den Senkel ein, während Alicia sich in einer Lavendelwolke zur Abteilung Achtziger aufmachte, um die Unterlagen über Lourens Meiring zu suchen. Mit einem gelben Pappordner kehrte sie zurück. Darauf stand *Meiring, Lourens* und darunter: *Totschlag ohne Vorsatz. Afrikaaner-Sezession, Afrikaner Weerstandsbeweging AWB.*

Maggie setzte sich an einen Tisch, schlug ihr Notizbuch auf und trug ein paar Infos zu Meiring senior ein. 1986 hatte er nur neun Monate auf Bewährung bekommen, der Urteilsspruch lautete auf Körperverletzung mit Todesfolge, im Affekt. Das Opfer war einer seiner Farmarbeiter, ein Mann namens Pontius Ncube. Sie fand ein körniges Foto von Meiring zur Zeit des Prozesses. Bärtig, sonnengebräunt, in Khakishorts, der Inbegriff des weißen Farmers aus KwaZulu-Natal. Nur eben mit einer Mordanklage am Hals.

»Danke, Alicia«, sagte sie und klatschte die Akte wieder auf den Tresen. »Dann wollen wir mal Mister AWB aufsuchen.«

3

Dienstag, 10 Uhr

Trotz ihrer pochenden Hand fuhr Maggie sie raus nach Greytown. Als Künstler musste Ed ständig aus dem Fenster starren und die Landschaft bewundern, und es war ihr lieber, wenn er dabei nicht die Hände am Lenkrad hatte. Da die Dienstwagen der *Gazette* grundsätzlich keine Klimaanlage besaßen, hatten sie die Fenster ganz heruntergekurbelt. Sie wischte sich den Schweiß von der Stirn, ihr T-Shirt klebte feucht an der Rücklehne des Fahrersitzes.

Sie sausten über die sanften Hügel ostwärts aus der Stadt heraus. Am Himmel kreiste ein Falke über seiner Beute. Ed zielte mit seiner Linse und schoss ein Foto. Ein Staudamm schimmerte zu ihrer Linken, und sie stellte sich das kühle Nass vor, den Genuss, aus der Hitze in eisige Kälte einzutauchen und einen Blick auf Eds muskulöse Schenkel zu werfen. Sie pfiff sich zurück. Das war gefährlich tiefes Wasser, zu tief für sie.

Es hatte eine Zeit gegeben, da sie mit Ed Bromfields muskulösen Schenkeln aufs Intimste vertraut war. Damals war sie noch ein Frischling unter den Reportern, von der Berichterstattung über Vorstadtgaunereien direkt in einen Bürgerkrieg katapultiert. In den Townships von KwaZulu-Natal tobten täglich neue Schlachten zwischen Mandelas ANC-Kadern und der alten Garde der Inkatha-Führer. Sie sah die Teenager daliegen, deren Blut in den ausgedörrten Boden sickerte, die Frauen, beim Wäscheaufhängen mit Pangas niedergemetzelt. Sie hatte sich damals für ein paar Monate in Eds Arme geflüchtet, um diese Bilder loszuwerden.

Mit den Jahren waren sie dann verblichen, doch Balthasar Meirings Anruf letzte Woche hatte sie ihr wieder frisch ins Gedächtnis gerufen.

»Hier abbiegen.« Eds Stimme holte sie in die Gegenwart zurück. Ein knarrendes blaues Schild wies zur *Oorwinning* Farm.

Sie bog vom asphaltierten Highway auf einen Feldweg ein, zerfurcht und holprig. Die Akazien der Meiring-Plantage kamen in Sicht, wie gut gedrillte Soldaten schienen sie im Gleichschritt über die Hügel zu marschieren. Diese Akazien waren invasive Fremdlinge, für die hiesige Lederindustrie kultiviert. Entsprechend bedeutete die schier endlose Ausdehnung dieses Baumbestands, dass Meiring ein vermögender Mann war.

Sie roch die Staubwolke, noch bevor sie sie im Rückspiegel entdeckte – ein *Bakkie* donnerte hinter ihnen heran und trompetete wie ein wütender Elefantenbulle. Maggie wich zur Seite aus und hielt an, das Fahrzeug raste dicht an ihnen vorbei und füllte den Toyota mit Staub.

Ed fächelte mit der Hand vor seinem Gesicht. »Wahnsinniger.«

Sie hustete würgend und versuchte einen Blick auf den Fahrer zu werfen, aber der blieb im Staub verborgen.

Energisch kurbelte sie das Fenster hoch und lenkte den Wagen wieder auf den Weg. Es folgten weitere sechs Kilometer Akazienwald, bevor das Farmhaus in Sicht kam. Hier hieß nichts willkommen. Der zwei Meter hohe Zaun, von Stacheldraht gekrönt, ermutigte nicht zu Besuchen. Rechts vom Tor stand ein Pfosten mit einer Klingel, also klingelte sie.

»*Ja?*«, ertönte eine weibliche Stimme.

»*Goeie Môre*«, sie wechselte ins Afrikaans.

»*Môre.*«

»Ist da Mrs. Meiring?«

»*Ja.*«

»Mein Name ist Magdalena Cloete, ich komme von der *Gazette* in Maritzburg. Es tut mir sehr leid, was mit Ihrem Sohn passiert ist.«

Schweigen.

»Mrs. Meiring, wir möchten dem Andenken Ihres Sohnes Ehre erweisen – ich will einen Artikel schreiben, damit die Menschen erfahren, was für eine schreckliche Tragödie das Ganze ist. Kann ich reinkommen und mit Ihnen sprechen?«

Sie sah Ed an und drückte die Daumen. Die Wendung »Ehre erweisen« wirkte meist Wunder.

Sie hörte gedämpftes Gemurmel, als ob Mrs. Meiring mit jemandem verhandelte. Ihrem Mann? Bewaffnet mit einer seiner Schrotflinten?

»Gehen Sie weg.« Jetzt war eine andere Stimme in der Leitung. Eine Männerstimme, barsch und aufgewühlt. »Wir haben gerade erfahren, dass unser Sohn tot ist. Lassen Sie uns in Ruhe.«

»Sind Sie Mr. Meiring?«

»*Ja.*«

»Mr. Meiring, der Tod Ihres Sohnes tut uns wirklich aufrichtig leid. Aber je mehr wir über ihn wissen, desto besser können wir die Polizei bei der Ermittlung unterstützen. Seinen Mörder fangen helfen.«

Ed zeigte ihr den hochgereckten Daumen: Seiner Meinung nach würde ihre Formel funktionieren.

Sie hörte ein Quietschen und sah zu, wie das Tor vor ihnen aufschwang.

Das Haus lag zur Linken. Ein großes weißes, einstöckiges Gebäude mit einer breiten Rundum-Veranda, flankiert von einer gewaltigen Eiche. Bellende Hunde begleiteten sie um das Haus herum zu einem kiesbestreuten Parkplatz. Sie wollte schon aussteigen, fuhr aber zurück, als ein Schäferhund sie wild anknurrte. Das Biest stemmte die Vorderpfoten auf die Wagentür und versuchte durch das Fenster nach ihr zu schnappen. Das sah nicht gut aus. Unwillkürlich sah sie sich nach einem Farmer mit Schrotflinte um.

Eine Frau tauchte auf, hochgewachsen, mit kurzgeschnittenem fahlblondem Haar. Sie packte das Tier im Nacken. »Ich lege sie schnell an die Kette.«

Als der Hund sicher angeleint war, stieg Maggie aus dem Auto. Die Frau war im Windschatten ihres Hauses stehen geblieben, eine Hand kniff an ihren überlangen Shorts herum. Die waren mit irgendwas befleckt.

»Mrs. Meiring. Es tut mir so leid, was passiert ist.«

Ihre Hand flatterte an die Kehle. »Mein Mann ist gerade aus der Stadt zurückgekommen. Er hat ...« Sie brach ab.

Der Verrückte auf dem Weg vorhin war also Meiring gewesen. Auf dem Heimweg von der Identifikation der Leiche. Mrs. Meiring zückte ein bereits stark strapaziertes Papiertaschentuch und rieb sich die Augen. Maggie nutzte die Pause. »Wenn es Ihnen nichts ausmacht, würde ich gerne mit Ihnen über Ihren Sohn sprechen, ein paar Einzelheiten erfahren, so dass wir ihn angemessen würdigen können.«

»Ja, in Ordnung.« Die Frau schlang die Arme um sich. Sie begann zu zittern. Schock.

»Könnten wir reinkommen? Es ist heiß hier draußen, und ein Getränk würde uns guttun.« Mrs. Meiring brauchte dringend etwas zu trinken, dachte sie bei sich. Etwas Starkes.

»Folgen Sie mir.«

Sie betraten das Haus und standen in einer Küche, makellos sauber und auf Hochglanz poliert. Nichts deutete darauf hin, dass der Tod das alltägliche Morgenritual unterbrochen hatte.

»Zur Veranda geht es da entlang. Lourens wartet dort. Ich will nur schnell Cora holen, sie soll uns was zu trinken bringen.« Mrs. Meiring wies einen langen Flur entlang.

Maggie ging voraus, Ed hinter sich, in ein Speisezimmer mit großen Fenstertüren zur Veranda. Sie hatte Zeit, ein dicht gedrängtes Bataillon von Vorfahren zu betrachten, das auf düsteren, sepiafarbenen Fotografien die Wände des Speisezimmers zierte. Von der Veranda aus überblickte man einen schönen, gut gepflegten Park mit Rosen in Hülle und Fülle sowie einem Gemüsegarten, in der Ferne ragten die Drakensberge in den Himmel. Das war das Gebirge, über das sich die Vorfahren der Meirings wie auch Maggies Ahnen mit Ochsenkarren gekämpft hatten, um ein neues Land zu besiedeln. Fremde Eindringlinge, genau wie die Akazien. Und diese Berge betrachtete Lourens Meiring, den Rücken zu ihnen, die Schulter gegen einen Pfeiler gelehnt.

»So, die Geier sind also gelandet«, sagte er, drehte sich um und blies eine Qualmwolke in die Luft. Er rauchte Filterlose, schwer und betäubend. Er sah aus wie auf dem Foto, das sie sich vorhin angesehen hatte, nur dass ihm in den seitdem vergangenen Jahren ein weißer Weihnachtsmannbart gewachsen war, der um den Mund herum vergilbte.

»Mr. Meiring, Ihr tragischer Verlust tut uns sehr leid.« Sie trat auf ihn zu, die bandagierte Hand zum Schütteln ausgestreckt.

Er zog wieder an seiner Zigarette und ignorierte ihre Hand. »Ach ja?« Seine Augen waren von einem unangenehmen blassblauen Farbton, wie der Himmel an einem Tag, an dem es einfach zu heiß werden würde.

Mrs. Meiring erschien mit einer jungen Frau im Schlepptau. Aus ihrer Größe schloss Maggie, dass sie eine Meiringtochter war, doch im Gegensatz zu ihrer Mutter hatte sie dunkles Haar und Mr. Meirings rötliche Gesichtsfarbe. Beide Frauen richteten den Blick auf Meiring, erwarteten, dass er das Kommando übernahm. Stattdessen zog er an seiner Zigarette und drehte sich weg.

Mrs. Meiring überbrückte schließlich das Schweigen. »Das ist meine Tochter Christabel. Sie lebt mit ihrem Mann Jannie und ihren Kindern in der Nähe.«

Maggie sah Christabel an. »Die Tragödie um den Tod Ihres Bruders tut mir sehr leid.«

Die Jüngere nickte. Ihre Augen und die Nase waren vom Weinen gerötet.

»Ich hoffe einfach, ein paar Einzelheiten über ihn zu erfahren, um ein Bild zusammenzufügen, das zeigt, wer er war. Wollen wir uns nicht setzen?« Sie deutete auf die Verandamöbel.

Christabel ließ sich dicht neben ihrer Mutter auf dem Rattansofa nieder. Meiring blieb stehen. Maggie sah den Frauen ernst in die Augen. Als Aslan sie noch begleitete, um das Handwerk des Kriminalreporters zu erlernen, nannte er das ihre Beileidsmiene. Er selbst war ein Naturtalent im Erwärmen der Herzen, eroberte sie im Flug mit seinem Zahnpastalächeln, das Gesicht zerknautscht vor Mitgefühl.

»Mrs. Meiring, erzählen Sie mir von Ihrem Sohn. Was war er für ein Mensch?«

Sanet Meiring lächelte schief. »Sehr künstlerisch veranlagt. Er liebte Malerei, Bücher, Musik. Als er klein war, wollte er mir immer im Garten helfen. Er hatte viele Freunde. Wenn er aus der Schule oder später von der Universität kam, verschwand er immer gleich wieder, um sie zu besuchen. Wir haben wenig von ihm gesehen.«

»Hat er noch hier gewohnt?«

»Nein, schon eine ganze Weile nicht mehr. Er ist 1990 nach London gezogen, nach seinem Studium.«

»Wo hat er studiert?«

»Stellenbosch University. Er hat einen sehr guten Abschluss gemacht.«

»Was hat er in London getan?«

Sanet seufzte und konzentrierte ihren Blick auf die Rosen. Ihr Gesicht wirkte leicht verschlafen, als sei sie noch im Begriff, aufzuwachen und ihren Traum abzuschütteln.

Christabel warf einen Blick auf ihre Mutter, und ein leichtes Stirnrunzeln deutete sich zwischen ihren Brauen an, als sie an ihrer Stelle antwortete: »Er war dort Hilfspfleger in einem Krankenhaus.«

Vielleicht war das die Verbindung zu seiner AIDS-Tätigkeit. Er hatte immerhin Erfahrung in einem Heilberuf.

Sie versuchte Sanet Meiring aus ihren Träumen zu reißen und an den Tisch zurückzuholen. »Mrs. Meiring, wann ist denn Ihr Sohn wieder hergezogen?«

»1998.« Christabel agierte weiterhin als Sprachrohr ihrer Mutter.

»Aus welchem Grund ist er zurückgekehrt? Wissen Sie das?« Maggie kannte die Statistiken. Auswanderer, die acht Jahre in London überstanden hatten, kamen in der Regel nicht wieder. Sie hatten sich an den Regen gewöhnt und gelernt, wie man U-Bahn fuhr und wo man das beste Biltong kaufen konnte. Warum sollten sie zurückwollen in das Land des Sonnenbrands und der Gewalt?

»Er hatte einfach Heimweh. Das ist doch wohl Grund genug, oder etwa nicht?«, warf Lourens Meiring über die Schulter.

»Doch, natürlich.« Einfühlsame Beschwichtigung war meist eine brauchbare Taktik im Umgang mit frischgebackenen Hinterbliebenen.

In diesem Augenblick erschien eine Frau mittleren Alters in Hausmädchenuniform und brachte ein Tablett mit Eiswasser.

Auch ihr dunkles Gesicht wirkte eisig. Sie schenkte Wasser ein und reichte jedem der Anwesenden ein Glas. Aus dem Augenwinkel nahm Maggie wahr, wie sie zögernd verharrte.

»Danke, Cora«, sagte Christabel betont. Cora verschwand.

Maggie nippte an ihrem Wasser und nahm den entscheidenden Punkt in Angriff. »Balthasar wurde vor der Aidshilfe-Mission erschossen. Wissen Sie vielleicht, warum er dort war?«

Sanets starrer Blick ließ sich nicht von ihrem Garten lösen. Maggie beobachtete, wie die Augen der Frau einer Hadeda folgten, die sich in ihrem hausfrauenbraunen Federkleid pickend einen Weg über den Rasen suchte.

»Soweit wir wissen, hat er da gearbeitet«, antwortete Christabel für ihre Eltern.

Sie vermerkte die Formulierung ›soweit wir wissen‹. Wozu diese Relativierung? Ein Hintertürchen? »Wie lange war er schon bei der Aidshilfe-Mission?«

»Er fing da an, als er zurückkam. Juli 1998.«

Sie spürte ein vertrautes Prickeln in ihrem Nacken, das hatte sie immer, wenn sich eine Story herauszukristallisieren begann. Erneut versuchte sie Sanet Meirings ziellosen Blick zu erhaschen. »Mrs. Meiring, wie kommentieren Sie die Tragödie, dass Ihr Sohn wenige Jahre nach seiner Rückkehr aus Übersee ein weiteres Opfer der eskalierenden Kriminalität in Südafrika geworden ist?«

»Die wissen nicht, was sie tun«, sagte Sanet. Ihr Blick hob sich ein wenig, suchte den Schutzwall der Berge, die in einiger Entfernung einen Halbkreis bildeten. »Ob die Gerichte und die Polizei nun für Recht sorgen oder nicht, wir jedenfalls finden Zuflucht darin, dass Gottes Gerechtigkeit stets vollstreckt wird. Sie werden sich vor einem himmlischen Gericht verantworten müssen und für schuldig befunden werden.«

Maggie dachte an den Anruf, an das bedächtige Raunen. »Mrs. Meiring, hatte Balthasar irgendwelche Feinde? Kann es vielleicht sein, dass sein Tod kein dummer Zufall war?«

»Nein!«, antwortete Christabel für ihre Mutter. »Er war ausgesprochen beliebt, und zwar bei allen. Wie können Sie so etwas überhaupt sagen?«

Vielleicht doch nicht so beliebt, dachte Maggie. Der Mann hatte eine Klage vor dem Landgericht losgetreten. Er hatte etwas gegen jemanden gehabt, und es bestand durchaus die Möglichkeit, dass dieser Jemand seine Gefühle erwiderte.

»Haben Sie ein Bild von ihm, das wir in der Zeitung bringen könnten? Wir geben es Ihnen selbstverständlich zurück.«

Gewaltsam zerrte Sanet ihren Blick zurück zu den Anwesenden, die auf der Veranda saßen. »Ja«, sagte sie. »Ich suche Ihnen eins heraus.« Sie stand auf und ging nach drinnen.

Christabel wandte sich an Ed, zeigte auf seine Kamera. »Was haben Sie damit vor? Fotos machen?«

»Nur mit Ihrer Erlaubnis«, erwiderte er.

»Vielleicht möchten Sie ein Bild von Ma und mir im Garten?«, sagte sie. »Am besten vor den Rosen, die sie und er so geliebt haben.«

»Gern«, sagte Ed gefügig. »Gute Idee.«

»Wo hat Balthasar gewohnt?«, fragte Maggie.

»Irgendwo in der Stadt«, sagte Christabel, die Augen weiterhin auf Ed gerichtet. »Wir waren nie eingeladen.«

»Lebte er allein?«

»Wissen Sie, Miss, mein Bruder war ein sehr eigenbrötlerischer Mensch. Man weiß nicht viel über jemanden, der nichts von sich preisgeben will. Man kann sich schließlich nicht einfach in anderer Leute Privatleben drängen.« Ihre Lippen bildeten eine harte Linie.

Aus dem Inneren des Hauses erklang das Heulen eines Staubsaugers. Selbst wenn der Tod Einzug hielt, mussten Häuser geputzt werden, wollte man den täglichen Kampf gegen den Staub nicht verlieren. Warum hatte Balthasar Meiring seine Familie nie zu sich eingeladen? Wo lag der Grund für das böse Blut zwischen ihnen? »Haben Sie vielleicht eine Adresse für mich, eine Telefonnummer?« Sie würde dort anrufen in der Hoffnung, jemanden zu finden, der ihr ein besseres Bild von Balthasar vermitteln konnte. Das Gespräch mit seiner Familie fühlte sich an, als hörte sie Leuten zu, die über einen schon vor langer Zeit Gestorbenen redeten.

Sanet kam mit zwei Fotos zurück. Eins von einem Schuljungen, bänglich dreinschauend und voller Pickel. Das andere war eine typische Familienaufnahme und nach der Kleidung, die sie trugen, etwa zehn Jahre alt. Balthasar, lang und dünn mit einem fahlen blonden Haarschopf, stand neben seiner Mutter. Maggie versuchte ihn mit dem leise sprechenden Mann in Einklang zu bringen, der sie angerufen, dann mit der Leiche, die sie heute Morgen gesehen hatte. Wie meistens war der mentale Sprung, den es brauchte, um eine lebende Person in ihrer Leiche wiederzuerkennen, schon an sich überfordernd. Sie gab es auf.

»Wer ist das?«, fragte sie stattdessen und zeigte auf eine Frau neben Sanet und Christabel. Sie war ebenso groß wie die anderen beiden Frauen und glich in Zügen, Teint und Haarfarbe der Tochter.

»Meine Zwillingsschwester Claudine. Sie lebt in Durban«, sagte die junge Frau. »O Gott, Ma – Claudie. Wir müssen es ihr sagen.« Ihr Gesichtsausdruck entgleiste. Die Gesprächszeit war zu Ende. Die Gewitterwolken der Trauer standen kurz vor einer gewaltsamen Entladung.

»Ich brauch nur noch schnell ein Foto.« Ed erhob sich. »Mr. Meiring …?«

Der Vater des Toten drückte seine Zigarette auf dem Boden aus und schüttelte den Kopf. Ed dirigierte die beiden Frauen in den Rosengarten, wo Sanet mit glasigen Augen in die Kamera blickte, als stünde sie bereits vor ihrem himmlischen Gericht. Maggie beobachtete, wie Christabel für das Foto ihr Haar zurechtzupfte. Neben ihr auf der Veranda, die Arme verschränkt, das Gesicht undurchdringlich, beobachtete es auch Lourens Meiring.

In der Küche entwand sie Sanet die beiden alten Fotos und versprach, sie am nächsten Tag per Kurier zurückzusenden. Sie fragte erneut nach Balthasars Telefonnummer, die Christabel ihr auf einen Zettel kritzelte.

»Kann ich später am Tag noch mal anrufen und mit Mr. Meiring sprechen?«, fragte sie, als Christabel sie zum Auto trieb. »Vielleicht hat er ja noch etwas hinzuzufügen.«

»Nein!« Sanet, die in der Tür stand, erwachte unvermittelt aus ihrer Trance. Sie funkelte Maggie an, der trotz der Hitze ganz kalt wurde. Nachdem Meirings Mutter gerade zwanzig Minuten lang konsequent gemauert hatte, wirkte dieser Gefühlsausbruch geradezu erschreckend. »Das wird zu viel, zu viel für ihn und für uns! Es ist jetzt schon zu viel. Gehen Sie, schreiben Sie Ihren Artikel. Schreiben Sie, er war ein guter Sohn und wir liebten ihn. Schreiben Sie, wir finden Trost in Gott, und wir hoffen, wir hoffen inständig …«, ihre Stimme kippte, »… dass Er unseren Sohn im Himmel zu sich nehmen und ihn nicht verdammen möge. Er war so ein lieber, guter Junge. Ich werde nie verstehen, warum es so falsch lief.« Sie vergrub ihr Gesicht an der Schulter ihrer Tochter.

Christabel tätschelte ihr den Rücken und bedeutete ihnen mit einer Geste, als wollte sie Fliegen verscheuchen, endlich zu verschwinden. Unter dem Knurren der Schäferhunde stiegen sie ins Auto. Maggie wendete auf dem Parkplatz. Cora kam mit einem Korb aus der Küche, ihr Gesicht ausdruckslos unter dem geknoteten *Doek*, und sah ihnen nach, als sie die Auffahrt entlangrollten. Durchs offene Autofenster hörte Maggie das Zetern der Hadeda, die jetzt in der alten Eiche saß.

Sie fuhren den langen Feldweg entlang, holperten durch die Schlaglöcher. Der Staub drang durch die offenen Fenster herein und füllte Maggies Mund. Im Rückspiegel sah sie, wie die Berge kleiner wurden, und musste das Verlangen unterdrücken, den Wagen zu wenden und ihnen entgegenzufahren. Dort war die Luft kühl und erfrischend, nicht flirrend vor stechender Hitze und Tod wie hier unten in den Tälern.

»Das war hart«, sagte sie, als sie auf dem Weg zurück zur Hauptstraße an all den Akazien vorbeizuckelten. »Hattest du auch das Gefühl, dass sie ihn im Grunde kaum kannten?«

Ed holte ein Tuch aus seiner Tasche und begann die Linse seiner Kamera zu reinigen. »Ich weiß nicht. Sie stehen unter Schock. Wahrscheinlich sind sie gar nicht ganz bei sich.«

Das stimmte. Sie hatten über die Jahre unzählige trauernde Familien interviewt. Man konnte nie vorhersagen, wie die Leute sich verhielten, wenn es um Mord ging. »Kam mir aber vor, als hätten sie sich ziemlich entfremdet.«

Ed stopfte sein Tuch zurück in die Tasche, hängte den Arm aus dem offenen Wagenfenster und starrte in die vorbeirauschenden Akazien. »Ein bisschen wie du und deine Leute.«

Sie verkniff sich eine Antwort. Auf seine unbedarfte, nervtötende Art hatte Ed mal wieder ins Schwarze getroffen. Sie war unter Menschen wie den Meirings aufgewachsen. Aber wenn Kinder erwachsen wurden, sahen sie ihre Eltern oft in ganz neuem Licht. Vielleicht hatte Balthasar Meiring die Bigotterie seiner Familie nicht mehr ertragen können und war auf Abstand gegangen. Das Gefühl kannte sie nur zu gut.

Sie musste Ed bestrafen, weil er recht hatte. »Wie läuft es denn so mit dir und Sally-Sue?«

Ed wirkte erschrocken. Wahrscheinlich hatte er sich eingebildet, dass es immer noch ein Geheimnis war. »Ihr Name ist Sally-Anne. Wie du sehr wohl weißt.«

»Sie ist eine Nulpe, wie *du* sehr wohl weißt.«

»Ist sie nicht«, sagte Ed. »Sie ist ein prima Mädchen.«

Wenn man nichts lieber tat, als zum Frisör, zum Lunch und ins Ballett zu gehen, dann war Sally-Anne vielleicht ein prima Mädchen. Als Kriminalreporterin hatte sie keine zwei Tage durchgehalten. Sie war gleich am ersten Tatort eingeknickt, hatte einen Nervenzusammenbruch inszeniert und Patel angebettelt, sie ins Ressort Schöne Künste zu versetzen. Sie hatte einfach nicht den nötigen Mumm für den Job, die hohle Nuss.

Ed starrte aus dem Fenster, während Maggie bemüht war, sich imaginäre Bilder von ihm und Sally-Anne aus dem Kopf zu schlagen. Sie dachte an Meirings versteinerte Einsilbigkeit, an die undurchschaubare Tochter und Sanets Übertritte ins Traumland. Betrauerten sie wirklich seinen Tod, oder galt ihr Schmerz mehr dem Umstand, dass Balthasar Meiring sie von sich gestoßen hatte, als er noch am Leben war?

4

Dienstag, 17 Uhr

Sie tippte die letzten Worte der Meiring-Story ein und drückte »Senden«.

Patel würde nicht sonderlich beeindruckt sein. Nachdem sie Ed abgesetzt hatte, war sie noch zu der Adresse gefahren, die Mathonsi ihr als Meirings Wohnsitz genannt hatte. Ein lauschiges Plätzchen in den grünen Vororten, wo sie klingelte und rief, wo sich jedoch kein Vorhang bewegte, kein Kopf im Fenster auftauchte und niemand sie einließ. Der Ort war das reinste Grab.

Später versuchte sie es unter Balthasars Privatnummer, aber es klingelte bloß vergeblich. Sie rief in der Mission an, doch dort lief nur der Anrufbeantworter. Im Telefonverzeichnis von Durban gab es vierzehn Einträge unter C. Meiring, und es gelang ihr nicht, Balthasars andere Schwester aufzuspüren. Als die Deadline gefährlich näher rückte, schrieb sie die Story runter, gönnte sich bei den Zitaten etwas künstlerische Freiheit und baute auch noch das vierzehn Jahre zurückliegende Verbrechen des alten Meiring ein. Der Richter hatte ihn zwar vom Haken gelassen, sie aber würde das nicht tun. Sie mochte keine Mörder. Auch nicht, wenn ihr Verbrechen vor mehr als einem Jahrzehnt und in einer anderen politischen Ära stattgefunden hatte.

Fünf Minuten später rief Patel sie an den Schreibtisch des Nachrichtenredakteurs. Das war eine große Insel mitten im Großraumbüro der *Gazette*, exakt im Zentrum platziert, so dass er sie alle, von den Reportern bis zum Schlussredakteur, mühelos im Blick hatte. Und jeden in Rufweite.

Patel ließ seine Leute gern wie Schulkinder vor seinem Schreibtisch herumstehen, während er ihre Artikel durchsah. Jetzt nahm er seine Lesebrille ab und starrte sie an. »Ein bisschen dürftig das Ganze, Cloete. So harmlos. Keine weinenden Freundinnen? Keine geschockten Kollegen?«

»*Ja*, ich weiß. Morgen knöpfe ich mir die Leute von der Mission vor. Heute ist da keiner ans Telefon gegangen.«

»Aber die Bilder sind klasse. Die Mutter und die Tochter so vor die Rosen zu stellen – da hat Ed seinen Job ganz großartig gemacht.«

»Ja, nicht wahr?« Wie schön für Ed, solche Meriten zu ernten.

Sie selbst kehrte ohne Meriten an ihren Platz zurück und trat kräftig gegen das Tischbein, um ihrem Frust Luft zu machen. Aslan sah von seinem Bildschirm auf, an dem er gerade die Story des Tages fertiggestellt hatte, und lehnte sich zu ihr rüber.

»Ich habe großen Respekt vor deinen Nerven, Maggie. Und was sie jetzt brauchen, ist ein Drink.«

»Heut Abend kann ich nicht, Aslan«, sagte sie. »Ausnahmsweise bin ich mal nicht in Stimmung für Alkohol.«

»Und wie wär's mit einem Curry? Wir könnten uns Mrs. Chettys Hausgemachtes gönnen, oder ich lad dich bei *China Sam's* zum Thai ein.«

Sie war kurz in Versuchung. Aslans Mutter kochte das feinste Lammcurry diesseits von Durban, und das Grüne Thai-Curry bei *Sam's* war auch nicht schlecht, aber es war ein langer Tag gewesen.

»Ein andermal, Aslan. Ich geh lieber nach Hause, lass mir ein Schaumbad ein, lutsche Bonbons und lese *Sinn und Sinnlichkeit*.«

Er prustete ungläubig. »Ich würde eher vermuten, du schnappst dir die Henne und heizt mit deiner Motorradgang randalierend durch die Plantagen.«

»Doch nicht unter der Woche«, stellte sie klar. Die Henne, das war ihr ganz privater Kosename für ihr Motorrad, eine 1998er Yamaha XT 350, und von all ihren Kollegen nur Aslan bekannt. Sie hatte ihm das in einer langen Nacht voller Biere und Nachspülen mit Wodka anvertraut, seitdem ließ er sein Wissen gern wie ein Damoklesschwert über ihrem Kopf baumeln.

Aslan blies ihr einen Kuss zu und wandte sich ab. Sie warf sich ihren Rucksack über die Schulter und griff unter den Schreibtisch nach ihrem Helm. Nein, heute Abend würde sie nicht durch die Plantagen brettern – es lag Regen in der Luft, und ihr war nicht nach Schlamm. Aber sie wollte den Schweiß dieses langen Tages wegpusten, indem sie den Highway entlangdröhnte, einmal bis nach Hilton und zurück. Ein ordentlicher LKW-Slalom war jetzt genau das Richtige.

Sie machte sich auf den Weg und winkte den Subs, die sich zur Nachtschicht einfanden, einen Abschiedgruß zu. Die Henne wartete auf dem Parkplatz auf sie. Ihre Karosserie schimmerte einladend, und Maggie fühlte schon fast, wie der Motor unter ihr röhrte und die Maschine über den Highway donnerte. Sie wollte den beißenden Duft von Benzin in der Nase haben und den Adrenalinrausch spüren, den es mit sich brachte, wenn man geduckt zwischen langsamen LKWs, überladenen Taxis und schnellen Autos hindurchflitzte.

Da klingelte ihr Handy. Fluchend setzte sie den Helm wieder ab und wühlte in ihrer Tasche.

»Cloete.«

»Magdalena Cloete?« Eine raue Stimme, Afrikaans.

»Ja, wer ist da?«

»Lourens Meiring. Halten Sie sich von meiner Familie fern, kapiert?«

»Ich mache nur meine Arbeit, Mr. Meiring.«

»Ich muss Ihnen ein paar Dinge sagen. Über den Tod meines Sohnes. Sachen, die seine Mutter und seine Schwestern nicht zu wissen brauchen.«

Sie verabschiedete sich im Stillen von ihrer abendlichen Spritztour. Sie war wieder im Dienst.

Es war nur ein Katzensprung von der Redaktion zur Gelöbniskirche, wo Meiring sie treffen wollte. Die Straßen leerten sich allmählich. Minibustaxis sammelten Fahrgäste für die Fahrt zurück in die Townships ein, und die Hirtenmainas gaben sich alle Mühe, mit ihrem Sonnenuntergangskonzert die aus jedem Fahrzeug schallenden Kwaito-Rhythmen zu übertönen. Die letzten

Straßenhändler packten ihre Waren zusammen. Über den Hügelketten um die Stadt sammelten sich Gewitterwolken, und die Straßen rochen nach Regen.

Sie fuhr am Rathaus vorbei, dessen Glockenturm wie ein langer viktorianischer Finger in den Himmel stach. Die Gelöbniskirche war ein gedrungenes weißes Bauernhaus mit einem bescheidenen kapholländischen Giebel anstelle eines Kirchturms. Meirings weißer *Bakkie* war davor geparkt. Der Farmer stand mit verschränkten Armen an die Kabine gelehnt, die in Khaki-Kniestrümpfen steckenden Beine gekreuzt.

»*Kom.* Ich will Ihnen was zeigen.«

Maggies Augen brauchten ein paar Sekunden, um sich an die kühle Dunkelheit der Kirche zu gewöhnen. Sie gingen bis ganz nach vorne durch. Meirings Waden stampften Gewissheit verkündend vor ihr her bis zur Kanzel, einer imposanten Konstruktion aus dunklem Holz, die bis an die Dachsparren reichte. Dort blieb er stehen.

»Bevor ich irgendwas erzähle, will ich, dass Sie sich das da ansehen.« Er zeigte auf ein Schild, das vorne an der Kanzel hing. *God is Liefde.* Sie sah es sich an. »Daran glauben wir nämlich. Gott ist Liebe. Bevor wir über den Tod reden oder über Mord oder darüber, wer wem was getan hat, will ich, dass Sie das wissen.«

»M-hm«, sagte sie.

»Und das glauben wir nicht nur, wir praktizieren es auch. Wir praktizieren die Liebe Gottes, jeden Tag.«

Ob der Familie von Meirings Opfer Pontius Ncube wohl aufgefallen war, dass er die Liebe Gottes praktizierte?

»Mein Sohn Balthasar wurde heute umgebracht.« Er wandte sich zu Maggie um. Sie sah, dass die Trauer die Furchen in seinem Gesicht noch tiefer eingekerbt hatte.

»Tut mir leid.« Sie wollte raus aus der Kirche mit ihrer beklemmenden Düsternis und der verstaubten Vergangenheit. Jahre sonntäglichen Zwangs steckten ihr in den Knochen, Jahre, in denen sie bärtigen Männern lauschen musste, die ihr erklärten, wie sie ihr Leben zu leben habe, während ihr die Beine einschliefen und ihr Hintern auf den harten Holzbänken taub wurde. Sie war ein geduldiges Kind gewesen, aber jetzt war sie nicht mehr geduldig. »Ich würde es vorziehen, draußen weiterzureden.«

Sie fanden eine Bank mit Blick zur Straße. Maggie setzte sich hin und klappte ihr Notizbuch auf. Sie dehnte die Finger der rechten Hand und fühlte den Streifen Schmerz in ihrer Handfläche. Die Hitze des Tages war nicht gewichen, ihr Hemd war wieder feucht, und sie sehnte sich danach, ein frisches anzuziehen.

Meiring blieb stehen. Sein Gesicht verzog sich. »Er hat mich mit einem Messer angegriffen.«

»Balthasar?«

»Nein, Ncube. Wir hatten Streit, es ging um Geld. Drei Monate hintereinander hat er mich um Vorschuss auf seinen Lohn angeschnorrt, und schon wieder will er was im Voraus. Ich sag ihm, ich kann ihm nicht dauernd Kredit auf seinen Lohn geben, da geht er mit dem Messer auf mich los.«

»Sie haben ihn erschossen«, sagte sie.

»Das stimmt, aber es war Notwehr.«

»Sie haben ihn in den Bauch geschossen.«

Den Gerichtsakten zufolge hatte Meiring einen der anderen Arbeiter angewiesen, Pontius Ncube, dem das Blut in Stößen aus dem Leib spritzte, unter einen Baum zu ziehen und ihm etwas Wasser zu geben. Dann waren sie wieder an die Arbeit gegangen. Zwei Stunden später rief Meiring über Funk einen Rettungswagen, der noch mal eine Stunde gebraucht hatte. Als er eintraf, war Ncube tot.

»Die Familie Ncube hat mich bedroht. Sie wollen immer noch Entschädigung von mir, obwohl ich schon 1986 zehntausend Rand gezahlt habe. Sie sagen, sie haben keinen Lebensunterhalt, weil ich sie um ihren Ernährer gebracht habe.« Meiring stand da, Hände in den Taschen, und starrte auf sie runter. Es war das erste Mal, dass er ihr in die Augen sah. Der Mann öffnete sich, gewährte ihr einen Zugang, den er auf der Farm noch verweigert hatte. Was hatte sie vorhin durch die Sprechanlage gesagt? ›Je mehr wir über ihn wissen, desto besser können wir die Polizei bei der Ermittlung unterstützen.‹

»Haben Sie Beweise für solche Drohungen? Briefe?«

»Nein, das war alles nur mündlich.«

»Irgendwelche Zeugen?«

»Ja, mein Schwiegersohn Jannie. Er war dabei und hat alles gehört.«

»Und was hat das Ganze mit dem heutigen Vorfall zu tun?«

»Ich glaube, die Ncubes haben jemand angeheuert, um meinen Sohn zu töten. Damit es aussieht wie ein Raubüberfall. Sie sind ein rachsüchtiges Volk.«

»Wer? Die Ncubes?«

»Nein, die Zulus. Sie sind ein rachsüchtiges Volk, voller Wut.« Seine Stirn glänzte vor Schweiß, er zückte ein fleckenloses weißes Taschentuch und wischte sich das Gesicht ab.

Es war eine glaubhafte Theorie. Eine Familie mochte in ihrer Wut und Trauer Rache geübt haben, indem sie Meirings Sohn umbrachten. Sie schrieb »Ncubes?« in ihr Notizbuch.

Nun ließ sich Meiring neben ihr auf die Bank fallen. »Es tut mir wirklich leid, was ich getan habe. Ich habe mich vom Jähzorn hinreißen lassen. Sie müssen mir glauben, dass ich die letzten vierzehn Jahre damit verbracht habe zu bereuen, was ich damals tat.«

Sie sah, wie sich Tränen in seinen Augenwinkeln sammelten.

»Ich habe den Herrn um Vergebung gebeten, aber ich kann mir selbst nur schwer vergeben.«

Tut Buße, so wird euch vergeben. Bittet, so wird euch gegeben. Worte, die es Menschen erlaubten, ihren Missetaten den Rücken zu kehren, die ihnen anboten, die Verantwortung auf einen Geist abzuwälzen und mit ihrem sündigen, selbstsüchtigen Leben fortzufahren. Sie rubbelte stumm ihre Handfläche.

Meiring wischte sich die Augen mit dem langen Ärmel seines Arbeitshemds. »Und jetzt ist mein Sohn tot. Er hat seit zehn Jahren keinen Fuß mehr auf die Farm gesetzt, den Ort, wo er geboren ist, sein Land.«

»Wann haben Sie ihn zuletzt gesehen?«

»Am 5. März 1990. Das werde ich nie vergessen. Es war der Tag, an dem er nach London aufbrach. Wir haben uns gestritten. Er verunglimpfte unsere Lebensweise, die Kirche, das Land, unseren Glauben an Selbstbestimmung. Er sagte, der einzige Weg, wie

Südafrika es als Nation zu etwas bringen könne, wäre eine demokratische Regierung. Ich aber glaube, das glaube ich immer noch, dass man uns Minderheiten schützen muss. Er sagte, diese Zeiten wären vorbei. Dann sagte ich Dinge, die ich heute bedaure.« Meiring rang die Hände. Sie waren rot und sonnenverbrannt, und wo die Ärmel auf die Handgelenke trafen, pellte sich die Haut.

Die Gewitterwolken über ihnen wurden dunkler. Regen im Anmarsch.

Maggie stand auf, den Helm in der Hand. »Ich muss los, Mr. Meiring. Danke, dass Sie sich die Zeit genommen haben. Falls Sie das nicht längst getan haben, sollten Sie der Polizei Ihren Verdacht über die Ncubes mitteilen, dann können die der Sache nachgehen.«

Diesmal sah er sie nicht an. Sein Blick war auf seine Hände gesenkt. »Die Beisetzung ist am Donnerstag, in der Kapelle seiner ehemaligen Schule. Zehn Uhr. Sie können kommen, wenn Sie wollen.«

Sie ließ Meiring auf der Bank zurück. Der Mann litt, war voller Schmerz. Aber er hatte einmal kaltblütig einen Menschen getötet. Sie wusste nicht recht, ob sie ihm trauen oder besser einen großen Bogen um ihn machen sollte.

5

Mittwoch, 9 Uhr

Die Meiring-Story war der Aufmacher auf der Titelseite. Es gab ihr einen Kick, vorn zu liegen. Dann überprüfte sie rasch die Position der Kollegen im täglichen Ranking – alle Reporter der *Gazette* wollten ihren Namen im Rampenlicht sehen und wetteiferten pausenlos darum. Dies war kein Job für unterentwickelte Egos.

Ihr Triumph war von kurzer Dauer. Aslan hatte fast die ganze Seite drei für sich und brillierte mit einem intelligenten, gut geschriebenen Artikel über die Kopf-in-den-Sand-Politik der Regierung in Sachen AIDS. Er hatte sich um das Ressort beworben, nachdem ein Joburger Hochglanzmagazin die vorige Gesundheitsreporterin der *Gazette* gekapert hatte – für das Dreifache ihres Gehalts. Da Aslan unter Maggies Regie bereits zwei Jahre tadellose Arbeit im Verbrechensressort geleistet hatte, war er ein todsicherer Kandidat für den Posten und bekam ihn prompt. Als sie jetzt seinen Artikel las, schwand der Glanz ihrer Titelseitenpräsenz.

Sie hatte erst ein Mal einen großen Kommentar für Seite drei geschrieben. Das war letztes Jahr, als sie den Bürgermeister von Howick überführte, das Geld der Steuerzahler missbraucht zu haben, um seine illegalen Kneipen und Bordelle zu finanzieren. Es gab Viertel in Howick, wo sie jetzt *Persona non grata* war, aber auch Gegenden, die dank einer völlig überraschenden Geldspritze aus der Stadtkasse tatsächlich Strom- und Wasserleitungen erhalten hatten, und dort wurde ihr das Beste vom Selbstgebrauten aufgetischt und die erlesensten Chicken-Walkie-Talkies. Ihre Ermittlungsarbeit hatte für Howick Gewichtiges bewirkt, sie war nur nicht sicher, wie viel Gewicht ihre Chefs dem beimaßen.

Alles, was die von ihr wollten, waren tägliche Schlagzeilen und kostenlose praktische Ausbildung der Neulinge. Aslan war der Beste von ihnen gewesen – ein König der Einfühlung. Er konnte einer weinenden Mutter die Hand halten, so dass sie mit der anderen ein Foto des geliebten Opfers zutage förderte, einem Carjacking-Opfer auf die Schulter klopfen, bis es bereitwillig schilderte, wie man ihm mit vorgehaltener Waffe seinen heißgeliebten fahrbaren Untersatz entrissen hatte, oder Tee kochen, während eine Gräfin aus der Vorstadt den Verlust ihres Silberbestecks und des Diamantrings ihrer Großmutter betrauerte. Er hatte zudem einen starken Magen und gute Nerven, zwei für Kriminalreporter unerlässliche Attribute, an denen Sally-Anne mit Pauken und Trompeten gescheitert war.

»Gute Story, Aslan.« Maggie klopfte dem Gesundheitsreporter auf den Rücken, als sie neben ihm zur Morgenbesprechung Platz nahm.

Er strahlte sie an. »Und, was tut sich so bei der Meiring-Story? Hatte Meiring einfach bloß Pech? War zur falschen Zeit am falschen Ort?«

»Ich weiß es noch nicht genau«, erklärte sie. »Aber ich kriege es raus.«

»Da bin ich ganz sicher.«

Patel erschien und kaute Kaugummi, während Maggie von ihrem Treffen mit Lourens Meiring berichtete. Anders als seine Reporter trank der Nachrichtenredakteur keinen Alkohol und rührte Kaffee nicht an. Sein schlimmstes Laster war Pfefferminzkaugummi.

Er lauschte Maggies Ausführungen und rieb sich die Nase, dann wischte er Meirings Verdacht mit einer Handbewegung beiseite. »Zeitverschwendung. Wir haben unsere Titelstory gehabt, es liegt auf der Hand, dass da nicht mehr rauszuholen ist. Wenn Thandi Mathonsi keine Schwerverbrechen für dich hat, dann geh zum Amtsgericht und grab was aus.«

Sie seufzte. Seine großen Fälle verhandelte der Staat am Obersten Gericht: Landesverrat, Tötungsdelikte und Vergewaltigung. Das Amtsgericht erledigte die Rechtsprechung über alles andere, entsprechend wimmelte es vom Bodensatz der Gesellschaft, Kleinkriminellen und Verzweiflungstätern. Kein schöner Ort, um den Tag zu verbringen. Dort nach einer Story zu wühlen war immer eine freudlose Angelegenheit, aber es wurde noch schlimmer, wenn sie spät hinkam. Wer sich nicht die Staatsanwälte schnappte und über ihre Fälle ausquetschte, bevor sie im Gerichtssaal verschwanden, verpasste die saftigen Fälle und blieb auf dem Schrott sitzen.

Doch so schnell gab sie nicht klein bei. »Die Meiring-Story ist es wert, dass ich dranbleibe, Zacharius. Das ist ein hochrangiger Mordfall.«

»Hochrangig? Nur für einen kleinen Bevölkerungsanteil. Für die meisten Leute in der Stadt ist das bloß ein x-beliebiger Mord.«

»Ich glaube, da steckt noch mehr dahinter.« Sie dachte an die beiden Frauen auf *Oorwinning*, außerstande, ihr ein stimmiges Bild von Balthasar Meiring zu vermitteln, an Lourens Meiring und seine Tränen. »Ich will das weiterverfolgen.«

Patel faltete die Hände und lehnte sich auf den Konferenztisch. »Ich schätze deinen Ehrgeiz dabei, die Story hinter der Story aufzuspüren, aber unsere Aufgabe besteht nun mal darin, über Tatsachen zu berichten. Wenn die Polizei sagt, das war ein verpatzter Raubüberfall, dann berichten wir das. Wenn sie einen Kerl mit Meirings Blut an den Händen und seinem Handy in der Tasche fassen, dann berichten wir das. Wir berichten, was sie sagen, und nur was sie sagen, auch wenn du einen Anruf aus dem Weltraum bekommst und dir erzählt wird, dass Balthasar Meiring von Außerirdischen umgebracht wurde.«

Er blickte Beifall heischend in die Runde, und natürlich war es Sally-Anne, die prompt ein serviles Lächeln lieferte. Maggie ließ sich tiefer in ihren Sitz sacken und verschränkte die Arme.

»Du bist doch Kriminalreporterin, Cloete.« Er nannte sie immer Cloete, wenn er sauer wurde. »Du willst das hier in eine Ermittlung verwandeln, das seh ich, aber das ist der Job der Polizei. Dein Job ist es, über Verbrechen zu berichten. Und seien wir mal realistisch, davon gibt es wirklich genug, um dich vollauf zu beschäftigen.«

Nach dem Meeting passte sie Patel ab. »Zacharius, lass mir ein bisschen Bewegungsfreiheit, ich will das weiter untersuchen. Du hast doch selbst gesagt, die Story ist viel zu harmlos.«

Er führte sie zurück in den Besprechungsraum und schloss die Tür. »Du musst dich hier um die tagtägliche Kriminalberichterstattung kümmern. Diese Zeitung hat kein Budget für investigativen Journalismus, und wir haben weder die Zeit noch die Mittel dafür, dass du quer durch die Provinz irgendwelchen Bauchgefühlen nachjagst.«

»Aber dieser Fall ist echt schräg. Der Vater erzählt mir, dass er seinen Sohn seit 1990 nicht gesehen hat. Sie waren nie bei ihm zu Hause, wissen kaum, was er so gemacht hat. Ich kann jetzt noch nicht den Finger drauflegen, aber irgendwas stimmt da nicht.«

Der Nachrichtenredakteur trat ans Fenster und starrte hinaus. Die ehrwürdigen alten Eichen in den Old Supreme Court Gardens auf der anderen Straßenseite winkten bedächtig mit ihren Zweigen. Er wandte sich um und teilte Maggie ihre Weisheit mit. »Maggie, ich weiß doch, was los ist. Meiring war ein rebellischer Afrikaaner, genau wie du, seiner Familie entfremdet, genau wie du, und er sorgte sich um die unglücklichen Menschenmassen dieses Landes, genau wie du es tust. Du identifizierst dich mit ihm.« Er wickelte einen neuen Kaugummi aus und steckte ihn in den Mund. »Und du fühlst dich schuldig, weil du ihn nicht ernst genommen hast, als er dich anrief.«

»Quatsch. Das hat damit gar nichts zu tun. Ich bitte dich bloß um ein bisschen Spielraum.«

»Spielraum abgelehnt.«

»Du zensierst mich! Was ist aus der Pressefreiheit geworden?«

Er kaute heftig. »Ja, ich zensiere dich, Cloete. Ich entscheide, wofür unsere Mittel eingesetzt werden, und ich entscheide, was wichtig ist und was nicht. Und meine Entscheidung bezüglich der Meiring-Story lautet, dass du bloß Ressourcen verschwendest, wenn du das weiterverfolgst.«

»Und wenn ich es in meiner Freizeit mache?«

Patels Kinnmuskulatur straffte sich gefährlich. »Du sollst gefälligst sauber bleiben und berichten, was die Cops dir sagen.« Er ging zur Tür, ohne sie noch eines Blickes zu würdigen. »Das ist ein Befehl.«

Aufgebracht starrte sie ihm hinterher. Sie konnte es nicht leiden, wirklich überhaupt nicht leiden, wenn man ihr Befehle gab. Wäre er ihr liebenswürdig gekommen, dann hätte sie vielleicht auf ihn gehört. Aber es ihr rundweg zu verbieten kam einer Herausforderung gleich. Und Herausforderungen konnte sie nicht widerstehen. Sollte Patel doch das starke Männchen markieren, wenn es ihm Spaß machte. Sie würde trotzdem mehr herausfinden über den Mord an Meirings Sohn.

Zurück an ihrem Schreibtisch, rief sie beim HIV-Haus an. Ein Mann teilte ihr mit, dass man später am Tage eine Erklärung für die Presse abgeben würde.

»Was war Balthasar Meiring für ein Mensch?«

»Es tut mir leid, aber ich bin angehalten, nichts weiter zu sagen. Bitte warten Sie die Pressemitteilung ab.« Er legte auf.

Sie probierte ihre Liste mit Nummern durch, doch sie erreichte nach wie vor niemanden. Sie rief Officer Mathonsi an, die den Theorien des alten Meiring keinerlei Bedeutung beimaß. »Es war bloß ein missglückter Raubüberfall, Maggie, nicht mehr und nicht weniger.«

»Seid ihr mal dem Hinweis auf die Familie Ncube nachgegangen?«

»Nein. Meirings Anschuldigungen sind einfach absurd.«

Maggie seufzte. Patel ließ sie abblitzen, und die Polizei ließ Meiring abblitzen.

Zeit, sich zum Gericht aufzumachen. Auf dem Weg sah sie eine Horde schnatternder Kinder einen Straßenartisten umringen und blieb stehen, um sich das anzusehen. Seine Jonglierkünste entlockten seinem hingerissenen Publikum quiekendes Entzücken. Maggies Aufmerksamkeit galt mehr seinem strammen Bizeps und einem Paar fesselnder grüner Augen.

»Eine kleine Spende für die Kunst, Miss? Ein kleines Zeichen der Anerkennung?«, rief er, als sie weiterging.

»Manche Leute müssen richtig arbeiten«, rief sie zurück. Sie würde ihr hart verdientes Geld keinem Gaukler in den Rachen werfen. Außerdem kochte ihr von Patels Auftritt immer noch das Blut.

Vor dem Amtsgericht stand eine dürre Palme, die plötzlich mit den Blättern raschelte, als sie vorbeikam.

»Fang du nicht auch noch an«, drohte sie ihr.

Die Korridore des Gerichts waren kühl und leer. Hier gab es nichts, schon gar keine Hoffnung. Es war ein Ort, an dem die Verzweiflung förmlich aus den Wänden sickerte. Da sie keinen Staatsanwalt auftreiben konnte, stromerte sie von Saal zu Saal, bis sie auf einen Fall stieß, der eine halbwegs vernünftige Story abgab. Dann verbrachte sie den Tag damit, einem Lastwagenfahrer zu lauschen, wie er versuchte, seinen Alkoholspiegel zu rechtfertigen, weil ihm nach einem kleinen Boxenstopp mit einer Flasche *Cane* auf der N3 sein LKW umgekippt war.

Sie übergab ihre Story Patel, der sie kommentarlos entgegennahm. Er sah sie nicht mal an. War ihr Nachrichtenredakteur jetzt eingeschnappt? Sie war drauf und dran, nach Hause zu gehen, um Trost in einem Zehnkilometerlauf zu suchen, als Aslan zu ihrem Schreibtisch kam und drohend ein Fax schwang. Er hatte das Pech, direkt neben dem kreischenden Gerät zu sitzen.

»Hier ist was über die Story, die keine ist.« Eine Anspielung darauf, wie Patel sie bei der Morgenbesprechung abgekanzelt hatte. »Ich nehme an, du ignorierst Befehle.«

»Wer, ich? Ich bin die gehorsamste Kriminalreporterin der Welt.«

Aslan lüpfte nur kurz die Augenbrauen und begab sich wieder an die Abfassung unwiderstehlicher Sentenzen über die Krebsforschung.

Sie las das Fax. Es war die Presseerklärung der Aidshilfe-Mission. Inklusive eines Statements von Lindiwe Dlamini. »Wir trauern tief um unseren Kollegen Balthasar Meiring, der gestern tragischerweise direkt vor unserem Büro ermordet wurde. Er war ein ehrenamtlicher Helfer. Bereitwillig schenkte er den Menschen mit AIDS (MmA) in unserer Region seine Zeit, seine medizinischen

Kenntnisse und seine Zuneigung. Die Leistungen unserer Mission, die MmA zu Hause aufsucht, palliative Pflege anbietet und für Hilfsbedürftige Transporte zu lokalen Krankenhäusern durchführt, werden ohne ihn viel kümmerlicher sein. Balthasars Engagement, seine Freundlichkeit und seine Entschlossenheit, jenen zu helfen, die zu krank sind, um sich selbst zu helfen, werden uns jeden Tag fehlen. Sein Tod reißt eine schmerzhafte Lücke. Wir vermissen ihn.«

Es folgten die üblichen Beileidsbekundungen an die Familie, eine knappe Erwähnung der morgen bevorstehenden Beisetzung, und dann dies: »Um an Balthasars Leben zu erinnern, halten seine Kollegen und die Mission am Samstag um 15 Uhr einen Gedenkgottesdienst ab. Alle sind willkommen.«

Balthasar Meiring hatte um Maggies Aufmerksamkeit ersucht, als er noch am Leben gewesen war, und sie hatte sie ihm verweigert. Jetzt, wo er tot war, war das Mindeste, was sie tun konnte, ihm Achtung zu erweisen und zu seiner Gedenkfeier zu gehen. Selbst wenn das bedeutete, sich ihrem Boss zu widersetzen.

6

Mittwoch, 10 Uhr

Die heutige *Gazette* lag auf dem Beifahrersitz. Er griff nach der Zeitung, faltete sie auseinander und las die Titelseite.

»TOTSCHLÄGER«-SOHN BEI SCHIESSEREI GETÖTET

Von Kriminalreporterin Magdalena Cloete

Gestern früh um 7:55 Uhr vor der Aidshilfe-Mission in der Loop Street schoss ein Dieb den Sohn von Lourens »Totschläger« Meiring nieder und tötete ihn, dann flüchtete er mit dem Handy und der Brieftasche des Opfers.

Wie die Polizei mitteilt, muss der 31-jährige Balthasar Meiring, ehrenamtlicher Helfer in der Mission, einen Raubüberfall unterbrochen haben, als er gestern früh zur Arbeit kam. Der Einbrecher schoss ihm vier Mal in die Brust. Er starb noch am Tatort.

Meiring senior, der Vater des Opfers, stand 1986 wegen Körperverletzung mit Todesfolge vor Gericht, nachdem er Pontius Ncube erschossen hatte, und erhielt neun Monate auf Bewährung.

Godfrey Mhkize, Inhaber des nahegelegenen Spaza Shops, berichtet, dass er in aller Frühe plötzlich Schüsse vor der Mission hörte. »Ich bin sofort hingerannt und sah eine Frau, ich nehme an, es war die Missionsleiterin Lindiwe Dlamini. Sie saß da und hielt einen Mann im Arm, der am Boden lag. Da war sehr viel Blut und ich war nicht sicher, ob er überhaupt noch lebte.«

Mhkize sagt, der Ermordete war ein regelmäßiger Kunde in seinem Laden. »Er war immer freundlich, und er sprach exzellent Zulu.«

Dlamini stand gestern nicht für einen Kommentar zur Verfügung, aber die Polizei hat bestätigt, dass sie als Erste am Tatort eintraf und Meiring mit vier Schusswunden in der Brust auf der Veranda vorfand.

Meiring, Absolvent der Stellenbosch University und ehemaliger Schüler am Goodwill College, war erst achtzehn Monate zuvor nach Südafrika zurückgekehrt, nachdem er neun Jahre in London gelebt hatte. Seine Eltern bewirtschaften eine Farm bei Greytown.

»Wir vertrauen drauf, dass Polizei und Gerichtsbarkeit unserem Sohn Gerechtigkeit zuteil werden lassen«, so äußerte sich gestern seine Mutter Sanet Meiring. »Wir finden Zuflucht darin, dass Gottes Gerechtigkeit stets vollstreckt wird.«

Seine Schwester Christabel Breedenkamp erklärte: »Unsere Familie war so glücklich, dass Balthasar endlich wieder im Land war. Es bricht uns allen das Herz, dass er uns nach so kurzer Zeit schon wieder genommen wurde.«

Seiner Mutter zufolge war Meiring ein hochgeschätzter Kunstkenner und Gärtner mit einem großen Freundeskreis. »Er war ein guter Sohn, und wir haben ihn geliebt«, sagte sie.

Meiring, der allein lebte, hinterlässt seine Eltern und zwei Schwestern, die Zwillinge Christabel und Claudine. Die Polizei ruft Zeugen auf, sich zu melden. Wenden Sie sich bitte an Officer Thandi Mathonsi unter der Bereitschaftsnummer der Polizei.

Er faltete die Zeitung wieder zusammen, warf sie zurück auf den Autositz, schniefte und sah aus dem Fenster. Die Vorstadtstraße war ruhig. In der Ferne hörte er einen Hund bellen. Die Leute hier hielten sich kleine Kläffer, die bei jedem raschelnden Blatt losbelferten, oder riesige Biester, die wie schlafende Löwen den ganzen Tag in der Sonne lagen, aber jedem Eindringling die Kehle rausreißen konnten.

Das Haus lag an einer Ecke. Er hatte seinen Wagen hinter einem ausladenden Bambus geparkt. Von hier aus konnte er unbemerkt

Wache halten. Die nächstgelegenen Häuser wahrten hinter hohen Bäumen ihre Privatsphäre, also kamen auch keine Hausbesitzer die Einfahrt herunter, um ihn zu überprüfen. In diesem Teil der Stadt wurden die Leute leicht nervös, wenn in ihrer Straße über längere Zeit fremde Autos parkten. In anderen Vierteln blieb dergleichen so lange unbemerkt, bis jemand einen Satz neue Reifen brauchte.

Tore, Wachen, elektrische Zäune, Maschendraht, Kameras, einbetonierte Glasscherben auf den Mauern. Die Menschen hier sperrten sich ein und die anderen aus. Er gab einen kurzen hohlen Lacher von sich. Die Reichen saßen in selbstgebauten Gefängnissen, während die Armen draußen in Freiheit herumspazierten.

Ein Schweißtropfen perlte von seinem Haaransatz über seine Schläfe, und er wischte ihn mit einem Finger weg. Kurbelte das Fenster hoch, drehte den Zündschlüssel und stellte die Klimaanlage an. Dann nahm er eine Dose Limonade aus dem Handschuhfach, zog den Verschlussring ab und schlürfte. Er brauchte den Zuckerschub, aber das Zeug war lauwarm. Ekelhaft. Er öffnete das Fenster und warf die Dose hinaus. Sie prallte zwischen ihm und dem Haus an einem Felsbrocken ab und landete hinter einer Canna.

Es war so heiß. Nichts konnte ihn mehr abkühlen. Er stellte den Motor wieder aus.

Da war jemand.

Durch den Zaun sah er die Alte, wie sie über den Kies zu einem der Nebengebäude trottete. Sie schleppte Mülltüten. Blieb stehen, ruhte sich aus, nahm die Tüten wieder auf. Er beobachtete, wie sie verschwand, hörte das Scheppern von Mülltonnendeckeln. Dann kam sie über den Kies zurück, blieb stehen, um ihr *Doek* zurechtzurücken. Seine Mutter hatte beim Putzen ein *Doek* getragen, um ihr Haar zu schützen. Danach schickte sie ihn ins *Veld* zum Spielen. »Husch, husch«, hatte sie gesagt. »Los, hau schon ab.«

Er rannte dann zum *Koppie*, um seine *Dassie*-Fallen zu überprüfen. Meistens waren sie leer. Aber unterhalb des *Koppie* lag eine Höhle, sein geheimes Versteck. An Tagen, an denen sein Vater zu viel getrunken hatte, verkroch er sich hier, spürte den kalten, felsigen Boden an seiner Wange.

Einmal war er über dem Klang des Regens eingeschlafen. Als er erwachte, war es Nacht, der Regen hatte aufgehört. Die Erde war feucht und schlammig unter seinen nackten Füßen, der Nachthimmel milchig von Sternen. Seine Mutter fing ihn an der Tür ab, den Finger auf den Lippen.

»Vater schläft«, sagte sie.

Er legte sich auf seine Decken und sah, wie die Wolken wiederkamen. Sie schwappten über den Himmel und bedeckten Mond und Sterne. Der Mond versuchte noch, durch sie hindurch zu scheinen, aber sie verschluckten ihn einfach. Er wollte eine Wolke sein, so riesig und stark werden, dass er Vater zerquetschen konnte.

Am nächsten Morgen verschlief er, und Vater holte die Sjambok heraus. Der Ledermund der Peitsche pfiff durch die Luft, bevor sie ihn biss. Er hielt den Atem an, kniff die Augen zu, presste die Lippen zusammen. Die Bisse der Peitsche schlitzten die alten wieder auf, die sein Vater schon früher hinterlassen hatte. Die alten und neuen Bisse bluteten gemeinsam.

Hatte Balthasar Meiring die Bisse gespürt, als die Kugeln ihn trafen?

Er nahm sich wieder die Zeitung vor und blätterte um.

7

Donnerstag, 10:25 Uhr

Sie wartete in der Kapelle von Goodwill College darauf, dass der Trauergottesdienst anfing. Schon wieder war sie in einer Kirche. Verglichen mit der Anspruchslosigkeit der Gelöbniskirche war hier alles auffallend teuer, von den parfümierten Leuten über die bunten Glasfenster bis zu den Limousinen, die draußen parkten. Eine Eliteschule für Knaben mit so verdammt viel Geld, dass man sich bis in die letzte Ecke schneeweiße Gebäude leistete, die jedes Jahr neu gestrichen werden mussten. Nur das Allerfeinste für die zukünftigen Führer der Nation und Industriekapitäne.

Bei der Morgenbesprechung hatte sie Patel erzählt, sie wolle zum Obersten Gericht, um über den Prozess zum AIDS-Medikamentenschwindel zu berichten. Aslan verkündete prompt, er hätte sich das schon in seinem Terminkalender notiert, aber Patel schlug sich diesmal auf ihre Seite.

»Nein, Aslan, Maggie hat den Fall Meiring bearbeitet, und der Hinweis auf den Prozess kam direkt von ihm.«

Aslan schmollte. Zwar genoss er den mit dem Gesundheitsressort einhergehenden Status, die profilierten Reportagen und Interviews mit bedeutenden Wissenschaftlern und Ärzten, trotzdem hatte sie manchmal den Verdacht, dass ihm der Nervenkitzel des Verbrechens fehlte. Die wahrheitsgemäße Wiedergabe von Krankenhausstatistiken setzte nun mal weniger Adrenalin frei.

Patel gab auf der Sitzung Neuigkeiten bekannt: Nächste Woche würde ein Frischling eintreffen, Jabu Sibiya, und Maggie als Hospitant begleiten. Glücklicherweise noch nicht heute, wo Patel sie im Gerichtssaal wähnte, während sie hier in der stillen Kapelle saß und darauf wartete, dass Balthasars Beerdigung begann. Es war bestimmt nicht gut für Jabu Sibiya, wenn er sofort live mitbekam, wie renitent die dienstälteste Kriminalreporterin sein konnte. Jedenfalls nicht gleich am ersten Tag.

Sie seufzte in sich hinein und sah sich um. In dieser Kapelle standen sich die Bänke gegenüber, statt auf den Altar ausgerichtet zu sein. Sie saß rechterhand in der Mitte und konnte von dort gut die Meirings ganz vorn beobachten. Lourens Meiring trug einen Anzug und Sanet etwas Durchscheinendes in Schwarz. Christabel saß an der Seite ihrer Zwillingsschwester Claudine. Daneben hockten ein sonnengeröteter junger Mann mit einem Baby auf dem Arm und ein kleines Mädchen, das sich an seine Jacke klammerte. Die ganze Familie war mit Bibeln bewaffnet, Meiring hielt seine in einer Hand wie ein Farmwerkzeug, Sanet hatte ihre an die Brust gepresst.

Warum hatten sie ihren Sohn wohl hierher geschickt? Solche Internate waren beliebt bei betuchten Liberalen aus Johannesburg und Durban, aber nicht bei Afrikaanern alter Schule, die sich an die Idee ihnen zustehender Minderheitenrechte klammerten.

Sie sah sich die Menge genauer an. Ihr gegenüber saß ein großes elegantes Paar in Schwarz, deren Kleidung eine Familie ein Jahr lang hätte ernähren können. Mit Rücksicht auf den Anlass hatte Maggie ihre gewohnte Sommerkluft aus schwarzem T-Shirt, abgeschnittenen Jeans und flachen Docs mal abgelegt, aber ihre Leinenhose mit dem dunklen Top wirkte schäbig im Vergleich zur Designerkonfektion des eleganten Paars. Sie rutschte hin und her und zog an ihrer Hose. Sie war kratzig und unbequem.

Eine kleine Frau, deren riesiger Hut sie erst recht zur Zwergin machte, kam herein, erkannte das Paar, platzierte Küsschen auf jedem Paar Wangen und begann zu weinen. Die größere Frau tätschelte ihre Hand und flüsterte ihr etwas ins Ohr. Dann griffen beide in ihre Handtaschen und holten ihre Handys heraus, um sie abzuschalten. Ein zweiter Mann gesellte sich zu ihnen. Ihn kannte sie. Es war Dumisane Phiri, der Anwalt, der es letztes Jahr mit einem ANC-Mandat in die Provinzregierung geschafft hatte. Er küsste die Frauen und schüttelte dem Mann die Hand.

Dann entdeckte er Maggie, und seine Züge verfinsterten sich. Es war, als sähe man eine Maske fallen. Sie hatte vor zwei Jahren über einen seiner Fälle geschrieben. Da vertrat er einen Lehrer, der angeklagt war, als Gegenleistung für Versetzungen sexuelle Gefälligkeiten verlangt zu haben. Der Lehrer bekam sechs Jahre, Maggie bekam fette Schlagzeilen und Phiri bekam ein rotes Gesicht. Aber das war kein Grund, ihr derart böse Grimassen zu schneiden. Anwälte mussten es vertragen können, dass Journalisten sich ihrer Fälle annahmen und in den Zeitungen darüber berichteten, wie immer sie auch ausgingen.

Eine rauschende Robe unten im Seitenschiff kündigte den Geistlichen der Schule an. Er beugte sich über die Meirings und ergriff Sanets Hand. Dann nahm er seine Position beim Sarg ein, die Türen der Kapelle schlossen sich und Musik erklang. Der Gottesdienst begann.

»… diesen guten Mann von uns genommen in der Blüte seiner Jahre, dem Sommer seines Lebens, uns grausam entrissen von solchen, die nicht wissen, was sie tun. Wir danken Gott für sein Leben, und wir bitten Gott um Trost für seine Familie, Lourens, Sanet, Christabel und Claudine. Wir bitten Gott, der Polizei die Hand und den Verstand zu führen, damit sie den Urheber dieses schrecklichen Verbrechens aufspüren kann.«

Claudine las etwas aus der Bibel vor. »Aber ich habe es euch gesagt, dass ihr mich gesehen habt, und glaubet doch nicht. Alles, was mir mein Vater gibt, das kommt zu mir; und wer zu mir kommt, den werde ich nicht hinausstoßen. Denn ich bin vom Himmel gekommen, nicht dass ich meinen Willen tue, sondern den Willen des, der mich gesandt hat. Das ist aber der Wille des Vaters, der mich gesandt hat, dass ich nichts verliere von allem, was er mir gegeben hat, sondern dass ich's auferwecke am Jüngsten Tage. Denn das ist der Wille des, der mich gesandt hat, dass, wer den Sohn sieht und glaubt an ihn, habe das ewige Leben; und ich werde ihn auferwecken am Jüngsten Tage.«

Es war die letzte Phrase, die es auslöste. Die messerscharf schneidende Erinnerung an Lynn, an ihre und ihrer Mutter Beerdigung. Der fette Priester schwadronierte von Lynns himmlischer Ruhe, und vor Wut verdampften ihre Tränen auf ihrem Gesicht. Nachdem sie diesen Sermon sechzehn Jahre lang schweigend ertragen hatte, brach es aus ihr heraus. Sie fuhr hoch und baute sich vor all den Leuten auf, die Lynn und ihre Mutter möglichst gemieden hatten, als sie noch am Leben waren.

»Sie sind tot! Wann kapiert ihr das endlich? Sie sind für immer weg! Futsch!«

Dann versagten ihre Beine den Dienst und sie fiel hin, und Ma und Pa zogen sie hoch und aus der Kirche, begleitet von einem Chor aus »Na, na«, »Also wirklich« und »Schande«.

An diesem Abend verprügelte Pa sie zum ersten und einzigen Mal mit seinem Gürtel. Er sagte, er müsse den Teufel aus ihr herausprügeln, der in sie gefahren sein musste, weil sie im Gotteshaus Schande über sich gebracht hatte.

Sie vernahm ein Schluchzen von der vorderen Bank und reckte sich, um zu sehen, wer das war. Sanet und die Schwestern. Sie warf einen Blick auf die gegenüberliegenden Bänke und blieb an einem Augenpaar hängen – grün. Der Mann starrte sie direkt an, ein amüsiertes Grinsen im Gesicht. Dann zwinkerte er ihr zu, und es fiel ihr wieder ein: der Jongleur von gestern. Er wirkte deutlich weniger abgerissen in seinem dunklen Anzug. Sie beachtete ihn nicht weiter und tat ihr Bestes, um sich die Empfindung von Furcht und Verlust vom Leib zu halten.

Fanden die Meirings Trost in den salbungsvollen Worten? Würden sie schreiend aus der Kirche rennen? Sie musterte sie. Er starrte ins Dachgebälk der Kapelle, sein Gesicht schien aus Granit wie die Berge bei seiner Farm, während seine Frau sich hinter einem Taschentuch in Tränen auflöste.

Nach Claudines Vortrag hielt ein stämmiger Mann die Totenrede. Er hatte Ohren wie Kohlblätter und war halslos auf die Art, die jahrelanges Rugbyspiel hervorbrachte. Der Priester stellte ihn als »früheren Schulsprecher dieses Instituts und engen Freund Balthasars« vor. Abgelenkt von den belustigten grünen Augen aus dem gegenüberliegenden Seitenschiff, hatte sie seinen Namen nicht mitbekommen. Sie gab sich einen mentalen Klaps und versuchte sich zu konzentrieren.

Kohlohr unterbrach sich ständig, um seine Nase zu schnäuzen und sich die Augen zu wischen. Außerdem nuschelte er. Sie machte sich Notizen, hielt fest, dass Balthasar in der Schule eher künstlerisch als sportlich begabt gewesen war und dass er Musik und Theater geliebt hatte. Auf der Universität hatte Balthasar Kohlohr mit »meiner entzückenden Frau« bekannt gemacht – an dieser Stelle warf ein makelloser Blondschopf neben den Meirings ein unsicheres Lächeln in die Runde – und war dann seinem Lebenstraum nach London gefolgt. Dort war sein Leben »nicht leicht« gewesen, und er hatte »auf sehr persönliche Art erfahren, wie schwer es für jemanden sein kann, der mit AIDS leben muss«. Später war Balthasar zurück nach Südafrika gekommen, um diese Erfahrungen zu teilen und jenen zu helfen, »die zu krank und durch ihr Leiden zu sehr gelähmt sind, um sich selbst zu helfen«.

Der Sprecher hob den Blick und fasste die Versammlung ins Auge. »Balthasar Meiring war ein wahrer Freund, ein freundlicher und bescheidener Mann, der in anderen stets das Menschliche sah. Wir haben das größte, beste und gütigste Herz verloren, das ich je gekannt habe.« Das schrieb sie wörtlich mit.

Dann brach er ab, der Priester klopfte ihm auf die Schulter und geleitete ihn zurück auf seinen Platz neben der Blonden.

Ein letztes Gebet, und der Gottesdienst war vorüber. Kohlohr, Dumisane Phiri, der elegante Mann von gegenüber, der Jongleur und noch ein paar andere schritten als Sargträger voran. Sie war erleichtert, dass der Jongleur auf der anderen Seite des Sarges ging.

Draußen im Sonnenschein drückte die Tageshitze. Binnen weniger Sekunden war sie am ganzen Körper schweißnass. Sie beobachtete Phiri mit Kohlohr beim Händeschütteln. Beide sahen zu ihr herüber, und der Rugbyspieler schien Phiri zu beschwichtigen, der sich auf dem Absatz umdrehte und in seine schicke schwarze Limousine schwang.

Meiring kam und streckte ihr eine seiner riesigen Hände entgegen. Sie schüttelte sie.

»Ich danke Ihnen für Ihr Kommen, Miss Cloete. Wir wissen das zu schätzen.« Er sah müde aus, geschlagen, und als er zu seiner Familie zurückging, fühlte sie einen Stachel von Schuld, weil sie die Totschlagaffäre in ihrem Artikel so aufgeblasen hatte. Sie schob das Gefühl von sich. Ihre Pflicht, wie Patel nie müde wurde ihr vorzuhalten, war es, Zeitungen unter die Leute zu bringen.

Der grünäugige Jongleur tauchte an ihrer Seite auf. »Freundin von Balthasar?«

»Nein, von der *Gazette*.«

»Ah, die Gossenpresse.«

Sie verzog das Gesicht. Die *Gazette* war ein maßvolles Provinzblättchen, wohl kaum ein Revolverblatt, aber seine Bemerkung trieb den Stachel tiefer. »Waren Sie ein Freund von ihm?«

Er zeigte auf den eleganten Typ im teuren Gewand. »Er ist mit Paul und mir zur Schule gegangen.«

»Sie waren hier auf dieser Schule?« Die weißen Gebäude um sie herum glitzerten.

»Ja. War sehr praktisch für unsere Eltern. Sie verfrachteten uns ins Internat und konnten ihren eigentlichen Interessen nachgehen.«

Ringsum stiegen die Leute in ihre Autos und machten sich bereit, dem Zug des Sarges zum Friedhof in der Innenstadt zu folgen, wo die Meirings Balthasar im Familiengrab beisetzen wollten. Maggie steckte in der Prozession fest, sie würde sich bei Gericht scheußlich verspäten.

»Hab ich eine Chance, dass Sie mich mitnehmen?« Der Jongleur versuchte gewinnend zu lächeln.

»Sind Sie nicht anderswo eingeplant?«

»Ich sag nur kurz Bescheid, dass ich eine bessere Mitfahrgelegenheit habe.«

Sie sah ihm nach. Der Jongleur war so dunkel, wie sein Bruder blass war, und er hatte auch nicht dessen polierte Hübschheit. Sein Gesicht war kantiger, weniger fein geschliffen, dafür hatte er diese Armmuskeln und diese lachenden grünen Augen. Er kehrte selbstzufrieden zurück.

»Bevor Sie in mein Auto steigen, sagen Sie mir lieber Ihren Namen.«

»Spike Lyall.«

»Maggie Cloete.« Sie tauschten einen Händedruck.

»Autsch«, beschwerte sie sich.

»Entschuldigung, ich hab den Verband nicht gesehen«, sagte Lyall. »Eine Kriegsverletzung?«

»Das gehört nun mal dazu.« Sie rangierte aus der Parklücke und folgte der Prozession eine von Bäumen gesäumte Allee entlang.

Gut beschuhte Schuljungen in Uniform flanierten durch die Straße und trugen ihre Büchertaschen von einem herrschaftlichen Pavillon zum anderen. Privilegierte kleine Schar. Linkerhand erstreckte sich ein smaragdgrünes Kricketfeld, niedermanikürt bis auf drei Zentimeter. Außerhalb der Schultore passierten sie Weiden mit Kühen und zwei barfüßige Kinder am Straßenrand, in Lumpen gekleidet. Sie kauten auf Zuckerrohrstückchen und winkten dem Konvoi zu. Von allen Leuten in den vielen Autos waren sie und Spike Lyall die Einzigen, die zurückwinkten.

»Wie kommen Sie mit alldem klar?«

»Wie meinen Sie das?«

Sie deutete auf das Areal, das sie gerade verließen, dann auf die beiden Kinder. »Der Reichtum drinnen und die Armut draußen.«

»Wir schließen die Augen«, sagte er. »Sie nicht?«

»Ich bin nicht auf so eine Schule gegangen.«

Er zog die Brauen hoch.

»Erzählen Sie mir von Balthasar Meiring.« Sie chauffierte ihn, also schuldete er ihr Informationen.

»Und anschließend mache ich Schlagzeilen?«

»Na, dann eben inoffiziell.«

Lyall starrte aus dem Fenster. Der Toyota lag gut auf der Straße, die sich kurvenreich durch Farmland und Plantagen wand. Hier zog man Kiefern, doch auch sie waren Fremde, die skrupellosen Farmern Geld einbrachten. Rechterhand zog sich das Land wie ein Teppich bis zu den Drakensbergen. Die wogenden Hügel, die wenigen dunklen Flecken ursprünglichen Waldes und das Schimmern der Gewässer, das alles wirkte friedlich. Aber dies war Balthasars Revier gewesen, sein Heimathafen, und er hätte hinter der idyllischen Harmonie das Leid gesehen, das die Provinz fest im Griff hielt.

»Die Beziehung zu seiner Familie war zerrüttet.«

»Lourens Meiring sagte so etwas. Er meinte, sie hatten Streit.«

»Sie hatten auch unvereinbare politische Ansichten, aber es war mehr als das. Balthasar hatte in London einen Lover. Einen Briten, Stephen hieß er. Sie konnten nicht hinnehmen, dass er schwul war. Sie hätten die Beerdigung nie in ihrer eigenen Kirche abgehalten, also musste es hier an der Schule sein.«

Sie runzelte die Stirn. »Das hat Sanet mitgemacht?«

»Oh, sie ist die Schlimmste. Sie hat ihn einmal in London besucht. Nach dem Unfall.«

Spike wandte sich ihr zu, und sie fühlte seinen Blick auf ihrem Gesicht. Spürte, wie ihre Haut darauf reagierte. Der Mann hatte etwas an sich, worauf ihr Körper ansprach.

»Wir waren alle in London. Balthasar, Paul und ich. Ich hatte mein Gap Year, und die beiden hatten Jobs. Eines Nachts hab ich es fertiggebracht, mich mit Pauls Wagen zu überschlagen. Balthasar saß hinten. Sein Bein war an mehreren Stellen gebrochen, und er musste auf die Intensivstation. Da kam sie ihn besuchen.«

»Sanet hat mal die Farm verlassen?« Sie fand das kaum vorstellbar. Ihr Bild war das einer Frau, die untrennbar an ihr Land und ihre Pflichten geschmiedet war.

»Ja, das war ein großer Schritt. Dann hat Balthasar ihr von seinem Lover erzählt, und weg war sie. Hat das nächste Flugzeug nach Hause genommen. Sie war ganze zwölf Stunden in London.«

Sie hatten jetzt den Highway verlassen und folgten dem Trauerzug durch die Stadt zum Hauptfriedhof.

»Wo ist Stephen jetzt?«

»Er war HIV-positiv und hat dann AIDS bekommen. Balthasar hat ihn gepflegt, bis er starb.«

Sie dachte an Kohlohrs Worte. *Wie schwer es für jemanden sein kann, der mit AIDS leben muss.* Warum hatte er nicht erwähnt, wie schwer es war, sich von jemandem zu verabschieden, der an AIDS starb?

»Wann kam er zurück nach Hause?«

»Bald danach. Stephen hat ihm Geld vermacht, um Südafrikanern mit AIDS zu helfen. So kam es, dass er bei der Mission anfing.«

»Aber er hat sich trotzdem nie bei seiner Familie blicken lassen?«

»Er hat sich mit Claudine getroffen. Er konnte seiner Mutter die Zurückweisung nicht verzeihen. Er sagte, sie stelle ihren Glauben über ihre Familie.«

»Und sein Vater?«

»Ihre Differenzen waren mehr politisch. Balthasar konnte diese ganze Minderheitenrechte-Nummer nicht ab.«

Sie setzte den Blinker, bog auf den Hauptweg des Friedhofs ein, parkte den Toyota und starrte durch die Windschutzscheibe, die Hände noch auf dem Lenkrad. »Und jetzt ist er tot. Sein Vater vermutet, das war ein Racheakt für den Tod von Ncube.«

»Nein«, sagte Lyall. »Ich glaube nicht, dass es das war. Ich glaube allerdings auch nicht, dass es ein Raubüberfall gewesen ist.« Er zog die Brauen hoch und seine Mundwinkel wanderten abwärts.

»Ein Verbrechen aus Hass? Jemand, der nicht damit klarkam, dass er schwul war?«

»Auch das nicht.« Der Jongleur seufzte. »Eins sollten Sie über Balthasar wissen – es gab bei ihm keine Graustufen. Nur Schwarz oder Weiß. Wer nicht an seiner Seite kämpfte, existierte für ihn nicht.«

»Und das bedeutet?«

»Dass er sich eine Menge Feinde gemacht hat. Er hatte keinerlei Skrupel, Klartext zu reden.«

Trauergäste bewegten sich gemessenen Schrittes in Gruppen auf das Grab zu. Spike Lyall klinkte die Tür auf und blickte sie über die Schulter an. Es lag etwas Ernstes und Liebenswertes in seinen Augen, das ihr ein Sausen im Magen verursachte. »Danke fürs Mitnehmen. Kommen Sie noch mit ans Grab?«

»Nein, ich muss wieder an die Arbeit.«

Sie stieg kurz aus und sah zu, wie er davonging. Friedhöfe mochte sie auch nicht lieber als Kirchen. Sie war froh, wenn sie einen weiten Bogen um sie machen konnte.

Erleichtert wandte sie sich ab und wollte wieder ins Auto steigen, als ein Schatten über ihren Körper fiel. Sie hob einen Arm, um ihre Augen zu beschirmen. Es war Phiri.

»So, so, Miss Magdalena Cloete von der *Gazette.*«

Sie nickte.

»Ich fordere Sie auf, jetzt zu gehen. Der Familie zuliebe. Sie haben Ihrer beruflichen Pflicht Genüge getan, lassen Sie sie jetzt in Ruhe trauern.«

»Und wenn nicht?« Da war es wieder: Ein Mann versuchte ihr Vorschriften zu machen.

»Ich könnte Sie freundlich bitten.«

Sie hielt seinem Blick stand. Ein gutaussehender Mann, der fraglos jede Menge weiblicher Aufmerksamkeit genoss und daran gewöhnt war, dass man ihm diverse Spielarten von Ehrfurcht und Beflissenheit entgegenbrachte. Sie zuckte bloß die Achseln und rührte sich nicht von der Stelle.

Seine Augen wurden schmal. »Oder ich könnte Ihren Arbeitgeber anrufen. Jabulani Nzimande ist ein guter Freund von mir.«

Wenn ihr Herausgeber dahinterkam, dass sie auf einer Beerdigung herumstand, statt bei Gericht ihre Arbeit zu machen, konnte er sie binnen einer Stunde feuern. Sie sollte wohl besser gehen, aber ihre trotzige Seite funkte dazwischen. »Ich habe jedes Recht, hier zu sein. Lourens Meiring hat mich eingeladen.«

Er stieß sich von dem Toyota ab und rückte näher an sie heran. Dumisane Phiri versuchte sie einzuschüchtern, aber den Gefallen tat sie ihm nicht.

Sie stemmte die Hände in die Hüften. »Woher kennen Sie Meiring?« Sie hatte – und behielt – ihren Job, weil sie im Umgang mit Autoritäten höchst widerspenstig sein konnte. Davon würde sie auch Dumisane Phiri zuliebe nicht abweichen.

Er fuhr sich mit den Fingern durch sein kurzgeschorenes Haar. »Wir waren zusammen auf der Schule.«

»Sie waren in Goodwill?«

»Ja, Miss Cloete, auch schwarze Jungs dürfen auf Privatschulen.« Er kramte in seiner Tasche, wahrscheinlich nach seinem Handy. »Nun verschwinden Sie, bevor ich Jabu anrufe.«

»Ich fahre«, sagte sie. »Aber nur, weil ich zu einer Gerichtsverhandlung muss. Bevor ich gehe, sagen Sie mir doch unter uns, was, glauben Sie, ist Balthasar passiert?«

»Ein tragischer Fall von eskaliertem Straßenraub.« Er produzierte ein verzerrtes, böses Grinsen. »Ein typisch südafrikanisches Schicksal, finden Sie nicht?« Damit setzte er seine Sonnenbrille auf und gesellte sich zu den anderen Trauergästen, nicht ohne noch einmal über die Schulter zu blicken, ob sie auch wirklich verschwand.

Vielleicht war Balthasar Meirings Tod tatsächlich bloß ein tragischer Patzer gewesen, aber sie zu bedrohen war auf jeden Fall einer. Dumisane Phiri würde noch lernen müssen, dass sie umso neugieriger wurde, je mehr er sie zu vergraulen versuchte.

8

Donnerstag, 12 Uhr

Ernie Gumede, Verwalter des altertümlichen Fuhrparks der *Gazette*, hob den Blick nicht vom Bild der Miss Februar im Männermagazin, als sie ihm die Schlüssel des Toyota übergab. Er grunzte lediglich. Jetzt musste sie nur noch Daumen drücken, dass Patel zu sehr mit der Frage des nächsten Aufmachers beschäftigt war, um die Einsatzlisten zu kontrollieren. Sollte er das doch tun, so würde herauskommen, dass sie ein Auto genommen hatte, während sie eigentlich am Gericht sein sollte. Befehlsverweigerung und mutwillige Vergeudung von Ressourcen, das waren gleich zwei Verstöße, die den Blutdruck des Nachrichtenredakteurs garantiert durch die Decke treiben würden.

Als sie am Rathaus vorbeitrottete, schlug die Uhr zwölf und scheuchte eine Schar Tauben auf, die im Glockenturm geruht hatten. Wild flügelschlagend flatterten sie auf in den eisblauen Himmel, ließen sich dann wieder in ihren Nischen nieder, um sich eine Stunde später erneut hochschrecken zu lassen. Maggie dachte über Balthasar nach. Er hatte sie aufgefordert, diesen Prozess zu verfolgen, und sie war jetzt gespannt auf den Grund.

Im Obersten Gericht roch es etwas besser als im Amtsgericht: eine Mischung aus Beklemmungen und Bohnerwachs. Sie fand den Verhandlungsraum, trat mit einer Verbeugung ein und ließ sich auf einer Zuschauerbank nieder. Als sie sich umsah, fiel ihr mit stiller Belustigung auf, dass sie ausnahmsweise passend angezogen war. Über die Jahre hatten diverse Richter es aufgegeben, sie wegen Tragens von Jeans oder Shorts in ihrem Gerichtssaal zu verwarnen.

Zwei Anwälte standen vor dem Richterpult und lauschten der ehrenwerten Richterin Khanyi Zuma, die kurz angebunden zu ihnen sprach. Den Anwalt der Familien, einen schlaksigen Weißen, kannte Maggie nicht, wohl aber Errol Mdunge, der ihr zunickte, als er sie sah. Mdunge liebte es, seinen Namen in der Zeitung zu lesen, und stellte stets sicher, das die Presse ihm gewogen blieb. Auf der Anklagebank saß Dr. Schloegel. Zu seinem senfgelben Anzug trug er braune Lederschuhe und eine zackige rechteckige Brille. Er hatte fleischige geschürzte Lippen, die selbstzufrieden wirkten, und hielt den Blick fest auf seinen Anwalt gerichtet, dessen Geschmack in Bekleidungsfragen den seinen definitiv ausstach.

Sie betrachtete die Familien, alle formell gekleidet fürs Gericht, in gedecktem Schwarz und Dunkelblau. Sie bemerkte auch zwei Herren in steifen Anzügen mit Designersonnenbrillen, die verrieten, dass sie sich maskieren, aber doch gesehen werden wollten. Der eine hatte Stammesnarben auf den Wangen, ein Brauch, der eigentlich überall ausgestorben war außer in ein paar abgelegenen Landgemeinden. Der andere, ein Weißer, war gebaut wie ein wandelndes Backstein-Scheißhaus. Irgendwas an ihm kam ihr bekannt vor, etwas, das ihr eine Gänsehaut bescherte.

Bevor sie darauf kam, woher sie ihn kannte, geriet der Verhandlungssaal in Bewegung, und der Anwalt der Familien rief eine Zeugin auf, Mrs. Nhlangulela. Sie wirkte ängstlich und erschöpft. Seine taktvollen Fragen brachten ihre Geschichte an den Tag. Ihr Sohn hatte entdeckt, dass er HIV hatte, was sich schnell zu einem voll ausgeprägten AIDS entwickelte. Als Dr. Schloegel mit seinen Vitaminkuren, bekannt als *Schloegel's Herbals*, hausieren kam, kauften sie sie ihm in ihrer Verzweiflung ab, statt zu versuchen, das Geld für antiretrovirale Medikamente zusammenzukratzen. Schloegel schärfte ihnen ein, die Vitaminpräparate täglich einzunehmen, und empfahl, dazu eine gesunde Diät mit viel frischem Gemüse einzuhalten, vorzugsweise aus biologischem Anbau.

»Mrs. Nhlangulela, wie lange hat Ihr Sohn *Schloegel's Herbals* eingenommen?«

Der Gerichtsdolmetscher stellte Mrs. Nhlangulela die Frage auf Zulu, lauschte ihrer Antwort und erwiderte dann: »Vier Monate.«

»Und in diesen vier Monaten hat Ihre Familie wie viel Geld für Vitamine ausgegeben?«

»Viertausend Rand.«

»War das Geld, das Sie zuvor gespart hatten?«

Als sie die Frage hörte, hob Mrs. Nhlangulela ein Taschentuch an die Augen und wischte sich die Tränen weg. Unfähig zu antworten schüttelte sie nur den Kopf.

»Mrs. Nhlangulela, das Gericht muss hören, wie Sie zu dem Geld gekommen sind, mit dem Sie die Vitamine bezahlt haben.«

Der Dolmetscher beugte sich vor zu der verstörten Frau und besprach sich leise mit ihr. »Wir haben es uns von einem Geldverleiher geborgt«, antwortete er dann.

»Warum haben Sie das Geld nicht lieber für antiretrovirale Medikamente ausgegeben?«

»Uns wurde gesagt, dass die Leute davon noch kränker werden.« Dieses Gerücht hatte sich unerbittlich verbreitet, erst wie ein Flüstern, dann wie ein Lauffeuer: Wäre die Regierung überzeugt von der Wirksamkeit dieser Medikamente, so wären sie doch für jedermann zugänglich. Folglich trauten die Menschen ihnen nicht.

»Und nachdem er mit der Vitaminkur begonnen hatte, wie lange hat es gedauert, bis er starb?«

»Vier Monate.«

»Mrs. Nhlangulela, wie alt war Ihr Sohn, als er starb?«

»Einunddreißig.«

Maggie kritzelte Notizen. Nach einer halben Stunde verhängte Richterin Zuma eine Mittagspause.

Maggie ging in ihr bevorzugtes Lokal, das *Mooi Boy*, wo die Plastiktischdecken zum Plastikkäse im Sandwich passten. Sie kaute und regte sich auf. Es war absolut unverständlich, warum die Regierung antiretrovirale Medikamente nicht allgemein zugänglich machte, obwohl sie erwiesenermaßen den Krankheitsverlauf von AIDS hemmen konnten. Jemand wie Benjamin Nhlangulela könnte heute noch am Leben sein, arbeiten und seine Familie ernähren. Stattdessen war er tot und seine Familie bei den Geldhaien der Township grotesk überschuldet.

Sie schlenderte zurück zum Gericht. Vor dem Rathaus sah sie

die zwei Schlägertypen aus dem Gerichtssaal in vertraulichem Gespräch mit einem älteren, schwergewichtigen Mann im schicken Anzug. Es prickelte in ihrem Nacken – das war Lucky Bean Msomi, der mächtigste Verbrecher der Stadt. Man erkannte ihn leicht an seinen derben Markenschuhen aus Krokodilleder, seinem gewaltigen Bauch und der Ausstrahlung, dass hier weit und breit alles – und jeder – ihm gehörte. Sie duckte sich in den Eingang eines Juweliergeschäfts und tat, als interessierte sie sich für eine Auslage diamantbesetzter Verlobungsringe, während sie die Gruppe diskret im Blick behielt.

Msomi war nicht nur ein dicker Fisch, er war ein Hai, und sie war seit zwei Jahren verbissen hinter ihm her. Vor achtzehn Monaten hatte sie das Glück gehabt, über einen Typ in der Kreisverwaltung zu stolpern, der bereit war zu reden. Er verriet ihr, dass Msomi Staatseigentum für private Zwecke missbrauchte. Unter anderem waren einige Lagerhallen für Straßenbaumaschinen, die der Administration der Provinz unterstanden, bis zur Decke vollgestopft mit Särgen. Indem er sie dort hortete, trieb er die Sargpreise künstlich in die Höhe.

Sie pflegte ihren Kontaktmann über Monate, und gerade als er im Begriff war, ihr Beweismaterial auszuhändigen, das belegte, wie Msomi jemanden in der Regierung für seine Vergünstigungen in Sachen Lagerhaltung schmierte, verschwand der Typ spurlos. War einfach weg. Vom Hai verschluckt. Zur selben Zeit entsandte Msomi seine Schläger in einem seiner zahlreichen schwarzen BMWs, um vor ihrer Wohnung rumzuhängen. Sie verstand die Botschaft: Die Aasfresser beobachteten sie schon.

Jetzt beobachtete Maggie sie. Msomi klopfte den beiden auf die Schulter, dann winkte er jemandem im Rathaus zu und stieg in einen wartenden BMW. Seine Handlanger machten sich auf den Weg zurück zum Gericht, und sie folgte ihnen mit wildem Prickeln in den Nackensehnen. War es denkbar, dass Schloegel und Msomi zusammenarbeiteten? Der Deutsche verabreichte den Leuten eine teure Kur, die sie zwar nicht umbrachte, ihren Tod aber kein Stück aufhielt. Msomi, ein wohlbekannter Geldverleiher, dessen Tentakel in alle größeren Townships von Maritzburg reichten, konnte den Familien das Geld für die Beerdigung leihen – in seinen Särgen, mit seinen Leichenwagen, über seine Spezis auf den Friedhöfen – und ihre Kredite mit Wucherzinsen belasten.

Den Nachmittag über machte sie sich Notizen, während verschiedene Zeugen – ein Bruder, eine Schwester und eine Großmutter – die gleiche Geschichte wieder und wieder erzählten. Jedes Mal war es die Geschichte eines Familienmitglieds im Endstadium von AIDS und dem allerletzten Versuch, sein Leben zu retten, indem sie alles verfügbare Geld zusammenkratzten und davon Schloegels Vitamine sowie weitere Produkte erwarben (Cremes, Gesundheitsriegel und Massageöle, allesamt mit den in hoffnungsfrohem Grün-Weiß gehaltenen Etiketten drauf), alles ohne jeden Erfolg. Die Opfer lebten noch drei oder vier Monate und starben dann an AIDS-bedingten Erkrankungen.

»Quacksalber«, schrieb sie in ihr Notizbuch und unterstrich den Begriff drei Mal. Der letzte Strich ihres Bleistift zerschnitt das Papier bis auf die nächste Seite. »Abschaum«, schrieb sie darunter.

Richterin Zuma beendete die Sitzung für den heutigen Tag, und Maggie verließ den Saal, die rutschigen Fliesen unter ihr glatt poliert von Tausenden von Füßen. Sie war dankbar, dem Dunst ohnmächtiger Beklemmung zu entkommen, und atmete erleichtert ein paar tiefe Züge Feuchtigkeit mit Taxiabgasen ein.

Als sie ihre Story schrieb und sich dabei den Mief des Gerichts von der Stirn wischte, kam Aslan Chetty herübergetänzelt, wie immer makellos in seinen entzückend engen Jeans. Sie beachtete ihn nicht. Sie musste diesen verdammten Artikel hinter sich bringen. Er pflanzte sich auf ihren Schreibtisch und trommelte mit den Fingerspitzen auf ihren Bildschirm, bis sie gezwungen war, Notiz von ihm zu nehmen.

»Was?«

»Wie war dein Tag heute?« Er klimperte mit den Wimpern.

»Entsetzlich. Lass mich das hier fertig machen, und dann kommen wir auf das Curry zurück, von dem du sprachst.«

Aslan nickte und verschwand, um jemand anderem ein Ohr abzukauen. Sie legte Patel ihre Story über den AIDS-Medikamentenschwindel vor, die seine kritische Prüfung unversehrt bestand, und sammelte dann Aslan ein.

Auf dem Weg zu *China Sam's* klagte er, dass sein Tag aus einer Reihe von Rohrkrepierern bestanden hatte und ihm keine Chance auf eine Verfasserzeile in der morgigen Ausgabe blieb. Aslan liebte es, seinen Namen fett gedruckt zu sehen. Seine Eltern liebten es noch mehr: Mrs. Chetty schnitt jede Story und jeden Artikel von ihm aus und klebte sie in ein Album, das sie für Besucher stolz hervorholte. Bislang hatte sie sieben Alben gefüllt.

»Also nichts für Mamas Buch heute?«, frotzelte Maggie, als sie sich setzten und Drinks bestellten. Aslan trank süßen Weißwein, sie nahm ein Bier und einen Wodka. Er war entschieden kein Trinker, sie dagegen mit einiger Sicherheit schon.

»Nichts. Was für ein Scheißtag.«

Pro forma warfen sie einen Blick in die Speisekarte, bestellten dann aber doch ihre Stammgerichte: ein Three-Chilli Green Thai Curry für sie, Rindfleisch Szechuan für Aslan. Das Essen bei *China Sam's* war ausgesprochen multikulti. Die Einrichtung passte dazu – hier eine chinesische Laterne, da ein paar indische Miniaturen, dort das Bild eines Minaretts. Alles, was östlich von Kairo wurzelte, erfüllte den Zweck, sowohl im Dekor als auch in der Küche.

Während sie aufs Essen warteten, erzählte sie Aslan die Geschichte von Balthasar Meiring. Dass sie am Morgen auf der Beerdigung gewesen war, ließ sie weg.

»Ich weiß nicht viel über Meiring, aber seine Familie und seine Freunde auch nicht. Sie wirken alle extrem zugeknöpft.«

»Also, ein bisschen was kann ich beisteuern.« Aslans Augen leuchteten auf, weil der Kellner das Essen brachte.

»Was denn?«

»Hast du mal meine Tante Meeta kennengelernt?«, fragte er in aller Unschuld. Da Aslans Eltern jeweils sechs Geschwister hatten, war Maggie außerstande, die Unmengen an Tanten, Onkeln, Cousins und Cousinen auseinanderzuhalten.

»Nö.« Sie wusste, dass gleich der Stammbaum folgen würde.

»Sie ist die älteste Schwester meines Vaters. Du kennst doch Rovindra und Jeff.«

Ja, Aslans Cousine Rovindra und seinen Cousin Jeff kannte sie. Die beiden waren Bhangra-Musiker und hatten Pietermaritzburg letzte Weihnachten im Sturm erobert. Maggie und Aslan waren in ihrem Konzert gewesen. Das hatte so eingeschlagen, dass sie jetzt planten, ab Ostern in Durban und an der nördlichen Küste auf Tour zu gehen, mit Auftritten in Stanger, Ballito und sogar Empangeni. Sie waren jetzt schon Kult, und ihre Beliebtheit wuchs weiter.

»Tante Meeta ist ihre Mutter. Tja, und sie hat meiner Mutter erzählt, die es mir erzählt hat, dass Balthasar Meiring noch bis letzte Woche regelmäßig ihre Nachbarin besucht hat, Youvashnee Chalik.« Er machte eine kleine Spannungspause. »Mrs. Chalik ist eine Kräuterkundige, die hohes Ansehen genießt, und außerdem spirituelle Heilerin. Die Leute kommen von nah und fern wegen ihrer Präparate.«

Sie schlürfte ihr Bier. Wenn Balthasar eine Kräuterheilerin aufgesucht hatte, bedeutete das, dass er eine Arznei brauchte? Oder vielleicht hatte er bei Mrs. Chalik spirituellen Trost gesucht. »Ob sie wohl mit mir reden würde?« Sie gabelte beiläufig in ihrem Curry, um Aslan nicht merken zu lassen, wie sehr sie darauf brannte.

»Mrs. Chalik spricht mit jedem aus dem Freundeskreis von Tante Meeta und ihrer netten Schwägerin Mrs. Prevathi Chetty, Mutter des berühmten Reporters Aslan Chetty.«

Das liebte sie an Aslan: Wie seine Mutter glaubte er felsenfest daran, eine lokale Berühmtheit zu sein. »Könntest du das arrangieren? Noch vor der morgigen Sitzung?«

»Pass gut auf.«

Aslan tätigte eine Reihe Anrufe mit seinem Handy, wobei er nacheinander mit all seinen dreiundvierzig Cousins und Cousinen sowie mindestens fünf Tanten zu sprechen schien. Er erwirkte eine Verabredung mit Mrs. Chalik am nächsten Morgen um acht Uhr. Sie war so dankbar, dass sie sein Essen mitbezahlte.

Als sie *China Sam's* Arm in Arm verließen, fragte er: »Lust auf einen Talentcheck bei *Crystal's*?«

Das war Aslan-und-Maggie-Code. Die Übung bestand darin,

dass Aslan mit allem flirtete, was Beine hatte, und sie ihm genüsslich dabei zusah. Nach der Beerdigung und den quälenden Aussagen vor Gericht konnte sie die Ablenkung heute gut gebrauchen.

Das *Crystal's* lag bei der Redaktion um die Ecke zwischen einem Schnapsladen und einem Supermarkt. Es war weder schick noch hip, sondern bloß in bequemer Reichweite. In dem von Journalisten, jüngeren Anwälten und ein paar Studenten frequentierten Schuppen war die Musik nicht so laut, dass man sich nicht mehr unterhalten konnte, aber doch laut genug, um bei Bedarf abschalten und tanzen zu können. Außerdem waren die Drinks richtig kalt.

Sie ließen sich in ihrer Stammecke mit Blick auf die Bar und die Tanzfläche nieder. Sie gönnte sich einen Wodka mit Soda, während Aslan an einem Mineralwasser nippte. Bald waren sie von der Hälfte der Büromannschaft umzingelt, darunter auch Sally-Anne und Ed. Die Kunstjournalistin bekrabbelte Ed wie eine Kletterpflanze, Arme um seinen Hals, ein Bein über seine geschlungen, während der Fotograf sein Bier trank und einen Felsen mimte. Maggie sah ihre Vermutungen bestätigt. Wie lange würde diese neueste Liebschaft wohl dauern?

»Und, Mags, wie läuft's so mit dem Mord in der Aidshilfe-Mission?«, fragte Sally-Anne mit honigtriefender Stimme. Dass sie Ed praktisch auf dem Schoß saß, verschaffte ihr Maggie gegenüber eine gewisse Überlegenheit – eine Position, die sie sichtlich genoss.

Maggie setzte ein Pokerface auf. Niemand nannte sie ›Mags‹, schon gar nicht jemand, der zurzeit mit Ed schlief. »Gar nicht. Die Story ist begraben.« Sie klopfte mit dem Fingernagel gegen ihr Glas, lauschte mit halbem Ohr auf Aslans Konversation und versuchte, nicht hinzusehen, als Sally-Anne ihre Finger in Eds Haare wühlte.

»Tja, sie sind eine komische Familie, was?«

Maggie verpasste ihr einen scharfen Blick, der klar und deutlich sagte: Erklär dich gefälligst, du Schleimerin. Als Sally-Anne darauf nicht reagierte, hakte sie nach. »Wie meinst du das?«

»Ich kannte Claudine und Christabel in der Schule. Die klebten so was von zusammen, du weißt schon, ließen sich nicht mit anderen ein. Ich glaube, das Internat lag ihnen nicht sonderlich. Nach zwei Jahren kam ihr komischer Vater mitten im Schuljahr angebraust und holte sie weg.« Sie seufzte geziert. »Diesen Safarianzug vergesse ich nie. Ich glaube, danach sind sie in Greytown auf die Tagesschule gegangen.«

»Das hättest du vielleicht mal vor drei Tagen erwähnen können, als ich die Story schrieb.«

Sally-Anne trillerte ein kleines Lachen und tätschelte Ed die breite Schulter. Maggie kämpfte mit dem unbändigen Verlangen, ihr eine zu scheuern. »Och, ich wollte nicht in deinem Revier wildern, Mags. Du bist doch die Kriminalreporterin. Ich bin bloß die kleine Kunstjournalistin.«

Sie sprach »Kunstjournalistin« wie mit Gänsefüßchen aus, als rechnete sie fest mit Maggies Geringschätzung. Und richtig, Maggie verachtete Kunst, allerdings nur, wenn sie von jemandem kolportiert wurde, der so seicht und doppelzüngig war wie Sally-Anne Sheperd.

»Ah!«, kreischte die plötzlich, »da ist ja Jackie!« Sie stürzte davon, wahrscheinlich um eine ihrer lächerlichen Freundinnen zu begrüßen. Maggie stellte sie sich auf der Toilette vor, wie sie gackerten und gurrten und Lippenstifte tauschten. Sie kippte ihren Wodka und sah zu, wie Aslan eine der Kellnerinnen bezirzte. Wenn sonst niemand da war, würde Aslan auch noch mit einem Zaunpfahl flirten. Und er war hinreißend genug, dass der Zaunpfahl vermutlich mit ihm nach Hause gehen würde.

Jetzt schob er ein neues Glas Wodka vor sie hin. »Kleiner Stimmungsmacher? Du siehst ein bisschen grimmig aus.«

Sie knurrte bloß und hörte dann zu, wie Aslan Ed den neuesten Büroklatsch erzählte. Als das langweilig wurde, ließ sie den Blick durch den Raum wandern und erspähte Sally-Anne, die sich allerdings keinem seichten blonden Barbieklon an den Hals geworfen hatte, sondern Spike Lyall. Rasch setzte sie ein ausdrucksloses Gesicht auf, um zu verbergen, dass ihr Herz gerade direkt in ihren Magen gesackt war und dort hilflos zappelte.

Er war nicht allein. Die ganze Beerdigungsgesellschaft war mit ihm hereingeplatzt. Sie befanden sich in verschiedenen Stadien der Auflösung und schienen eher zu feiern als zu trauern. Spike Lyall gab sich alle Mühe, das enthusiastische Hündchen abzuschütteln, das an seinem Hals hing. Er schaffte es, sie von sich zu lösen, und pickte ihr ein Küsschen auf die Wange, dann schlenderte sie mit selbstzufriedener Miene zurück zum Tisch der Journalisten.

»Den kennst du auch?«, fragte Maggie.

»Ja, ich war in der Schulzeit mit ihm befreundet«, antwortete Sally-Anne. »Wir waren auch zusammen auf der Uni. Jetzt ist er dahin zurück, macht seinen Doktor und gibt Seminare.«

Maggie holte ein paarmal tief Luft. »Du kennst Spike Lyall aus der Schule? Dieselbe Schule, auf die Balthasar Meiring ging? Sag jetzt nicht, den hast du auch gekannt.«

»Doch, aber nur flüchtig.« Sie drapierte sich wieder um Ed. »Er und Jacks Bruder waren drei Klassen über uns.«

»Ich dachte, er heißt Spike.« Sie umklammerte ihr Wodkaglas.

»Das ist bloß ein Spitzname aus der Schulzeit. Gute Freunde nennen ihn Jack.«

Es war die Formulierung »gute Freunde«, die ihr den Rest gab. Das und die Wodkas, mit denen Aslan sie abgefüllt hatte. »Du hast mir bewusst Informationen vorenthalten.«

»Was denn für Informationen, Mags? Ich habe Balthasar seit dreizehn Jahren nicht gesehen.« Sally-Anne machte große Augen und setzte die Unschuldsmiene auf, mit der sie Zacharius Patel einzuwickeln verstand. Maggie hätte sie ihr gern aus dem dämlichen Gesicht gewischt.

»Du hättest mir Zugang zu seinen Schwestern verschaffen können, Hintergründe über seine Schulfreunde. Du hast mit voller Absicht meine Story versenkt.«

»Oh bitte, Maggie.«

Ed und Aslan begann zu dämmern, dass sich zwischen ihr und Sally-Anne etwas zuspitzte. Ihr ausgestreckter Finger, der auf die Kunstjournalistin zeigte, war das erste Indiz, das ihnen auffiel. Ihre lauter werdende Stimme das zweite. »Eine Story ist erst tot, wenn man allen Möglichkeiten nachgegangen ist. Du hast mir mehrere Möglichkeiten verbaut. Damit gehe ich morgen zu Patel.«

»Himmel noch mal. Nun sei doch nicht so kleinlich.«

»Dann rede jetzt mit mir.« Sie packte ihren Arm und führte Sally-Anne im Polizeigriff aus der Bar. Die Kunstjournalistin sah erfreulich eingeschüchtert aus.

Als sie an Spike Lyall vorbeikamen, streckte er die Hand nach seiner Freundin aus. »Sally-Anne? Alles in Ordnung?«

»Verpiss dich, *Jack*«, knurrte Maggie und ließ den Namen so verächtlich wie möglich klingen. »Wir haben zu tun.«

9

Donnerstag, 23 Uhr

Auf dem Parkplatz ließ sie ihr Opfer los. Der wolkenlose Nachthimmel war übersät mit Sternen. Aus Gewohnheit suchte sie das Kreuz des Südens, aber es spendete ihr heute nicht den erdenden Trost wie sonst. Sie zitterte in ihrem ärmellosen Leinenshirt. »Wo steht dein Wagen?«

Sally-Anne führte sie zu ihrem Mercedes Kabrio, ein Geschenk ihres Vaters anlässlich ihres Einstands bei der *Gazette*. Mr. Sheperd wollte schließlich nicht, dass seine kostbare Tochter in den klapprigen Kisten des *Gazette*-eigenen Fahrzeugpools durch KwaZulu-Natal fahren musste. Anfangs hatte Jabulani Nzimande gegen diese Vorzugsbehandlung Einwände erhoben, doch dann hatte Sally-Anne mit ihm eine gemütliche halbe Stunde in seinem Büro verbracht, ihn bezirzt und versprochen, ihren Sprit selbst zu bezahlen, und er gab nach. Da sie dem Kriminalressort glücklich entronnen war, konnte Sally-Anne nun in angemessenem Stil zum Ballett oder in die Oper gondeln. Maggie schnupperte den Neuwagen-Geruch und strich über die Ledersitze. Wahrscheinlich diente der Wagen Ed und Sally-Anne auch für ihre Dates. War sie die Art Frau, die einen Mann bat zu fahren? Sollte Maggie je ein derartiges Prachtstück von fahrbarem Untersatz besitzen, so würde sie nie jemand anders fahren lassen.

Die Vorstellung von Sally-Anne und Ed zusammen im Kabrio holte sie unsanft in die Wirklichkeit zurück. Sie wandte sich der Frau neben ihr zu. »Erzähl mir, was du über Balthasar Meiring weißt. Lass nichts aus, selbst wenn es uralter Schulklatsch ist. Ich will alles wissen.«

Sally-Anne starrte durch die Windschutzscheibe und sprach, ohne sie anzusehen. »Balthasar war schwul.«

Sie seufzte. »Ach, tatsächlich.«

»Es war eine englische Privatschule. Er gab sich alle Mühe dazuzugehören. Aber er war nun mal schwul, Afrikaaner und ein Künstlertyp, er hatte null Interesse an Rugby oder Partys, wo man Mädchen treffen konnte. Er blieb also für sich.«

»Aber doch kein völliger Außenseiter. Auf seiner Beerdigung sind sie nämlich alle angetanzt.« Kaum hatte sie das gesagt, hätte sie sich treten können. Da verriet sie ihrer Erzfeindin brühwarm, dass sie Patels Anweisung missachtet hatte. Rasch sah sie zu Sally-Anne, die jedoch im Rückspiegel ihre Wimperntusche überprüfte und nichts bemerkt zu haben schien.

»Sie sind dann zusammen auf die Uni gegangen«, fuhr die Kunstjournalistin fort und riss sich von ihrem Spiegelbild los. »Paul, Balthasar und Francois Bezuidenhout.« Das war Kohlohrs richtiger Name. Jetzt fiel es ihr wieder ein – er war der Sprössling eines reichen Geschäftsmanns von KwaZulu-Natal und führte mittlerweile das Imperium seines Vaters. Die Sorte Mann, deren Bild auf den Wirtschaftsseiten der *Gazette* erschien, wenn er Verträge unterschrieb und Ärsche leckte.

Und ihr fiel noch ein anderer Außenseiter ein, der in Goodwill gewesen war. »Was ist mit Phiri? Wie passt er da rein?«

»Er war in der ersten Rugbymannschaft, zusammen mit Paul und Francois.«

»Phiri spielte nicht Fußball?«

Sally-Anne wandte sich ihr entrüstet zu. »So was Profanes wie Fußball gibt es in Goodwill nicht. Sie spielen im Winter Rugby und im Sommer Kricket. Sogar Dumisane Phiri. Er hat immer dafür gesorgt, dass er dazugehörte.«

Also war Phiri schon damals Politiker gewesen. »Wie kommt es, dass du so gut über Goodwill Bescheid weißt?«

»Ich war doch auf der Schwesterschule. Wir hatten gemeinsame Spiele, Partys und Veranstaltungen, gingen zu ihren Rugbyturnieren. Wenn sie hinter den Mädels im Hockeyteam her waren, kamen sie auch zu unseren Turnieren.«

Das war eine Welt, die Maggie nicht kannte. Ihre Afrikaaner-Staatsschule vermischte Mädchen und Jungen zu einem lauten, wilden, ideologischen Eintopf. Das Einzige, was sie mit denen von Goodwill gemein hatten, war die Leidenschaft für Rugby. Der Sport ihres Bruders Christo.

»Also waren die Schwestern auf deiner Schule. Wie waren sie so?«

»Ach, die waren einfach nur schräg. Ich selbst hab das nie gesehen, aber meine Freundinnen haben mir erzählt, dass sie abends zum Gebet niederknieten, bevor sie ins Bett gingen, und dass sie Arm in Arm herumwanderten und auf Afrikaans Hymnen sangen. Ich denke, sie wurden wohl ziemlich gemobbt.«

»Du denkst?« Es fiel nicht schwer, sich Sally-Anne als Schulmädchen vorzustellen. Selbstredend war sie in der coolsten Clique, trug die richtigen Klamotten, ging auf die angesagten Partys und machte mit den angesagten Jungs rum. »Komm schon, Sally-Anne.«

»Schön, sie *wurden* gemobbt. Wir haben uns alle über sie lustig gemacht – über ihre schrägen Frisuren, ihr krankes Outfit, ihre bescheuerte Familie.«

»Sie haben also die Schule nicht beendet.«

»Nein. Eines Tages wurden sie mitten in der Mathestunde rausgerufen und angewiesen, ihre Taschen zu packen. Ihr Vater wartete draußen in einem *Bakkie* auf sie. Innerhalb von vierzig Minuten waren sie verschwunden. Später haben wir dann von dem Mord gelesen.«

»Sonst noch was?«

»Nein. Kann ich jetzt nach Hause?«

»Ja.« Maggie stieg aus dem Auto. »Solltest dir heute Nacht auf wundersame Weise noch weitere Erinnerungen an Meiring kommen, dann vergiss nicht, mir das morgen zu erzählen. Du warst ja nicht lange Kriminalreporterin, aber du weißt, dass jede Kleinigkeit eine Story weiterbringt.«

»Bitte sag Ed, dass ich heimgefahren bin. Sag ihm, ich bin fix und fertig.«

Sally-Anne fuhr davon. Jetzt sah sie nicht mehr so blasiert und selbstzufrieden aus. Leider war es Maggie trotzdem nicht gelungen, etwas Handfestes über Balthasar Meiring aus ihr rauszukitzeln.

In der Bar gab sie die Botschaft an Ed weiter, der mit einer Kellnerin plauschte und nicht gerade erschüttert wirkte. Fotografen waren eben launisch. Wer den ganzen Tag Schnappschüsse machte, entwickelte keine sonderlich lange Konzentrationsspanne.

Als die Kellnerin mit einem Tablett voller Gläser abzog, wandte er sich Maggie zu. »Was starrst du denn so an?«

»Dich.« Nach ein paar Wodka zu viel hatte ihr Körper vergessen, dass sie nicht mehr mit Ed schlief. Sie versank im Anblick seiner Unterarme, die sich neben ihr auf den Tisch stützten. Unter seiner braunen Haut mit dem Nebel goldener Härchen darauf spielten die Muskeln, die sich durch diese Arme zogen. Wie durch den Rest seines Körpers. Sie hob eine Hand, um den Unterarm zu streicheln.

»Lass das, Maggie.« Er sah sie freundlich an. »Nicht. Du weißt doch, ich bin jetzt mit Sally-Anne zusammen.«

Sie schaute in seine blauen Augen. »Normalerweise machst du für mich eine Ausnahme.«

Er lachte. »Ich weiß. Aber diesmal will ich alles richtig machen.«

Ed hatte auch mit ihr alles richtig machen wollen. Er hatte sich angestrengt, aber nach ein paar Monaten hatte sie ihn rausgeworfen. Bedürftigkeit ertrug sie nun mal nicht. Von den Menschen, die sie wirklich brauchten, steckte einer in der Irrenanstalt, die andere war tot. Sie hatte nichts dafür übrig, gebraucht zu werden. Aber wenn Ed gerade mal keine Freundin oder mit einer Stress hatte, dann kam es vor, dass er nachts bei Maggie klingelte. Und es kam vor, dass sie ihn dann reinließ.

»Schlaf gut, Maggie«, sagte er, stand auf und ging.

Aslan hatte eine neue Gruppe gefunden, die er mit seinem Charme bezaubern konnte. Sie beobachtete ihn, ganz funkelnde Augen und gestikulierende Hände, wie er den Leuten ringsum eine Lachsalve nach der anderen entlockte. Sie bestellte sich einen neuen Wodka und nahm kleine Schlückchen.

Um nicht an Ed und seine braunen Arme zu denken, dachte

sie an Balthasar und seine Geschichte. Er hatte gegen seinen rechtskonservativen Vater und seine bigotte Mutter aufbegehrt und war in der Familie zum Ausgestoßenen geworden. Auch an der Schule war er ein Ausgestoßener gewesen. Das konnte sie gut nachvollziehen. Ihre Highschool war ein nagelbrettharter Haufen von bleichen Knöcheln und schrundigen Knien gewesen, kurzgeschorene, bibeltreue, nationalistische Afrikaaner aus dem härtesten Viertel der Stadt. Und wenn man zufällig fand, dass die Apartheid falsch war und die Arche Noah genau wie Adam und Eva bloß putzige Märchenmotive, dann standen die Weichen klar auf Prügel. Tagtäglich.

Alles in allem nicht das schlechteste Training für eine Kriminalreporterin, dachte sie wehmütig. Immerhin hatte sie ein dickes Fell entwickelt und gelernt, niemandem über den Weg zu trauen. Aber was ihre Schule ihr nicht vermittelt hatte, war dieses Gefühl von persönlicher Bedeutung, das Balthasars Freunde offenbar besaßen. Kohlohr, den Sally-Anne Francois nannte, hatte das breite Lächeln und die arrogante Präsenz eines Mannes, der es gewohnt war, für voll genommen zu werden, wo immer er sich zeigte. Das hatten diese Typen alle gemeinsam. Sie wandelten auf diesem Planeten, als gehörte er ihnen, ebenso wie die ganz besondere Luft, die sie atmeten.

Maggie hatte kein derartiges Besitzgefühl. Sie war froh, einen Job und ein Dach über dem Kopf zu haben, genug Geld, um ihre Rechnungen zu bezahlen und die von Christo. Ihr kleiner Bruder war seinerzeit ebenso begeistert in die Armee eingetreten, wie er sich beim Rugby ins Getümmel warf: unter völliger Missachtung der Gefahr und der Möglichkeit, sich zu verletzen. Damals wurden weiße Jungs für zwei Jahre zwangsverpflichtet, um die südafrikanische Grenze gegen all die wirren Bedrohungen zu verteidigen, die die Nationalisten so gern aufbliesen, um die Herzen der weißen Gemeinde mit Angst zu erfüllen. In den Augen ihrer Familie war Christo ein Held, der dafür sorgte, dass sie sicher in ihren kleinen Pietermaritzburger Bettchen schlafen konnten, behütet vor Kommunisten, der ANC-Guerilla und natürlich den allgegenwärtigen Libyern.

Sie holten ihn an einem heißen Januarmorgen zur Grundausbildung. Eine Turnhalle voller Testosteron, Schweiß und Tränen, wo Mütter und Freundinnen ihre Jungs zum letzten Mal für lange Zeit umarmten, ihnen Fotos und Briefe in die Hände drückten. Christo nahm Mas Geklammer so tapfer hin wie Pas Händeschüttelei und Schulterklopfen.

»Wenn wir dich das nächste Mal sehen, hast du einen vorbildlichen Haarschnitt und vergessen, wie es ist, Zivil zu tragen«, sagte Pa. Christo lachte, doch sein Blick huschte zu den anderen. Er war begierig, am großen Abenteuer teilzunehmen. Maggie, die gerade angefangen hatte, in der Personalstelle der *Gazette* als Mädchen für alles zu arbeiten, verspürte einen eifersüchtigen Stich. Liebend gern wäre sie auf einen großen Laster geklettert, um Pietermaritzburg hinter sich zu lassen und einem verwegenen neuen Leben entgegenzudonnern.

Sechs Monate später fuhren sie nach Ladysmith zu seiner Abschlussparade nach bestandener Grundausbildung. Maggie saß hinten in Pas Ford und sah die Drakensberge näher rücken. Das gelbe Wintergras erstreckte sich über Meilen, durchbrochen von schwarzen Streifen, wo die Farmer Feuerschneisen gebrannt hatten. Durch die Windschutzscheibe türmten sich die Berge höher und höher, die Wände des Giant's Castle ein unüberwindliches Hindernis.

Der Familie waren drei Stunden Besuchszeit gestattet, für die Ma vier Tage lang gekocht hatte. Ihre natürliche Veranlagung zur Überversorgung war endgültig aus den Fugen geraten. Es gab Brötchen mit *Boerewors*, *Melktert*, zwei kalte Hühnchen, Bananen-Ananassalat, Kartoffelsalat, Rote-Bete-Salat, Christos Lieblingstorte mit Peppermint Crisp und eine riesige Blechdose voller Dattelkuchen und Biskuits. Sie saßen auf orange-weiß gestreiften Faltstühlen, die Pa aus dem Kofferraum gezerrt hatte, und versuchten standhaft, sich durch Mas gigantisches Büfett zu fressen. Christo war sehr dünn und aß wenig.

Ma, einfühlsam bis in die Knochen, drängte ihm Futter auf, bis Pa schließlich bellte: *»Los hom uit, Annatje, hy's nie honger nie!«*

»Schmeckt lecker, Ma«, sagte Christo beschwichtigend, während er sein Brötchen zwischen den Fingern zerdrückte und auf einem Stück *Boerewors* herumkaute, als wäre es aus Kautschuk. Nachdem er sich die Hände gesäubert hatte, wischte er sich manisch eine Phalanx imaginärer Krümel von seiner makellosen Uniform.

Dann erklärte er ihnen: Er würde im Südwesten stationiert werden, wo er und sein Zug an der angolanischen Grenze patrouillieren sollten. Tolle Neuigkeiten für einen Patrioten, schlechte für einen Teenager mit ersten Anzeichen mentaler Überforderung. Pa war trotzdem stolz, er pumpte Christos Hand auf und nieder im Versuch, ihn mit jener Inbrunst zu infizieren, die man brauchte, um Leute zu töten.

Als es Zeit zum Aufbruch war, behielt Christo die Dose mit Biskuits und wies alles andere zurück. Nachdem er Ma kurz umarmt und Pa die Hand geschüttelt hatte, rückte er sein Barett zurecht und marschierte zurück zu seinem Kommando. Seine lange dürre Gestalt verschwand als khakifarbene Ähre in dem gelben Gras. Auf dem Heimweg starrte Maggie durch die Heckscheibe auf die schwindenden Berge und dachte daran, wie die Hand ihres Bruders wieder und wieder versuchte, die Krümel in seinem Kopf wegzuwischen.

Sie stieß die alte Bitterkeit beiseite. Heute Nacht empfand sie Bitterkeit über Balthasars Schicksal. Mit solchen Freunden, die seine Beerdigung zum Anlass nahmen, eine ausgelassene Party zu feiern – wer brauchte da noch Feinde?

Francois Bezuidenhout näherte sich ihr. »Sie sind Maggie Cloete? Von der *Gazette*?«

»Ja.«

»Sie waren heute bei der Beerdigung.« Sie nickte. Sinnlos, es zu leugnen, der Mann hatte sie dort gesehen. Er lehnte seine Arme auf die Tischplatte, genau da, wo eben noch Eds gewesen waren. »Dumi hat mir erzählt, dass er Sie fortgejagt hat. Falls er grob war, tut mir das leid – wir stehen gerade alle etwas unter Stress.«

»Komische Art, das zu zeigen.« Sie deutete auf die Gruppe. Francois' blonde Frau tanzte mit Spike, Spikes Bruder und seine Frau knutschten, und die kleine Frau, die am Morgen den riesigen Hut getragen hatte, lehnte sich an Dumisane Phiri. »Phiri zum Beispiel, ist er nicht verheiratet?«

Bezuidenhout seufzte. »Das sind sie beide. Ich werde die Dame wohl hier wegbringen müssen, bevor sie etwas Dummes tun.«

»Bevor Sie gehen, sagen Sie mir noch eins«, setzte sie rasch nach.

Bezuidenhout nickte. »Sicher.« Offenbar war er bemüht, sie günstig zu stimmen, um Gras über Phiris früheres Benehmen wachsen zu lassen.

»Warum haben die Meirings ihren Sohn nach Goodwill geschickt? Die Schule ist doch viel zu liberal für sie.«

»Es ist eine kirchliche Schule. So waren sie sicher, dass Religion gelehrt wird.«

»Das kann nicht alles sein.« Aus dem Augenwinkel sah sie, wie Aslan sich durch die überfüllte Bar einen Weg in ihre Richtung bahnte.

»Ich glaube, er hat sie infrage gestellt, und das konnten sie nicht vertragen.«

»Aber die Schwestern haben sie nach Hause geholt. Nach dem Totschlag. Warum nicht auch Balthasar?«

Bezuidenhout zuckte die Achseln. »Vielleicht fanden sie ja, dass Mädchen Schutz brauchen, während Balthasar auf eigenen Beinen stehen konnte. Wer weiß schon, was den Leuten im Kopf herumgeht?«

»Was mir durch den Kopf geht«, knurrte sie, etwas dünnhäutig vom Wodka, »ist die Frage, warum ihr alle hier seid. Ihr habt heute euren Freund beerdigt und feiert wie verrückt. Ich finde das abstoßend.«

Er bedachte sie mit einem großäugigen, ehrlichen Blick. Sie konnte nachvollziehen, warum er Schulsprecher gewesen war. »Die letzten paar Tage waren für uns alle mächtig hart. Manche Menschen verarbeiten das, indem sie sich eingraben, andere ziehen los und trinken einen zu viel.«

Aslan erreichte Maggie, bevor sie Bezuidenhout erklären konnte, was sie von solchen Verarbeitungsmechanismen hielt.

»Ich breche jetzt auf, um meinen Schönheitsschlaf zu kriegen, soll ich dich absetzen?«

»Nein danke, ich nehm mein Motorrad.«

»Du hast zu viel getrunken, Maggie.« Er beugte sich vor und flüsterte ihr ins Ohr: »Du bist bereits im Stadium rettungsloser Unfeinheit.«

Alles, was sie wollte, war auf die Henne steigen, Gas geben und den Highway entlangbrausen, bloß weg vom *Crystal's*, von der Arbeit, von Balthasars unappetitlichen Freunden. Sogar weg von Spike Lyall. Er war einer von ihnen. Der einzige aus dieser Clique, mit dem sie gerne gesprochen hätte, war Balthasar, und der war dummerweise tot. Als er mit ihr sprechen wollte, hatte sie nicht auf ihn gehört.

Sie ließ sich von Aslan erweichen und in Richtung Ausgang führen. Doch unterwegs hielt sie jemand auf. »Maggie.« Es war Spike Lyall. »Wo wollen Sie hin?«

»Weg«, sagte sie. Lyalls Züge lösten sich auf, formierten sich wieder, und sie merkte, dass sie schwankte. »Weit weg von dir und deinen ätzenden Scheiß-Freunden.«

Sie torkelte aus dem *Crystal's* und ließ sich von Aslan nach Hause fahren.

10

Freitag, 6 Uhr

Ihr Kopf hämmerte. Ihr Mund fühlte sich an wie Sandpapier und schmeckte noch schlimmer. Mit Mühe richtete sie sich halbwegs auf und nahm einen Schluck Wasser. Mehr Schmerz war der einzige Weg, den Schmerz zu bekämpfen, also stieg sie in die nächstbeste Shorts und ihre Laufschuhe.

Anfangs war die Straße breit und zu beiden Seiten reichlich mit Häusern gesäumt, weiter oben wurde sie schmaler. Zur Rechten verlief parallel für einige hundert Meter ein Abwassergraben. Dank des Februarregens war er weitgehend von Bäumen und Büschen überwuchert, ein säuregrüner Dschungel. Dunst stieg aus dem Graben auf, heiß und muchig. Ihr Kopfweh verstärkte sich noch. Aus einer Baumkrone riefen ihr ein paar Grüne Meerkatzen wilde Schmähungen zu. Sie hielt sich die Hand vors Gesicht, um den Fliegen die Tauchfahrt in ihre Luftröhre zu verwehren.

Sie konzentrierte sich ganz auf die Straße und den Rhythmus ihrer Füße. Sie musste durch den Schmerz hindurch und darüber hinaus. Dann, zu Hause, vervollständigte eine brühheiße Dusche die Selbstkasteiung. Anschließend nahm sie ein Taxi zum Büro, wo sie die Henne abholte und nach Northdale aufbrach.

Youvashnee Chalik besaß ein bescheidenes Häuschen in Northdale, türkis gestrichen, mit Nachbarn in Orange und Grün. Sie parkte die Henne in der Auffahrt und bewunderte eine üppige Buddhastatue, durch die der schmale Vorgarten winzig wirkte. Das vorstädtische Pietermaritzburg hatte ein Faible für östlich Spirituelles. Hier, wo jede dritte Hausfrau Reflexzonenmassagegeräte und Räucherstäbchen erwarb und sich dann als Guru aufspielte, konnte man nicht wissen, ob Mrs. Chalik sich als das Echte oder als Luftblase erweisen würde.

Nun stand sie vor Mrs. Chaliks Türschwelle, um herauszufinden, was die Heilerin über Balthasar Meiring wusste. Als sie näher trat, um zu klopfen, öffnete die Frau die Tür. In einen Sari gehüllt, der einen Ton heller war als ihr Haus, mit einem Bindi auf der Stirn und Hennamustern auf ihren Händen war Mrs. Chalik der Inbegriff fernöstlicher Gelassenheit. Und definitiv nicht verkatert. Maggie verspürte Auraneid.

Kühle Luft strich über ihre Haut, als sie eintrat und Mrs. Chaliks zarten Händedruck entgegennahm. Maggie folgte ihr über die Fliesen eines Flurs, flankiert von blauen Regalen, auf denen in freudiger Ruhe die verschiedensten Buddhas saßen. Sie gelangten in ein Wohnzimmer, wo die Frau ihr Platz zu nehmen bedeutete und sich gegenüber niederließ. Der Raum roch nach Muskat und Zimt.

»Sie sind wegen Balthasar Meiring hier«, sagte Mrs. Chalik.

»Ja, ich habe den Artikel geschrieben. Und ich versuche mehr über ihn herauszufinden.«

Mrs. Chalik schüttelte den Kopf und seufzte. »So eine Tragödie. Ich stehe völlig unter Schock, seit ich davon gehört habe, und schlafe nicht mehr.«

Sie sah jeden Tag Leute unter Schock. Wenige von ihnen wirkten so gesammelt und elegant wie Mrs. Chalik.

»Was hat die Polizei gesagt?« Die Frau strich den Sari über ihren Knien glatt. Das Gewebe war mit Silber durchwirkt.

»Sie suchen nach einem Einbrecher mit Blut an den Händen und Balthasars Geldbeutel in seiner Tasche. Die Chance, dass sie ihn finden, ist verschwindend gering.« Sie wartete auf eine Reaktion, aber ihr Gegenüber blieb gelassen.

»Ermordet wegen einer Brieftasche und einem Handy«, sagte Mrs. Chalik leise. »In was für einer Welt leben wir?«

Sie war nicht hier, um den traurigen Zustand der Welt zu beklagen. »Ich hörte, er hat Sie oft aufgesucht.« Vielleicht hatte Balthasar sich zwischen all den Buddhas heimisch gefühlt. Der Frieden in diesem Raum machte sogar Maggie weniger scharfkantig.

»Ja, wir hatten einander viel zu sagen.«

Sie schwieg und hoffte, Mrs. Chalik würde die Lücke schließen. Sie tat es.

»Ich bewunderte an ihm, wie er sich von seiner Herkunft losgesagt hatte. Er konnte nicht verstehen, warum seine Familie und seine Freunde, Leute mit so viel Reichtum, nicht etwas davon mit den Bedürftigen teilten. Er war ein Kreuzzügler gegen AIDS und verlangte das auch von allen anderen.«

Nachdem sie Balthasars Familie und seine Freunde erlebt hatte, konnte Maggie seine Ungeduld gut nachvollziehen. »Haben Sie sich immer nur unterhalten?«

»Nein, ich habe eine Salbe für ihn hergestellt, ein linderndes Kräuterpräparat für Menschen mit AIDS. Es dient speziell zur Behandlung der Haut bei Herpes und Kaposi.«

Kaposi-Sarkome. Sie wusste aus Aslans Artikeln, dass diese Tumorart Menschen mit AIDS befiel, meist außen auf der Haut, aber auch im Mund sowie an Verdauungs- und Atmungsorganen. Sie traten auf, sobald das Immunsystem des Leidenden zusammenbrach. »War das etwas Besonderes, diese Salbe?«

»Ich denke schon.« Sie lächelte verhalten.

»Was sind die Zutaten?«

»Das ist Balthasars Geheimnis. Aber es sind ein paar ganz besondere Kräuter darunter, die nur ich für ihn auftreiben konnte. Ich produzierte große Mengen davon, und Balthasar holte alles ab und belieferte damit verschiedene Leute, um die er sich gekümmert hat.« Sie verschränkte ihre Finger und legte die Hände in den Schoß. Sie sah zufrieden aus, aber Maggie hatte noch mehr Fragen.

»Hat Balthasar von den Leuten Geld für die Salbe genommen?«

»Oh nein!« Mrs. Chalik sah entsetzt aus. »Er verteilte sie im Rahmen seiner ehrenamtlichen Arbeit für die Aidshilfe-Mission.«

»Hat er Sie bezahlt?«

»Das kommt mir wie eine sehr taktlose Frage vor, aber wenn Sie es unbedingt wissen müssen, er hat für die Salbe bezahlt. Nicht für die Tasse Tee und die freundlichen Gespräche.«

Sie hatte die Aura angekratzt. Mrs. Chalik wurde allmählich

reizbar. Sie würde sie noch mehr reizen müssen – ihr kam Herr Doktor Schloegel in den Sinn. Es war ein Schuss ins Blaue. »Sind nicht jede Menge Produkte gegen AIDS auf dem Markt? Könnte sich jemand übervorteilt gefühlt haben, weil Balthasar seine Arznei kostenlos anbot?«

Mrs. Chalik verschränkte die Arme und schürzte die Lippen. »Ich habe keine Ahnung.«

»Kennen Sie *Schloegel's Herbals*?«

»Ja.«

»Dann erklären Sie mir etwas. Was ist der Unterschied zwischen seinen Produkten und Balthasars?«

»Meine Liebe, Dr. Schloegel behauptet, seine Mixtur könne AIDS heilen, was ganz offensichtlich nicht der Fall ist. Balthasars Lotion lindert lediglich einige Symptome. Dazwischen liegen Welten.« Mrs. Chalik richtete ihren Sari.

Draußen auf der Straße quietschten die Reifen eines Autos. Das Geräusch fraß sich wie eine Klinge in den Schwamm von Maggies Hirn. Northdale war erwacht. »Hatte Balthasar Meiring AIDS?«

Die Heilerin richtete sich zu ihrer ganzen nicht sonderlich bedeutenden Größe auf und blähte missbilligend die Nasenflügel. »Das ist keine Frage, die wir stellen. Sie sollten das wissen.«

Sie hatte recht. Zu offenbaren, dass man AIDS hatte, war zunehmend gefährlicher Zündstoff. Es waren schon Menschen dafür gestorben, dass sie sich diesbezüglich geoutet hatten. Maggie setzte erneut ihren Schweigetrick ein.

»Soweit ich weiß, war Balthasar Meiring kerngesund.« Dann schürzte sie die Lippen.

»Worin besteht Ihr Hauptberuf? Im Herstellen von Präparaten?«

»Ich bin Kräuterheilkundige, meine Liebe, und spirituelle Heilerin. Ich glaube an die Verbindung von Geist und Körper, also strebe ich an, beides zu heilen, die Seele und ihre physische Manifestation. Viele Menschen sind emotional blockiert und kommen deshalb zu mir, damit ich ihnen helfe.«

»War Balthasar blockiert?« Danach musste sie fragen. Sie hoffte auf eine erhellende Antwort.

»Nein.« Sie lächelte. »Balthasar war einer der am höchsten entwickelten Menschen, denen zu begegnen ich je das Vergnügen hatte. Er wirkte auf einer elaborierten spirituellen Ebene. Ich fühle mich geehrt, dass ich in der Lage war, ihm zu helfen. Und dass ich ihn als meinen Freund bezeichnen durfte.« Sie beugte sich vor. »Ich scheue mich nicht, Ihnen zu sagen, dass ich glaube, er hilft mir. Von der anderen Seite aus.«

Maggie hatte nichts gegen spirituellen Hokuspokus, er machte viele Leute glücklich. Aber sie wollte sich nicht anhören, wie Balthasar über die Schwelle zum Jenseits hinweg Kontakt zu Mrs. Chalik aufgenommen hatte. Das war ein bisschen mehr, als sie schlucken konnte.

Aber vielleicht hatte Mrs. Chalik einen Blickwinkel auf diesen Mord anzubieten, den ihr sonst niemand liefern konnte. »Glauben Sie, es könnte eine vorurteilsgeleitete Straftat gewesen sein?«

Die Frau fuhr zurück. »Ich weiß nicht, was Sie meinen.«

»Mrs. Chalik, es ist allgemein bekannt, das Balthasar Meiring schwul war. Könnte ihn jemand nur deshalb umgebracht haben?«

»Davon weiß ich nichts. Doch wohl nicht mehr heutzutage?«

Natürlich gab es Hassverbrechen. Man brauchte nur die Zeitung zu lesen, um das mitzubekommen. Aber Youvashnee Chalik zog es offenbar vor, ihre Welt blumenduftig und keimfrei zu halten.

Maggie klatschte sich auf die Knie. »Na, dann werd ich mal gehen.«

Mrs. Chalik schwang sich auf die Füße, trat einen Schritt auf sie zu und nahm ihre Hand in eine ihrer hennagemusterten. »Meine Liebe, Sie sind ernstlich blockiert. Ich würde eine gründliche Kur mit Darmspülungen empfehlen. Wenn wir einige Ihrer physischen Kanäle reinigen, könnte das den Pfad zu wundersamem spirituellem Wachstum öffnen.«

Sie würde ganz sicher niemanden, nicht einmal die wohlriechende Mrs. Chalik, auch nur in die Nähe ihrer Kanäle lassen. Mit dem Versprechen, Aslan Chetty die besten Grüße zu übermitteln, machte sie sich auf und davon.

In der Redaktion blätterte sie rasch die heutige Ausgabe durch und stellte fest, dass ihre Story über *Schloegel's Herbals* es auf Seite drei geschafft hatte. Bei der Morgenbesprechung richtete Patel seinen Stahlblick auf sie. »Was steht auf der Agenda, Cloete?«

Sie erzählte ihm, sie wolle den Prozess um den AIDS-Medikamentenschwindel weiterverfolgen. Sie erzählte ihm nicht, dass sie heute früh schon Balthasar Meirings Kräuterfrau aufgesucht und erfahren hatte, dass er das Projekt finanzierte, für Menschen mit AIDS in KwaZulu-Natal eine lindernde Hautcreme aus geheimnisvollen Kräutern zu produzieren. Ebenso wenig erwähnte sie, dass sie am nächsten Tag der Gedenkfeier in der Aidshilfe-Mission beizuwohnen gedachte. Für Maggie und Zacharius Patel galt jetzt das So-transparent-wie-nötig-Prinzip. Manches brauchte er nicht unbedingt zu wissen.

Auf dem Weg zum Gericht erinnerte ihr Magen sie daran, dass sie das Frühstück ausgelassen hatte, und sie holte sich beim *Mooi Boy* ein Salatbrötchen. Sie aß es im Gehen. In einem Seitensträßchen, zwischen einem Geschäft für Damenunterwäsche und einem Laden für Modellflugzeuge, erspähte sie Spike Lyall. Er jonglierte wieder. Diesmal für eine Frau und ihre kleine Tochter, beide waren hingerissen. Sie ging schneller und hoffte, er hätte sie nicht gesehen, doch dann hörte sie Schritte hinter sich.

»Maggie! Warten Sie.« Der Kerl stand offenbar auf Bestrafung.

Sie ging weiter. »Ich muss zum Gericht. Keine Zeit.«

»Ich komme ein Stück mit.«

Sie sagte nichts, und er fiel neben ihr in Gleichschritt. Er trug ein T-Shirt und lange, ausgebeulte Badeshorts, und ihr fiel auf, dass er schöne Beine hatte. Was nicht hieß, dass sie mit ihm reden wollte.

»Sie waren gestern Abend wohl ziemlich aufgebracht.«

Sie blieb stehen und wandte sich ihm zu. »Ich verstehe nicht, warum Balthasars Freunde ausgerechnet am Tag seiner Beerdigung partymäßig einen draufmachen müssen. Das fand ich absonderlich. Wenn Sie das anders sehen, tut's mir leid.«

Er lächelte. »Das sehe ich keineswegs anders. Und ich weiß auch, dass es absonderlich gewirkt hat.«

»Und was soll eigentlich diese Jongliernummer? Damit verdient man doch kein Geld. Reine Angeberei.« Sie wollte ihn verletzen.

Spike Lyall lachte. Seine grünen Augen blitzten. »Na, das mach ich, um Frauen kennenzulernen. So habe ich Sie getroffen.«

»Mich haben Sie bei einer Beerdigung getroffen.«

»Ja, da sind wir uns wiederbegegnet, aber zuerst hab ich Sie auf der Straße gesehen.«

Sie kamen zum Gerichtsgebäude. »Ich geh da rein«, sagte sie unwirsch. »Ich muss eine Verhandlung verfolgen.«

»Kann ich mitkommen?«

»Nein, können Sie nicht. Gehen Sie Kunststückchen für Teenager machen oder an Ihrer Doktorarbeit schreiben oder was immer Sie sonst so treiben. Manche Menschen müssen arbeiten.«

»Sie haben Ihre Hausaufgaben ja gründlich gemacht.« Spike lächelte.

»Nein, nur meine Arbeit.« Sie drehte sich auf dem Absatz um, damit sie das selbstzufriedene Gesicht von Spike Lyall nicht mehr sehen musste, und durchschritt die Tore zum Obersten Gerichtshof.

Bevor sie ihre Tasche durch die Sicherheitsschleuse schob, blickte sie noch einmal über die Schulter. Er jonglierte schon wieder, draußen auf dem Bürgersteig. Gleich neben einer Gogo, die mit ihrem Korb voller Orangen zum Verkaufen auf einer roten Schottenkarodecke saß. Die alte Dame klatschte in die Hände und juchzte vor Freude. Er hatte ja nicht lange gebraucht, um die nächste Frau auf sich aufmerksam zu machen. Ein Minibustaxi mit der Aufschrift *Smooth Operator* hielt an, um seine Passagiere vor dem Gerichtsgebäude abzusetzen. Aalglatter Schlawiner – das passte doch wie die Faust aufs Auge.

Als sie im Gerichtssaal Lindiwe Dlamini sah, lief ihr ein Schauer über den Rücken. Sie wollte ihre Stimme hören. Das war die Frau, die jeden Tag mit Balthasar Meiring gearbeitet, seinen einfühlsamen Umgang mit den Kranken bewundert hatte. Sie hatte auch seinen sterbenden Körper in den Armen gehalten.

Im Zeugenstand nannte Dlamini ihren Namen, erläuterte ihre Position als Vorsteherin der Aidshilfe-Mission und berichtete, wie sie im Rahmen ihrer Arbeit zwei der betroffenen Familien besucht hatte – die Nhlangulelas aus Imbali, die gestern zum ersten Mal ausgesagt hatten, und die Ntombelas aus Willowfontain. Sie war eine beeindruckende Frau, nicht groß, aber ruhig und würdevoll. Ihre Haltung im Zeugenstand verriet Selbstsicherheit, sie hielt dem Blick des Anwalts stand und gab kurz und bündig Antwort.

»Ich habe Benjamin Nhlangulela im Mai letzten Jahres zu Hause in Imbali besucht. Er war sehr schwach. Seine Familie sagte mir, dass sein CD4-Wert sehr niedrig war und er eine hohe Viruslast aufwies. Sie konnten sich keine antiretroviralen Medikamente leisten, aber sie hatten einiges Geld in eine Vitaminkur von Dr. Schloegel gesteckt, der ihnen versichert hatte, dies würde Benjamins Immunsystem stärken und seinem Körper die Kraft geben, die Krankheit zu bekämpfen. Ich habe Mrs. Nhlangulela gesagt, dass HIV die aktiven Abwehrzellen des Immunsystems befällt, so dass jedes Präparat und jede Pille zur angeblichen Stärkung der Immunkräfte die Ausbreitung des Virus allenfalls beschleunigen, nicht aber aufhalten kann. Doch sie erklärten mir, der Mann, der ihnen die Pillen verkauft hatte, sei Arzt und habe beteuert, die Pillen würden wirken.«

Lindiwe sah Mrs. Nhlangulela an, die das Gesicht in ihren Händen vergraben hatte. Ihr Blick schimmerte feucht vor Mitleid. Maggie fragte sich, wie man es durchhielt, Tag für Tag gegen eine absolut gnadenlose Epidemie anzukämpfen. Wie schützten sich Aidshelfer vor Abstumpfung und völliger Ermattung? Wie schafften sie es, jeden Fall als Einzelfall zu betrachten und sich nicht in der Gleichgültigkeit von Statistiken zu verlieren?

»Mrs. Dlamini, wann haben Sie die Familie Nhlangulela das nächste Mal besucht?«

»Einen Monat später, im Juni.«

»Und wie ging es Benjamin da?«

Lindiwe sah den Anwalt an, als versuchte sie erfolglos etwas in sich zu unterdrücken. »Er war gestorben.«

Mrs. Nhlangulela schluchzte auf. Bei dem Geräusch stellten sich die Härchen an Maggies Armen auf.

Nach Lindiwes Aussage legte Richterin Zuma eine Mittagspause ein. Maggie folgte Lindiwe nach draußen und wartete, während sie mit den Nhlangulelas sprach. Sie legte den Arm um

Benjamins Mutter, und die alte Frau lehnte sich an sie, so wie sie selbst sich an die Sanitäterin gelehnt hatte, als die sie am letzten Dienstag aus dem HIV-Haus geleitete.

»Mrs. Dlamini, könnten wir kurz reden?«, fragte Maggie, nachdem Lindiwe sich von der Familie verabschiedet hatte.

Die Frau straffte sich zu ihrer vollen Größe. »Ich habe der Presse nichts Offizielles zu sagen. Und ich werde nicht über den Mord spekulieren.«

»Ich will Ihnen nur ein paar Fragen zum Thema Schloegel stellen. Kommen Sie, ich lade Sie zum Lunch ein.«

Sie traten aus dem Gerichtsgebäude in die feuchte Mittagsluft hinaus, Lindiwe presste ihre riesige schwarze Handtasche an sich wie einen Schutzschild. Maggie sah sich kurz um, ob Spike Lyall irgendwo weitere Großmütterherzen eroberte, aber er hatte das Revier verlassen und sich wohl ergiebigere Jagdgründe gesucht. Sie begann zu schwitzen und sehnte sich nach einem kalten Getränk, am liebsten eins, das sprudelte und Alkohol enthielt. Die Straße rauf lag ein Komplex von Läden, Kinos und einem Hotel. Dort gab es ein paar Boutiquen von der Art, die Sally-Anne Sheperd vermutlich frequentierte – klein und teuer, mit versnobten Eigentümern –, sowie ein großes Restaurant, Teil einer Kette namens *Guido's*, wo sie ein Steak und ein Bier kriegen konnte. Dort würde es auch eine Klimaanlage geben.

Sie ließen sich in einer Nische nieder, und Maggie bestellte sich ein *Castle* und ein Rumpsteak, Lindiwe einen Eistee und einen Teller Pommes frites. Während sie auf ihr Essen warteten, versuchte sie ihr Gegenüber auszuhorchen. »Diese Produkte, *Schloegel's Herbals*, wie verbreitet sind die?«

»Sie sind überall.« Ihre dunklen Augen begegneten Maggies Blick. »Er hat beeindruckende Vertriebswege auf die Beine gestellt.«

»Wie das denn?« Wie konnte ein Deutscher, der kein Zulu sprach, sich in den Townships so durchsetzen?

Lindiwe verzog die Mundwinkel. »Vitamin B.«

»Also hilft ihm jemand dabei, seine AIDS-Arzneien in den Townships zu verscherbeln?«

»Ja.« Lindiwe wandte den Blick ab.

Sie dachte an die Schläger hinter Designersonnenbrillen, die vor dem Rathaus mit Lucky Bean Msomi gekungelt hatten. »Msomi?«

»Das ist kein Name, den man in dieser Stadt leichfertig herumposaunt, Miss Cloete. Ich möchte wirklich nicht darüber reden. Nicht hier und nicht jetzt.« Sie griff nach ihrer gewaltigen Tasche und erhob sich. »Ich bin einfach noch nicht so weit. Es tut mir leid, dass Sie Ihre Zeit und Ihr Geld verschwendet haben.« Weg war sie.

Maggie nahm einen großen Schluck Bier und machte sich über ihr Steak her. Kauend dachte sie über Lindiwe Dlamini nach. Wann würde sie sich dazu durchringen, mit ihr zu sprechen? Bislang wehrte sie Maggie ab.

Sie seufzte und sah ihre Notizen durch. In dem Schloegel-Stoff steckte eine Titelstory. Niemand mochte Quacksalber, erst recht keinen Quacksalber, der Menschen mit AIDS ausnahm. Nachdem sie ihr Steak verdrückt hatte, aß sie noch Lindiwes Fritten, dann schob sie den Teller von sich und sah sich im Restaurant um. Das *Guido's* wimmelte von Rechtsanwälten, Beamten und Büroangestellten, die allesamt ihr Mittagessen genossen.

Sie entdeckte ein bekanntes Gesicht, getarnt in einer dunklen Sitznische in der hinteren Ecke des Restaurants. Dumisane Phiri war mit einem Mann in einem schwarzen Anzug ins Gespräch vertieft. Er hatte sie nicht bemerkt. Ihre Neugier war angestachelt. Lässig ging sie hinter ihm vorbei zum Damenklo, um unauffällig festzustellen, wer Phiris Aufmerksamkeit so fesselte. Als sie die Toilettentür aufdrückte, wandte sie sich kurz um. Sie kannte den Mann nicht, aber er hatte ein hartes Gesicht.

Auf der Toilette wusch sie sich die Hände, kämmte sich mit den Fingern durch die Haare und überprüfte ihr Spiegelbild. Sie war nicht sonderlich eitel, aber sie legte doch Wert darauf, dass ihr weder Pilzsauce am Kinn klebte, noch Steakfetzchen zwischen den Zähnen hingen. Sollte sie stehen bleiben und die beiden Männer ansprechen? Oder sollte sie das lieber lassen und sie unbemerkt beschatten?

Sie entschied sich für die Schrotflintenmethode und grüßte Dumisane, sobald sie aus dem Klo kam. Gemäßigter Ärger huschte über sein Gesicht, als er sie sah.

»Miss Cloete.« Er hob leicht die Hand, als wollte er seinem Begleiter signalisieren, dass dies nur einen Moment dauern würde.

»Mein Steak war ausgezeichnet und es geht mir gut, danke«, sagte sie, obwohl er nicht gefragt hatte. »Und selbst?«

»Gut, gut.«

Sie musterte den anderen Kerl. Seine kleinen Augen waren blutunterlaufen, und er sah aus, als sei sein Kaffee nicht ganz das Stimulans, nach dem es ihn verlangte. Er erwiderte ihren Blick und begrub dann seine Nase abweisend in seinem Kaffeebecher. Er trug einen auf italienisch gemachten grauen Anzug, wie sie in Südafrika massenhaft produziert wurden, das Markenzeichen am Ärmelaufschlag war noch angenäht.

Dumisane, ganz der Politiker, konnte nicht umhin, der Etikette Genüge zu tun. »Maggie, ein Geschäftsfreund, Vincent Ndlela. Vincent, das ist Maggie Cloete von der *Gazette*.«

Ndlela streckte ihr seine Hand hin. Als sie sie ergriff, kratzte plötzlich ein langer, spitzgefeilter Fingernagel den frischen Schorf in ihrer Handfläche auf. Sie riss ihre Hand weg und hatte Mühe, sich nicht unwillkürlich zu schütteln.

»Kennen wir uns?«, fragte sie.

»Glaube nicht«, sagte er und richtete seine Aufmerksamkeit erneut auf den leeren Kaffeebecher. »Ich kenne Ihre Artikel.«

Sie wandte sich wieder an Dumisane. »Ich hab gerade drüben am Landgericht zu tun. Ein deutscher Quacksalber verkauft überall in Edendale und Imbali wirkungslose Pseudo-Arzneien gegen AIDS, und die Familien von fünf toten Opfern haben eine Sammelklage angestrengt. Vorhin hat Lindiwe Dlamini ausgesagt.«

Ndlela versteifte sich. Er stellte den Kaffeebecher hin und wischte sich umständlich das Gesicht ab.

»Na, ich lasse Sie beide dann mal allein«, sagte sie. Dumisane verabschiedete sich höflich, wenn auch unaufrichtig, Ndlela starrte sie bloß an. Sie bemerkte die Intelligenz in seinen kalten Augen und erzitterte innerlich. Wenn sie ihm je in einer dunklen

Gasse allein über den Weg lief, sollte sie entweder ihre besten Laufschuhe anhaben oder mit einer sehr großen Knarre bewaffnet sein. Vorzugsweise Letzteres.

Zurück im Gerichtssaal, wartete sie auf den Beginn der Nachmittagssitzung und grübelte, warum Dumisane Phiri sich freiwillig mit einem Fiesling wie Vincent Ndlela blicken ließ. Für einen aufstrebenden Politiker war es doch wohl passender, sich Schulter an Schulter mit seinen Rathauskollegen zu zeigen?

An diesem Nachmittag des Schloegel-Prozesses berichtete Lindiwe, wie sie unzählige Male die Familie Ntombela besucht hatte und dabei zusehen konnte, wie Elsie Ntombela trotz der berüchtigten Vitamine immer schwächer wurde. Vier Monate nach Beginn der Kur starb sie.

Richterin Zuma, scharf auf ihr Wochenende, verkündete das Ende der heutigen Anhörungen, noch ehe Schloegels Anwalt sich festbeißen konnte. Auf dem Weg zurück ins Büro klingelte Maggies Handy.

»Cloete.«

»Mein Name ist Mbali Sibanyoni.« Eine Kinderstimme. Sie sprach Englisch mit Zulu-Akzent.

»Ja?«

»Ich bin Balthasar Meirings Tochter.«

11

Freitag, 16:30 Uhr

»Seine Tochter?« Wie angewurzelt blieb sie mitten im Freitagnachmittagsgewimmel stehen und drückte sich ihr Handy ans Ohr. Die Menschenmassen umbrausten sie, stießen sie mit ihren Einkaufstaschen. Sie musste die Beine fest einstemmen, um nicht zu straucheln.

»Ja, seine Tochter. Ich muss mit Ihnen sprechen. Aber nicht am Telefon.«

Sie rannte zur Redaktion, ihr Herz schlug Saltos in ihrer Brust. In weniger als zehn Minuten hämmerte sie die Story des Tages in die Tasten – ein neuer Rekord. Dann ging sie mit einem Bestechungskaffee zu Zacharius Patel und erklärte ihm, sie wolle heute früher Schluss machen. Er runzelte die Stirn und nickte. Fünfunddreißig Minuten nachdem sie den Anruf erhalten hatte, spurtete sie mit dem Helm auf dem Kopf aus dem Redaktionsgebäude.

Mbali hatte erklärt, sie würde im Wylie Park warten, auf einer Bank nahe dem Eingang im Stadtteil Athlone. Sie sagte, der Park sei gleich bei ihrer Schule. Maggie war erst heute Morgen dort vorbeigelaufen. Tagsüber war es ein Paradies für Hundehalter, nachts ein Tummelplatz für Junkies und Straßenräuber. Auch wenn es fünf Uhr nachmittags und noch heller Tag war, wollte sie nicht, dass ein Kind allein dort herumhing, also gab sie Gas.

Balthasars Worte klingelten in ihren Ohren, als sie der Henne auf der Old Howick Road den Hahn aufriss. »Jemand mit Sinn fürs Menschliche. Jemand, der sich ernsthaft für die Opfer interessiert.« Ihr Hang zu persönlicher Involviertheit hatte ihr auf der

Arbeit schon öfter Ärger beschert. Patel hatte sie gewarnt, sich mehr zurückzunehmen, wie bereits sein Vorgänger, ein schwermütiger Simbabwer namens Bert Townsend.

»Jesses, Maggie«, sagte Bert oft und harkte dabei mit nikotingelben Fingern seine letzten Haarsträhnen über die Halbglatze, »es heißt nicht umsonst *berichten*. Du bist Berichterstatterin. Es ist nicht dein Job, dich reinzuknien und dir die Hände schmutzig zu machen.«

Sie nahm sich vor, cool und professionell zu bleiben, ein Versprechen, das sie sich und ihren Redakteuren ziemlich regelmäßig gab. Dennoch raste ihr Herz, als sie die Henne auf dem Rasen vor dem Parkeingang aufbockte und hineinging.

Gewitterwolken türmten sich am Himmel wie dunkle Paläste, gewaltige Gebilde aus Wasser und Luft. Der Schweiß, der während der Fahrt auf ihrem Rücken getrocknet war, brach erneut durch ihr T-Shirt. Diese verdammte Feuchtigkeit musste doch mal nachlassen.

Sie fand die Bank und Mbali. In Shorts und T-Shirt wirkte sie gut behütet und gesund. Sie sah aus wie etwa zehn.

»Hi, ich bin Maggie Cloete.« Sie sprach leise, ihr war nur allzu bewusst, dass das Kind erst vor vier Tagen den Mann verloren hatte, den sie ihren Vater nannte.

»Hi.« Das Kind starrte in die Ferne und ließ die Beine baumeln. »Mein Pa wurde umgebracht.«

»Ich weiß«, sagte sie. »Es tut mir wirklich sehr, sehr leid.«

»Er war mein zweiter Vater. Mein erster Pa ist auch gestorben.« Mbali hob den Blick nicht von ihren schwingenden Beinen. »Er war krank.«

Sie wusste, was der Euphemismus bedeutete. AIDS.

»Was ist mit deiner Mutter?«

»Sie ist auch gestorben.«

»Es tut mir so leid, Mbali.«

Jetzt sah das Kind sie zum ersten Mal an. »Warum sagst du dauernd, es tut dir leid? Du hast doch nichts gemacht.«

»Ich weiß. Es tut mir einfach leid, dass du solchen Kummer hast.«

»Wir waren nicht bei seiner Beerdigung.« Tränen sammelten sich in den großen braunen Augen.

»Ich war da. Sie haben nur Gutes über ihn gesagt.«

Mbali begann ernstlich zu weinen. Sie nahm sie in die Arme. Sie kannte das Gefühl des Verlassenseins, kannte es bis in die Knochen. Mbali weinte und weinte, und Maggies schwarzes T-Shirt saugte ihre Tränen auf. Die dunkelgrünen Blätter der Azaleenbüsche begannen zu rascheln. Sie konnte den nahenden Regen riechen.

Mbali sah zu ihr auf und fragte: »Kann ich mit zu dir nach Hause?«

»Was ist mit deinem Zuhause?«

»Nkosazana heult die ganze Zeit, ich will da jetzt nicht hin.«

Schnell ging sie ihre Möglichkeiten durch. Hier war eine Verbindung zu Balthasar, eine lebendige Verbindung, keine gespenstische dunkle Erinnerung an einen nebelhaften Knaben. Mbali hatte ihr etwas zu erzählen, und mehr noch hatte sie selbst den Wunsch, dass das Kind ihr vertraute. Außerdem war ein Gewitter im Anmarsch. Die Bambusrohre unten am Wasserlauf schlugen schon um sich wie wütende Schlangen.

»Okay, was hältst du davon: Du kannst für zwei Stunden mit zu mir kommen, wenn du, und das ist die Bedingung, vorher zu Hause anrufst und Bescheid sagst, dass es dir gut geht und du um acht Uhr heute Abend zurück bist.« Sie reichte ihr das Handy.

Mbali wählte eine Nummer, führte blitzschnell ein kurzes Gespräch, drehte sich wieder um und erklärte: »Ich bin so weit.«

Ein Blitz zuckte über sie hinweg, gefolgt von einem dröhnenden Donnerschlag. Das Kind griff nach ihrer Hand.

»Du musst wissen, dass ich kein Auto habe«, erklärte sie, während sie unter peitschenden Ästen hindurch zum Ausgang liefen. »Ich fahre Motorrad.«

Mbali brachte den kurzen Schimmer eines Lächelns zustande.

Sie stülpte dem Kind ihren Helm auf den Kopf, fuhr heimwärts und betete, dass ihr keine Cops in die Quere kamen. Es wäre gar nicht gut, wenn die Vorzeigereporterin des Kriminalressorts ohne

Helm mit einer Zehnjährigen auf dem Sozius erwischt wurde. Sie musste auf ihre weiße Weste achten.

Sie erreichten Maggies Tiefgaragenplatz, wenige Sekunden bevor der Wolkenpalast sich öffnete und etliche Kilotonnen Wasser über den Großraum Pietermaritzburg ergoss. Maggie sah, dass Mbali zitterte, und sobald sie die Wohnung im sechsten Stock erreicht hatten, gab sie ihr einen ihrer Pullover zum Anziehen. Er reichte ihr bis zu den Knien, aber sie schlotterte immer noch.

Sie überlegte, was sie noch tun konnte, damit das Bibbern aufhörte, und erinnerte sich an das Allheilmittel ihrer Mutter: heiße Honigmilch. Sie wärmte Milch in der Mikrowelle und rührte Honig hinein. Mbali hockte auf dem Sofa, die angezogenen Knie unter dem Pullover, und schlürfte.

»Ich bin so müde«, verkündete sie, nachdem sie die Milch geleert hatte.

»Mbali, hast du nicht gesagt, dass du mit mir reden willst?«

»Ja, will ich auch. Aber kann ich nicht erst ein bisschen schlafen?« Kaum dass ihr Kopf das Sofakissen berührte, fielen ihr die Augen zu.

Maggie nahm ein Bad. Sie tauchte den Kopf unter Wasser. Das pochende Dröhnen des Wassers an ihren Trommelfellen war nicht beruhigend. Etwas in Mbalis Augen erinnerte sie an Christo, eine gewisse Verletzlichkeit, ein Ausdruck, als habe die Welt sie fallen gelassen. Christo hatte an der Grenze zwei Monate durchgehalten. Dann war er desertiert. Als die Armee ihn aufspürte, lebte er verwahrlost am Strand von Durban und erklärte, er müsse aus Gewissensgründen den Dienst verweigern. Er bekam sechs Jahre in einem Knast in Pretoria.

Ma legte sich mit der Schande ins Bett und konnte zu nichts mehr bewegt werden. Pa besuchte Maggie in der Mittagspause bei der *Gazette*. Bei einem Teller Pommes frites im Steakhaus erklärte er ihr, dass er Ma an die Südküste bringen würde.

»Wir ziehen weg, *Meisie*. Ich glaube, der Ortswechsel wird ihr guttun. Wir finden eine neue Gemeinde und fangen von vorn an.«

»Ihr lasst uns fallen«, sagte Maggie. »Mich und Christo, einfach so.«

»Nein, Maggie, dich nicht, nur diese Stadt. Wir können uns hier in der Kirche nicht mehr blicken lassen.« Seinen Sohn erwähnte er tunlichst nicht. Er legte die Hand auf ihre, aber dabei reckte er schon den Kopf nach dem Kellner, damit er endlich die Rechnung bezahlen konnte. Die Art, wie sein faltiger Hals aus dem Kragen ragte, erinnerte sie an eine Schildkröte. Eine, die beim leisesten Anzeichen von Ärger schnell in ihrem Panzer verschwinden würde.

Seitdem weigerte sich Maggie, mit ihnen zu sprechen, und nach einer Weile gaben sie es auf.

Eines Tages erhielt sie im Büro einen Anruf.

»Hier ist Jon Hammond«, erklärte ihr die Stimme. »Von der Kampagne gegen die Wehrpflicht. Es gibt einen Beschluss gegen die Vollstreckung der Höchststrafe bei Kriegsdienstverweigerern. Ihr Bruder kommt nach Hause.«

Sie holte Christo am Busbahnhof ab. Sie hatte ihn zwei Jahre nicht gesehen, daher hielt sie Ausschau nach einem großen, dünnen blonden Teenager. Der Mann, der zittrig aus dem Bus stieg, war übergewichtig, ungepflegt und zerzaust. Er umarmte sie und sagte: »Ich brauch 'n Drink.«

Christos Abwärtsspirale verlief rasant. Nacht für Nacht weckte er sie mit den Schreien seiner Albträume, die er bei Tageslicht verleugnete. Er bekam einen einfachen Job als Kassierer in einem Supermarkt, beklagte sich aber ständig beim Chef, dass die Kollegen über ihn tuschelten und seine Kasse plünderten. Als er wegen tätlichen Angriffs auf einen Kollegen gefeuert wurde, blieb er zu Hause und soff. Bis sie eines Nachts mit seinen Händen um den Hals erwachte, seine Augen rot vor Wut und Angst, und begriff, dass er Hilfe brauchte.

Ein Wehlaut zerrte Maggie aus dem Bad. Sie griff sich ein Handtuch und rannte tropfend zu Mbali. Die Kleine heulte laut im Schlaf, Tränen liefen über ihre Wangen.

»Mbali, wach auf.«

Das Kind fuhr aus seinem Traum hoch und sah Maggie an, die mit ihren nassen Füßen eine Spur dunkler Abdrücke auf dem Teppich hinterlassen hatte. Sie sah verblüfft aus, dann, als das Bewusstsein wiederkehrte, begriff sie, wo sie war.

»Du bist ganz nass.«

»Ja, ich hab gebadet. Warte hier, bis ich mich angezogen habe.«

Sie ging ins Schlafzimmer und zog Jeans an. Sobald der Regen aufhörte, würde es wieder heiß werden, und sie würde sich nach Shorts sehnen, aber im Moment brauchte sie die Jeans als Rüstung.

»Ich geh nur schnell Kaffee machen«, rief sie Mbali zu, verschwand in der Küche und drehte den Herd an. Es war Freitagnachmittag, sie sollte eigentlich mit Aslan bei *Crystal's* sitzen, Wodka trinken und ihm beim Flirten zuschauen, stattdessen kochte sie Kaffee, und in ihrem Wohnzimmer saß ein Kind und wartete auf sie. Sie starrte aus dem Küchenfenster und sah zu, wie der Regen aufhörte. Nach einer kurzen Pause begannen frisch gewaschene Vögel zu singen. Lass dich nicht reinziehen, murmelte sie sich zu, als sie kochendes Wasser über Kaffeegranulat goss.

Was immer du tust, lass dich nicht reinziehen.

Sie warf den Löffel in die Spüle und sah noch einmal aus dem Fenster. Ein schwarzer BMW mit getönten Scheiben hielt am Bürgersteig vor dem Apartmentblock. Jemand kurbelte ein Fenster runter, und sie sah eine Sonnenbrille aufblitzen. Phiri hatte einen schwarzen BMW, Lucky Bean Msomi auch. Jeder in Pietermaritzburg, der glaubte, er wäre jemand, fuhr einen schwarzen BMW.

Sie schenkte Mbali ein Glas Wasser ein. Der BMW lauerte immer noch auf der Straße. Sie zeigte dem Fahrer den Finger und ließ die Jalousie runter.

Als sie wieder ins Wohnzimmer kam, erklärte Mbali: »Ich muss dir was sagen.«

»Lass mich kurz mein Notizbuch holen.« Sie holte ihren Rucksack von seinem Haken neben der Wohnungstür und setzte sich zu Mbali aufs Sofa, der Kaffeebecher dampfte vor ihnen auf dem Tisch.

Mbali wandte ihr das Gesicht zu. »Ich will dir was über Balthasar erzählen.«

»Und ich will alles über ihn hören.« Sie erklärte, dass sie als Journalistin aufschreiben musste, was Leute ihr erzählten, und bat Mbali, sich erst vorzustellen und dann langsam und deutlich zu erzählen.

»Ich bin Mbali Sibanyoni«, begann das Kind. »Ich bin elf Jahre alt. Meine Schwester Grace ist vier. Meine Brüder Lungi und Mondli sind sieben und neun. Mein anderer Bruder Sbusiso ist gestorben, als er fünf war. Er hatte das Gleiche wie meine Mutter und mein Vater. Als Erstes wurde mein Vater krank, und dann starb er. Dann wurde meine Mutter krank, und ich ging nicht mehr zur Schule, um sie zu pflegen. Dann starb sie. Wir waren allein. Wir hatten Angst. Die Leute im Dorf mochten uns nicht.«

»Warum nicht?«

»Sie glaubten, wir würden sie krank machen.« Da war sie wieder, die AIDS-Leugnung. Obwohl in den meisten Dörfern im ländlichen KwaZulu-Natal HIV grassierte, konnten die Leute es nicht zugeben. Sie ließen ihre Angst an den Schwächsten und Verletzlichsten aus.

»Ich musste mich dann um meinen kranken Bruder und meine kleine Schwester kümmern. Meine anderen Brüder gingen auch nicht mehr zur Schule. Sie sind in den Busch gegangen, um für uns etwas zu Essen zu suchen. Manche von den Nachbarn haben uns auch Essen gegeben. Unser Dorf liegt in der Nähe von Shongweni. Es ist ein sehr armes Dorf. An manchen Tagen haben wir Grashüpfer gegessen und warmes Wasser getrunken, um satt zu werden. Wenn wir Brot hatten, haben wir es mit Wasser vermanscht und es Sbu gegeben, weil er der Kranke war.

Dann kam eines Tages Balthasar in unser Dorf. Mit der AIDS-Frau, Mrs. Dlamini. Die haben einen anderen kranken Mann im Dorf besucht. Ich bin zu Mrs. Dlamini gerannt und habe sie gebeten, dass sie mal nach Sbu gucken kommt. Sie und Balthasar sind dann zu uns gekommen.

Als ich ihn das erste Mal gesehen habe, musste ich lachen. Er war so weiß und so dünn. Seine Haare hatten gar keine Farbe. Er trug ein langes weißes Hemd über weißen Hosen, und seine Beine waren so lang, er sah aus wie eine Gottesanbeterin. Als er in unser Haus kam, musste er sich ducken.«

»Wie war er so?« Endlich begann die nebelhafte Gestalt Konturen anzunehmen.

»Er war nett zu uns. Er kochte Wasser und wusch Sbu im Bett.

Er wusch alle seine Wunden und tat eine besondere Salbe darauf. Manche hat er auch verbunden. Er wusch Sbu und redete dabei, und wir hörten ihm zu. Wir hatten noch nie einen weißen Mann so gut Zulu sprechen hören. Währenddessen ist Mrs. Dlamini losgegangen, um uns was zu essen zu holen. Sie kam mit einem ganzen Sack Mais und außerdem noch Bohnen wieder. Und sie brachte uns neue Jeans zum Anziehen mit. Sie hat uns sogar Takkies und Fleecejacken gebracht.«

»Wie fühlte sich das an?«

Ihr Gesicht strahlte bei der Erinnerung. »Wir waren total glücklich! So froh über die schönen warmen Sachen und das gute Essen. Sie sagte noch zu mir, wir sollten nicht alles an einem Tag aufessen.« Maggie zuckte leicht zusammen. »Dann sind Mrs. Dlamini und Balthasar nach draußen gegangen und haben sich gestritten. Sie kam wieder rein und sagte, die Leute von ihrer Organisation würden versuchen, nach uns zu sehen. Sie würde einer Freundin namens Brenda Shabalala, die im Dorf lebte, sagen, dass sie uns besuchen und uns helfen sollte. Dann kam Balthasar rein. Er brachte noch mehr zu essen. Er sagte uns, wir sollten es verstecken, damit es niemand stehlen kann. Er sagte auch, dass er bald wiederkommt. Dann sind sie gegangen.«

»Ist er wiedergekommen?«

Mbali sah sie an, als ob sie blöd wäre. »Er kam andauernd. Wir waren immer froh, wenn er kam, Mrs. Shabalala mochten wir nämlich nicht. Sie war immer brummig und redete so laut.«

Ihre Stimme wurde leiser. »Eines Tages ist was Schlimmes passiert, mit Grace, und sie musste ins Krankenhaus. Balthasar hat uns abgeholt und mit zu sich genommen, in sein Haus, damit wir in Sicherheit waren. Wir sind sehr gern mit Balthasar gegangen, weil er so nett zu uns war und uns immer Essen und Überraschungen mitgebracht hat.«

»Was ist denn mit Grace passiert?«

»Das möchte ich nicht sagen.«

Sie beließ es dabei. Auf Erwachsene übte sie Druck aus, wenn sie Informationen wollte, aber nicht auf dieses gleich mehrfach verwaiste Kind.

»Wir sind einen langen Weg gefahren, von unserem Dorf bis ganz in die Stadt, bis zu seinem Haus. Als wir da waren, sagte er, dass ich, Grace, Sbu und die zwei Jungs jetzt seine Kinder wären. Er wurde unser Vater. Wir waren total glücklich. Unser Vater war ja tot und unsere Mutter auch, und wir hatten niemanden.

Als Grace zwei Wochen danach aus dem Krankenhaus kam, ist Sbu gestorben. Wir waren so traurig, dass unser kleiner Bruder tot war. Da hat Balthasar versprochen, wenn einer von uns so krank wird wie Sbu, kauft er uns die Muti, die wir brauchen, um gesund zu werden.

Und vor vier Tagen ist er früh aufgestanden und zur Arbeit gegangen. Dann hat die AIDS-Frau, Mrs. Dlamini, angerufen und gesagt, dass ihn jemand totgeschossen hat. Wir haben nur so dagesessen, zu Hause, und wussten nicht, was wir machen sollten oder wo wir hin sollten. Nkosazana wollte uns nicht aus dem Haus lassen oder ans Telefon.«

»Und ihr konntet nicht zur Beerdigung?«

»Nein. Das hat uns so traurig gemacht. Mrs. Dlamini hat gesagt, sie kommt morgen und nimmt uns mit zu seiner anderen Trauerfeier.«

»Wer kümmert sich denn jetzt um euch?«, fragte sie und betete, dass es darauf eine halbwegs befriedigende Antwort gab.

»Na ja, Nkosazana ist da, aber sie ist sehr alt. Sie weiß auch nicht, was zu tun ist. Sie weint immer bloß und sagt ›mein Liebling ist tot‹. Claudine ist einmal mit Essen vorbeigekommen, aber dann ging sie wieder. Am Tag kommt eine Krankenschwester und guckt nach den Kranken, aber Balthasar war nachts immer für uns da.«

»Wie viele Kranke habt ihr denn?«

»Busi, Joyce und Msizi. Balthasar sagt, Grace ist unser Wunderbaby, weil sie immer noch nicht krank ist.«

»Wer sind die anderen drei?«

»Na, die Enkel von Nkosazana. Ihre Eltern sind doch auch tot.«

Maggie hatte Mühe, das alles zu verdauen. Balthasar hatte bei sich zu Hause eine Art Waisenhaus für Kinder eingerichtet, von denen mehrere AIDS hatten, und es gab keinen Notfallplan für die Möglichkeit, dass er plötzlich tot sein könnte. Jetzt gab es sieben Kinder und eine alte Frau, für die gesorgt werden musste.

»Mbali, warum hast du gerade mich angerufen?«

Das Kind sah zu ihr auf. »Balthasar hat mir das gesagt. Er sagte, wenn ihm etwas passiert, müssen wir dich anrufen.« Sie vergrub ihren Kopf in den Händen.

Maggie stand auf, dann setzte sie sich wieder hin. Ihre Gedärme verkrampften sich. Balthasar hatte daran geglaubt, dass sie sich irgendwie um seine Waisen kümmern würde. Beim ersten Mal hatte sie nicht auf ihn gehört, jetzt blieb ihr wohl nichts anderes übrig. Er ließ ihr gar keine Wahl, verflucht. Zur Hölle mit ihm.

»Dann wollen wir dich mal nach Hause bringen, Mbali.«

Vor Balthasars Haus hüpfte Mbali vom Motorrad, um das Sicherheitstor zu öffnen. Sie hatte einen Schlüssel in der Tasche.

Über die Schulter fragte sie: »Willst du reinkommen und mit Nkosazana reden?«

Maggie fand sich schwankend vor einem Abgrund. Auf der einen Seite stand die professionelle Distanz, die einzuhalten ihre Chefredakteure mahnten. Sie sah die Gestalten von Zacharius Patel und Bert Townsend vor sich, wie sie ihr zuwinkten und riefen: »Tu's nicht!« Auf der anderen Seite leuchtete ein dunkles, flehendes Augenpaar.

Mbali zog an ihrer Hand.

»Okay, okay«, sagte sie. »Ich komm mit rein.«

12

Freitag, 20 Uhr

Sie parkte die Henne in der Kiesauffahrt neben einem gelben Golf, während Mbali das Tor wieder hinter ihnen abschloss.

»Wessen Auto ist das?«

»Balthasars«, sagte das Mädchen. »Sipho hat es zurückgebracht.«

Ein rotes Backsteinhaus mit grünem Dach, ziemlich typisch für das viktorianische Pietermaritzburg. An der Haustür blätterte die schwarze Farbe ab, darüber rankte sich ungehindert ein üppiger Blauregen. Mbali führte sie nach links zu einer Seitentür, vermutlich der Kücheneingang. Ein von wogendem Jasmin überwucherter Zaun markierte die Grenze zum Nachbargrundstück. Sie kamen an einer überdachten Außenküche vorbei, schon lange nicht mehr in Gebrauch, wo sich vor rund einem Jahrhundert wohl die Dienerschaft aufgehalten, getratscht und schwer gearbeitet hatte.

Mbali schloss die Küchentür auf, und auf das Geräusch hin kamen ihnen schnelle Schritte entgegen. Eine sehr alte Dame warf sich auf Mbali und umschlang sie mit lauten Schluchzern. Maggie konnte ein bisschen Zulu, aber dem Wortschwall, der aus der alten Frau hervorbrach, vermochte sie nicht zu folgen.

Mbali ließ die Liebkosungen über sich ergehen und schüttelte sie dann sanft ab. »Wie geht es den Babys?«, fragte sie auf Englisch.

»Sie schlafen«, antwortete die Frau, zog ein Papiertuch aus der Tasche und wischte sich die Tränen weg. »Msizi wollte nichts essen, die anderen beiden haben ein bisschen *Pap* gekriegt. Ich hab ihre Windeln gewechselt, und jetzt schlafen sie alle.« Sie sah Maggie an. »Wer sind Sie?«

»Ich bin Maggie Cloete. Ich schreibe für die *Gazette*. Mbali hat mich gebeten mitzukommen, um zu sehen, ob ich euch helfen kann. Es tut mir wirklich leid, was mit Balthasar passiert ist.«

Die Tränen begannen wieder zu fließen, diesmal machte sich Nkosazana nicht die Mühe, sie abzuwischen. »Es ist schrecklich, so schrecklich. So ein guter Mann, so ein freundlicher Mann, kümmert sich um die Kinder von anderen Leuten, und jetzt ist er tot, und wir wissen gar nicht, was wir machen sollen.«

»Ich geh die anderen suchen«, sagte Mbali, die offenbar fand, dass sie ihre Schuldigkeit getan hatte, indem sie Maggie ins Haus brachte. Sie verdrückte sich in einen Flur mit gesprungenem schwarzweißem Linoleumboden und hinterließ nur das Echo ihrer Schritte.

»Kann ich Ihnen einen Tee anbieten?«, fragte Nkosazana.

Eigentlich wollte sie keinen Tee. Nach Mbalis Erzählung wäre ein Wodka auch deutlich passender gewesen, aber sie wollte die Frau nicht kränken, also folgte sie ihr in die Küche. Die war geräumig, aber völlig veraltet. Es gab einen kleinen, antik wirkenden Ofen, einen leckenden Kühlschrank, dessen Tauwasserpfützen jemand mit alten Ausgaben der *Gazette* einzudämmen versucht hatte, und einen gusseisernen Spülstein. Da stand auch eine kleine Waschmaschine mit geborstener Plastikverschalung. Balthasar hatte sich wohl nicht gerade um modernes Gerät zur Arbeitserleichterung bemüht.

Ohne zu fragen schaufelte Nkosazana drei Löffel Zucker in Maggies Tasse und rührte um. Sie nahm nie Zucker, aber dies war nicht der Zeitpunkt für Spitzfindigkeiten. Nkosazana ließ sich schwer auf einem Stuhl neben ihr nieder.

Sie nippte am Tee und bemühte sich, nicht zusammenzuzucken: Der Zucker zog unangenehm an ihren Zähnen. »Erzählen Sie mir von Balthasar.«

Nkosazana sah so dankbar aus, als müsste sie sterben, wenn sie nicht endlich reden durfte. »Mein Liebling. Ich habe viele Jahre für seine Familie gearbeitet. Bevor die Madam die Zwillinge bekam, musste sie das Bett hüten. Sie konnte sich gar nicht um ihren Sohn kümmern, sie war zu krank dazu, und so wurde er mein Sohn. Ich trug ihn auf meinem Rücken, wenn er Schlaf brauchte, ich fütterte ihn, wenn er hungrig war, badete ihn, wenn er schmutzig war. Dann kamen die Zwillinge, und sie hatte wieder keine Zeit für ihn, also blieb er mein. Er wuchs zu so einem lustigen, dürren kleinen Jungen heran. Ich hab ihn immer mein Äffchen genannt. Er wollte ständig auf meinen Rücken. Ich hab ihn noch herumgetragen, als er schon drei, vier Jahre alt war. Außer wenn der Master da war.«

»Balthasars Vater?«

»Ja, er mochte das gar nicht. Er sagte, dass ich ihn zu einem Windelkind machte, dass Balthasar barfuß um die Farm rennen und Fallen stellen und etwas erschießen sollte.«

»Das tat er nicht?«

»Nein, er mochte keine Tiere töten. Er blieb am liebsten zu Hause, bei mir in der Küche oder bei der Madam im Garten. Als die Mädchen größer wurden und zu reiten anfingen, blieb er weiter bei uns zu Hause und las seine Bücher. Ach, er liebte seine Bücher.«

»Haben Sie noch bei den Meirings gearbeitet, als Pontius Ncube getötet wurde?«

»Das war eine schreckliche Zeit.« Nkosazana wiegte den Kopf langsam von einer Seite zur anderen. »Ich kannte die Familie Ncube, ich wusste, dass der Master ihn getötet hatte, und ich musste trotzdem jeden Tag zur Arbeit gehen und ihn sehen. Ich hasste ihn so sehr danach. Es machte mich ganz krank, ihn zu sehen, zu wissen, dass er einen Mann niederschießen und ihn verbluten lassen konnte. Ich beschloss wegzugehen, aber ich konnte meinen Liebling nicht dort mit dem Master alleine lassen. Ich habe gewartet, bis Balthasar auf die Universität ging, und dann bin ich auch gegangen.«

»Lourens Meiring sagt, die Familie Ncube könnte Balthasar erschossen haben, als Rache für den Mord an Pontius.«

Nkosazana beugte sich vor und flüsterte: »Das haben sie nicht getan. Sie wussten ganz genau, dass er nicht wie seine Eltern war.«

Sie setzte sich wieder zurück. »Außerdem, als er noch klein war, ist er dauernd zum *Kraal* gegangen und hat mit Pontius gespielt. Sie waren echte Freunde.«

Maggie saß da und ließ das alles auf sich wirken. Eine Reihe Ameisen marschierte in Formation auf die Zuckerschale zu.

Nkosazana bedeckte die Schale mit einem Häkeldeckchen, das ringsum mit kleinen gelben Steinchen beschwert war. Dann stand sie auf und stellte ihre Tasse in die Spüle. »Wollen Sie die Kinder sehen?«

Für einen Augenblick geriet sie in Panik. Wollte sie die Kinder sehen? Konnte sie sich nicht einfach schnell verabschieden, nach draußen schlüpfen und ihre unbeteiligte Professionalität zurückerlangen?

Sie starrte ins Halbdunkel des schwarzweißen Flurs. Ihr ganzer Instinkt – auf den sie sich normalerweise blind verließ, ob man sich nun vor Gummigeschossen ducken musste, eine Masse Demonstranten ungemütlich wurde oder ein mieser Abzocker im Zeugenstand Lügen erzählte – schrie nach Flucht durch die Hintertür. Sie ignorierte ihn und trottete hinter Nkosazana her. Die Wände des Flurs waren in nüchternem Weiß gehalten, und sie heftete ihren Blick darauf, um die Panik niederzuringen. Nkosazana blieb beim ersten Zimmer auf der rechten Seite stehen. »Hier sind die Mädchen.«

Sie atmete tief durch und spähte hinein. In dem kleinen Raum war gerade genug Platz für ein Etagenbett und einen Schrank. Mbali winkte ihr vom oberen Bett aus zu, wo sie sich unter die Decke gekuschelt hatte. Sie bedeutete ihr hereinzukommen.

»Das ist Grace«, flüsterte sie und zeigte mit dem Finger auf die schlafende Gestalt im unteren Bett. Maggie beugte sich vor und betrachtete den kleinen dunklen Kopf auf dem Kissen. Grace' Wimpern ruhten wie Schmetterlinge auf ihren Wangen, sie hatte einen Daumen zwischen den Lippen. Etwas in ihr wollte dem Kind die Wange streicheln, aber sie widerstand. Wieder hatte sie das schwindelerregende Gefühl, schwankend auf einer Klippe zu stehen, von der sie wirklich, wirklich gern herunterfallen wollte.

Nkosazana nickte ihr von der Tür aus zu, und sie winkte Mbali gute Nacht und schlich hinaus.

»Grace ist HIV-positiv«, erklärte Nkosazana, als sie wieder im Flur standen. »Balthasar bezahlt ihre Medizin, und sie hat bis heute keine AIDS-Symptome. Er sagt, sie ist unser Wunderbaby.«

Maggie merkte, dass sie in der Gegenwart von ihm sprach. »Und Mbali?«

»Mbali ist gesund. Sie wurde geboren, bevor ihr Vater sich das Virus einfing und es seiner Familie vermachen konnte.« Sie blieb vor der nächsten Tür stehen. »Hier wohnen die Jungs. Mondli und Lungi.«

Nkosazana öffnete die Tür, und sie schaute hinein. Dunkel und ein wenig größer als das Mädchenzimmer, stand hier auch ein Etagenbett. Sie schlich sich auf Zehenspitzen näher. Im unteren Bett lag niemand, aber als sie auf das obere blickte, sah sie zwei Köpfe auf dem Kissen.

Nkosazana war ihr hineingefolgt. »Das an der Wand ist Mondli. Er ist neun, sein Bruder ist sieben. Lungi hasst es, alleine zu schlafen, deshalb klettert er immer zu Mondli ins Bett. Sie sind beide gesund.«

Lungi hatte sich an Mondli gekuschelt und den Arm über die Brust des größeren Jungen gelegt. Mondli schlief mit einem Arm über dem Kopf, die Wange an Lungis Stirn. In diesem Moment brach Maggies Herz klaffend auf. Ihre Brust zog sich zusammen, und sie musste sich aufs Atmen konzentrieren – langsam und tief, langsam und tief. Sie hoffte, dass die Dunkelheit ihre Panikattacke vor Nkosazana verbarg.

»Jetzt zeige ich Ihnen das Krankenzimmer«, sagte die alte Frau.

Der Flur erweiterte sich zu einer großen Diele, auf der rechten Seite war in die Decke ein Oberlicht eingelassen, durch das sie den Abendhimmel sehen konnte. Dieser offene Raum in der Mitte des Hauses half ihr wieder zu atmen.

Nkosazana wandte sich nach links, trat durch eine Flügeltür in einen kleinen Vorraum und blieb vor einer weiteren Tür stehen. »Die Kinder hier drin sind meine Enkel. Ihre Eltern sind tot. Ich war allein mit ihnen in meinem Haus in Midmar. Dann hat Balthasar mich letztes Jahr ausfindig gemacht und angeboten, uns hier aufzunehmen. Ich war so glücklich, wieder bei ihm zu sein, auch weil ich Hilfe hatte. Wenn man alt ist, wird es schwer, sich um Kinder zu kümmern, die so klein und so krank sind.«

Sie drehte den Türknauf und betrat das Zimmer. Im Schein eines Nachtlichts konnte man drei Liegen und zwei Kinderbettchen erkennen. Zwei der Liegen waren leer.

»Manchmal schlafen Balthasar und ich hier, wenn die Kinder zu krank sind.« Nkosazana führte sie zu dem belegten Einzelbett. »Das ist Busi. Sie ist fünf und das älteste dieser Kinder.«

Sie atmete scharf ein. Fünf? Busi war kleiner als Grace. Ein Strich von einem Persönchen.

»Busis HIV ist vor einem Jahr in AIDS übergegangen. Sie hat auch TB. Die Tuberkulosemedikamente vertragen sich nicht mit der AIDS-Therapie, und wir beobachten sie sehr aufmerksam. Die Ärztin hat ihre ARV-Kombination neu eingestellt und soll am Montag kommen, um zu sehen, ob es einen Unterschied macht.«

Sie nickte. Nkosazana war gut ausgebildet in der AIDS-Terminologie. Ein Krankheitssyndrom, das einfache Menschen in medizinische Experten verwandelte. Sie betrachtete die schlafende Busi. Ihre Brust hob und senkte sich schnell, als müsse sie um Atem ringen. Während sie dastand, fing eins der Kleinkinder in den Kinderbetten an zu jammern, ein raues, kratziges Weinen, das ihr bis tief in die Knochen fuhr. Nkosazana begann das Kind zu klopfen und zu besänftigen. Als es sich nicht beruhigte, sang sie. Es dauerte einen Moment, bis Maggie klar wurde, dass sie auf Afrikaans sang, ein Kinderlied, das sie kannte:

Wieg nou my baba tussen Takkies so sag.
Net maar die windjie hou oor jou wag,
Kyk wat gebeur as die Takkies swaat,
Met baba en al sal die wiegie draai.

Nkosazana drehte sich um, als sie zu ihr ans Gitterbett trat. »Das ist das Lied, das Balthasar ihnen vorsingt. Joyce liebt es.«

Sie betrachtete Joyce. Ein Baby in Windel und T-Shirt. Die Kleine kratzte an den wunden Schwären auf ihrem Schädel. Sie sah, dass ihr ganzer Körper mit nässenden Läsionen bedeckt war. »Wie alt ist sie?«

»Zweieinhalb.«

Ohne große Erfahrung mit Babys zu haben, fand Maggie, dass sie eher nach knapp anderthalb aussah. »Ist das Kaposi?«, fragte sie leise.

Nkosazana nickte, nahm etwas Lotion aus einem Glasgefäß auf dem Tisch und rieb Joyce damit ein. Die Lotion und die zärtliche Massage beruhigten das Kleinkind, und sie schlief wieder ein.

»Ist das Balthasars Speziallotion?« Erst heute Morgen hatte sie Mrs. Chalik aufgesucht, jetzt schien ihr das ein halbes Leben her zu sein.

»Ja.«

»Darf ich mal?« Sie öffnete das Glas und roch am Inhalt. Sie konnte nicht sagen, was für Kräuter die Salbe enthielt, aber sie roch gut. Die Panik, die seit dem Jungenzimmer immer weiter angestiegen war, begann abzuebben, und sie fühlte sich ruhiger werden. Sie trat an das zweite Kinderbett heran. Ein winziges Geschöpf lag darin, nackt bis auf eine riesige Windel, aus der wie dürre Zweige die Beinchen ragten.

»Das ist Msizi. Er ist elf Monate alt. Er hat Durchfall, und wir können ihm keine Medizin geben, ehe das Bauchweh nicht besser ist.« Unvermittelt setzte sich Nkosazana auf eins der leeren Betten und sah zu ihr auf. »So viel Tod. Krankheit und Tod. Tod und Krankheit. Und ich bin nur noch müde. Diese Kinder brauchen Hilfe, und alles, was sie jetzt noch haben, bin ich. Die alte, müde Nkosazana. Ich weiß nicht, ob ich durchhalte.« Sie sah grau und erschöpft aus, dem Zusammenbruch nahe.

»Haben Sie mit Mrs. Dlamini von der Aidshilfe-Mission darüber gesprochen?«

»Oh, sie ist sehr nett. Sie war hier und hat nach uns gesehen. Sie schickt ein Auto für mich und die Kinder, um morgen zur Trauerfeier zu fahren. Sie sagte, sie will versuchen, uns zu helfen, aber diesen Kindern geht es besser als den meisten. Sie haben Essen, Unterkunft, Medikamente und Ärzte. Lindiwe muss sich um die kümmern, die gar nichts haben.«

Maggie verdrehte die Augen. Das klang nach NGO-Politik, die Linie, die Lindiwe vertreten musste.

Nkosazana raffte sich auf und führte sie zurück. Kurz vor der Küche packte sie sie am Arm. »Ich hab Angst, Maggie. Ich weiß nicht, was die Zukunft mir und den Kindern bringt.«

Maggie rieb ihr die Schultern, so wie sie Mbalis gerieben hatte.

»Er hatte letzte Woche am Telefon mit irgendwem Streit. Er wurde laut und sehr wütend. Danach hat er mir gesagt, ich soll nicht mehr ans Telefon gehen, und dass es böse Menschen gibt.«

Das warf ein neues Licht auf die Dinge. Mit wem hatte Balthasar sich gestritten und warum? Was für böse Menschen? »Wen meinte er?«

»Er hat es nicht gesagt.« Nkosazanas breites Gesicht fiel in sich zusammen.

»Was ist mit Balthasars Eltern? Können die nicht helfen?«

»Diese Leute!« Die alte Frau fand plötzlich die Kraft, die zwei Worte wie Flüche hervorzustoßen. »Sie schwatzen von Gott und von Liebe, aber in Wahrheit kümmert sie nichts.«

»Und Claudine?«

»Sie hilft uns schon, aber sie lebt weit weg in Durban und kann nicht oft herkommen.«

Maggie versprach ihr, sie würden sich morgen bei der Trauerfeier sehen, und nahm sich vor, Lindiwe zu fragen, mit wem Balthasar gestritten haben konnte – wenn Lindiwe sich endlich dazu herabließ, mit ihr zu sprechen.

Auf der Fahrt nach Hause plante sie ihren nächsten Schritt. Es war nicht ihre Aufgabe, sich um Balthasars Kinder und Nkosazana zu kümmern. Diese Rolle gebührte seiner Familie. Was, wenn ein fremder Störenfried, zum Beispiel eine übergriffige Journalistin, Sanet und Lourens Meiring die Neuigkeit überbrachte, dass sie vier Adoptivenkel hatten, die in Pietermaritzburg lebten? Vier Kinder, die schon zweimal verwaist waren und ein bisschen Liebe und Fürsorge brauchen konnten. Würden sie in ihren ach so christlichen Herzen den Impuls finden, ihnen beizustehen?

13

Freitag

Noch immer beobachtete er das Haus.

Es war alt und wuchtig und stand auf einem ordentlichen Stück Land. Er hatte ja Geld gehabt. Mit einem Koffer voller Pfundnoten war er aus England gekommen, um alles für die Bedürftigen auszugeben, die es *verdienten*. All das Geld wurde ausgegeben für Leute, die sterben würden. Aber er scherte sich nicht darum, Ordnung zu halten. Zwischen den Wegplatten vor dem Haus spross Unkraut, hinter dem Zaun stand das Gras kniehoch, und in der Auffahrt gammelte ein verlotterter gelber Golf.

Eine Frau in Weiß hatte heute Morgen am Tor geklingelt und war eingelassen worden. Sie war vor der Dämmerung wieder gegangen. Die Alte lebte da mit den Kindern, ein paar waren gesund und gingen jeden Tag zur Schule, andere waren krank.

Jetzt, wo er tot war, blieben sie nachts allein. Es gab keine Wächter, keine Hunde, keine Gitterstäbe an den Fenstern. Er war furchtlos gewesen. Oder dumm.

Das Haus war voller Krankheit und Tod. Voller Kinder, am Leben gehalten mit teuren Medikamenten, die er mit seinen Pfundnoten gekauft hatte. Kranke Kinder, in denen das Virus brannte, das alle tötete, sich wie Gift in ihre Adern fraß, so dass sie nie wieder gesund werden konnten.

Man sagte ja, dass Affen die Seuche gebracht hätten. Er selbst tippte auf die Auswanderer. Leute wie der Tote, die von Übersee zurückkamen, die Taschen voller Geld, das Virus in den Adern, und ihre Sünde über die Unschuldigen brachten.

Sein Vater hatte gesagt, er sei ein schlimmer Junge. Böse, hatte er durch seine Zahnlücken gezischt. Jedes Mal hatte dieses Pfeifen im Mund seines Vaters das Pfeifen der Peitsche begleitet. Dann war er weggerannt, den ganzen Weg zum *Koppie*, während das Blut auf seinem Rücken trocknete.

Selbst seine eigene Mutter hatte ihn für böse gehalten. Wenn sie geglaubt hätte, dass er gut war, hätte sie seinen Vater davon abgehalten, ihn auszupeitschen.

Sie hatte zu viel Angst gehabt. Sie ließ sich nachts von ihm stoßen. Er hatte gesehen, wie der große Mann die kleine Frau ins Bett stieß und dabei durch die Zähne pfiff. Dann machte er andere Geräusche, grunzend, aus der Tiefe seines Bauches. Sie machte auch Geräusche, wie der *Dassie*, den er einmal in einer Falle hatte. Er hatte sich fast das Bein abgerissen. Er hatte ihm die Hände um den Hals gelegt, um das Quieken zu beenden.

Die anderen Kinder hatten auch gesagt, dass er böse war. Sie wollten nicht mit ihm spielen. Wenn sie nach der Schule nach Hause gingen und den Staub mit Fußtritten aufwirbelten, trottete er hinter ihnen her.

Nur ein Mensch hatte ihn gemocht. Ein kleines Mädchen. Sie saß am Rand des weiten Feldes, auf dem alle Kinder spielten. Als er sie sah, zeichnete sie mit dem Finger Muster in den Staub. Still gesellte er sich zu ihr und malte auch ein Muster.

»Spiel nicht mit dem«, sagte ein großes Mädchen, das plötzlich vor ihnen stand. »Er ist ein schlimmer Junge, ein Schläger.« Das große Mädchen hatte eine Rotzspur von der Nase bis zur Lippe. Er tippte dem kleinen Mädchen auf die Schulter und zeigte ihr die Schleimspur. Das große Mädchen verzog sich, und er und das kleine Mädchen lachten.

Sie trafen sich nach der Schule. Sie wollte Babyspiele spielen, und er spielte sie mit ihr. Es war ihm egal. Er zeigte ihr den *Koppie*, wo die *Dassies* lebten. Sie mochte seine Höhle, und sie mochte Wettrennen. Sie war schnell. Nicht so schnell wie er, aber gut für ein Mädchen.

So konnte er heute nicht mehr rennen. Manchmal musste er schon beim Gehen kämpfen. Wenn er Treppen stieg, musste er auf der Hälfte eine Pause machen. Nachts lag er da und wartete auf Schlaf.

Der Husten brachte ihn in die Klink. »Lungenentzündung«, hatte die Krankenschwester gesagt. Er ging nach Hause, in sein Bett, und drehte seiner Frau den Rücken zu.

Die Lungenentzündung verging, aber er blieb schwach. Sein Körper, einst voller Muskeln und Kraft, war nun voller Schwäche.

»Wollen Sie den Test machen?«, fragte die Krankenschwester.

Er kratzte sich an der Schulter, wo eine neue Wunde entstand. Der Tod saß dort auf seiner Schulter, keckerte wie ein Affe und zeigte seine Zähne. Er hatte einiges unternommen, um den Affen zu vertreiben, aber selbst nach den dunkelsten Taten kehrte er wieder. Er war sein neuer Kamerad, der Tod, und er wartete auf ihn.

Der da hatte es gewusst. Groß und aufrecht, trug er seine weiße Kluft und seine Gutmensch-Macke wie eine Ehrenmedaille vor sich her, und er hatte alles gewusst, hatte sogar das mit den dunklen Taten herausgefunden. Statt die Finger davon zu lassen, hatte er herumgeschnüffelt wie ein Hund an einem Kadaver und war stinkend daraus hervorgegangen.

Er hatte ihn ja gewarnt, hatte ihm gesagt, dass er aufhören sollte, aber das hatte er nicht getan. Er hatte seinen Zorn geschürt. Jetzt war er tot, und mit ihm seine hochfliegenden Ideen von Wahrheit, vom Leuteretten und *Hoffnunggeben*.

Er nahm tiefe Atemzüge, beruhigte sich, wartete. Zorn war ein Feuer, aber manchmal musste dieses Feuer auf kleiner Flamme brennen. Wenn die Zeit reif war, würde er das Feuer wieder anfachen, Kohle hinzufügen, Zweige und Äste. Das Feuer würde heiß brennen, es würde ihn wieder in einen Mann der Tat verwandeln. Ein Mann der Tat war entschlossen, stark und mächtig, aber seine Macht kam vom Warten, er würde entscheiden, wann das Feuer am hellsten brannte, und dann, erst dann, zur Tat schreiten.

Das Haus blieb still. Niemand kam, niemand ging. Als die üblichen Nachmittagsgewitterwolken am Himmel wuchsen, startete er den Wagen, und der schnurrte davon.

14

Freitag, 21 Uhr

Zu Hause fuhr sie mit dem Fahrstuhl hoch und suchte schon mal in ihrem Notizbuch nach der Telefonnummer der Meirings. Es war Zeit, dass sie die Wahrheit erfuhren.

Sie eilte zu ihrer Wohnung, wollte reingehen und sie gleich anrufen, doch als sie schon die Hand ausstreckte, um aufzuschließen, hielt sie inne. In ihrer Tür steckte eine rote Reißzwecke, daran wehte ein Zettel im leichten Abendwind. Sie riss ihn ab und las in wacklig hingekritzelten Großbuchstaben:

BLEIB WEG VON DEN AIDSKINDERN SCHLAMPE. DIE KREPIERN SOWISO.

Jemand, der es mit korrekter Schreibweise nicht so genau nahm. Entweder das, oder es war nicht seine Muttersprache.

Das ging ihr gegen den Strich. Sie hatte so viele Stunden geopfert, um ihr Englisch zu vervollkommnen, all die Kniffe und Vielschichtigkeiten zu erlernen. Früher hatte Bert Townsend ihr ihre Artikel zurückgegeben, ausgedruckt und übersät mit Rotstift-Anmerkungen. Sie nahm die vielen teils mühseligen Korrekturen vor, setzte Apostrophe und Kommata an die richtigen Stellen und schickte alles wieder los. Während er las, zitterten ihr die Hände. Sie beobachtete von ferne, wie sich seine Lippen lautlos mitbewegten und er mit der freien Hand seine überkämmte Glatze striegelte. Dann sah sie quer durch den Raum, wie sich sein Daumen in die Höhe reckte. »Das ist mein Mädchen!«

Bert war stolz auf sie gewesen. Sie war bloß ein Lakai in der Personalstelle, bis er ihr Potenzial erkannte und sie gegen den Willen seines Herausgebers protegierte. Sie wurde die einzige Reporterin des Blattes, die ohne Universitätsabschluss angetreten war. Sie war nach wie vor die einzige, immer noch die gottverfluchte Außenseiterin.

In ihrer Wohnung rief sie bei Meirings Eltern an. Hätte Bert wohl gutgeheißen, was sie hier tat?

»Meiring.« Lourens Meiring klang ein bisschen verschwommen, als hätte er schon ein paar Feierabend-Brandys intus.

»Maggie Cloete hier. Von der *Gazette*.«

»*Goeie Abend*.«

»Mr. Meiring, ich habe ein paar Nachforschungen angestellt –«

»Sie haben endlich mit den Ncubes gesprochen?« Seine barsche Stimme kratzte in ihrem Ohr. »Die Polizei erzählt mir nämlich dauernd, die hätten gar nichts damit zu tun, aber ich weiß, ich *weiß* einfach, dass diese Leute auf Rache aus waren. Aber Mathonsi will mir einfach nicht zuhören. Sagt bloß, ich soll die Ermittlungen abwarten.«

»Ich rufe nicht wegen des Mordes an, Mr. Meiring. Ich rufe an, um Ihnen zu sagen, dass Ihr Sohn eine Familie hinterlassen hat, eine adoptierte Familie, die Sie vielleicht kennenlernen möchten.«

»Eine Familie?«

»Ja. Balthasar hat eine Familie adoptiert. Es sind AIDS-Waisen, sie leben alle in seinem Haus in der Stadt. Er hat auch noch eine zweite Familie da – Nkosazana und ihre Enkel. Einige der Kinder sind schwer an AIDS erkrankt, einige sind dem Tode nahe.«

»Nkosazana«, flüsterte er. »Was tut sie da?«

»Balthasar hat sie aufgenommen. Er wollte ihr helfen, ihre Enkel zu pflegen.«

Es gab eine kurze Stille, gefolgt von Schritten und dem Schließen einer Tür. Meiring kehrte zum Telefon zurück. »Die Kinder brauchen Hilfe?«

»Also, es scheint Geld vorhanden zu sein, aber Nkosazana ist sehr alt und schwach. Sie hat nicht mehr die Kraft, sich um all die kranken Kinder zu kümmern.«

»Miss Cloete, ich habe ein Problem«, sagte er. »Meine Frau – ihr

Glaube verbietet …« Er kämpfte anscheinend um eine Erklärung, es wurde still.

Sie verließ sich auf ihren Schweigetrick und hörte ihm beim Atmen zu.

Schließlich fand er Worte. »Sie glaubt, dass Homosexualität eine Sünde ist. Und dass Gott AIDS geschickt hat, um die zu strafen, die gesündigt haben.«

»Aber das sind doch unschuldige Kinder!« Sie war versucht, ihren Kopf gegen die Wand zu knallen. Stattdessen lehnte sie sich zurück. Versuchte kühl zu denken. »Sie haben absolut nichts getan, was irgendwie zu ihrer Krankheit beitragen könnte.«

Meiring seufzte. »Glauben Sie mir, Mrs. Cloete, ich verstehe das ja.« Seine Stimme war jetzt ruhig und ganz klar. Der Brandynebel hatte sich verzogen. »Aber gegen die Vorbehalte meiner Frau bin ich machtlos.«

Sie unternahm einen letzten Anlauf. »Nun, für den Fall, dass Sie sie kennenlernen wollen, morgen um 15 Uhr ist in der Aidshilfe-Mission eine Trauerfeier. Die Kinder werden da sein.«

»Gute Nacht, Miss Cloete.« Er legte auf. Das hieß dann wohl Nein.

Sie ging zum Kühlschrank, wo ihr Notvorrat Wodka auf Eis lag, und nahm einen Schluck im Stehen. Dann goss sie sich noch einen ein, setzte sich auf den Barhocker und stürzte ihn runter. Sie schauderte. Die Welt war voller unangenehmer Leute. Leute, die sich einbildeten, sie könnten sie davon abhalten, ihren Job zu machen, indem sie ihr Zettel an die Tür nagelten, Leute, die in ihren Bunkern hockten und für nichts Verantwortung tragen wollten, was außerhalb ihrer manikürten Gärten und perfekten Heime lag. Der Wodka vereiste ihre Kehle und brannte in ihrem Bauch.

Eis, um die Angst zu bekämpfen. Feuer, um den Zorn zu schmieden.

Nur ein klein wenig schwankend ergriff sie den Hausschlüssel und ging zu ihren Nachbarn. Grant Baxter, Lieferant von Unterwäsche für die gut gepolsterten Damen Pietermaritzburgs, lebte mit seiner Mutter Dorothy nebenan in einer Wohnung, so überfüllt mit Schnickschnack und Flitter, Nippes und Firlefanz, wie ihre eigene kahl war. Im Vergleich zu diesem Damenboudoir bewohnte sie eine Mönchszelle.

Sie klopfte, und Grant öffnete ihr mit einem Glas Sherry in der Hand. Sein heftig gegeltes Haar hatte sich aus seiner Fixierung gelöst und hing ihm mit Schlagseite in die Augen. Vielleicht war es auch in der Schlüpferbranche ein harter Tag gewesen.

»Hey, Maggie, na, alles fit im Schritt?« Grant fand es höchst anregend, eine kurzhaarige, Hosen tragende, Motorrad fahrende Kriminalreporterin zur Nachbarin zu haben. Er liebte die Vorstellung, sie sei die Kampflesbe von nebenan.

»Hält sich in Grenzen«, antwortete sie. »Ein Rudel Idioten versucht mich einzuschüchtern, und die haben mir heute Abend einen Zettel an der Tür hinterlassen. Ich wollte mal fragen, ob ihr irgendwas mitgekriegt habt.«

»Nein, Süße, aber ich bin auch gerade erst gekommen. Lass uns mal Mutter fragen.«

Sie folgte ihm in die Wohnung. Sie hatte nicht sonderlich viel Kontakt zu Grant und Dorothy, aber sie versorgte immer den alten Kater William, wenn die beiden über Weihnachten und Silvester ihren alljährlichen zweiwöchigen Sommerurlaub in Shelly Beach verbrachten. Sie hielt sich gewissenhaft an die strikten Anweisungen, kam jeden Abend rein, löffelte etwas von dem widerlichen Dosenfutter auf einen sauberen Teller, reinigte das Katzenklo und stellte neues Wasser hin. William ignorierte sie, schlang aber das Futter runter, trank Wasser und kackte ausgiebig, sobald das frische Katzenklo bereitstand. Maggie bedeutete ihm nichts, eine Sklavin, die ab und an für kurze Zeit seine Menschen ersetzte. Er gab einen Scheiß auf sie, dieser Kater.

Grant führte sie ins Wohnzimmer, wo Dorothy gemütlich in ihrem rosa Sessel vor dem plärrenden Fernseher saß und ebenfalls einen Sherry nippte. Elegant wie stets im langen Kleid, die Haare zu einem starren Silberhelm gesprüht und das Gesicht voller Betonschminke, die auch lange nach Beginn der Cocktailstunde nicht verrutschte. William räkelte sich auf ihrem Schoß und öffnete nicht mal ein Auge, um sie zu begrüßen. Undankbarer Teufel.

»Hallo, Schatz.« Sie winkte mit ihrer freien Hand, machte aber keine Anstalten, den Fernseher leiser zu drehen.

»Hi, Dorothy.«

»Maggie hatte nebenan eine kleine Störung, Mutter«, sagte Grant. »Sie möchte dich was fragen. Setz dich, Maggie.«

Sie gehorchte und setzte sich neben Dorothy in den passenden Sessel. Die Grande Dame schenkte ihr einen kurzen Blick, konnte sich jedoch nicht überwinden, ihre Aufmerksamkeit vom Fernseher loszureißen, wo der Moderator einer Gameshow gerade einen Kandidaten zu überzeugen versuchte, dass er mit dem großen Plüschbär viel besser bedient war als mit den 20 000 Rand Preisgeld.

»Irgendwer muss heute Nachmittag hier gewesen sein. Man hat mir eine anonyme Botschaft hinterlassen. Ich wüsste gern, ob Sie was gesehen haben.«

»Eine anonyme Botschaft?« Dorothy schwenkte ihren Blick vom Bildschirm auf Maggie und nippte interessiert an ihrem Sherry. Seit sie sich aus der Damenpolsterei zurückgezogen hatte, verbrachte sie ihre Vormittage beim Bridge mit drei anderen Ruheständlerinnen aus dem Block, die Nachmittage mit Soaps und die benebelten Abende mit Grant. Ihr Leben war öde, und sie brannte auf Skandalöses. »War es ein Liebesbrief, Schatz?«

»Nein, ein unangenehmer Brief, der mich stinksauer gemacht hat.«

»Oh.« Ihr Blick flatterte wieder fernsehwärts. Maggie hatte sie verloren. Sie war nur an Liebschaften interessiert.

»Haben Sie irgendwas gesehen oder gehört, Dorothy?«

»Nein, Schatz, tut mir leid, nichts.«

Selbst wenn es Lärm gegeben hätte, über ihren plärrenden Fernseher hinweg hätte Dorothy wohl kaum etwas gehört.

»Einen Sherry, Maggie?«, trällerte Grant aus der Küche. Wie sie aus dem Töpfeklappern und den Gerüchen schloss, bereitete er sein und Dorothys Fernsehabendessen vor. »Tut mir leid, wir haben kein Bier da.« Er gluckste in sich hinein.

Sie wollte schon ablehnen, dann stellte sie sich vor, jetzt in ihrer Wohnung zu hocken, allein mit einem Kopf voller AIDS-Waisen und ermordeten Eltern, selbstgerechten Christen, mafiotischen Gangsterbossen und anonymen schreibfaulen Flachwichsern, die sich einbildeten, sie würde nach ihrer Pfeife tanzen. Wider besseres Wissen sagte sie Ja.

Nach sieben Sherrys, zwei Gameshows, einem Fernsehfilm und einer überraschend guten Pasta machte sie sich torkelnd auf den sehr kurzen Heimweg. Sie konnte es kaum erwarten, in ihre schöne saubere Baumwollbettwäsche zu plumpsen und bis Tagesanbruch zu schlafen.

An ihrer Tür hing eine zweite Botschaft in denselben krakeligen Buchstaben – nur diesmal ohne Tanz im Wind, denn die Nacht hatte sich zu einem undurchdringlichen Block luftloser Feuchtigkeit verdichtet.

ANGST GEKRIGT? ABGEHAUEN? LASS DIE AIDSKINDER IN RUHE DANN PASSIERT DIR NIX. MACH WEITER UND WIR TUN DAS HIER MIT DIR …

Unter der Nachricht hatte der Idiot eine reife Tomate zerquetscht und verschmiert, so dass die gesamte untere Hälfte der Tür von Saft und Samenkörnern klebte. Die Überreste der Tomate lagen auf der Fußmatte.

Plötzlich wieder hellwach, stürmte sie nach unten. Sie sah niemanden im Eingangsbereich, also stieß sie die Tür auf, um den Parkplatz abzusuchen. Leer. Sie stapfte die Auffahrt hoch bis zur Straße, der Sherry hämmerte auf ihre Schläfen ein. Die Nacht erdrückte sie mit feuchter Luft, und sie sah absolut nichts. Die Person, die glaubte, sie könne sie einschüchtern, war spurlos verschwunden. Wolken verdeckten die Sterne, und am Himmel stand nur ein bittertrübes Scheibchen Mond.

15

Samstag, 10 Uhr

Eigentlich fuhr sie jeden Samstagmorgen als Erstes Christo besuchen, aber mit einem Sherrykater und den zwei Drohbriefen, deren Hass ihr vom Flurtisch aus entgegendünstete, wo sie sie nachts hingeworfen hatte, fehlte ihr die Energie, sofort aufzubrechen. Es gab Tage, da konnte sie mit den Folgen des Treibens der früheren Regierung einigermaßen umgehen – sie hatten einen Grenzkrieg vom Zaun gebrochen und weiße Teenager, ganz besoffen vor Adrenalin und Angst, losgeschickt, um die Nachbarn zu terrorisieren –, aber manchmal konnte sie das nicht. Stattdessen zog sie ihre Joggingkluft an und ging das Sherrygift mit einem Lauf austreiben.

Sie nahm die Route hügelaufwärts an der Mädchenprivatschule vorbei, wo Sally-Anne Sheperd gelernt hatte, Blumenarrangements zu binden, auf Hockeybälle einzuprügeln und ein aufrechtes Mitglied der Provinzschickeria zu werden. Lauter Fertigkeiten, die Maggie nicht hatte und nie brauchen würde.

Zacharius Patel und seinen Chef Jabulani Nzimande scherte es nicht, ob sie gut Tennis spielte oder auf einer Dinnerparty niveauvoll zu parlieren verstand. Tag um unbarmherzigen Tag musste sie die beste Story aufspüren und so schreiben, dass Absatz und Auflage stabil blieben. Als einzige Tageszeitung der Stadt hatte die *Gazette* zwar keine Konkurrenz zu fürchten, aber dennoch: Wenn die Absatzzahlen unter eine bestimmte Schwelle sanken, wurde Patel zickig und fing an, von Kürzungen zu reden. Es lag in der Verantwortung der Journalisten, die Auflage oben zu halten. Und sie verabscheute es, wenn Patel ihr vorschrieb, worüber sie berichten sollte und wie. Sie folgte am liebsten ihrem eigenen feinen Gespür.

Auf dem Rückweg den Hügel hinunter holte sie sich im Tearoom eine *Gazette* sowie ein paar Eier und etwas Speck. Ihr Kater verlangte nach Fett aus der Pfanne.

Nachdem sie geduscht und ihr Frühstücksgeschirr gespült hatte, sah sie die Zeitung durch und nahm befriedigt zur Kenntnis, dass die Story um den AIDS-Medikamentenschwindel es diesmal auf die Titelseite geschafft hatte. Aslan hatte einen Diabetes-Artikel auf Seite drei. Er schäumte bestimmt, und sie erwog kurz, ihn anzurufen, entschied sich aber, ihn ausschlafen zu lassen, wie er das samstags gerne tat. Sie mokierte sich über Sally-Annes Filmrezension von *Die Welt ist nicht genug* und vermerkte mit klammheimlicher Freude, dass sie aus Bonds BMW Z8 einen Z9 gemacht hatte. Am Montag würde sie Ed ermahnen, die Artikel seiner Freundin besser Korrektur zu lesen.

Dann fuhr sie zur Kitchener Klinik, tief in der belaubten Vorstadt begraben und von großen Bäumen und Rosengärten umringt, so dass die reichen Nachbarn sich vormachen konnten, auf einen hübschen Park zu blicken und nicht auf eine private Nervenklinik.

Sie winkte dem Mann in der Anmeldung zu, als sie vorbeiging. »Ist Christo an seinem Stammplatz?«

»Ja, Maggie, er wartet schon auf Sie.«

Sie erblickte die schwere Gestalt ihres Bruders auf einer Holzbank. Da er nicht mehr trinken konnte, suchte er sein Heil im Essen. Heutzutage würde er Mas übertriebene Büfetts genießen, dachte sie und massierte ihm zur Begrüßung kurz den Rücken. Dann zog sie aus ihrer Tasche einen Riegel Peppermint Crisp und eine Großpackung Salt & Vinegar-Chips und setzte sich neben ihn. Sofort riss Christo die Chipstüte auf.

»Ich dachte eben daran, wie wir mal auf Nachtpatrouille waren«, begann er kauend ohne Einleitung. »Der Feind hatte eins von unseren Flugzeugen abgeschossen. Sie sind zum Wrack und haben die beiden Überlebenden herausgeholt. Kopfschüsse aus nächster Nähe, eine Exekution. Wir hatten Befehl, alle plattzumachen, die wir fanden.«

Der Geruch von Salz und Essig überlagerte den zarten Duft der nahen Rosen. Sie spürte, wie sich das nächste schwere Gewitter zusammenbraute. So war der Februar eben: Hitze, Gewitter, kurze Pause, Hitze. Das konnte wochenlang so gehen. Man brauchte viel Ausdauer, um in dieser drückenden Hitze weiterzumachen, so wie man Ausdauer brauchte, um Christos unendlichen Geschichten zu lauschen.

»Wir haben sieben erwischt in dieser Nacht. Nahmen sie mit ins Camp und ließen sie ums Feuer tanzen. Dann war jeder ein Mal mit Abmurksen dran. Meiner war noch sehr jung, etwa in meinem Alter.« Christo knüllte die leere Chipstüte zusammen und reichte sie ihr. Er pulte den Peppermint Crisp-Schokoriegel auf und biss ein gewaltiges Stück ab. »Ich hab ihn nicht von hinten abgeknallt. Ich hab ihn direkt von vorn erschossen, so dass er den Lauf meiner Waffe vor seinem Gesicht sehen konnte. Danach gab der Lieutenant uns Tequila aus.«

Er drehte sich zu ihr, ein breites Grinsen mit schokoladenverschmierten Zähnen im Gesicht. »Tequila, Mann! Wir waren im Grenzland, mitten im Scheiß-Nirgendwo. Wo hat er den Stoff bloß aufgetrieben?«

»Ich weiß es nicht, Christo«, sagte sie. »Ich weiß es auch nicht.«

»Erstaunlich, oder? Mann, wir waren so hackepiekevoll in der Nacht.«

Christos Ärzte hatten ihr erklärt, dass ihre Aufgabe darin bestand, sich seine Kriegsgeschichten anzuhören und möglichst keine Reaktion zu zeigen, ganz gleich wie grauenhaft sie waren. Der Kraftakt, ja auf nichts einzugehen, machte sie unweigerlich wütend. Um kurz vor drei sagte sie ihrem kleinen Bruder, dass sie losmusste.

»Cheers«, sagte er, schlang die Arme um sich selbst und blickte nicht mehr auf, als sie ging.

Die City wimmelte von Samstagsbummlern mit glänzenden Tüten voller Sommerschnäppchen aus den Modepalästen der Church Street, von heftig flirtenden Teenagerbanden und Straßenfriseuren, die Leuten ihre Wochenend-Schur verpassten. Radios brüllten, Taxis hupten und vervollständigten das Chaos, indem sie wild die Spuren wechselten und das Leben ihrer Fahrgäste und der Fußgänger aufs Spiel setzten. Sie stieß mit dem Vorderrad gegen einen selbstgestylten *Road Warrior* und fluchte. Der Fahrer lehnte sich aus dem Fenster und zwinkerte ihr zu. »Ganz ruhig.« War das eine Botschaft des Universums? Oder hatten sich alle Taxifahrer der Stadt verschworen, um sie verrückt zu machen, indem sie ihr Ruhe und Gelassenheit predigten?

Schlag drei Uhr fuhr sie am Rathaus vorbei, hörte die Glocken und als Kontrapunkt den Ruf des Muezzin, der die Gläubigen zum Gebet in die Moschee gleich um die Ecke vom HIV-Haus rief. Sie parkte, zerrte sich den Helm vom Kopf und fuhr sich mit den Fingern durch die Haare. Dann ging sie den kurzen Gartenweg entlang und, da sie von weiter hinten Gesang vernahm, ums Haus herum. Der kleine Garten war randvoll. Ein Chor und eine Reihe Würdenträger standen dicht gedrängten Stuhlreihen gegenüber. Sie fand schnell einen Platz ganz hinten und lauschte den herrlichen Chorstimmen, die eine Zulu-Hymne sangen.

Der Rhythmus und die Melodie der Hymne verliefen in zwei Strängen, die sich nach einem bestimmten Muster vereinigten und trennten, wohlvertraut für die meisten in der Menge, die geschlossen mitsang. Maggie blieb still und dachte an die andere Trauerfeier für Balthasar in der hundertjährigen Kapelle mit ihren englischen Kirchenliedern und blinkenden Spitzenklasse-Limousinen.

Nach der Hymne setzte sich die Menge, und Lindiwe nahm ihren Platz auf einem kleinen Podium ein. Sie trug einen schwarzen Mantel. Sie sprach klar und laut, ihre Stimme schallte ohne Mikrofon durch den ganzen Garten. Maggie zückte ihr Notizbuch. Sie würde vielleicht nie einen Artikel daraus machen, aber falls doch, wollte sie diese Chance nicht verpassen.

»Willkommen, liebe Mitstreiter, Freunde und Angehörige unseres toten Bruders Balthasar. Wir sind heute hier zusammengekommen, um sein tragisches Ende zu beklagen.«

Lindiwe atmete tief durch und gestattete sich einen prüfenden Blick über die Menge. Maggie merkte deutlich, wie sich ihre Augen kurz trafen.

»In einer Nichtregierungsorganisation wie der unseren sind wir an den Tod gewöhnt. Wir sehen ihn jeden Tag, spüren seine Saat in vielen der Menschen, die uns begegnen. Wir sind sogar den tragischen Tod gewöhnt, wir sehen Mütter und Väter in den besten Jahren dahingerafft, sehen zurückbleibende Waisen und Alte, die die Arbeit von Jungen verrichten müssen.«

Sie hörte Schluchzen aus der ersten Reihe, wo sie Nkosazana und die Kinder vermutete.

»Wir sind daran gewöhnt, aber wir nehmen es nicht hin. Deshalb gibt es eine Organisation wie die Aidshilfe-Mission, deshalb spenden uns internationale Kirchen großzügige Summen, deshalb opfern wir unsere Zeit freiwillig und gern für alle, die mit HIV und AIDS zu kämpfen haben – weil wir es nicht hinnehmen. Wir nehmen nicht hin, dass unser Volk, gerade erst befreit, von einem Virus erneut versklavt wird. Wir nehmen es nicht hin, dass man junge Menschen einfach so sterben lässt und dass das Virus sich ungehindert weiter ausbreiten darf. Darum arbeiten wir hier. Darum stehen meine Kollegen und ich jeden Morgen auf und gehen zur Arbeit – weil wir es nicht hinnehmen.«

Es gab zustimmende Rufe aus den ersten Reihen und ein kollektives Kopfnicken.

»Balthasar war einer, der es nicht hinnahm. Er nahm AIDS persönlich. Nachdem er seinen geliebten Steve in London gepflegt und begraben hatte, kam er hierher zurück, nach Südafrika, in seine Heimat, um seinem Volk zu helfen. Balthasar wusste, wie AIDS einen Körper befällt, wie viel Leiden es verursacht, wenn der Körper seine Kraft verliert und opportunistischen Infektionen zum Opfer fällt. Er wusste, wie viele Schmerzen und welchen Verlust an Würde das bedeuten kann.«

Donner grollte, und sie blickte zum Himmel auf. Das Nachmittagsgewitter kam gewöhnlich später am Tage, aber über ihnen stand eine Wolke, sieben Mal so groß wie ihr Wohnblock und drauf und dran, sich über der Menge zu öffnen.

»Statt wegzulaufen und sich vor HIV und AIDS zu verstecken,

kam Balthasar nach Hause, um sich ihnen zu stellen. Er kam nach Hause in ein Land, wo die Menschen zu arm sind, um sich ARVs leisten zu können, und wo die Regierung sie nicht damit versorgt. Ein Land, in dem die Krankheit noch immer als Stigma der Schande betrachtet wird, ein Land, in dem die Leute zu viel Angst haben, um den Test zu machen, und so die Krankheit weiter verbreiten, wodurch sie zu einer rasenden Epidemie wird.

Balthasar Meiring war ein tapferer Mann und ein guter Mensch. Er war zudem ein freigiebiger Mensch, der sein eigenes Auto benutzte und selbst für den Sprit aufkam, wenn er Sterbende in entlegenen Dörfern aufsuchte. Er hat nie danach gefragt, wie weit weg es ist, wie viel Zeit es braucht oder was es kostet, jemanden zu besuchen. Er ist bereitwillig gefahren, wohin auch immer man ihn rief, um den Kranken Zeit und umfassende Zuwendung zu schenken.«

Sie wusste nicht, was sie veranlasste, sich in diesem Moment umzudrehen, aber sie tat es. An der Hausecke hinter ihr stand mit versteinerter, unergründlicher Miene Lourens Meiring. Er lehnte leicht schief mit der Schulter an der roten Ziegelmauer. Sie stand auf und führte ihn wortlos zu dem leeren Stuhl neben ihrem. Lourens warf ihr einen kurzen Blick zu, von dem sie annahm, er solle Dank ausdrücken. Sie war froh, dass er gekommen war – ihr Plan hatte funktioniert. Nach der Zeremonie würde sie ihm Mbali und die anderen Kinder vorstellen.

Lindiwe sah auf und in die Runde. Sie war eine großartige Rednerin. Nach ihrer Aussage vor Gericht am Vortag wusste Maggie schon, dass sie vor Publikum selbstsicher auftreten konnte. Aber es war ihr nicht gleich in den Sinn gekommen, diese Kompetenz auf ihre Erfahrung mit Trauerreden zurückzuführen.

»Balthasar Meiring ließ Taten sprechen. Er besuchte die Kranken, fuhr Leute zur Behandlung, lieferte Lebensmittelpakete aus, wusch Menschen in ihren Betten und hörte ihnen zu. Manche Ehrenamtlichen sind gut darin, für das körperliche Wohl Betroffener zu sorgen, aber Balthasar war darüber hinaus auch gut darin, für ihr persönliches Wohl zu sorgen. Er gab ihnen ihre Menschlichkeit zurück, indem er sie ernst nahm, ihnen zuhörte und ihren

Bedürfnissen gerecht zu werden suchte. Er war ein herausragender und begnadeter Helfer.«

Neben ihr stieß Lourens Meiring einen tiefen Seufzer aus.

»In seinem Privatleben war Balthasar ebenfalls ein treusorgender Mensch. Er schuf ein Heim für sieben Waisen aus verschiedenen Familien. Die eine Familie hatte schon beide Eltern verloren und wurde allein von der zehnjährigen Mbali versorgt. Die andere Familie hatte nur noch ihre Gogo, Nkosazana Mbanjwa, die sich ungeachtet ihres Alters um ein Baby und zwei Kleinkinder mit AIDS kümmern musste.

Und jetzt ist auch er – dieser treu sorgende, gütige, selbstlose Mann – von uns gegangen.«

Aus den vorderen Reihen erklang Weinen.

»Wir haben unseren Mitarbeiter verloren und die Kinder ihren Vater. Schon wieder.«

Lindiwe schüttelte den Kopf.

»In diesem Land haben wir mehr als ein Virus. Wir haben auch das Virus des Verbrechens. Ich möchte die anwesenden Journalisten darauf aufmerksam machen, dass das Verbrechen nicht nur die Reichen hinter den Toren ihrer Villen trifft. Das Verbrechen ist überall, in den Townships, auf den Straßen, in kleinen Häusern und in großen Häusern. Es ist ein Virus, wie HIV, das wir bekämpfen müssen.

Das Verbrechen hat uns Balthasar Meiring genommen, ihn seiner Familie, seinen Kindern entrissen. Er wurde getötet für eine Brieftasche und ein Handy. Für nichts.

Ich spreche die Regierung direkt an, wenn ich sage: Gebt uns Medikamente, um AIDS zu bekämpfen, und eine gut ausgebildete und gut bezahlte Polizei, um das Verbrechen zu bekämpfen. Gebt den Menschen Arbeit, Wohnung und Krankenhäuser, damit sie nicht zu Verbrechern werden müssen. Bringt Licht in die dunklen Bezirke, damit dort keine Verbrechen mehr geschehen. Heilt unser Land, damit wir nicht noch einen Menschen wie Balthasar Meiring an die Epidemie des Verbrechens verlieren.«

Sie trat vom Podium weg, und die Menge erhob sich einmütig und brach in Beifallsrufe aus. Es gab Geheul, die Leute umarmten sich. Dann trat ein kleiner Mann ans Podium, drahtig und vibrierend vor Energie, und bat um Ruhe.

»Mein Name ist Sipho Nkosi. Balthasar hat mir einst anvertraut, dass dies seit jeher sein Lieblingslied war. Erhebt euch bitte, hört zu und haltet ihn in euren Herzen, während ich singe.«

Sie hatte die Hymne Hunderte von Malen gehört, erst als sie noch zum Liedgut des Befreiungskampfes gehört hatte, und später, als sie zur Nationalhymne wurde, bei jedem Rugby- und Footballspiel – *Nkosi Sikelel' iAfrika*. Sie hatten sie auch im Gefängnis gesungen, die Inhaftierten des Apartheidsregimes. Damals hatte sie den Text noch nicht gekannt, aber sie lernte ihn, als ihre Zellengenossen die Hymne Nacht für Nacht sangen.

Sie schloss die Augen und ließ sich davontragen, erst von Siphos Stimme allein, dann, als einer nach dem anderen einfiel, von der Menge, die Stimmen im Gesang verwoben.

Noch ehe die Hymne vorüber war, zuckte ein Blitz über den Himmel, und der Wolkenkratzer über der Stadt öffnete sich und flutete den Garten. Die Leute schnappten sich ihre Sachen und rannten Schutz suchend ins Haus. In dem Gedränge verlor sie Meiring aus den Augen. Sie wollte schon hineingehen, da sah sie Sipho fieberhaft Stühle aufstapeln und eilte ihm zu Hilfe. Sie bauten Türme aus Stühlen und zerrten sie unter das Dach der rückwärtigen Veranda. Anschließend standen sie keuchend und triefend da und lauschten dem Stimmengewirr drinnen.

»Danke«, sagte er und zündete sich eine Zigarette an. »Sie sind von der *Gazette*, richtig?«

»Ja, und ich war auch bei der anderen Trauerfeier. Man könnte denken, Balthasar hat zwei verschiedene Leben gelebt.«

»Nein. Er hatte nur ein Leben. Dieses«, Sipho deutete mit dem Daumen auf die Mission hinter ihnen. »Er hat sein anderes Leben vor Jahren hinter sich gelassen. Seine Leute können sich das nur nicht eingestehen.«

Sie hörte es knistern, als Sipho an seiner Zigarette zog.

»Sie wollten, dass er hier aufhört. Die Mutter mochte seine Arbeit hier nicht gutheißen.«

Sie sah zu, wie der Regen herabstürzte. Kein freundliches Nieseln. Er hämmerte auf den Boden ein, schoss regelrechte Löcher. »Und er hat sich geweigert.«

»Natürlich hat er das. Er führte einen Kreuzzug. Er hätte auf niemanden gehört, schon gar nicht auf sie. Es bestärkte ihn höchstens noch in seiner Entschlossenheit.«

Sie folgte Sipho nach drinnen und durchwanderte das Gewirr von Büros, die Wände gepflastert mit Postern zum Thema HIV und AIDS. Sie hoffte, Lourens Meiring mit einem Schwarm Enkel auf dem Schoß zu finden, aber nein, keine Spur von ihm.

Er hatte sich verdrückt. Feigling.

Nkosazana thronte auf einem Bürostuhl, eine Tasse Tee in der Hand, und sprach mit einer Frau. Sie begrüßte Maggie. »Das ist Brenda Shabalala. Brenda kommt aus demselben Dorf wie Mbali und die Kinder.«

»Arbeiten Sie auch für die Mission?«

Brendas Blick wanderte zwischen ihr und Nkosazana hin und her. »Ich bin keine Angestellte. Die Mission hat mich als AIDS-Helferin für mein Dorf ausgebildet.«

»Kannten Sie die Sibanyonis näher, als sie im Dorf lebten?«

»Oh ja. So ein tragischer Fall«, sie seufzte. »Fünf Kinder, die allein ums Überleben kämpfen. Es war gut, dass Balthasar sie genommen hat. Besonders nachdem Grace …« Sie brach ab.

»Was war denn mit Grace?«, hakte sie nach. Die Härchen an ihren Armen stellten sich auf. Sie beobachtete, wie die Frauen einen Blick tauschten. Schweigend erwogen sie, ob sie Maggie ins Vertrauen ziehen sollten oder nicht.

»Würde mir bitte jemand erklären, was mit Grace war?«

Brenda hob die Arme und ließ sie wieder fallen. »Jemand hat sie vergewaltigt.«

»Oh verflucht«, flüsterte sie. Für eine Sekunde verschwamm der Raum vor ihren Augen. Sie hörte gedämpfte Stimmen um sich herum, aber weit entfernt, wie durch einen dicken Vorhang. Sie brachte sich zur Besinnung und fragte: »Was ist passiert?«

»Niemand weiß Genaues«, sagte Brenda. »Mbali ging zum Krankenhaus, um Medizin für Sbu zu holen. Weil sie zu Fuß gehen musste, war sie den ganzen Tag unterwegs. Mondli und

Lungi sollten auf Grace aufpassen, aber sie haben draußen gespielt und sie aus den Augen verloren, da ist sie wohl davongestrolcht. Stunden später fanden sie sie, verletzt, blutend, unten am Fluss. Sie wäre fast gestorben, aber zum Glück kam Balthasar vorbei, um die Kinder zu besuchen, und hat sie sofort ins Krankenhaus gefahren.«

»Wer war das?«

»Wissen wir nicht.«

»Hat jemand Anzeige erstattet?«

»Ja, Lindiwe. Die Polizei ist ins Dorf gekommen, hat ein paar Fragen gestellt und ist wieder weggefahren. Danach haben wir nichts mehr gehört.«

Sie ließ sich auf den nächsten Stuhl fallen. Es war schwer, sich einen Menschen vorzustellen, der erbärmlich genug war, um ein zweijähriges Kind zu vergewaltigen, aber so etwas geschah, sogar mit abscheulicher Regelmäßigkeit. Das war genau der Grund, warum sie beim Verbrechen blieb. Sie konnte einfach nicht über James Bond-Filme oder Ballett oder Diabetes schreiben, während da draußen verkommene Menschen Jagd auf die Kleinsten, Schwächsten und Verletzlichsten machten. Sie wollte, dass solche Leute dingfest gemacht und weggesperrt wurden, bis sie verrotteten.

Sie spürte eine Hand auf ihrem Arm, blickte auf und direkt in die Augen von Lindiwe Dlamini. Sie waren warm und freundlich. Sie sah aus wie jemand, der immer noch morgens aufwachen, tief einatmen und Hoffnung empfinden konnte.

Lindiwe lächelte. »Ich glaube, es wird Zeit, dass wir uns unterhalten.«

16

Samstag, 16:30 Uhr

Lindiwe führte sie in ihr Büro und schloss die Tür. Der Raum, aufgeräumt und kahl, enthielt einen Schreibtisch, zwei Stühle, einen alten Computer, ein Telefon und einen Aktenschrank. Ein vergittertes Fenster führte auf die *Stoep*, wo Balthasar vor fünf Tagen erschossen worden war.

Sie setzte sich und sah sich um. Anders als in den Büros, in denen sie bisher gewesen war, hing hier kein einziges Poster an der Wand. Stattdessen gab es zwei Porträts, eins von Gandhi und eins von Nelson Mandela.

Lindiwe folgte ihrem Blick. »Sie wissen bestimmt, dass beide mal hier in Pietermaritzburg verhaftet wurden? Zwei der größten Helden des zwanzigsten Jahrhunderts, und der Beitrag unserer Stadt zu ihrem Ruhm besteht darin, dass wir sie eingesperrt haben.« Sie lächelte, ein süßes, ironisches Lächeln. »Nichts, worauf man stolz sein könnte, oder? Als ich noch Lehrerin war, in den Achtzigern, habe ich mit meinen zehnten Klassen im Geschichtsunterricht immer einen Tagesausflug zum Hauptbahnhof gemacht, um die Stelle zu besichtigen, wo man Gandhi aus dem Erste-Klasse-Waggon warf, weil er nicht weiß war. Das war immer unser großer Tag, mit dem Bus in die Stadt, dann zum Bahnhof und unser Apartheid-Erbe besichtigen, danach Pommes frites für alle. Ich schätze, sie fanden die Pommes das Beste von allem.«

Ihre Haut fühlte sich gespannt und durchlässig an, seit sie von Grace' Vergewaltigung erfahren hatte. Es tat gut, Lindiwe einfach nur zuzuhören, während sich ihre Schutzschilde langsam regenerierten.

»Der Direktor der Edendale Highschool war Mr. Ndlovu. Er war ein Konservativer, aber er kam damit klar, dass ich die Klasse für einen Tag entführte, um ihr Interesse an Gandhi zu wecken. Als ich vorschlug, mit den Kids nach Tweedie zu fahren, wo Mandela gefangen war, stieg er auf die Bremse. Damals durfte man Mandela nicht mal erwähnen, höchstens im Flüsterton. Jetzt steht natürlich ein Denkmal in Tweedie, und Busladungen von Kids defilieren täglich daran vorbei.«

Sie erinnerte sich, wie Mandela Gandhi posthum die Ehrenbürgerrechte verliehen hatte. Die *Gazette* hatte es groß gebracht.

»Ndlovu war ein Gandhi-Fan. Er schrieb immer Sinnsprüche von ihm auf, die er dann zur Inspiration von Schülern und Lehrern am schwarzen Brett aushängte. Einer seiner liebsten lautete: ›Man braucht kein Geld, um sauber, ordentlich und würdevoll zu sein.‹ Sie können sich ja vorstellen, wie unsere Teenager darauf reagiert haben.«

Sie nickte. Sie mochte diese intelligente Frau.

»Oh, und ein anderer war: ›Ein mit Gewalt errungener Sieg kommt einer Niederlage gleich, denn er hat keinen Bestand.‹ Das bedeutete ebenfalls nichts für unsere Kids. Die hatten es nicht so mit passivem Widerstand, sie gingen auf die Straße und protestierten gegen die neuesten Übergriffe der nationalistischen Regierung. Fast während der gesamten achtziger Jahre war meine Klasse nur halb voll. Ich verstand warum, aber ich versuchte sie zu überzeugen, dass man einer Regierung, die einen offensichtlich verachtet, am allerbesten eine Lektion erteilen kann, indem man viel lernt, einen Abschluss macht und sich eine sinnvolle Arbeit sucht.«

»Ich schätze, sie meinten, sie hätten nichts zu verlieren.« Maggie fand ihre Stimme wieder. Sie klang fremd in ihren Ohren.

»Genau! Sie hatten nichts und konnten nichts verlieren, also gingen sie auf die Straße und bekriegten sich mit der Polizei, ließen sich einsperren. Manche sind nie wiedergekommen.« Lindiwe trank einen Schluck Wasser aus einem Glas auf ihrem Schreibtisch.

Maggie war auch in den Achtzigern zur Schule gegangen. Aber ihre Schulzeit hätte nicht gegensätzlicher sein können. Sie waren beschirmt, kaserniert und bis zur Unterwürfigkeit geschliffen worden, mit der doppelten Drohung von Gott und der Rute. Sie begegneten nie einem schwarzen Schüler, sie wurden sogar von den Englisch sprechenden Teenagern ferngehalten, gegen die sie ab und zu ein blutiges Rugby- oder Hockeyspiel austragen durften. Sie erzählte Lindiwe davon.

Die hob die Brauen. »Teile und herrsche – die Spezialität der Nationalisten.«

»Wann haben Sie aufgehört zu unterrichten?«, forschte Maggie.

»Nach dem Tod meines Sohnes. Ich habe ihn während des letzten Jahres gepflegt, danach konnte ich es nicht mehr ertragen. Da bin ich hergekommen, um hier zu arbeiten.«

Sie fragte nicht, woran er gestorben war – wenn in KwaZulu-Natal Leute im arbeitsfähigen Alter starben, war die Ursache fast immer schon klar.

»Sie haben keine Kinder, nicht wahr?«

»Nein, keine Kinder.« Sie würde niemals Mutter werden. Das war eine Entscheidung, die sie schon vor Jahren getroffen hatte.

»Es ist das Schlimmste auf der Welt, wenn man sein Kind sterben sieht. Man fühlt sich so ohnmächtig. Und zornig.« Lindiwe stützte die Ellbogen auf den Schreibtisch und bedeckte Wangen und Nase mit den Händen. Über dem Zaun aus Fingern wurden ihre Augen nass. »Tage wie dieser erinnern einen daran.«

Maggie fiel auf, dass sie abstrakt in der dritten Person sprach, wie es Leute oft taten, wenn etwas zu persönlich war oder zu schmerzhaft, um es direkt auszusprechen.

Lindiwe wischte ihre Tränen weg, tupfte sich das Gesicht mit einem Taschentuch ab. »Das ist der Grund, aus dem ich weitermache, wissen Sie. Weil ich weiß, dass jede Person, die stirbt, nicht bloß eine Nummer ist, sondern geliebter Sohn, Tochter, Ehefrau, Ehemann, Mutter, Vater, Tante, Onkel, Enkel oder Cousin. Jeder Tod ist das Ende von zahllosen Beziehungen. AIDS reißt unsere Gemeinschaften auseinander, es zerfasert die Gesellschaft, und wir landen in falschen und unnatürlichen Verhältnissen wie die

Sibanyoni-Kinder, die alleine ohne den Schutz von Erwachsenen leben.«

»Mbali meinte, Sie und Balthasar hatten bei Ihrem ersten Besuch eine Meinungsverschiedenheit.«

Lindiwe bedachte sie mit einem ironischen Blick. »Oh, Balthasar und ich hatten oft Meinungsverschiedenheiten. Er war nicht unfehlbar, wissen Sie, und ich bin es auch nicht. Er wollte die Kinder sofort mitnehmen, und ich habe ihm gesagt, er soll das lassen. Ich sagte, sie wären in ihrer Gemeinde besser dran, bei den Menschen, die sie kennen.«

»Aber wenn Balthasar sie an dem Tag mitgenommen hätte, wäre Grace nicht vergewaltigt worden.«

»Vergewaltigt, ja. Maggie, was Sie begreifen müssen, ist, dass wir vor Mandelas Freilassung nichts anderes hatten als die Gemeinschaft. Die Gemeinschaft gab uns Macht, wenn wir uns versammelten. Sie unterstützte uns, wenn etwas Schreckliches passierte, und spendete Freude, wenn es wichtig war zu feiern. Wir stellten die Gemeinschaft an erste Stelle, denn ohne sie waren wir nichts.«

Man konnte sich leicht vorstellen, was für eine Lehrerin sie gewesen war. »Sie meinen Ubuntu.« Das afrikanische Prinzip: Wir sind nur Menschen durch andere Menschen.

»Genau.«

Sie dachte an ihre eigene Familie, die allein in ihrer kleinen Kapsel lebte. Sie gingen um der Gemeinschaft willen zur Kirche, aber es war eine Gemeinschaft der Nötigung, eine Gemeinschaft der Aufsicht, alle mussten sehen, dass man stets das offiziell Richtige tat. Mit Freude hatte das alles nichts zu tun, schon gar nicht für sie und Christo.

Eine Fliege summte in den Ecken des Fensters herum. Die Rathausuhr schlug fünf. Vor Lindiwes Büro hörte sie weiterhin Leute reden, aber sie fühlte sich davon abgeschieden.

»Was Grace zugestoßen ist, ist tragisch, schrecklich«, sagte Lindiwe. »Es hätte nie passieren dürfen. Aber es ist passiert, und Balthasar hat darauf reagiert, indem er die Sibanyonis zu sich nahm.«

»Die Gemeinschaft war zu gefährlich geworden?«

»Das ist schon wahr«, räumte Lindiwe ein. »Die Gemeinschaft hat sie im Stich gelassen, und genau das meine ich, wenn ich sage, HIV/AIDS löst unsere Gesellschaft auf. Ein Dorf, das die Sibanyonis vor der Epidemie noch unterstützt hätte, hat sie fallen lassen.«

Maggie wurde hitzig. »Sie haben diese Kinder behandelt wie ein soziales Experiment! Sie hätten Balthasar sie gleich am Anfang mitnehmen lassen sollen.«

Ein Schatten huschte über das Gesicht der älteren Frau. Wieder stützte sie die Ellbogen auf den Schreibtisch, rieb sich die Stirn und seufzte. Dann sah sie ihr in die Augen. »Damit ich jeden Morgen aufstehen und hierher kommen kann, muss ich daran glauben, dass die Gemeinschaft funktioniert. Ich habe Gegenden gesehen, wo das so war. Wenn ich daran nicht mehr glaube, kann ich genauso gut meine Taschen packen, an die Südküste ziehen und für den Rest meiner Tage aufs Meer starren.«

»Was passiert jetzt mit den Sibanyonis?«

Lindiwe verschränkte die Arme. »Sie haben ein Dach über dem Kopf, und für den Augenblick gibt es Geld.«

»Das klingt nicht sehr dauerhaft.«

»Ist es auch nicht. Balthasars Haus ist wahrscheinlich bedroht. Er war dabei, die Sibanyonis offiziell zu adoptieren, aber das Verfahren war noch nicht abgeschlossen. Er hat das Haus auch nicht als Waisenhaus oder Asyl eintragen lassen. Ich weiß nicht mal, ob es überhaupt ein Testament gibt. Wenn nicht, wird das Haus seiner Familie zugesprochen.«

Maggie sank in sich zusammen. »Sie könnten das Haus kassieren und die Kinder rauswerfen.«

»Genau.«

»Das ist eine Sauerei.«

»Eine gewaltige Sauerei.« Lindiwe blies die Backen auf. »Und dann ist da noch die Sache mit den Drohungen.«

Sofort dachte sie an die weißen Zettel letzte Nacht an ihrer Tür, die falsch buchstabierte Feindseligkeit. »Was für Drohungen?«

»Ich weiß nicht viel darüber. Balthasar hat am Montag angerufen und erzählt, dass er Drohungen gegen die Kinder und sich erhalten hat. Wir hatten vor, uns am Dienstag hier in der Mission zu treffen, damit er mir Genaueres berichten konnte. Ich musste auf ein Taxi warten, kam zehn Minuten zu spät, und als ich ankam, na ja, Sie waren ja selber hier. Er starb auf der *Stoep*.« Lindiwe starrte ins Leere. »Ich kann es immer noch nicht glauben – ich meine, dass er tot ist. Es fühlt sich an, als müsste er jeden Moment hereinschneien, in dieser albernen weißen Kluft, die er so liebte, mit seinem Enthusiasmus für alles Mögliche, und uns alle von den Socken hauen.«

»So war er also?«, murmelte Maggie halb zu sich selbst. Es war das erste Mal, dass sie ein Bild von Balthasar vermittelt bekam, das ihn wirklich zum Leben erweckte, ihr eine unmittelbare Vorstellung von dem Toten verschaffte. Als sie mit Lourens Meiring über seinen Sohn sprach, hatte sie nur etwas über Lourens Meiring und seine Vergeltungsfantasien erfahren. Als sie mit Sanet redete, bekam sie ein sepiagetöntes Bild von einem kaum vorstellbaren Mannjungen. Seinen Freunden war der erwachsene Balthasar fremd. Von Mbali hatte sie den Eindruck eines Retters in Gestalt einer Gottesanbeterin, und für Nkosazana war er ein kleiner, kostbarer Junge, der auf ihrem Rücken Zuflucht gesucht hatte. Jeder fügte der Beschreibung Balthasars einen Teil von sich selbst hinzu, aber das half ihr wenig bei dem Puzzle, das sie zusammenzusetzen versuchte. Erst Lindiwes Worte begannen ihn greifbar zu machen. Sie sagte ihr das.

»Ich kenne ihn ja erst seit anderthalb Jahren«, erwiderte Lindiwe. »Aber wir haben ungeheuer viel Zeit zusammen verbracht, während wir durch die ganze Provinz gefahren sind. Autofahren eignet sich gut, um jemanden kennenzulernen.«

»Erzählen Sie mir mehr.« Sie gierte nach Details.

»Jeder mochte ihn, und die Leute, die wir aufsuchten, haben ihn vergöttert, aber er hatte nur wenige Freunde. Da gab es Mrs. Chalik, eine Heilerin, und einen Mann, dessen Namen ich vergessen habe. John? Jack?«

Spike Lyall. Ihr Herz machte einen wilden Satz und landete in ihrem Magen, doch sie wahrte einen unbeteiligten Gesichtsausdruck. »Warum sind Sie nicht zur Beerdigung gegangen?«

»Ich habe am Dienstag die Meirings angerufen und ihnen mein Beileid ausgesprochen. Sanet Meiring sagte mir, ich solle weg bleiben. Sie wollte dort nichts sehen, was zu Balthasars neuem Leben gehörte. Darum habe ich die heutige Trauerfeier organisiert – damit wir den Mann betrauern können, den wir kannten. Und damit seine Kinder sehen können, wie viele ihn geliebt haben.«

Sie dachte wieder an die Zettel. »Lindiwe, ich stimme zu, dass die Kinder in Gefahr sein könnten. Ich habe auch Drohungen erhalten. Jemand will nicht, dass ich mich mit ihnen abgebe.«

Lindiwe warf ihr einen Blick zu, den Zacharius Patel als alert bezeichnet hätte. »Er kam nicht mehr dazu, mir zu erzählen, was für einen Verdacht er hatte.«

Es klopfte an der Tür, und Mbali kam herein, den Geräuschpegel angeregter Gespräche im Schlepptau. Sie sah überrascht und dann erleichtert aus, als sie die beiden Frauen zusammen sah.

»Wir sind müde, Ma Dlamini. Die Jungs zanken sich, und Grace will schlafen.«

Lindiwe erhob sich. »Ich gehe Sipho fragen, ob er euch im Kombi nach Hause fährt.«

Mbali hockte sich neben Maggies Stuhl, legte ihr die Hand auf den Arm und blickte sie durch ihre Wimpern an.

»Was ist, Mbali?«

»Kannst du nicht auch mit zu uns nach Hause kommen?«

»Ich komme mit«, sagte sie.

»Bleibst du über Nacht da?«

Sie dachte an ihre frische Bettwäsche, ihre makellose, trubelfreie Wohnung. Dann dachte sie an die zwei Stückchen Papier, die gestern in ihr Leben geflattert waren.

»Ja.«

Binnen zwanzig Minuten hatte Sipho die vier Kinder und Nkosazana in dem gelben Kombi der Aidshilfe-Mission verstaut und tuckerte in Richtung Town Hill. Maggie fuhr auf der Henne hinterher. Sie folgte Sipho per Autopilot und dachte an Schlaf. Das Gewitter von vorhin hatte die Luft abgekühlt, aber die Feuchtigkeit war wieder da. Schweiß sammelte sich unter ihrem

Helm und rann ihr den Rücken hinunter. Die Atmosphäre fühlte sich an wie ein Heliumballon, der gleich entweder platzen oder in den Himmel aufsteigen würde.

Als der Kombi und die Henne an einer Ampel in der Commercial Road zum Stehen kamen, ließ etwas im Rückspiegel den heißen Schweiß auf ihrem Rücken erkalten. Es war ein schwarzer BMW.

17

Samstag, 18 Uhr

Ihr Kopf fuhr unwillkürlich herum. Sie sah Gesichter, Sonnenbrillen, aber keine erkennbaren Züge. Waren sie hinter ihr oder den Kindern her? Mbali winkte ihr von der Rückbank des Kombis zu, während sie fieberhaft ihre Möglichkeiten durchging. Die Chancen standen fifty-fifty, aber wenigstens würde sie Gewissheit haben … Als die Ampel auf Grün sprang, traf sie ihre Entscheidung. Sipho rollte geradeaus weiter über die Kreuzung, Maggie schwenkte scharf nach links. Ein Blick über die Schulter zeigte, dass der BMW ihr folgte. Das war schon mal gut, jetzt musste sie ihn noch loswerden.

Auf der Victoria Street riss sie den Gaszug auf. Gewöhnlich ging es hier geschäftig zu, jede Menge Büros und kleine Firmen bevölkerten die Gegend, aber jetzt am frühen Samstagabend war sie eher leer. Beim Klang der aufheulenden Henne drehten sich ein paar vereinzelte Fußgänger nach ihr um. Der BMW hielt mühelos mit, sein lautloses Gleiten erinnerte an einen Hai, rastlos im Schatten seines Opfers.

Vor ihr befand sich ein roter Opel Kadett mit zwei Grauköpfen auf den Vordersitzen. Er kroch in wohlerzogenem Schneckentempo vor sich hin. Um Abstand zwischen sich und den BMW zu kriegen, musste sie an ihm vorbei. Sie warf einen Blick auf den Gegenverkehr. Da kam ein LKW, der in Richtung Commercial Road und Autobahnauffahrt donnerte. Sie schaltete runter und zog an dem Opel vorbei, wofür sie lautes Hupen vom Fahrer erntete und ein noch lauteres Tröten von dem Laster. Als der LKW sie fast erreicht hatte, schlüpfte sie noch um Haaresbreite vor den Opel. Jetzt war ein Wagen zwischen ihr und ihren Verfolgern. Der Opelfahrer schüttelte die erhobene Faust und diskutierte mit seiner Frau, die entgeistert den Kopf schüttelte. Wie sollten sie auch ahnen, dass in ihrem Kielwasser ein höchstwahrscheinlich bewaffnetes Schlägerteam fuhr, das hinter der rüpelhaften Motorradfahrerin her war.

Als die nächste Ampel eben rot wurde, bog sie schnell noch rechts ab. Der BMW-Fahrer ignorierte die Ampel, röhrte am Opel vorbei und bog hinter ihr ab. Schon schnupperte der schnelle Wagen fast am Hintern der Henne. Ihr stockte der Atem.

Sie brauchte einen Plan, und zwar schnell.

Zur Rechten kam ihr Apartmentblock in Sicht. Sie wusste, dass sie fast zu Hause war, und sie wusste, dass sie das wussten. Was erwartete der BMW-Fahrer jetzt von ihr? Dass sie den Summer des Sicherheitstors betätigte und hoffte, es würde sich hinter ihr schließen, bevor sie ihr folgen konnten?

Zu gefährlich. Wenn sie sie hinter geschlossenen Türen zu fassen kriegten, konnten sie Gott weiß was anrichten, ehe einer ihrer Nachbarn mitbekam, dass sie in Gefahr war. Stattdessen schaltete sie noch einen Gang runter und dröhnte bergan Richtung Taunton Road, zum Schauplatz ihres gestrigen Laufs. Das Getriebe der Henne schrie auf, aber sie spürte, wie das Drehmoment das Hinterrad fester greifen ließ. Das war es, was sie brauchte.

Ihr Plan war, den Hügel hoch zu fahren, dann um den Kreisverkehr herum und wieder runter bis zur Town Bush Road, wo sie sich in die Plantagen verdrücken konnte. Dort trainierte sie so gut wie jedes Wochenende mit ihrem Off-Road Club, und die Henne war dafür gebaut, über Dongas zu springen und um enge Kurven zu schleudern.

Das Blut hämmerte in ihrem Kopf, während sie die Henne den Hügel hinauftrieb. Was würde sie jetzt für Bonds Z8 geben, dachte sie zähneknirschend. Eine Titanpanzerung wäre echt hilfreich, sollten die Bastarde vorhaben, auf sie zu schießen. Der Raketenwerfer wäre auch nicht schlecht, falls sie zurückschießen musste.

Kurz bevor die Straße sich in die Schlucht winkelte, bog ein verbeulter alter Kombi aus einer Auffahrt und setzte sich vor sie und ihre Verfolger. Ohne etwas von der Jagd zu bemerken, die hinter ihr im Gange war, schraubte die Fahrerin sich vorsichtig in jede Kurve. Ein schwarzer Dobermann im Heck des Kombis lüpfte seine Lefzen und zeigte Maggie seine weißen Fänge.

Der BMW stieß mit der Nase an ihren Auspuff. Sie versuchten sie von der Straße zu drängen. Das Herz schlug ihr bis zum Hals und rutschte ihr dann in die Hose. Dies war nicht die Art, wie sie abtreten wollte. Sie wollte im Schlaf sterben oder vielleicht an einer spektakulären Herzattacke nach einem langen, zügellosen Leben, nicht als Erdbeermarmelade auf dem Kühlergrill eines BMW. Der Motor des deutschen Wagens dröhnte in ihren Ohren. Sie schmeckte Metall.

Sie scherte aus und überholte den Kombi. Es war höchste Zeit zu verschwinden. Sie würde es nicht bis zu den Plantagen schaffen. Sie warf einen Blick in den abschüssigen Graben. Das wuchernde Buschwerk würde sie decken. Sie schwenkte rüber an den Straßenrand, bremste, legte die Henne auf die Seite, sprang ab und die Böschung hinunter. Ihre Füße trafen auf Felsen, ihre Arme schlugen in dornige Zweige, als sie in die belaubten Tiefen eintauchte. Aus dem Nichts kam eine Wurzel geschlängelt und stellte ihr ein Bein. Sie überschlug sich, rollte ab. Sie fühlte eisigen Schmerz auf der Stirn, bevor sie an einem Baumstumpf liegen blieb, etwa zehn Meter weit im Graben. Sie hörte sich atmen, ein krächzendes Keuchen, doch die Hirtenmainas, die mit ihrem lauten Schlaflied die Nacht begrüßten, übertönten sie spielend.

Auf der Kuppe des Hügels über ihr herrschte Stille. Waren ihre Verfolger weitergefahren? Zurück zu den Eingeweiden der Stadt, um die nächste Beute aufs Korn zu nehmen?

»Kann die Schlampe nirgends sehen«, ertönte eine Stimme von oben. Eine Zulustimme, die Englisch sprach.

»Ja. Hat sich wohl an einem Felsen den Schädel angeschlagen, oder?« Die zweite Stimme hatte einen starken Afrikaans-Akzent.

Trotz ihrer Schmerzen brachte sie ein Lächeln zustande. Die Gangster waren zu besorgt um ihre Designeranzüge, um hier im Graben nach ihr zu suchen. Oben stampften Füße. Sie würde ihnen ein paar Minuten Zeit zum Verschwinden geben, bevor sie aus dem Graben kletterte.

Dann hörte sie es: der Klang von Metall auf Metall. Sie drückte sich die Faust in den Mund, um nicht zu schreien. Sie schrotteten die Henne! Es klang, als ob sie Vorschlaghämmer benutzten. Sie fühlte jedes Knirschen, jede Stauchung, als sie ihr Motorrad zerlegten. Das Gemetzel schien Stunden zu dauern. Dann endlich hörte sie Autotüren zuschlagen und das Knurren des BMWs, als sie davonbrausten.

Sie kletterte die Böschung hoch und riskierte einen Blick. Ihr armes Motorrad, ihr Schätzchen, war Geschichte. Nein! Sie musste es irgendwie in eine Werkstatt schaffen. Pete Dickson, Besitzer der Alpha-Werkstatt, war Mitglied ihres Off-Road Clubs und der Einzige in der Stadt, dem sie die Henne anvertrauen mochte. Sie wühlte das Handy aus ihrem Rucksack. Rief beim Abschleppdienst an und wählte dann Balthasars Nummer.

Nkosazana nahm den Hörer ab. »Maggie! Wo sind Sie denn?«

Sie sagte ihr, sie stecke mit ihrem kaputten Motorrad in der Taunton Road fest. »Können Sie Sipho fragen, ob er herkommen und mich abholen würde?«

Es gab etwas Gemurmel auf der anderen Seite, dann sagte Nkosazana: »Er ist unterwegs.«

»Nkosazana, zwei Männer in einem BMW haben mich von der Straße gedrängt. Bitte erzählen Sie das den Kindern nicht. Wenn sie fragen, sagen Sie nur, mein Motorrad ist kaputt gegangen.«

Nkosazana schnalzte mit der Zunge und legte auf.

Sie setzte sich an den Straßenrand und zählte ihre Blessuren, während die Dunkelheit hereinbrach. Die Hirtenmainas beendeten ihr heiseres Lied, Grillen und Frösche übernahmen den Refrain. Sie ließ das Zirpen und Quaken ihren Kopf ausfüllen. Sie wollte nicht an die Gangster denken, die versucht hatten, sie umzubringen, und stattdessen ihr Motorrad umgebracht hatten. Also machte sie sich ganz leer, kalt, eine lang geübte Überlebenstaktik.

Als Sipho erschien, ragten die Bäume über dem Graben schon schwarz in die Dunkelheit. Er stieg aus und besah sich das Motorrad.

»Die Typen meinen es ernst«, sagte er. Dann betrachtete er Maggie. »Oh Schwester, das sieht übel aus.«

»Was?«, fragte sie.

»Ich glaube, morgen hast du ein gewaltiges Veilchen.« Er setzte sich neben sie, die Wärme seines Körpers neben ihrem war tröstlich. Sie begann zu zittern. Sipho legte sofort einen Arm um sie. »Was ist mit den Cops?«, fragte er. »Willst du Anzeige erstatten?«

Das hatte sie für sich schon durchgekaut. »Nein.« Ein Polizeibericht und etwaige Nachforschungen würden Patel früher oder später verraten, dass sie auf der Trauerfeier gewesen war und immer noch in dem Meiring-Fall herumschnüffelte.

»Was ist mit Versicherung?«

»Hab keine.« Sie sah keinen Grund, Sipho zu erklären, dass ihr ganzes Geld für Christos Klinikkosten draufging. Nach all den Jahren in staatlichen Einrichtungen – Schule, Armee, Gefängnis – waren die Privatrechnungen, die sie zahlte, erdrückend. Eine Versicherung für die Henne war ein Luxus, den sie sich nicht leisten konnte.

Schweigend saßen sie da, bis der Abschleppwagen kam.

Sie sah den Mann hinterm Lenkrad. Ein großer fetter Burenknilch, und schlimmer noch, ein großer fetter Burenknilch, den sie kannte. Claasie Steenkamp. Einer von den Rowdys, die Lynn in der Schule bis aufs Blut gemobbt hatten. *Hoer se kind. Hoer se kind.* Lynns dünne, unterernährte Schultern sackten bei diesen Worten in sich zusammen. Ihre Mutter war zu aufgedonnert, zu blond, hatte zu viel Oberweite, zu grellen Lippenstift, um zu den anderen *Tannies* zu passen. Vielleicht bot sie Sex für Geld an, vielleicht auch nicht, der Punkt war einfach, sie sah danach aus. Für die Schulkinder und ihre Eltern war das genug.

»Hör nicht auf sie«, schärfte Maggie ihr ein. »Das sind doch alles Arschlöcher.«

Pa hätte sie ausgepeitscht für solche Kraftausdrücke, aber die Situation verlangte danach. Und Lynn lächelte zaghaft.

Claasie stutzte merklich, als er Maggie und Sipho zusammen auf der Böschung sitzen sah, Siphos Arm um ihre Schultern.

»Da war ein Anruf von einer Miss Cloete«, sagte er und wuchtete seine Massen aus der Kabine. Er sah aus, als wolle er ausspucken.

»Das bin dann wohl ich, Claasie.« Sie stand auf und trat in den Scheinwerferkegel des Abschleppwagens. »Magdalena Cloete, von der Hoërskool Andries Pretorius.«

»Ja, ich erinnere mich.« Er sah nicht aus, als ob es schöne Erinnerungen waren. Seine Nase, die er sich beim Rugby mehr als einmal gebrochen hatte, färbte sich rot, als ihm das Blut in die Adern schoss.

»Mein Bike ist hinüber.« Sie zeigte auf die leblose Gestalt unter dem Baum. »Kannst du es zur Alpha-Werkstatt schaffen?«

»Was ist passiert?«, fragte Claasie. »Hast du dich mit deinem Freund angelegt?« Er warf einen Blick auf den Kombi, der zwar verbeult war, aber keine frischen Spuren eines Gefechts trug.

»Nein, ein paar Scheißkerle in einem BMW haben versucht mich von der Straße zu drängen«, presste sie durch zusammengebissene Zähne.

»Dir ist klar, dass Samstagabend ist? Die Werkstatt dürfte geschlossen sein«, informierte Claasie sie.

»Der Besitzer ist ein Freund von mir. Lass es einfach da stehen, ich ruf ihn morgen an. In diesem Zustand wird es mit Sicherheit keiner klauen.«

Claasie stellte naserümpfend sein Missfallen zur Schau und betrachtete Sipho, der sich gerade eine Zigarette anzündete. Während er seine Rampe herunterließ und das Bike mit der Winde auf die Ladefläche hievte, unterschrieb sie seine Formulare. Dann kletterte er ohne Abschiedsgruß in seine Kabine.

»Was für ein Arsch«, sagte sie zu seinem entschwindenden Heck.

»Hier wimmelt es doch von solchen Ärschen«, sagte Sipho phlegmatisch, als sie in den Kombi stiegen. »Allen voran die, die gerade versucht haben, dich umzubringen.«

Maggie schüttelte es. Eigentlich war sie immer die Hartgesottene, die Furchtlose, die Kugeln auswich und Schurken jagte. Aber diesmal hatten die sie drangekriegt und ihr den Schrecken in die Knochen getrieben. Wenn sie sie nicht abgelenkt hätte, wären sie dann über die Kinder hergefallen? »Wie geht's den Kindern?«

»So weit gut. Mbali wartet auf dich. Sie will, dass du bei ihr im Zimmer schläfst.«

Kaum dass sie eintrafen, kam Mbali aus dem Haus gestürzt und packte sie am Arm, als sie ausstieg. Sipho winkte ihnen kurz zu und rollte heimwärts. Ihr wurde klar, dass sie gar nicht wusste, ob er eine Familie hatte oder wo er lebte. Eine gewissenhaftere Reporterin, als sie es im Moment war, hätte sich längst danach erkundigt.

Nkosazana begrüßte sie mit einer extrasüßen Tasse Tee und einem zusammengerollten, mit Eis gefüllten Handtuch. »Wir haben Ihnen eine Matratze ins Mädchenzimmer gelegt«, sagte sie.

Wieder saßen sie am Küchentisch und schlürften Tee, während Maggie sich das Handtuch ans Auge presste. Sie erzählte Nkosazana, dass Lourens Meiring bei der Trauerfeier gewesen war. »Warum ist Sanet nicht gekommen?«

»Sie nimmt Reißaus vor allem«, antwortete Nkosazana. »Selbst jetzt, wo sie den Schmerz kennt, wenn man ein Kind verliert, ist sie immer noch auf der Flucht.«

Ihr dämmerte plötzlich, dass diese Frau alle ihre Kinder begraben hatte. Ihr Kopf war auf einmal voller Worte, die sie nicht sagen konnte, also sagte sie nur: »Es muss schwer für Sie gewesen sein.«

Nkosazana lächelte ein zahnlückenreiches Lächeln, das keinerlei Freude enthielt. »Die schwerste und härteste Prüfung meines Lebens.«

Und jetzt hatte sie noch ein Kind verloren. Balthasar. »Lindiwe sagte, Balthasar hat Drohungen erhalten. Wissen Sie irgendwas darüber?«

»Er hat es mir erzählt.« Nkosazana nippte an ihrem Tee. »Er sagte, es gibt üble Typen, die es gar nicht mögen, dass er für die AIDS-Waisen sorgt und seine Arbeit macht. Sie wollten, dass er das aufgibt.«

Üble Typen, die auch von ihr wollten, dass sie aufgab.

Maggie musste runterkommen, bevor sie schlafen konnte. »Macht es Ihnen etwas aus, wenn ich noch ein bisschen fernsehe?« Sie wollte sich in einen Nachrichtenkanal einklinken und in andere, ferne Gefilde treiben lassen, weit weg von Drohbriefen, Mördern, Trauerfeiern und dem Grauen vergewaltigter Kleinstkinder. Schlimme Nachrichten aus anderer Leute Ländern wirkten immer seltsam tröstlich auf sie.

Nkosazana führte sie ins Wohnzimmer, einst wohl sehr geschmackvoll, mittlerweile stark heruntergekommen. Ein altertümliches Fernsehgerät hockte wie ein Frosch auf seinem schwarz getäfelten Unterschrank in einer Ecke des Raums. Sie ließ sich auf einem zerlumpten grünen Samtsofa nieder, sah die Nachrichten und ließ sich davontreiben. Nach einer halben Stunde kam Mbali herein und zog ihr Federbett hinter sich her. Sie enterte das Sofa und kuschelte sich an sie. Ihr Körper war warm, und Maggie fühlte, wie sie sich zu entspannen begann.

Sie erwachte von der Erkennungsmelodie der Spätnachrichten. Grace war zu ihnen gestoßen und hatte es geschafft, sich in die optimale Kuschelposition zwischen sie und Mbali zu schummeln. Ihre Augen waren offen, auf den Fernseher gerichtet, der Daumen steckte im Mund. Sie legte den Arm um das Kind und spürte, wie es sich noch enger an sie schmiegte. Sie passten aneinander wie ein Puzzleteil ans andere.

»Hallo, Kleines«, sagte sie und streichelte ihre Wange. Grace' Wimpern flatterten leicht, als würde sie gleich wieder einschlafen. Maggies Aufmerksamkeit wanderte zum Fernseher. Ein Bombenattentat in London. Die Wahlen in den USA. Ein Flugzeugabsturz in der Dominikanischen Republik. Der Präsident von Südafrika weigerte sich, zur Haltung der Regierung in der AIDS-Frage eine Stellungnahme abzugeben. Eine regionale ANC-Versammlung. Dann ein Beitrag aus Pietermaritzburg mit Dumisane Phiri auf Stimmenfang, umgeben von seinen Lakaien, huldvoll am Händeschütteln.

Gellendes Geschrei fegte sie fast vom Sofa. Grace war erstarrt. Ihr gestreckter Arm zeigte auf den Bildschirm, ihr Mund war aufgerissen und sie schrie, dass es Maggie fast die Haut abzog: unartikuliert, wütend, zu Tode erschrocken.

18

Samstag, 23 Uhr

Sie zog Grace in ihre Arme. Das Kind schlug wild um sich, krümmte und wand sich, als ob es einen Anfall hätte. Es kostete sie all ihre Kraft, es die kurze Strecke bis in ihr Schafzimmer zu tragen. Sie legte die Kleine ins Bett, klopfte ihr sanft den Rücken und strich ihr über die Stirn, aber Grace beruhigte sich nicht. Mbali verfolgte ihre Bemühungen eine Zeitlang, dann sagte sie: »Sie mag das«, kletterte zu ihrer Schwester ins Bett und bettete Grace' Kopf an ihre Brust, schlang beide Arme fest um sie. Grace' Schreie wurden leiser und verwandelten sich in Schluchzer. Dann wurden die Lücken zwischen den Schluchzern größer, und schließlich schlief sie ein.

Mbali lag da, den Kopf ihrer Schwester auf ihrer mageren Brust, und sah sie aus großen, dunklen Augen an. Durch einen Spalt zwischen den Vorhängen fiel ein dünner Strahl Mondlicht herein.

»Passiert das öfter?«, flüsterte Maggie.

»Sie schreit, wenn sie Albträume hat.«

»Hat sie schon mal beim Fernsehen so geschrien?«

»Nur einmal, als Balthasar die Nachrichten geguckt hat.«

»War da derselbe Mann im Bild? Der, den sie eben gezeigt haben?«

Mbali seufzte. Das arme Mädchen war erschöpft. »Ich weiß es nicht.« Sie löste die klammernden Finger ihrer Schwester aus ihrem Pyjamaoberteil, bettete die Kleine wieder aufs Kissen, zog sich die Bettdecke über die Schultern und schloss die Augen.

»Nacht, Maggie.«
»Gute Nacht.«
Aber es war keine gute Nacht. Sie lag wach, und während sie grübelte, wie alles zusammenhing, spürte sie, wie sich ihr geschwollenes linkes Auge schloss. Grace hatte Dumisane Phiri gesehen und zu schreien angefangen. War er ihr Vergewaltiger? Je mehr ihr Verstand raste, desto schläfriger wurde sie, doch umso unmöglicher wurde es abzuschalten. Im Geiste vernahm sie Zacharius Patels Stimme. »Um Himmels willen, Cloete, was ist aus deiner professionellen Distanz geworden? Du bist doch keine Krankenschwester, und auch keine Psychologin. Mach, dass du da wegkommst!«
Sie fühlte sich zerrissen. Die Kinder brauchten Hilfe. Sie brauchten einen Champion, und ihre selbsternannte Heldin Maggie Cloete war auf ihrem stählernen Ross herbeigeritten, um alles zu richten. Leider hatte irgendjemand was dagegen, dass sie ihre Nase in diese Geschichte steckte, und so hatte man versucht, sie und ihr Schlachtross loszuwerden. Das Problem war, dass sie Mobber und Tyrannen aus tiefster Seele hasste.
Sie trottete in die Küche und stöberte in den Schränken nach irgendwas Trinkbarem. Sie hoffte, auf etwas Alkoholisches zu stoßen, aber da war nichts, nicht mal eine leere Whiskyflasche, in die sie die Nase hätte stecken können, um sich vom letzten Dunst wenigstens noch ein bisschen beruhigen und aufbauen zu lassen. Sie griff auf Mas Allheilmittel zurück: heiße Honigmilch. Sie erhitzte die Milch in einem zerkratzten Kochtopf, rührte etwas Honig hinein, setzte sich an den Küchentisch, immer noch die Klamotten von gestern am Leib, und schlürfte ihr Heißgetränk.
Es hatte nicht die gewünschte Wirkung. Von der Milch wurde ihr übel, und sie machte sich bewusst, dass sie seit ihrem gestrigen Pfannenfrühstück nichts mehr gegessen hatte.
Sie wollte nach Hause. Sie wollte in ihre Bude, die Tür hinter sich abschließen, ein heftiges Bad nehmen, Haare waschen, saubere Sachen anziehen, etwas essen und sich für den Rest des Tages dort verkriechen. Die Welt einfach aussperren.

Ohne Fahrzeug würde sie aufs Tageslicht warten und zu Fuß gehen müssen. In der Dunkelheit herumzustrolchen war zu riskant, selbst in den Vorstädten. Die üppig belaubten Vorstadtbäume bargen auch dunkle Geheimnisse. Sie wusste aus jahrelanger Verbrechensberichterstattung, dass hier alles Mögliche passierte, schlimme, unheimliche, üble Sachen, genau wie in der Innenstadt, auf der anderen Seite der Stadt oder in den Townships außerhalb der Stadt. Wie Lindiwe gesagt hatte, das Verbrechen war ein Virus. Es konnte jeden anfallen.

Was sie einfach nicht schlafen ließ, war die Einsicht, dass es auch Zweijährige anfiel.

Hier saß sie nun, hockte in aller Herrgottsfrühe in Balthasars Küche, wo sie doch eigentlich in ihrem Bett liegen, selig schlummern und vor der nächsten Woche harter Arbeit Kraft tanken sollte. Sie musste unbedingt Abstand gewinnen.

Bevor es hell wurde, konnte sie nichts tun. Sie blinzelte mit ihrem unversehrten Auge die Uhr auf dem uralten Ofen an. Schon fast fünf. Bald würde es dämmern, dann konnte sie sich auf den Weg machen.

Sie wusch ihren Becher ab und verließ die Küche. Schaute nach den Mädchen im Schlafzimmer. Grace war zusammengerollt wie ein Igel, das Gesicht zur Wand. Mbali hatte alle viere von sich gestreckt, Arme und Beine ragten unter der Decke hervor, ein Arm lag auf dem Kopf ihrer Schwester. Maggie nahm ihn vorsichtig herunter, da öffnete sie die Augen, blinzelte kurz und klappte sie gleich wieder zu. Maggie legte sich auf ihre Matratze.

Das Geräusch eines Schlüssels im Haustürschloss weckte sie. Von dem Licht her, das durch den Spalt zwischen den Vorhängen fiel, musste jetzt Morgen sein. Schritte stapften durch den Flur, geflüsterte Gespräche waren zu vernehmen. Dann begab sich ein Paar Füße zum Krankenzimmer.

Sie sah nach Mbali. Die Augen des Kindes waren offen, starrten auf die Tür.

»Wer ist das?«, fragte Maggie.

»Die Tagesschwester.«

Wie sich herausstellte, sah Balthasars System so aus, dass entweder er oder Nkosazana die Nachtschicht bei den kranken Kindern übernahmen, für den Tag hatte er eine Krankenschwester angestellt. So blieb ihnen tagsüber Zeit, ihre Aufmerksamkeit Mbali und ihren Geschwistern zu widmen. Nkosazana erklärte ihr das, als sie in der Küche saßen, Toast aßen und Tee tranken. Allmählich gewöhnte sie sich an Nkosazanas süßes Gebräu.

»Wie war Ihre Nacht?«, fragte sie.

»Gut. Sie haben alle geschlafen. Busi musste ich ein Mal die Windel wechseln, das war alles.« Nkosazana sah dennoch erschöpft aus. Sie war weit über siebzig und musste ein Haus voller Kinder führen, von denen drei entsetzlich krank waren. Maggie konnte sich kaum vorstellen, wie sie den Einkauf bewältigte oder die drei gesunden Kinder in die Schule bekam. Hatte sie Zugriff auf ein Bankkonto? Konnte sie Auto fahren? Sie fragte sich, warum Balthasar nie daran gedacht hatte, einen Notfallplan zu entwerfen.

»Haben Sie Grace letzte Nacht gehört?«

»Nein.«

»Sie hat sich zu mir aufs Sofa gelegt, und während der Nachrichten fing sie an zu schreien. Ich hab sie dann gleich ins Bett gebracht, und Mbali hat mir geholfen, sie zu beruhigen.«

»Mbali ist ein gutes Kind.«

»Warum hat Grace beim Fernsehen geschrien, Nkosazana? Da war Balthasars Schulkamerad im Bild, wissen Sie, Dumisane Phiri.«

Nkosazana fiel in sich zusammen. Es sah aus, als entwiche all die kostbare Energie, aus der sie die Kraft zum Weitermachen zog. »Das ist schon einmal passiert. Balthasar war sehr bestürzt deswegen.«

»Hat er irgendwas unternommen?«

Sie sah Maggie über den Rand ihres Bechers an. Die Müdigkeit hatte tiefe Schatten um ihre Augen gegraben. »Ich weiß es nicht.« Sie stellte ihren Becher ab und verschränkte die Arme. Maggie hatte unwillkürlich das Gefühl, dass sie sich verschloss, um ihren Liebling zu schützen. Es war nur ein Gefühl, aber das war manchmal alles, woran sie sich halten konnte.

Mondli und Lungi kamen hereingestürmt und baten, dass Maggie ihnen beim Fußballspielen zuschaute. Sie wollte schrecklich dringend nach Hause, aber sie versprach, noch eine halbe Stunde zuzusehen. Zappelnd warteten sie, bis sie ihren Becher und ihren Teller in den Spülstein gestellt hatte, und hüpften dann vor ihr den Flur entlang. Ihre Glieder waren flink, ihre Körper frei von dem Virus, mit dem Grace kämpfte und das die drei Kinder im Krankenzimmer langsam tötete.

Das Wohnzimmer öffnete sich auf eine weitläufig überdachte Veranda, die wie das Haus aus roten Ziegelsteinen gemauert war. Es gab zwei alte Sofas, die nicht zueinander passten, zerlöchert und fleckig. Sie ließ sich auf einem davon nieder, woraufhin es diskret etwas Schaumfüllung ausstieß, und beobachtete das Spiel der Jungs, während Mbali daneben an einem Tisch saß und zeichnete.

»Wo ist Grace?«, fragte Maggie sie.

»Sie hilft der Schwester. Sie ist gern bei den Kindern«, antwortete Mbali.

»Und du? Magst du das auch?«

Sie hob den Kopf nicht. »Nein, ich nicht. Ich hasse es, da reinzugehen.«

Klar. Mbali hatte sich in den Monaten nach dem Tod ihrer Mutter allein um Sbu gekümmert. Sie hatte mit neun Jahren erwachsen werden müssen, hatte waschen, kochen, sauber machen und ihren todkranken Bruder pflegen müssen. Nur zwei Monate nachdem sie zu Balthasar gezogen waren, war Sbu gestorben. Das Krankenzimmer war durchdrungen von Traurigkeit. Sie verstand, warum Mbali es mied.

Die Jungs hatten ihre Schuhe als Torpfosten aufgestellt und spielten eine wilde Partie gegeneinander. Lungi schoss ein Tor und fiel auf die Knie, die Arme gen Himmel gereckt, dann brüllte er »Ladumaaaaa« wie die großen Fußballfans und drehte eine Ehrenrunde um den Garten. Mondli wartete darauf, dass es weiterging.

Sie seufzte. Es war so friedlich hier. Das kleine Grundstück lag auf einem Hügel, der Blick auf die Stadt unten eingerahmt von

Bäumen. Eine gewaltige Magnolie überragte das Haus wie ein Riese. Sie schloss die Augen und fühlte ein Lüftchen durch die Zweige wehen.

»Tante Claudie!«, hörte sie Mbali rufen und sah eine große Frau mit schwarzer Mähne, die sich über das Kind beugte und es in die Arme nahm. Mondli und Lungi verließen ihr Fußballfeld und rannten die drei Stufen hoch, um den neuen Besuch auf der Veranda zu begrüßen. Jetzt erkannte Maggie sie von der Trauerfeier wieder: Claudine, Balthasars Schwester und Christabels Zwilling. Sie hatte die Größe ihrer Mutter und die Haut- und Haarfarbe ihres Vaters.

Sie wandte sich Maggie zu, in jedem Arm einen der Jungen, und lächelte verwundert. »Hallo.«

Sie sprang auf. »Hi, ich bin Maggie Cloete.«

»Maggie Cloete? Waren Sie eine Freundin von Balthasar?« Claudine versuchte sie unterzubringen.

»Nein, eigentlich nicht.«

Sie trat einen Schritt näher. »Ich kenne Sie doch – Sie sind die Journalistin, die auf der Beerdigung war.«

»Richtig.«

»Was machen Sie hier im Haus meines Bruders? Am Sonntagmorgen?«

Eine berechtigte Frage, wie sie zugeben musste. Was zur Hölle tat sie hier? »Mbali hat mich am Freitag angerufen und gebeten, sie zu treffen.«

»Am Freitag? Sie sind seit Freitag hier?« Ihre Stimme hob sich zu einem ungläubigen Quietschen.

»Nein. Am Freitag war ich nur kurz hier. Nach der Trauerfeier gestern wollte Mbali gern, dass ich mit zu ihr nach Hause komme. In der Zwischenzeit hatte ich einen Motorradunfall, jemand hat mich hier abgesetzt, und ich habe die Nacht hier verbracht.«

Claudine stemmte die Hände in die Hüften. »Na schön, dann bitte ich Sie jetzt zu gehen. Wir kommen hier sehr gut ohne weitere Hilfe aus, vielen Dank.« Sie warf sich das Haar über die Schulter, drehte ihr den Rücken zu und beugte sich über Mbali und ihre Zeichnung. Die Jungs kehrten zu ihrem Fußballspiel zurück.

Es war die Art, wie sie bei dem Wort Hilfe ironisch die Lippen verzog, die Maggie gegen den Strich ging. Andernfalls hätte sie wohl brav wie ein Lamm ihren Rucksack genommen und wäre verschwunden.

»Könnte ich wohl mal kurz mit Ihnen reden? Unter vier Augen«, sagte sie zu dem ihr nachdrücklich zugekehrten Rücken.

Claudine seufzte gereizt und stelzte ins Wohnzimmer. Maggie folgte ihr und schloss die Verandatür.

»Ich weiß, dass Sie eine schwere Zeit durchmachen …«, begann sie.

»Schwere Zeit!« Claudine gab sich keine Mühe, ihren Zorn zu bemänteln. »Das ist ja wohl ein schlechter Witz. Mein Bruder ist gerade ermordet worden, und dann komme ich am Sonntag seine Familie besuchen und muss feststellen, dass die Lokalpresse ein Lager in seinem Haus aufgeschlagen hat. Und das in einem erbärmlichen Zustand, wie ich hinzufügen möchte.« Sie zeigte auf Maggies Veilchen.

Jetzt war keine Zeit für Ausflüchte. »Der einzige Grund, aus dem ich hier bin, ist, dass Mbali Angst hatte. Ich glaube, sie fürchtet sich vor irgendwas.«

»Natürlich hat sie Angst. Sie ist ein Kind, und das Leben hat sie gerade hart durchgeschüttelt.«

»Und Grace fürchtet sich auch.«

»Grace wurde Opfer eines widerlichen Verbrechens. Balthasar tat, was er konnte, um ihr zu helfen.«

»Ja«, sagte Maggie mit wutkalter Stimme, »und jetzt ist er weg. Werden Sie jetzt hierher ziehen, hier leben und sich um die Kinder kümmern? Denn mal ehrlich, ich glaube nicht, dass Nkosazana das schafft. Und Ihre Eltern sehen nicht über den Tellerrand ihrer Religion hinaus.«

Sie war zu weit gegangen. Claudine Meiring richtete einen Finger auf sie. »So was muss ich mir nicht anhören. Verschwinden Sie verdammt noch mal aus dem Haus meines Bruders.« Sie weinte.

Maggie trat einen Schritt vor, den Arm ausgestreckt.

»Gehen Sie einfach.«

Stumm verließ sie das Wohnzimmer und trat in den Flur. Das Oberlicht links von ihr warf ein grelles Lichtquadrat auf das Karomuster des Bodens. Am liebsten wäre sie in dieses Lichtfenster getreten und einfach verschwunden, aber sie musste weitergehen, den Flur hinunter ins Mädchenzimmer, ihren Rucksack und den Helm holen. Ein Kinderweinen aus dem Krankenzimmer vermischte sich mit den entfernteren Rufen der Jungs im Garten, ein vielstimmiges Konzert, das ihr sagte, dass sie gehen sollte. Sie klinkte sich zur Küchentür hinaus, die ungenutzte Außenküche zur Rechten. Es roch nach Hunden und Reue.

»Warte!« Sie drehte sich um und sah Mbali hinter sich angerannt kommen. »Ich lasse dich raus«, sagte sie und schwang klingelnd einen Schlüsselbund.

Knirschend schritten sie über den Kies. Mbali sperrte das Tor auf, Maggie trat hinaus.

»Ich hab was für dich.« Das Mädchen fischte ein mehrfach gefaltetes Stück Papier aus der Tasche ihrer Shorts.

Sie stopfte es in ihre Jeans. »Auf Wiedersehen, Mbali«, sagte sie.

»Wiedersehen.« Das Mädchen winkte noch einmal, trat zurück und schloss das Tor zu. Durch die eisernen Stäbe des Zauns hindurch sah Maggie sie wieder nach drinnen eilen, um bei Balthasars Schwester zu sein.

Mit Betonklötzen an den Füßen wanderte sie heimwärts, die Haut zu dünn für diese Welt und immer noch Grace' Schreie in den Ohren. Der Rhythmus ihrer Füße auf dem Pflaster, die Sonne, die hoch am Himmel stand, und ihr Schwitzen brachte jenen Tag in der Township Caluza zurück. Sie hörte wieder das Stampfen der marschierenden Füße auf der heißen Februarerde, die Rhythmen des Toyi-toyi der Menschen, die gegen die Übergriffe in Edendale protestierten. Über sich sah sie den Stein in hohem Bogen durch den unwirklich blauen Himmel fliegen. Sie hörte die Stille, während er seine Flugbahn vollendete, und dann ein Krachen, als er sein Ziel traf. Das Fenster des Polizeireviers barst, die Menge brüllte und drängte vorwärts. Im Gewühl der

Beine vernahm Maggie das Knattern von Schüssen. Die Polizei feuerte in die Menge.

Sie schob den Kopf über das Autodach, und Ed zerrte sie zurück nach unten. »Mein Gott, Maggie! Willst du sterben?«

»Aber die schießen!«, schrie sie, kurz vor dem Durchdrehen.

»Natürlich schießen sie«, antwortete Ed, presste den Hinterkopf an die eingedellte Autotür und zog sie an seine Seite. »Das ist Krieg.«

Maggie hörte Gewehrschüsse und Gebrüll, Schreckensschreie von rennenden Menschen, Schmerzensschreie von denen, die fielen.

»Schießen die etwa scharf?«, fragte sie, das Gesicht in Eds Armbeuge vergraben. Sie roch seinen Schweiß, sein Körper gab seine Angst preis. Die Polizei war bekannt dafür, dass sie die Menge mit Gummigeschossen auseinandertrieb, aber wenn sie sich angegriffen fühlten, waren sie berechtigt, auch mit scharfer Munition zu schießen.

»Klingt so«, antwortete Ed mit grimmiger Miene.

Die Minuten zogen sich hin, dehnten sich aus wie elastisch, während Maggie und Ed darauf warteten, dass der Beschuss aufhörte. Schließlich kehrte Stille ein, gelegentlich unterbrochen von den Schreien Verwundeter.

»Ich geh näher ran, um ein paar Bilder zu schießen«, murmelte Ed, und bevor Maggie ihn aufhalten konnte, war er weg. Sie richtete sich auf die Knie auf und sah, wie er geduckt dahinrannte. An einer Hauswand ging er in Deckung und fotografierte die Szene, die sich vor ihm auftat. Überall lagen Körper, manche bewegten sich, andere nicht, Rinnsale aus Blut versickerten in der trockenen Erde. Zwischen sich und Ed sah sie ein kleines Bündel Lumpen liegen. Auf einmal zuckte das Bündel, bewegte sich.

Der Schreck schnürte ihr die Kehle zu. Ein Kind! Sie beobachtete, wie der kleine Junge sich auf die Ellenbogen zu stützen versuchte, aber wieder einbrach. Mit eingezogenem Kopf rannte Maggie zu ihm, tief geduckt wie Ed in Erwartung weiterer Schüsse.

Sie starrte hinab in seine schockgeweiteten Augen. »Helfen Sie mir, Miss.« Er streckte den Arm nach ihr aus. »Mein Bein.« Sie sah hin. Unterhalb des Knies war sein Bein zerschmettert, nur noch Blut und Knochen, wo Haut und Muskeln sein sollten. Sollte sie ihn bewegen? Ihn in Deckung zerren? Versuchen, ihn zu verbinden?

Sie riss einen Streifen von ihrem T-Shirt und versuchte die Blutung zu stoppen. Dann fiel ihr etwas ein.

Sie rannte zurück zu dem ausgebrannten Auto, wo sie ihren Rucksack gelassen hatte. Darin hatte sie ihren leichten Marineanorak verstaut. Sie zerrte ihn heraus, rannte zurück zu dem Jungen und wickelte ihn so gut sie konnte um sein Bein. Dann wiegte sie ihn in den Armen. Er sah ängstlich zu ihr auf.

Maggie fühlte, wie ein Schatten auf sie fiel. Sie versuchte, nicht zu schreien.

»Aufstehen!«, bellte eine Stimme, eine Afrikaanerstimme.

Sie blickte auf den blutenden Jungen in ihren Armen. »Aber er ist verletzt.«

»Er ist verhaftet. Das ist er.« Der Cop beugte sich herunter und schaufelte sich den Jungen auf die Arme. Das Kind schrie tonlos durch den schreckensweit offenen Mund.

»Vorsicht!« Maggie sprang auf die Füße. »Was machen Sie denn da? Er ist doch nur ein Kind.«

»Wenn es dich so sehr kümmert, *Meisie*, kannst du auch gleich mitkommen. Du bist festgenommen.«

Der Polizist warf das Kind in den Laderaum eines Lasters und stieß Maggie hinterher. Dann schlug er die Tür zu. Drinnen war Dunkelheit, schwer von Hitze und Körpern. Maggie kroch am Boden herum, bis sie den Jungen gefunden hatte, und nahm ihn wieder schützend in die Arme. Das Blut war bereits durch den Anorak gedrungen, den sie um sein Bein gebunden hatte, es rann auf den Boden und sickerte in ihre Shorts.

Der Polizeilaster rumpelte über die Feldwege der Township. Maggie sah voraus, dass sie sie ins Zentralgefängnis in der Stadt bringen würden, weil es größer war und mehr Zellen hatte als die Satellitenstation in der Township. Der Junge sah zu ihr auf.

»Sterbe ich, Miss?« Seine Stimme war der geisterhafte Hauch eines Flüsterns.

»Nein«, versicherte Maggie ihm. »Du kommst wieder in Ordnung.«

Seine Augen verdrehten sich, dass man das Weiße sah, und er sprach kein Wort mehr. Maggie fühlte nur noch schwachen Puls in seinem Handgelenk. Am Gefängnis nahmen sie ihr seinen schlaffen Körper weg und steckten sie in eine Zelle, wo das Apartheidsregime sie ohne Anklage acht Tage festhielt.

Mit wunden Füßen kam sie endlich nach Hause, drückte die Tür zu ihrem Apartmentblock auf und fuhr mit dem Fahrstuhl in den sechsten Stock. Wenigstens hingen keine Rechtschreibbomben an der Tür, um sie bei ihrer Heimkehr zu begrüßen. Sie rief Pete auf seinem Handy an und erklärte ihm, dass die Henne in erbärmlichem Zustand vor der Alpha-Werkstatt herumlag. Pete fand die Story höchst unterhaltsam, ihm gefiel schon immer die Vorstellung, dass Maggie sich an jeder Straßenecke mit Kriminellen bekriegte.

»Du bist wirklich eine irre Type, Maggie«, sagte er und versprach, es sich sofort anzusehen, wenn er morgen zur Arbeit kam.

Wovon sollte sie ihn bloß bezahlen? Diesen Monat sah es jetzt schon eng aus, und sie wusste, dass Christos Krankenhausrechnung fällig war. Pete war ein Kumpel, sie musste einfach hoffen, dass er ihr Kredit gab.

Bevor sie duschte, wickelte sie Alicias inzwischen schmuddeligen Verband ab. Die Narbe lief als dünne Linie durch Lynns Namen.

Stunden später, nachdem sie genug Pasta gegessen hatte, um ein Bataillon satt zu kriegen, und genug verblödendes Fernsehen geguckt, um ihren Verstand komplett abzutöten, fiel ihr plötzlich das Stück Papier wieder ein, das Mbali ihr gegeben hatte.

Sie durchwühlte die Taschen ihrer Jeans und fand es. Im Badezimmer stehend faltete sie es auseinander. Es war eine Zeichnung. Mbalis Zeichenstil war sehr kindlich für eine Elfjährige, aber dann fiel ihr ein, dass Mbali kaum zur Schule gegangen war, bevor

Balthasar sie gerettet hatte. Auf der rechten Seite des Blatts sah sie ein Gebilde mit vier Figuren darin, eine davon waagerecht, als ob sie krank oder tot wäre. Eins der stehenden Strichmännchen war groß, die anderen beiden klein. Ein Pfeil mit der Beschriftung »Zuhause« zeigte auf das Gebilde. Auf der linken Seite des Bildes war ein weiteres Gebilde, ebenfalls mit einem Pfeil bezeichnet: »Nachbarn«. In diesem Haus waren zwei Figuren, eine sehr groß, die andere sehr klein. Sie lagen beide, die große auf der kleinen. Und die große hatte einen riesigen, eindeutig erigierten Penis.

19

Montag, 8:30 Uhr

Sie ging zu Fuß zur Arbeit, mit Sonnenbrille, um das blaue Auge zu tarnen. Sie freute sich nicht auf die Fragen, die sie bei der Morgenbesprechung erwarteten. Unterwegs machte sie bei einem Tearoom Halt und erstand eine große Tafel Milchschokolade mit Haselnüssen. Mit so etwas verschaffte man sich bei Alicia Labuschagne Gehör. Denn sie war nicht nur die Herrscherin über das elektronische Gedächtnis der *Gazette*, ihre blaue Tönung barg auch einen beeindruckend scharfen Verstand. Alicia könnte genau die Richtige sein, um ihre Fragen des Tages zu beantworten. Sie eilte die Stufen hinauf zu Alicias Adlerhorst und stählte sich für Geschichten über Schlaflosigkeit.

Alicia trug heute Gewänder in edlem Ziegelrot. Sie trank ihren Tee aus einer Tasse aus chinesischem Knochenporzellan, verziert mit Cherubinen. »Was ist mit Ihrem Auge passiert?«, fragte sie.

»Ich bin offroad gefahren und vom Bike gefallen.« Die Lüge glitt ihr locker über die Zunge. Immerhin war es die halbe Wahrheit, so mussten ihre calvinistischen Vorväter sich nicht zu heftig in ihren Gräbern wälzen. »Wie haben Sie heute Nacht geschlafen?«

Während sie einer jammervollen Geschichte über LKWs lauschte, die des Nachts auf dem Highway extralaut ihr Getriebe krachen ließen, zog sie die Schokolade aus ihrer Tasche und ließ sie auf Alicias Schreibtisch gleiten. Die Archivarin erzählte weiter, schmückte aus, und ganz beiläufig verschwand die Tafel in einer Tasche ihres voluminösen Gewandes. Dann fixierte sie Maggie mit ihren Adleraugen. »Womit kann ich Ihnen heute behilflich sein, Liebes?«

»Was wissen Sie über Dumisane Phiri?«

»Die reinste Trickkiste, das hier, jede Menge auf Lager.« Alicia tippte sich an die Schläfe. Sie genoss ihre Macht. »Ein ganz windiger Hund, anders kann ich es nicht sagen.«

»Kommen Sie, Alicia, ich weiß, dass er Anwalt war und jetzt eine heiße Nummer beim ANC ist. Aber was haben wir sonst über ihn?«

Die Archivarin rieb sich das Kinn. »Na, lassen Sie mich mal sehen. Der kostbare erstgeborene Sohn eines Häuptlings und mutmaßlichen Warlords aus der Township Edendale. Ging aufs Goodwill College, wo er seinen Abschluss mit Bestnoten machte und in der ersten Mannschaft Rugby spielte. Studium der Rechtswissenschaften an der Witwatersrand-Universität. Danach kam er zurück, praktizierte als Anwalt in der ach so noblen Kanzlei Scott, Cavendish & Orr, trat in den ANC ein und macht jetzt Karriere in der Politik.«

Sie sah Phiri vor sich, wie er mit Victor Ndlela im Steakhouse saß. »Irgendwelche Verbindungen zum Verbrechen?«

Alicia sah sie scharf an. »Es gibt keinerlei greifbare Verbindung zwischen Phiri und etwaigen dunklen Umtrieben.«

»Kann ich die Akten einsehen?«

»Phiri senior oder junior?«

»Beide.«

Alicia klackerte auf grotesk hochhackigen Sandalen in die Tiefen des Archivs. Maggie stützte den Kopf auf die Hände. Sie hatte keine Ahnung, wo das alles hinführen sollte. Lass mich die Antworten finden, bat sie den Gott der Journalisten. Nicht in einer goldenen Schüssel unter dem Regenbogen, sondern irgendwo in Alicias Akten.

»So, da wären wir.« Alicia klatschte vier Mappen auf den Tresen.

Sie suchte sich einen Schreibtisch und setzte sich.

»Eins sollten Sie noch bedenken: Dumi Phiri hat es auch nicht leicht. Sein Vater gehört zur alten Garde, er hingegen versucht die

Dinge auf neue Weise anzupacken – offener, transparenter, weniger hierarchisch. Das ist ein Drahtseilakt, ein Kunststück, das der alte Phiri nie nötig gehabt hat.«

Maggie las und gab sich Mühe, Mitgefühl für Dumisane Phiri aufzubringen. Er war ein versnobter Privatschulknabe wie der Rest von Balthasars Freunden. Zugegebenermaßen hatte er zwischen den Townships und Goodwill College eine große Kluft zu überbrücken gehabt, aber diese Erfahrung war ihm sehr zustattengekommen, hatte sie doch einen Politiker aus ihm gemacht. Einen, bei dessen Anblick Grace Sibanyoni zu schreien anfing.

Sie sah auf die Uhr. Zeit zu gehen.

»Ich komme wieder«, sagte sie zu Alicia. »Würde es Ihnen etwas ausmachen, ein paar Recherchen für mich zu übernehmen? Ich versuche eine Verbindung zwischen den Phiris und Lucky Bean Msomi aufzudecken.«

Alicias Augenbrauen machten einen Annäherungsversuch in Richtung ihres blauen Haaransatzes, und sie begann in den Akten zu blättern. Das war gut. Die Schokolade hatte ihren Zweck erfüllt. Alicia war auf ihrer Seite.

Auf dem Weg zur Nachrichtenredaktion legte sie einen Zwischenstopp auf dem Klo ein, wo eben Sally-Anne aus einer Kabine trat. Sie hatte ein fettes Herpesbläschen auf der Oberlippe.

»Das sieht ja wüst aus«, bemerkte Maggie.

»Danke für die Anteilnahme, Maggie.« Heute war keinerlei Süßstoff in der Stimme der Kunstjournalistin. »Wobei es eher aussieht, als sollte ich mir um dich Sorgen machen.«

Im gut beleuchteten Waschraumspiegel machte sie Bestandsaufnahme. Ihr rechtes Auge war fast geschlossen und umgeben von einem blauschwarzen Bluterguss.

»Was ist passiert?«, fragte Sally-Anne.

»Vom Bike gefallen«, sie zuckte die Achseln. »Nicht der Rede wert.«

Als sie ein paar Minuten später Sally-Anne in die Nachrichtenredaktion folgte, hatte sich die Neuigkeit bereits herumgesprochen. »Dresche! Dresche!«, skandierten die Redakteure, als sie an ihnen vorbeikam.

Zacharius Patels Blick kribbelte in Maggies Rücken. Sie drehte sich um und sah, dass er nicht allein war. Neben ihm stand ein junger Mann mit einer nagelneuen, schimmernden Lederaktentasche. Neben dem jungen Mann stand der Herausgeber, Jabulani Nzimande. Ein Mann von Format, in Sachen Leibesfülle wie auch als Persönlichkeit. Gesellig und liebenswürdig, galt er in Cocktailkreisen als beliebter Redner. Als Chef führte er die Zügel locker und überließ die Führung des Alltagsgeschäfts der Zeitung weitgehend Patel. Nzimande verkehrte lieber mit den lokalen Größen, von Schauspielern über Konzerndirektoren zu Politikern, und verbrachte müßige Stunden in seinem Büro damit, sein tägliches Editorial zu komponieren.

»Maggie, ich möchte Ihnen …« Er hielt inne, als er näher kam. »Hau, Mädchen, was ist denn mit Ihrem Gesicht passiert?«

»Hatte am Wochenende einen Motorradunfall«, erklärte sie. »Beim Geländefahren in den Plantagen.«

»Oho«, sagte Nzimande. Sie wusste, ihr Hobby war ihm ein völliges Rätsel. Er zog es vor, wenn sich Frauen mit typisch weiblichen Beschäftigungen vergnügten, sich die Nägel machen ließen oder mit ihren Freundinnen auf der Shoppingmeile Cappuccino tranken. »Nun, ich möchte Ihnen jemanden vorstellen: Das ist Jabu Sibiya.« Er klopfte dem jungen Mann auf die Schulter. »Unser neuester Volontär. Jabu, das ist Magdalena Cloete, die Kriminalreporterin der *Gazette*.«

»Sehr erfreut.« Der Volontär streckte eine Hand aus, und sie schüttelte sie. Er trug teuer aussehende Chinos und ein frisches blauweiß gestreiftes Hemd. Seine Schuhe glänzten, und in der Brusttasche seines Hemdes steckte eine Schildpattsonnenbrille. Er sah aus, als würde er sich bei einem Lifestyle-Magazin wohler fühlen als bei einem staubigen Provinzblatt. Vielleicht betrachtete er die *Gazette* als Sprungbrett zu Höherem.

»Jabu soll ab sofort bei Ihnen hospitieren und Ihnen nicht von der Seite weichen, Maggie«, sagte der Herausgeber. »Ich erwarte, dass Sie sich um ihn kümmern und aufpassen, dass er nicht in Scherereien gerät.«

»Prima«, sagte sie und dachte das Gegenteil. Jabus Blick glitt leicht nervös über ihr Gesicht und blieb an dem blauen Auge hängen.

»Meine Schwester wird Sie umbringen, wenn Sie es nicht tun.« Nzimande lachte herzhaft. »Wo ich doch jetzt *in loco parentis* für ihren Sohn zuständig bin.«

Na, herrlich. Jetzt hatte sie nicht nur einen Volontär, der bei jeder ihrer Bewegungen an ihr klebte, er war auch noch der Neffe vom Chef. Das würde ein Weiterverfolgen der Meiring-Story erheblich komplizierter machen. Patel warf ihr einen sarkastischen Blick zu. Wahrscheinlich dachte er bei sich, dass Jabus Chancen, sich Scherereien einzuhandeln, an Maggies Seite deutlich stiegen.

Nzimande wanderte zurück in sein Büro, um über sein Editorial zu sinnieren, während Patel und seine Reporter sich zur Morgenbesprechung versammelten.

Ihr Handy vibrierte.

»Hier ist Sven Schloegel.« Die unbekannte Stimme ließ sie stutzen. Der Doktor mit der AIDS-Pseudoarznei. Sie bedeutete Jabu, der das »nicht von der Seite weichen« wörtlich nahm, schon mal ohne sie in den Besprechungsraum vorzugehen.

»Ja?«

»Ich muss mit Ihnen sprechen, Miss Cloete. Über Balthasar Meiring.«

»Wann wollen wir uns treffen?«

»World's View. 14 Uhr. Kommen Sie allein.«

»Was ist mit der Verhandlung?«

»Die ist vertagt bis nächste Woche. Mein Anwalt ist krank.«

Sie begab sich in den Besprechungsraum und präsentierte Patel die spannende Neuigkeit, dass sie eine Verabredung mit dem Angeklagten im Medikamentenschwindelprozess hatte. Sie unterschlug bloß das kleine Detail, dass er über Meiring sprechen wollte.

»Nimmst du Jabu mit?«

Der Volontär reckte sich auf seinem Stuhl.

»Nein«, sagte sie. »Ich such ihm einen netten Fall beim Amtsgericht und parke ihn da.« Jabu sackte in sich zusammen, wobei sein Hemd vollkommen faltenfrei blieb.

»Denk dran, Maggie, keine direkte Bezugnahme auf gerichtlich relevante Aussagen oder Beweismaterial.« Patel bildete mit den Handflächen ein Dach.

Die onkelhafte Geste nervte sie. Sie wusste selbst, dass sie nur indirekt auf den Fall Bezug nehmen durfte.

»Willst du gar keine Verstärkung mitnehmen?«

»Nein, der Kerl wird nur reden, wenn ich allein komme.«

»Halt dein Handy griffbereit, leg dir die Polizei auf Kurzwahl und steig nicht in sein Auto.«

»Danke, Zacharius«, sagte sie und verdrehte die Augen.

Aslan fing quer über den Tisch ihre Mimik auf und grinste breit. Doch nach der Morgenbesprechung kam er auf sie zu und schüttelte mahnend seine Tolle. »Ich mach mir ein bisschen Sorgen, Maggie. World's View ist ein einsamer Ort.«

Er hatte recht. Der Stadtkern von Pietermaritzburg lag eingebettet inmitten von Hügeln wie Obstsalat in einer Schale. World's View bildete den höchsten nordwestlichen Rand der Schüssel. Aber sie würde ihre Gelegenheit, mit Schloegel zu reden, nicht aufs Spiel setzen, indem sie jemanden mitnahm. »So einsam ist es da gar nicht. Jede Menge Leute führen ihre Hunde aus«, beruhigte sie Aslan. »Und denk an all die Vorstadthausfrauen mit ihrem Speed-Walking.« Am Wochenende lief sie manchmal mit einem Joggingclub, und oft begegneten sie auf der Strecke großen Rudeln von Frauen, zumeist über fünfzig. Echte Jogger schwatzten nicht, schon gar nicht, wenn sie gerade den schwindelerregenden Talkessel hochgelaufen waren, doch die Speed-Walkerinnen hörte man immer schon von weitem. Wenn Reden Kalorien verbrannte, würden sie drastisch abmagern.

»Für mich klingt das nach einer Falle«, murmelte Aslan.

»Selbst wenn, damit kann ich umgehen«, versicherte sie ihm.

Am Gericht trieb sie einen schönen saftigen bewaffneten Raubüberfall für Jabu auf.

»Verbeug dich vor dem Richter, wenn du den Saal betrittst, setzt dich in die erste Reihe und schreib alles mit. Anschließend stellst du dich der Staatsanwältin vor, sagst ihr, dass du von der *Gazette* kommst, und bittest um Einsicht in die Fallakte«, erklärte sie ihm.

»Da vergewisserst du dich, dass du alle Namen richtig geschrieben hast, und notierst den genauen Wortlaut der Anklage. Ich bin in ein paar Stunden wieder da.«

Jabu nickte und zückte sein Notizbuch, bereit zum Mitschreiben. Maggie verließ das Gericht und ging über den Freedom Square, wo Straßenhändler gefälschte Designerturnschuhe, billige Kleidung und hölzerne Statuen feilboten. In den Jakarandabäumen zirpten Zikaden, hier Weihnachtskäfer genannt, deren Rufe immer eindringlicher wurden, wenn der Sommer seinen Höhepunkt erreichte. Es war kein harmonischer Klang. Eine Rastaband mit kunstvollen Dreadlocks spielte Bob Marley-Songs für eine kleine Gruppe Leute, von denen manche pflichtbewusst mithotteten. Der scharfe Duft von Dagga lag süß in der Luft und rangelte mit dem Currygeruch, der aus einer offenen Caféhaustür strömte.

Sie ging hinein, erstand ein Bunny Chow – ein ausgehöhltes halbes Weißbrot, gefüllt mit Hühnercurry – und aß es im Weitergehen. Als sie zur East Street kam, beschloss sie, noch bei der Aidshilfe-Mission vorbeizuschauen, doch ehe sie dort ankam, entdeckte sie einen Spaza Shop mit einem handgemalten Schild, auf dem sie einen Namen wiedererkannte: *Godfrey's Laden.*

Sie trat ein. Nach dem gleißenden Sonnenschein draußen war es hier stockdunkel, und ihre Augen brauchten ein paar Sekunden, um sich umzustellen. Sie hörte East Coast Radio aus einer Anlage auf dem Fensterbrett dudeln und dann eine bekannte Stimme, die sagte: »Kann ich helfen, Miss?« Godfrey Mhkize lehnte an seinem Verkaufstresen, die Handflächen auf die Platte gestützt.

»Hi, Godfrey«, sagte sie und ging auf ihn zu. »Ich bin's, Maggie Cloete.«

»*Ehe.*« Ja. »Von der *Gazette.* Ich erinnere mich.«

»Kann ich einen Cooldrink bekommen?« Sie fand, es wäre nur höflich, etwas zu kaufen, bevor sie den Mann nach Informationen ausquetschte. Er griff in den Kühlschrank hinter sich und schob ihr eine kalte Dose hin. Sie bezahlte, riss den Verschluss auf und nahm einen großen Schluck. »Gibt's was Neues über den Mord im HIV-Haus?«

Er schürzte die Lippen. »Nicht wirklich, Miss.«

»Sagen Sie Maggie zu mir.«

»Sicher, Maggie.« Er stützte die Ellbogen auf den Tresen. »Das hier ist eine arme Gegend. Viele Leute haben gar nichts. Man kann leicht verstehen, dass ein Dieb jemanden ausraubt, plötzlich Angst kriegt und mit der Knarre was Irres macht.«

Hier gab es keine neuen Einsichten. Enttäuscht ließ sie Mhkize ihre Karte da. »Wenn Sie noch was hören, rufen Sie mich an.« Er nickte, und sie reichte ihm die leere Dose, die er in einen Behälter warf. Auf dem Weg nach draußen zog ein flatternder Zettel ihre Aufmerksamkeit auf sich, und sie streckte die Hand aus, um ihn ruhig zu halten.

Wenn Sie oder ein Familienmitglied Schloegel's Herbals *als Medikament gegen AIDS erworben haben, könnte eine Sammelklage auch auf Ihre Rechtsansprüche Einfluss haben. Diese Bekanntmachung erfolgt mit Genehmigung des Obersten Gerichtshofs von Südafrika. Es ist keine Aufforderung, die Dienste eines Rechtsbeistands in Anspruch zu nehmen.*

Die Bekanntmachung schwafelte weiter davon, wessen Rechte wodurch berührt sein könnten und warum. Sie drehte sich zu Godfrey um. »Wer hat das hier angebracht?«

Er wedelte mit einer Hand. »Irgendein Gerichtsbote, glaube ich.«

»Wann?«

»So vor zwei Wochen.«

»Kennen Sie jemanden, der diese ›Vitamine‹ nimmt?« Sie befrachtete das Wort mit aller Verachtung, die sie hineinlegen konnte.

»Sicher. Es gibt hier viele kranke Leute. Sie wollen alle wieder gesund werden.«

»Das ist Pseudo-Arznei, Godfrey«, sagte sie. »Das Zeug heilt gar nichts. Jemand macht damit einen Riesenreibach.«

Er zuckte die Achseln. »Wir versuchen alle, über die Runden zu kommen.«

»Wenn sie dieses Zeug nehmen, vergeuden die Leute bloß Geld, das sie für richtige Medikamente ausgeben könnten. Für Medizin, die hilft.«

Er setzte ein beschwichtigendes Grinsen auf. »Schon gut, Maggie, schon gut.« Vielleicht war sie ein bisschen schrill geworden.

»Sagen Sie allen, die hier vorbeikommen, dass sie das Zeug nicht mehr nehmen sollen.«

»Alles klar, Maggie.« Godfrey streckte eine Hand aus und drehte das Radio lauter. Offensichtlich hatte er keine Lust mehr auf ihre Vorträge.

Zum Mittagessen lud Maggie Aslan ins *Mooi Boy* ein, wo sie die Körner von ihrem Salatbrötchen pflückte und ein paar halbherzige Bissen zu sich nahm. Aslan vernichtete eine gebackene Kartoffel.

»Wie macht sich denn der Frischling?«

»Ganz gut.« Jabu hatte ihr gemeldet, dass der Prozess sich bis in den Nachmittag ziehen würde und dass er nichts dagegen hatte, ihn allein auszusitzen. Unabhängigkeit. Das schätzte sie bei Neulingen am meisten. Sie war nämlich nicht sonderlich gut im Händchenhalten.

Nach dem Essen schlenderten sie durch die Gassen zur *Gazette* zurück. Sie kamen an *Schlüssel und Schloss* vorbei, und Maggie winkte dem Eigentümer Dennis Mukerjee zu, aber er sah sie nicht. Vor ihrem Einstiegsjob als Kopierervirtuosin bei der *Gazette* hatte sie einige Zeit für Dennis gearbeitet. Das Geschäft ging damals eher schleppend, und Dennis nutzte die zahlreichen ruhigen Stunden, um ihr die Kniffe des Gewerbes beizubringen. Wenn man jetzt die vielen Leute im Laden sah, musste der Betrieb seitdem kräftig Fahrt aufgenommen haben.

Unten an der Theater Lane erspähten sie Spike Lyall. Jonglierbälle flogen durch die Luft. Hatte der Mann nichts Besseres zu tun, als unschuldigen Reporterinnen auf dem Rückweg ins Büro aufzulauern? Sie zog Aslan in eine Seitenstraße. Er blickte sie neugierig an, sie lächelte zurück und versuchte unergründlich auszusehen.

»Glaub nicht, dass dein Nofreteteblick bei mir zieht, Magdalena Cloete.«

Sie antwortete nicht.

Aslan fügte hinzu: »Eine vergebene Frau ist grundsätzlich beliebter als eine ungebundene. Das solltest du mit deinem hitzigen Gemüt dir gut merken.«

Sie boxte ihn auf den Arm, und er rieb sich die Prellung und zog einen schmerzverzerrten Flunsch. Als sie die Redaktion betraten, bemerkte er: »Mal im Ernst, Maggie, diesen Lyall-Knaben solltest du dir vielleicht warmhalten. Er sieht aus wie ein guter Fang.«

Das war ein starkes Stück aus dem Mund von Pietermaritzburgs hemmungslosestem Flirtbolzen. Sie tat, als habe sie nichts gehört.

20

Montag, 13:40 Uhr

Sie gab Patel Bescheid, dass sie aufbrach, und lief die Treppen hinunter, um sich einen Wagen zu schnappen. Im Treppenhaus kam sie an Ed und Sally-Anne vorbei, die miteinander flüsterten, es sah nicht nach Liebesgesäusel aus. Der Herpes war noch fetter geworden. Ed hatte die Arme vor der Brust verschränkt und wirkte sauer.

Mit dem langen Nagel seines kleinen Fingers fischte Fuhrpark-Ernie einen Schlüssel vom Brett und schnippte ihn in Maggies Richtung. Dann wandte er sich wieder seinem Sabbermagazin zu, während sie unterschrieb und Zeit und Autokennzeichen ins Logbuch eintrug.

»Fahr ihn nicht wieder zu Schrott, Cloete«, rief er ihr nach und gackerte, als sie ihm wortlos den Finger zeigte. Sie hatte bei der *Gazette* einen Ruf als Kamikazefahrerin. Letzten Dezember hatte sie Jagd auf zwei Bankräuber gemacht und dabei den grünen Toyota in einen Graben gesetzt. So was nannte sie Engagement, Patel nannte es Mangel an professioneller Distanz. Also genau das, was zu vermeiden sie ständig ermahnt wurde.

Da sie noch einen Zeitpuffer von zehn Minuten hatte, fuhr sie lieber durch die Stadt als über den Highway. Die Innenstadt wimmelte von Einkaufenden und Straßenhändlern, und sie musste ständig darauf gefasst sein, dass Fußgänger sich ohne Rücksicht auf die Farbe der Ampel auf die Fahrbahn stürzten. Sie umkurvte ein Taxi mit der Aufschrift *Burning Spear* in leuchtend rot-orangefarbenen Lettern. Der *Speer* hielt direkt vor einem Supermarkt, um seine Fahrgäste auszuspeien, statt den Taxistand hundert Meter weiter zu benutzen.

Die Kreuzung am unteren Ende der Commercial Road schien frei von BMW-förmigen Haien. Sie betastete ihr zugeschwollenes Auge und bereute es sofort. Es stach.

Sie bog in die Old Howick Road ein und wünschte, der Toyota könnte so anziehen wie die Henne, aber der Wagen klebte träge auf der Straße und hustete, als sie runterschaltete. Sie erklomm die Steigung im zweiten Gang und wechselte erst in den dritten, als die Straße am Wylie Park flacher wurde. Hier hatte sie sich Freitagabend mit Mbali getroffen. Wie es dem Mädchen wohl ging? Hoffentlich tat Claudine alles Nötige für Balthasars Kinder. Maggie würde aus Rücksicht auf das Wohlergehen der Kids künftig etwas Abstand halten. Sie hatte am Wochenende bei einer Grundregel des Journalismus versagt, doch von nun an würde sie aufpassen, dass sie sich strikt an die Richtlinien hielt.

Außer wenn es um das Untier ging, das Grace vergewaltigt hatte. Für solche Typen galten keine Regeln.

Sie erklomm den Rand der Salatschüssel. Die Vororte hier waren nicht bloß grün, sie waren der reinste Plüsch. Jedes Zipfelchen manikürten Rasens prangte in einheitlichem Grünton, und keine Pflanze erdreistete sich zu wachsen, wo sie unerwünscht war. Sie kurbelte ihr Fenster runter und roch Rosen und Hochleistungsrasenmäher.

Hier lebten die Richter, Chirurgen und reichen Geschäftsleute, die in der Stadt die Fäden in der Hand hielten. Ihre Auffahrten waren so lang, dass man von der Straße aus die Häuser nicht sehen konnte, aber die prächtig verzierten Tore kündeten vom Reichtum der Bewohner. Die Straße verlief jetzt ebener, und sie lenkte den Toyota nach links in Richtung World's View.

Der Parkplatz war leer, als sie ankam. Auf ihrer Uhr war es fünf vor zwei.

Sie parkte und schlenderte hinüber zu der gepflasterten Plattform namens World's View. Lehnte sich mit dem Bauch ans Geländer und schaute über die Stadt. Nach all den Sommerregen ergoss sich eine Fülle von Grüntönen bis zum Horizont, wo Mkhambathini zu sehen war, KwaZulu-Natals höchsteigener Tafelberg. Er war so flach wie der in Kapstadt, doch da er nur das Tal der tausend Hügel mit seinen Dörfern und Ziegenherden überragte und nicht die hippste Stadt Afrikas, erregte er weit weniger Aufmerksamkeit. Ein bescheidener Berg, keine Touristenattraktion.

Sie drehte sich um und sah ein Auto ankommen.

Maggie schaute zu, wie Schloegel aus seinem silbernen Golf stieg und in ihre Richtung schlenderte. Anders als vor Gericht trug er heute Freizeitkleidung – lange Shorts bis unters Knie und ein kurzärmeliges Hemd, steif gebügelt. An den Füßen hatte er Sandalen und kamelbraune Socken, hochgezogen bis zur Mitte der Waden.

Sie begrüßten sich mit Handschlag und setzten sich auf den Steinsims, der das Denkmal einfasste. Hinter ihnen schüttelte ein Riesenköcherbaum seine fleischigen Blätter, doch die kurze Brise brachte keine Kühlung, und kein Schatten schützte vor der sengenden Nachmittagssonne. Schloegels Glatze glänzte. Sie musterte sein Gesicht, als er sich eine Zigarette anzündete. Die Haut um die Augen war aufgedunsen, und er hatte den Ansatz eines Doppelkinns. Sie schätzte ihn auf Anfang fünfzig.

Schloegel blies eine Rauchwolke aus, die über der Stadt davonschwebte. »Warum sind Sie hier?« Sein deutscher Akzent war deutlich zu hören.

Sie runzelte die Stirn. »Sie haben mich doch um dieses Treffen gebeten.«

»Weil ich Meiring erwähnt habe, stimmt's? Wenn ich gesagt hätte, ich will über das Wetter reden oder über die Gerichtsverhandlung, dann wären Sie nicht hergekommen.«

»Ich berichte nicht über das Wetter. Aber ich berichte über Verbrechen, und Meiring wurde letzte Woche umgebracht. Alles, was Licht in diesen Fall bringt, interessiert mich.«

Er drückte auf einem Stein zwischen ihnen seine Zigarette aus, zog ein Tüchlein aus der Tasche, nahm seine rechteckige Brille ab und fing an, sie zu polieren. »Was, wenn ich Ihnen erzähle, dass Meiring die Anklage gegen mich finanziert hat? Dass er ein gänzlich eigennütziges Interesse daran hatte, meine Firma zu torpedieren? Bilden Sie sich dann immer noch ein, dass er ein selbstloser Gutmensch war?«

»Man kann ein Sammelklageverfahren vor dem Landgericht nicht finanzieren. Wenn es keine handfesten Beweise gegen Sie gäbe, hätte die Staatsanwaltschaft nicht Anklage erhoben.«

»Wer hat denn diese fünf Familien zusammengetrommelt? Das sind doch alles ungebildete Landeier. Was wissen die schon von der Möglichkeit einer Sammelklage, wenn es ihnen nicht irgendein stinkender AIDS-Aktivist erklärt hat?«

»Tut mir leid, Mr. Schloegel –«

»Doktor Schloegel bitte.«

Sie überging das. Er konnte sich seinen schicken Titel sonst wohin stecken. »Balthasar Meiring half Menschen mit AIDS und ihren Familien. Wenn er daran beteiligt war, die Klage gegen Sie anzustrengen, gehörte das wohl zu seinem Aufgabenbereich im HIV-Haus. Da ist nichts weiter dabei.« Sie empfand das vertraute Kribbeln, das sie immer spürte, wenn ein passendes Puzzleteil am Horizont auftauchte, aber sie wahrte ihr Pokerface, das sie im Umgang mit Claasie Steenkamp und Konsorten zu tragen gelernt hatte.

»Ich könnte Einfluss auf seinen Tod gehabt haben.« Schloegel starrte in die Landschaft und wartete auf die Wirkung seiner Eröffnung. »Schön ist es hier oben. Ich war noch nie hier. *Sehr hübsch.*«

»So, nun wissen Sie, warum ich hier bin. Weshalb wollten Sie sich nun mit mir treffen?« Eine berechtigte Frage. Warum sollte der Beschuldigte einer Sammelklage mit einer Kriminalreporterin plauschen wollen?

»Sie denken doch, Balthasar Meiring hat sich ethisch korrekt verhalten? Glauben Sie mir, dem ist nicht so. Er hat meine Verkäufer belästigt und mein Produkt öffentlich schlecht gemacht.« Die schiere Ungerechtigkeit ließ Schloegels Brust anschwellen.

»Vielleicht fand er ja, dass Sie mit Ihrem angeblichen Heilmittel die Leute böswillig übers Ohr hauen.«

»Nein, darum ging es ihm nicht. Keineswegs. Nein. Er wollte

bloß mit seinem eigenen Produkt auf den Markt, mit seiner *Lotion*.« Schloegel betonte das Wort voller Abscheu.

»Wieso sollte seine Lotion mit Ihrer Arznei konkurrieren? Es sind doch ganz verschiedene Produkte.«

»Ich habe eine ganze Palette von Produkten!« Schloegel stand auf und fuchtelte wild mit den Armen, als wollte er den Riesenköcherbaum beeindrucken. »Ich habe auch Cremes. Wissenschaftlich entwickelt und den ganzen Weg aus Deutschland hierher gebracht.« Je mehr er sich aufregte, desto stärker wurde sein Akzent.

Die Nachmittagssonne spiegelte sich in seiner Brille. Irgendetwas, vielleicht der Instinkt der Journalistin, ließ sie aufblicken, und da, auf dem Parkplatz, sah sie ihn. Ein schlanker schwarzer BMW. Er stand vor ihrer *Gazette*-eigenen Rostlaube und Schloegels Golf, als wollte er beide verschlingen. Sie spürte kribbelnden Schweiß auf der Kopfhaut.

Schloegel sah hin, als zwei Männer aus dem Auto stiegen und sich dagegen lehnten. Einer hatte senkrecht geschlitzte Narben auf beiden Wangen. Der andere, ein riesiger Weißer, wirkte wie ein wandelndes Backstein-Scheißhaus.

»Msomis Leute«, bemerkte Maggie knapp.

Wenn Schloegel zuvor schon geschwitzt hatte, wurde er jetzt der reinste Wasserfall. Er warf einen raschen Blick auf das Geländer, als wollte er sich über die Kante stürzen.

»Ganz ruhig«, sagte sie. »Ich bin Journalistin. Ich bin immun. Die können mir nichts anhaben. Wir gehen einfach zu unseren Autos und fahren weg.«

Eigentlich hatten ihre jüngsten Erfahrungen sie das Gegenteil gelehrt, trotzdem schulterte sie ihre Tasche und stapfte los. Schloegel folgte ihr dichtauf. Beim Gehen wühlte sie in der Tasche nach ihrem Telefon und verfluchte sich, weil sie es nicht die ganze Zeit in der Hand behalten hatte. Schloegel ging jetzt so langsam, dass sie das Gefühl hatte, ihn ziehen zu müssen. Und ihre Beine schienen mit jedem Schritt schwerer zu werden. Wo war das beschissene Handy bloß?

Mit einem Aufschrei wandte Schloegel sich plötzlich nach links und rannte über einen Streifen offene Wiese auf den nahen Wald zu. Backsteinklo setzte ihm nach und brachte ihn mit einem Rugby-Wurf zu Fall. Der mit den Stammesnarben richtete etwas auf Maggie. Eine kleine, aber höchst bösartig aussehende Pistole.

»Nehmen Sie die Hand aus der Tasche.« Er trat heran und packte sie am Arm. Sie versuchte vergeblich auf Abstand zu gehen. Backsteinklo hatte indessen den Deutschen am Kragen und schleifte ihn herbei.

»Rein da«, sagte Narbengesicht, die Pistole an ihrem Kopf. »Ich meine es ernst.«

Daran hatte sie keine Zweifel. Er entriss ihr die Tasche und schleuderte sie in Richtung einer Gruppe von Keulenbäumen, dann zerrte er sie vollends zum Wagen, band ihr die Hände zusammen und stieß sie in den Fußraum vor der Rückbank. Sie hörte einen dumpfen Aufprall und nahm an, dass sie Schloegel in den Kofferraum geworfen hatten. Beide vorderen Türen schlugen zu, und der Wagen fuhr an. Keiner der Kerle hielt sich mit Anschnallen auf.

Maggies Herz hämmerte. Ihr Blut sang ihr in den Ohren wie eine Tätowiernadel. Wenn dies die gleichen Schlägertypen waren, die sie am Samstag verfolgt und ihr Motorrad schrottreif geprügelt hatten, war die Lage ernst. Todernst. Sie zerrte an dem Seil um ihre Handgelenke, aber es gab nicht nach. Aus dem Kofferraum drang wildes Klopfen und Rufen. Je lauter die Schreie, desto hektischer pochte es in ihren Adern. Ihr Atem kam in kurzen Stößen. Ihr war schwindlig, sie bekam kaum noch Luft.

»Scheiße!«, rief der Fahrer, der Wagen brach unvermittelt nach rechts aus und kam ins Rutschen. Die Bremsen quietschten, und Maggie spürte, wie der Fahrer mit dem Lenkrad kämpfte, um den BMW wieder unter Kontrolle zu bekommen. Sie wurde herumgeschleudert wie eine Stoffpuppe, und ihr Kopf krachte gegen die Autotür.

Dann wurde alles gleichgültig.

Sie kam zu sich und spürte, dass sie auf einem leicht piksigen Untergrund lag, vielleicht Gras? Ein kugelförmiges Objekt verdeckte die Sonne, und etwas kitzelte ihr Gesicht. In ihrem Schädel gab es ein neues Hämmern, das den Schmerz ihres blauen Auges begleitete.

»Verdammte Scheiße, Maggie, du bist ja total im Arsch«, sagte Ed.

21

Montag, 14:49 Uhr

»Wo sind sie?«, fragte sie und versuchte sich aufzusetzen. Der Himmel wurde ganz flusig, und sie legte sich rasch wieder hin.

»Mann, Maggie, halt doch still«, sagte Ed, der zu ihrer Verblüffung oben ohne war. Sie betastete ihren Kopf und spürte ausgefranste Stoffstreifen unter den Fingern. Er hatte sein T-Shirt zerrissen und ihr den Kopf damit verbunden.

»Ich muss Schloegel rausholen«, murmelte sie. Ed legte ihr eine Hand auf die Brust, um sie am Aufstehen zu hindern. Es fühlte sich an, als ob ein Bär sie mit seiner Pranke niederdrückte. »Er liegt im Kofferraum.«

»Schloegel ist längst weg«, sagte er. »Du hast eine Kopfwunde und bist ohnmächtig geworden. Du wirst verdammt noch mal still liegen, bis der Krankenwagen kommt.«

»Ich brauch keinen Scheiß-Krankenwagen«, sagte sie und kratzte vergeblich an der gewichtigen Bärentatze. »Ich muss die Cops anrufen.«

Er seufzte. »Wenn du versprichst, still zu liegen und auf den Krankenwagen zu warten, lass ich dich mein Handy benutzen.« Ed war größer und stärker als sie. Mit ihm zu rangeln war sinnlos, also blieb sie brav liegen. Er hob seine Pranke, so dass sie leichter atmen konnte.

»Was zur Hölle machst du hier?« Keine Zeit für Höflichkeiten jetzt.

»Patel hat mich angewiesen, dir zu folgen und Fotos zu machen. Als Rückendeckung, weißt du, für den Fall, dass es irgendwie hässlich wird. Ich hab also hier geparkt, da seh ich den Beamer auf World's View zufahren. Ich wollte gerade aussteigen, als ich das Geschrei hörte.«

Sie erinnerte sich an keinerlei Geschrei. Hatte sie geschrien?

»Da bin ich schnell raus auf die Straße gerollt und hab die Fahrbahn blockiert. Sie mussten ausscheren, um vorbeizukommen, und haben dabei voll die Leitplanke erwischt.«

Sie schaffte es, sich auf einen Ellbogen aufzurichten, und schaute zur Straße. Frische Reifenspuren im Gras, die Leitplanke eingedrückt. Als sie sich wieder lang machte, blickte sie zufällig nach rechts. Durch die Streben eines grünen Eisenzauns starrten eine Frau in himmelblauer Dienstmädchenuniform, ein kleiner Junge und ein Hund sie neugierig an. Alle drei sahen gleichermaßen überrascht aus, auf dem Seitenstreifen vor ihrem Haus eine Frau mit Kopfverband liegen zu sehen, die sich mit einem halbnackten Mann unterhielt. Maggie winkte ihnen zu, und der kleine Junge winkte zurück.

»Ich bin rüber. Der Beifahrer sah aus, als hätte er ziemlich was abgekriegt, und der Fahrer war weggetreten, da hab ich die Tür aufgerissen und dich rausgezogen. Ich hab dich über die Straße geschleppt und mich um deinen Kopf gekümmert. Dabei muss der Fahrer zu sich gekommen sein, denn er fuhr plötzlich weg.«

»Nummernschild?«

»KZN 36 irgendwas.«

Sie verdrehte die Augen.

»Tut mir leid, Maggie, aber ich hatte echt Angst um dich. Da blieb keine Zeit, mir Kennzeichen aufzuschreiben.« Sie konnte es Ed eigentlich nicht verdenken. Ihr war es auch nicht gelungen, die Nummer zu notieren, als der BMW am Samstag Jagd auf sie gemacht hatte. So was ergab sich einfach nicht, wenn es um Leben und Tod ging.

»Gib mir das Telefon«, sagte sie.

Officer Mathonsis Nummer war ihr ins Gedächtnis eingebrannt. Die Polizistin nahm sofort ab und hörte ihr aufmerksam zu, als sie den Vorfall schilderte. »Sie wissen, dass ich nichts tun kann, wenn Sie nicht herkommen und Anzeige erstatten?«

Sie durchdachte das. Sie könnte Anzeige erstatten. Aber selbst wenn sie die Kerle erwischten, würden die jede Verbindung zu Lucky Bean Msomi leugnen. Diesbezüglich waren solche Lakaien höchst loyal. Sie machte sich jedoch Sorgen um Sven Schloegel. Er war von einem menschlichen Panzer zu Fall gebracht, in einen Kofferraum geworfen und gründlich durchgeschüttelt worden. Jetzt befand er sich vermutlich auf dem Weg zu Schlägen, Folter oder Tod.

»Wenn wir eine Vermisstenmeldung reinkriegen, die auf Schloegel passt, melde ich mich sofort«, versprach Mathonsi.

Maggie hörte den Krankenwagen die Old Howick Road hochkommen. Ihre Tasche fiel ihr ein, und sie bat Ed, sie zu holen. Er trabte los.

In ihrem Kopf tobte ein Presslufthammer, und ihr Körper fühlte sich schwächlich an, doch zugleich spürte sie eine neue Energie. Es war ihr alter Freund Zorn, der ihren Körper eisig durchströmte, dass ihr die Zähne klapperten. Sie war Sven Schloegels Geleitschutz gewesen. Hätten Msomis Schläger sie noch in ihrer Gewalt, wäre jetzt kaum sein Leben in Gefahr. Eds tolldreistes Rettungsmanöver aber konnte leicht seinen Tod bedeuten.

Zwei Sanitäter erschienen und verluden sie ungeachtet ihres Protests. »Kommen Sie, Miss, Sie waren bewusstlos und haben da eine schlimme Kopfwunde. Wir müssen Sie auf jeden Fall zur Beobachtung einliefern.«

Sie knurrte Verwünschungen, aber sie war machtlos. Ed gab ihr die Tasche und winkte fröhlich, als sie die Türen zuwarfen. Er war überzeugt, ihr einen Gefallen getan zu haben, doch tatsächlich hatte er ihr die Story aus der Hand geschlagen. Das war ihre Chance gewesen, hinter Msomis Beziehung zu Schloegel zu kommen und womöglich die Verbindung zu Balthasar aufzudecken. Ed hatte diese Chance ausradiert, indem er den Helden spielte. Verdammter Tollpatsch.

Im Krankenhaus wurde sie flink verarztet und dann in einem öffentlichen Ruheraum abgelegt. Sie wehrte sich nicht, als der Schlaf sie übermannte.

Ein paar Stunden später erwachte sie und entdeckte Zacharius Patel, der an ihrem Bett saß. Er stützte beide Ellbogen auf die Bettkante und lehnte sich auf seinem Stuhl so weit vor, dass sie seinen Pfefferminzkaugummi roch. »Das war ja ein aufsehenerregender Einsatz, Cloete«, knurrte er durch zusammengepresste Kiefer. »Entführt, mit dem Auto verunglückt und ausgeknockt, alles innerhalb weniger Minuten. Das dürfte so ziemlich der Höhepunkt deiner bisherigen Kalamitäten-Laufbahn sein.«

Sie starrte ihn an. War ein bisschen Mitgefühl zu viel verlangt? »Das verdanke ich doch bloß Ed Bromfields Heldengetue.«

»Ed Bromfield hat dir das Leben gerettet.« Patel setzte sich auf und verschränkte die Arme.

»Nein. Bromfield hat einen Unfall verursacht, der mich leicht hätte töten können. Und wer weiß, was mit Sven Schloegel passiert ist, der im Kofferraum lag!« Sie merkte erst, dass sie kreischte, als die Besucher an den anderen Betten sich umdrehten und sie anstarrten.

»Die Polizei wird ihr Bestes tun, um Schloegel zu befreien«, sagte Patel.

»Wahrscheinlich ist es eh zu spät«, murmelte sie. Ihr Zorn verebbte und wich einer neuen Welle der Erschöpfung. Die Story war ihr durch die Lappen gegangen, und sie hatte Schloegels Leben in Gefahr gebracht. Nicht, dass sie den schleimigen Doktor besonders mochte, aber sie wollte auch nicht seinen Tod auf dem Gewissen haben.

»Hör zu, Cloete.« Patel stand auf. »Wenn sie dich morgen aus dem Krankenhaus entlassen, nimmst du eine Woche verordneten Genesungsurlaub. Du bleibst zu Hause, ruhst dich aus, und wenn du wiederkommst, überdenken wir das Ganze.« Er hob die Hand, als sie zu protestieren versuchte. »Ich will dich vor nächsten Montag nicht im Büro sehen.« Er winkte ihr unbekümmert zu und verschwand.

Sie haderte eine Weile vor sich hin und schlief dann wieder ein.

Die Ärzte entließen sie am nächsten Morgen, und wie ein rettender Engel kam Aslan herbeigeeilt, um sie nach Hause zu fahren.

Er verstaute sie in seinem Wagen, als wäre sie aus hauchdünnem Porzellan. In ihrer Wohnung steckte er sie ins Bett und packte dann eine ganze Batterie Fertiggerichte aus.

»Ich hab hier die feinsten Delikatessen von Woolworth«, rief er aus der Küche. »Und ein bisschen von Mas Lammcurry.«

Sie hatte beim gestrigen Abendessen im Krankenhaus das matschig zerkochte Huhn ebenso verweigert wie den kalten Käse-Blumenkohl und das zahnpastafarbene Gelee und vom Frühstückstablett nur ein Joghurt genommen. Ihr Magen ächzte.

Ohne lange zu fragen, schob Aslan eine Tupperdose seiner Mutter in die Mikrowelle. Als das Gerät gepingt hatte, servierte er ihr das Mahl auf einem Tablett.

»Hübsch hast du's hier«, sagte er und hockte sich ans Fußende ihres Bettes, während sie auf das Curry einhieb. »Ich wusste gar nicht, dass du so ein Ordnungsfreak bist.«

Maggie hielt ihre Wohnung puristisch und leer. Der letzte Besucher, der hier gewesen war, war Ed. Sie erinnerte sich gut, wie sie sicher und warm in seinen Bärenarmen gelegen hatte. Dann tilgte sie diesen Gedanken aus ihrem Kopf. Schließlich war Ed der Idiot, der ihr die Story vermasselt hatte.

»In der Redaktion bist du heute das große Gesprächsthema«, bemerkte Aslan. »Ein paar Leute behaupten, du wärst suspendiert.«

Sie schüttelte kauend den Kopf. »Quatsch. Patel hat mir bloß Krankenurlaub gegeben.«

»Und den gedenkst du allen Ernstes zu nehmen?«

Sie hob die Augenbrauen, und Aslan lachte.

»Nun bleib erst mal schön liegen, Süße«, er klopfte ihr auf die Schulter. »Ich halte die Stellung, solange du weg bist. Und ich werd auch den kleinen Jabu für dich im Auge behalten.«

Er zwinkerte ihr zu und zog dann ab. Maggie konnte sich leicht vorstellen, dass Jabu in den kundigen Händen von Aslan gut aufgehoben war. Wahrscheinlich schrieb er Ende der Woche bereits Leitartikel.

Verdammt. Sie müsste im Büro sein. Es gab so viel zu tun. Sie durchwühlte ihre Tasche nach dem Handy und tippte Alicias

Durchwahl ein. Wenn sie schon Zwangsbettruhe halten musste, konnte sie wenigstens ein paar Recherchen ankurbeln.

Die Haselnussschokolade sicherte ihr noch oberste Priorität. Nach ein paar besorgt gemurmelten Fragen zu Maggies Gesundheitszustand willigte Alicia ein, ihr die Phiri-Akten zu überlassen. Binnen einer Stunde klingelte unten ein Kurier der *Gazette*, kam herauf und lieferte sie ab. Sie schleppte sich ächzend zur Tür, nahm sie in Empfang und ließ sich auf dem Sofa nieder, um zu lesen.

Ein Klopfen weckte sie. Es war ihr Nachbar Grant mit einem grässlichen Blumenstrauß – orangefarbene Rosen und Schleierkraut. Maggie verabscheute Schnittblumen. Sie erinnerten sie zu allem Überfluss an ihre Mutter, die nichts herrlicher fand als ein riesiges Floristenbündel aus orangen, roten und gelben Blüten.

Grant stellte Sorgenfalten zur Schau, aber es blitzte ein kleiner Strahl Sensationslust aus seinen Augen. »Na, wie geht's dir? Hast du wieder mit schlimmen Schurken gekämpft?«

»Woher weißt du das?«, fragte sie und versuchte auszusehen, als sei sie dankbar für die scheußlichen Blumen.

»Du hast Schlagzeilen gemacht«, sagte er und schwenkte die Morgenausgabe der *Gazette*. Auf der Titelseite prangte in riesigen Lettern: GAZETTE-REPORTERIN ENTFÜHRT – GERETTET. Darunter wie eine schallende Ohrfeige Jabus Signatur, und darunter ein verwackeltes Foto von zwei Personen, von hinten aufgenommen, die auf den Steinstufen von World's View saßen. Maggie hatte die Titelseite. Nur dass sie diesmal das Thema war. Der Gegenstand der Berichterstattung.

»Kann ich mir die ausleihen?« Sie wedelte mit der *Gazette*.

»Sicher«, sagte er. »Lass es mich wissen, wenn du etwas brauchst, Schätzchen.«

Sie warf die Blumen auf den Couchtisch und las den Artikel im Stehen. Verflucht sollten sie sein, die Bande hatte sie zu Stoff verarbeitet.

Sie war schon einmal Stoff gewesen, und es hatte ihr nicht gefallen.

Bert Townsend hatte sie damals verwarnt. »Maggie, du hast

das Zeug dazu, eine verdammt gute Journalistin zu werden. Aber wenn du diesen Job behalten willst, musst du neutral bleiben. Du bist hier, um die Story zu schreiben, nicht um ihr Thema zu sein.« Er pfefferte die *Gazette* des Tages auf den Konferenztisch.

Maggie griff danach. Auf der Titelseite stand fett und breit die Schlagzeile: JOURNALISTIN AUS DER HAFT ENTLASSEN.

»Ich habe viel riskiert, um dich auf diesen Stuhl zu setzen.« Bert schielte in ihre Richtung. Er war ziemlich blind ohne seine Brille, die er ständig verlegte. »Du hast keine reguläre Ausbildung und keine nennenswerte Berufserfahrung außer am Kopiergerät der Personalstelle. Bis vor kurzem musstest du noch damit kämpfen, einen Satz ohne Grammatikfehler zustande zu bringen. Glaub mir, Mädchen – ein falscher Schritt, und der Chef sortiert dich einfach aus.«

Später zitierte ebenjener Chef, Michael de Vries, ein erschreckend kühler Oxford-Absolvent und Herausgeber der *Gazette*, sie in sein Büro. Er saß in einem riesigen Ledersessel hinter seinem Schreibtisch, forderte sie jedoch nicht zum Platznehmen auf. Dann unterstrich er Berts Drohung mit seiner eigenen.

»Das war Ihr letzter Fehltritt bei diesem Blatt, Miss Cloete. Ich dulde nicht, dass die Reputation der *Gazette* als unabhängiges Organ fairer Berichterstattung von Grünschnäbeln besudelt wird, die es nicht lassen können, ihr ideologisches Herzblut über das Pflaster dieser Stadt zu vergießen. Ich erwarte von Ihnen nichts Geringeres als professionelles Verhalten. Noch ein Ausrutscher dieser Art, und ich werde Sie auffordern müssen zu gehen.«

Ihr hämmernder Schädel hielt sie wach, und in den frühen Morgenstunden stand sie auf, um eine Schmerztablette zu nehmen. Im hellen Licht des Badezimmers fiel ihr ein, dass jetzt genau eine Woche vergangen war, seit jemand Balthasar Meiring erschossen hatte. In dieser Zeitspanne war ihr Motorrad geschrottet worden, sie hatte zwei Drohbriefe erhalten, war aus Balthasars Haus geworfen, mit vorgehaltener Waffe entführt und von ihren engsten Arbeitskollegen angeschissen worden. Michael de Vries hätte verächtlich seine gebieterische Nase gerümpft über das Chaos ihres Lebens.

Ihre jetzigen Vorgesetzten wollten kontrollieren, was für Storys sie schrieb, und sahen es nicht gern, wenn sie von der vorgegebenen Linie abwich. Allerdings hatten sie kein Problem damit, sie als heiße Meldung zu verwursten.

Sie würde sich aber nicht kontrollieren lassen. Sie würde die Kontrolle wieder an sich reißen. Und um das zu schaffen, würde sie dorthin zurückgehen, wo alles angefangen hatte.

22

Dienstag

Gazette-Reporterin entführt – gerettet

Von Junior-Kriminalreporter Jabu Sibiya und Aslan Chetty

Bei einem Geiseldrama, das sich gestern in dem stillen Vorort World's View abspielte, haben zwei unbekannte Männer mit vorgehaltener Waffe die Kriminalreporterin der *Gazette* entführt: Magdalena Cloete und der Mann, den sie interviewte, wurden gefesselt und in einen Wagen geworfen. Cloete hatte das Glück, den Tätern zu entkommen, denn *Gazette*-Fotograf Ed Bromfield sollte das Bildmaterial zu dem Treffen liefern, und ihm gelang es, die Entführer aufzuhalten und Magdalena zu befreien.

»Ich hörte Schreie, dann startete ein Wagen«, berichtete uns Bromfield nach dem dramatischen Geschehen. »Ich fuhr auf die Straße und blockierte die Zufahrt. Als sie ausweichen wollten, krachten sie gegen die Leitplanke. Beide Männer waren kurz bewusstlos, da habe ich die Gelegenheit genutzt und Maggie gerettet.«

Bromfield (34), der seit vierzehn Jahren für die *Gazette* arbeitet und in den späten Achtzigern für seine Dokumentation des Bürgerkriegs von KwaZulu-Natal mit dem Landesjournalistenpreis geehrt wurde, sagte, er habe die andere Geisel nicht retten können. »Ich habe Maggie über die Straße getragen. Sie war bewusstlos und blutete heftig aus einer Kopfwunde. Als ich die Blutung zu stoppen versuchte, müssen die Entführer zu sich gekommen sein, denn ich habe gehört, wie der Wagen wegfuhr.«

Bromfield sagt, er habe die andere Geisel im Wagen, wo Cloete lag, nicht gesehen. »Der Mann steckte vermutlich im Kofferraum.«
Nachdem er Cloete wiederbelebt hatte, rief Bromfield einen Krankenwagen, der die verletzte Reporterin ins Shepstone Hospital brachte. Klinikssprecherin Cheryl Manuel teilte gestern mit, Cloetes Kopfwunde sei oberflächlich, und sie werde zur Beobachtung eine Nacht in der Klinik verbleiben.
Augenzeugin Khonzile Zondi erzählt, dass sie gegen 14:30 Uhr von der benachbarten Aussichtsplattform World's View »Lärm hörte«, während sie sich im Haus aufhielt, wo sie den kleinen Sohn ihres Arbeitgebers beaufsichtigte. »Ich ging hinaus, um zu sehen, was los war, da sah ich einen schwarzen Wagen von der Straße abkommen und auf der anderen Seite in den Busch fahren. Dann sah ich einen Mann über die Straße rennen und eine Frau aus dem Auto ziehen. Gleich darauf ist der schwarze Wagen weggefahren.« Zondi sagt, die Frau habe stark geblutet, und sie hatte schon Angst, sie wäre tot.
Der Chefredakteur der *Gazette*, Zacharius Patel, erklärte, die gesamte Belegschaft sei Ed Bromfield zutiefst dankbar für seine Courage und seinen selbstlosen Einsatz im Dienste der Zeitung. »Wir bewundern seine Tapferkeit. Ohne sein Eingreifen hätte es viel schlimmer ausgehen können. Wir wünschen Miss Cloete baldige Genesung.«
Patel sagte, die Identität des entführten Mannes sei ihm zwar bekannt, die *Gazette* mache jedoch von ihrem Recht Gebrauch, die Identität ihrer Quellen zu schützen. »Wir sind sicher, dass die Polizei schnell handeln wird, um die Sache aufzuklären.«
Polizeisprecherin Thandi Mathonsi gab an, die Polizei sei über den Vorgang unterrichtet, allerdings sei bislang keine Strafanzeige erstattet worden.
Der Polizei liegt jedoch eine genaue Beschreibung des entführten Mannes vor, die ständig mit allen Vermisstenmeldungen abgeglichen wird. Man fahndet zudem aufgrund von Ed Bromfields Angaben nach den beiden Entführern.

Die Journalistenschlampe hatte eine kräftige Abreibung kassiert. Vielleicht hörte sie endlich auf, in dem Haus herumzuschnüffeln, jetzt, da ihr jemand gezeigt hatte, wo ihr Platz war. Was ihm wiederum Gelegenheit gab, zu tun, wofür er hier war.

Das neue Südafrika hatte auch diese neuen Frauen geprägt, die sich alle für ach so klug hielten. Keinerlei Respekt. Der fehlte heutzutage überall. Der Respekt einer Frau vor ihrem Mann, der Respekt eines Kindes vor dem Vater, der Respekt der Jugend vor dem Alter.

Auch *er* hatte sein Recht nicht respektieren wollen, sein Recht, zu schützen, was ihm gehörte. Er hatte ihm einfach nicht zugehört.

Er mochte es nicht, wenn man ihm nicht zuhörte.

Das kleine Mädchen hatte auch nicht zugehört. Sie spielte seine Spiele nicht richtig, spielte nicht so, wie er es wollte. Oder sie wollte ihre Babyspiele spielen, die so langweilig waren. Eines Tages hatte er ihr gesagt, dass sie dumm war, und danach hatte sie nicht mehr mit ihm gespielt. Sie ging zurück zu den anderen Kindern, und er pirschte wieder nach der Schule hinter ihnen her und trat wütend nach Staub.

Er beobachtete, wie die Kinder von der Schule kamen, sich das Tor aufschlossen und hineingingen.

Er schlief eine Weile. Ein Geräusch am Tor weckte ihn. Er spürte, wie sein verschwitztes Hemd am Autositz klebte. Es war das älteste Kind. Er wusste nicht, wie alt sie war, vielleicht zehn oder elf. Sie wuchs bald zur Frau heran. Aber sie war sicher noch unberührt.

Er beobachtete, wie sie das Tor von innen mit einem Schlüssel aufschloss, den sie an einer Kordel um den Hals trug. Sie öffnete es, kam heraus und machte es wieder zu. Ohne sich umzusehen, schloss sie ab und wanderte die Straße hinunter. Sie pflückte einen Löwenzahn aus dem Unkraut vor dem Haus und pustete im Gehen die Samen in die Luft.

Das Stück Papier von der Krankenschwester knüllte sich in seiner Hand. Es war ein Todesurteil, nicht besser als Scheiterhaufen oder Steinigen. Die Krankenschwester hatte ihn durch ihre Brille angeblickt, ihre Augen müde von den vielen, vielen Toden. Sie sagte ihm, dass er es hatte. Dass es nun seine Pflicht war, seine Frau aufzuklären. Die Verantwortung, es seiner Frau zu erklären, verbrannte seine Seele. Es bedeutete, einen Fehler einzugestehen, eine Schwäche. Der Riss im Damm.

Er war auf sein Haus zugegangen, trockene Erde unter den Füßen. Im Winter wurde die Welt gelb, staubig, so trocken, dass eine Zigarettenkippe eine Hügelkette in Brand setzen konnte. Man brannte Feuerschneisen in die Landschaft, schwarze Narben, die das Feuer am Übergreifen hinderten.

Drinnen machte seine Frau Abendessen. Er nahm ein Bier, sah sie an, schob das Stück Papier zurück in seine Tasche. Ihr Mund ging auf und zu, aber er antwortete nicht.

Jetzt fühlte er, wie sein Herz anschwoll und sich mit Eis füllte. Er konnte die Bilder in seinem Kopf nicht abschalten. Es war ein Haus voller Weiber. Er war zum ersten Mal dorthin gegangen, als seine Frau verreist war, und hatte Sex mit einer gehabt, deren Lippe dick und schlabberig war. Während er in sie stieß, starrte er auf ihren fetten Mund, blau und geschwollen. Das nächste Mal war sie nicht da, also nahm er eine andere. Sex mit jeder von ihnen, eine nach der anderen, schnell und steif. Wenn er wüsste, welche von ihnen ihm die Seuche angehängt hatte, würde er ihr ein Messer verpassen.

Er legte seine Hand an den Schlüssel, bereit, den Wagen zu starten.

23

Mittwoch, 8 Uhr

Sie entfernte den Verband von ihrem Kopf und untersuchte die Wunde. Nicht der Rede wert. Dieser kleine Kratzer hatte sie aus dem Rennen geworfen? Ihr blaues Auge sah viel schlimmer aus. Es war jetzt violett mit Grün um die Ränder. Sie hatte kochend heiß geduscht, Aslans Hühnchen Korma als Verräterfraß verworfen und stattdessen eine Handvoll altbackene *Romany Creams* gegessen. Sie schmeckten nach Staub.

Vor ihrem Block winkte sie ein vorbeifahrendes Taxi heran, es trug den stolzen Namen *Warrior*. Sie sagte dem Fahrer, wo sie hinwollte, und kletterte hinein. Die Fahrgäste in der mittleren Reihe rückten für sie zusammen, und in einem Nebel aus Zulu-Frühstücksradio ließ sie sich zum HIV-Haus fahren. Es würde wieder ein glühend heißer Tag werden, aber der Wind, der durchs Taxifenster hereinwehte, brachte nichts als das Versprechen von Feuchtigkeit.

Lindiwe ließ sie selbst ein, führte sie in ihr Büro und ging den Kessel aufsetzen, um ihnen eine Tasse Kaffee zu brühen. Maggie saß da, in der ehrwürdigen Gesellschaft von Nelson und Gandhi, und fragte sich, wie sie diesem ganzen Schlamassel einen Zusammenhang abringen sollte. Sie hatte nichts, dem sie folgen konnte, außer ihrem Instinkt. Konnte sie ihm blind vertrauen? Eins war sicher, bei der *Gazette* konnte sie niemandem trauen.

Nachdem sie ihr einen Becher Kaffee gebracht hatte, setzte sich Lindiwe an ihren Schreibtisch, musterte sie mit ihren gelassenen Augen und sagte, sie habe in der *Gazette* über sie gelesen. Maggie widerstand der Versuchung, über ihre Kollegen herzuziehen, und gab ihr einen kurzen Abriss der Geschehnisse.

»Was hat es mit der Vorgeschichte zu diesem Prozess auf sich?«, fragte sie dann. »Es klingt, als hätten Sie und Balthasar einiges damit zu tun.«

Lindiwe erklärte, wie sie und Balthasar immer wieder auf hinterbliebene Familien gestoßen waren, deren geliebte Angehörige *Schloegel's Herbals* genommen hatten und dann starben. Balthasar hatte einen Anwalt konsultiert, um zu prüfen, ob man eine Sammelklage anstrengen und dem Doktor das Handwerk legen könnte. »Er fand, es bestünde Aussicht, also haben wir angefangen, Familien zu suchen, die bereit waren auszusagen.«

»Wohl nicht viele«, mutmaßte sie.

»Nein. Wenn es um AIDS geht, haben alle große Scheu davor, sich aus dem Fenster zu lehnen. Die Leute empfinden es als eine unendlich tiefe Schande. Dagegen versuchen wir anzugehen.«

Sie dachte an Balthasars Familie, die nichts mit ihm und seinen Waisen zu tun haben wollte. Dann gedachte sie ihres erniedrigenden Rauswurfs aus Balthasars Haus. »Einem Familienmitglied hat er offensichtlich vertraut«, sagte sie. »Claudine.«

»Ja«, sagte Lindiwe. »Aber Claudine lebt in Durban und arbeitet Vollzeit. Für den täglichen Einsatz nicht gerade brauchbar.«

»Mbali hat mir das hier gegeben.« Sie reichte ihr die Zeichnung.

Lindiwe warf einen Blick darauf und zog scharf Luft durch die Zähne. »Ich mache heute Vormittag Hausbesuche im Valley of a Thousand Hills. Sie könnten mitkommen, sich das Haus der Sibanyonis ansehen und vielleicht ein paar Fragen stellen. Können Sie mich hinfahren?«

Lindiwe war darauf angewiesen, dass Kollegen vom HIV-Haus wie Sipho oder Balthasar, bevor er getötet wurde, sie zu den abgelegenen Dörfern und wieder nach Hause fuhren. Sie selbst hatte keinen Führerschein und musste manchmal ein Taxi nehmen, was bei so langen Strecken teuer war und auch nicht immer reibungslos klappte.

Sie tranken ihren Kaffee aus und hinterließen bei einem eben angekommenen Mitarbeiter eine Nachricht für Sipho, dann brachen sie auf. Die ältere Frau reichte ihr den Schlüssel des gelben Kombis und nahm auf dem Beifahrersitz Platz. Als Maggie den Schlüssel ins Zündschloss steckte, sagte Lindiwe: »Wir fahren zuerst nach Northdale.«

»Besuchen wir jemanden?«

»Nein.« Lindiwe blickte über ihre rechte Schulter, während sie sich rückwärts in die geschäftige Loop Street einfädelten. »Wir holen etwas ab.«

Vor dem türkisfarbenen Haus mit dem Buddha im Garten klärte sich, was sie abholen würden: Balthasars Salbe. Um sie den Kranken und Leidenden zu bringen.

Mrs. Chalik öffnete die Haustür, bedeutete ihnen, schnell hereinzukommen, und spähte besorgt die Straße entlang, als erwartete sie, jemanden hinter ihnen auftauchen zu sehen. Keine Spur von ihrem sonstigen gelassenen Selbst: Ein Sturm hatte ihre stillen Wasser aufgewühlt. Im Flur standen zwei Koffer.

»Das ist Maggie Cloete –«, begann Lindiwe.

»Ich kenne Miss Cloete«, unterbrach Mrs. Chalik. »Wir müssen bitte schnell machen. Mein Mann fährt mich gleich zu meiner Schwester nach Stanger.«

»Sie machen Ferien?«, fragte Maggie. Mrs. Chalik bedachte sie mit einem stählernen Blick. Ja, ihre Aura war eindeutig angekratzt.

»Ich gehe fort. Nur für eine Weile«, sagte sie und führte sie den Flur entlang ins Esszimmer, wo ein Stapel Pappkartons auf dem Tisch stand. Die verpackte Lotion, nahm sie an. Sie strich mit dem Finger über die staubfreie Tischplatte.

»Was ist los, Mrs. Chalik?« Lindiwe sah die Heilerin besorgt an.

»Ich hatte Besuch.« Sie setzte sich auf einen ihrer Esszimmerstühle. »Unangenehmen.«

»Erzählen Sie«, sagte Maggie und ließ sich ihr gegenüber auf einen Stuhl fallen. In ihrem Nacken kribbelte es, mit unangenehmen Besuchern kannte sie sich bestens aus.

Mrs. Chalik zog ein benutztes Taschentuch aus dem Saum des Unterhemds, das sie unter dem Sari trug, und tupfte sich die Augen. »Es war gestern am späten Nachmittag. Ravesh war gerade von der Arbeit gekommen, wir tranken eine Tasse Pfefferminztee.

Es klopfte an der Tür, und da standen zwei Männer. Sie fragten, ob sie reinkommen dürften. Ich hätte sie nicht ins Haus gelassen, aber sie waren so ordentlich, so gut angezogen. Ravesh dachte, es wäre in Ordnung.« Sie vergrub den Kopf in den Händen und schniefte hörbar. »Sie sagten, ich müsste aufhören, die Salbe zu machen. Es gäbe mächtige Leute, die nicht wollten, dass ich weiter meine Salbe herstelle.«

Maggie fühlte kalte Wut in sich aufsteigen.

»Dann hat Ravesh ihnen gesagt, sie hätten kein Recht, so etwas zu verlangen, und da haben sie … sie haben …« Die Frau brach ab und gab sich einem Weinkrampf hin.

Sie blickte zu Lindiwe, die hinter einem Stuhl stand, beide Hände um die Lehne gekrampft, dass die Fingerknöchel hell hervortraten.

Mrs. Chalik sah auf. »Sie haben ihn geschlagen. In den Bauch. Meinen armen Ravesh.« Erneutes Schluchzen. Als sie sich wieder im Griff hatte, sagte sie: »Und sie haben meine Kräuter mitgenommen. Alle meine speziellen Kräuter, die ich für die Lotion brauche. Um mich aus dem Verkehr zu ziehen, haben sie gesagt.«

»Mrs. Chalik«, sagte Maggie leise, »könnten Sie die Männer beschreiben?«

»Beide in Anzügen. Ein Weißer, sehr groß. Ein Schwarzer, etwas kleiner.«

»Hatte der kleinere Mann Stammesnarben im Gesicht?«

Die Heilerin sah sie mit tränenverschleierten Augen an und nickte. Dann flüsterte sie: »Sie haben mich Hexe genannt. Sie sagten, ich wüsste doch, was mit Hexen passiert, und wenn ich sie der Polizei melde, dann kommen sie und holen mich.«

Auch Maggie wusste, was mit Hexen passierte. Nördlich von Johannesburg hatte es eine regelrechte Lawine von Hexenverbrennungen gegeben, die im ganzen Land Schlagzeilen machten. Sie verstand nur zu gut, dass die Heilerin fliehen wollte.

»Ich habe so viel Lotion gemacht, wie ich konnte«, erklärte Mrs. Chalik Lindiwe. »Während wir weg sind, wird Ravesh die Kalkulationen fertigstellen. Wobei ich gar nicht weiß, ob ich imstande bin, damit weiterzumachen.«

Lindiwe versicherte ihr, dass sie Verständnis dafür hatte. Die drei Frauen trugen die Kartons mit Balthasars Creme zu dem Kombi.

»Bevor ich aufbreche«, sagte die Heilerin zu Maggie, »habe ich noch eine Botschaft für Sie. Von Balthasar.«

Die Skeptikerin in ihr schauderte, aber sie hatte sich im Griff. »Ja?«

»Er dankt Ihnen, dass Sie die Kinder beschützen. Er sagt, der Pfad, auf dem Sie wandeln, ist der richtige.«

Die Erfahrung lehrte, dass es sich nicht auszahlte, wenn man seine Objektivität verlor. Noch vor einer Woche war sie eine neutrale Beobachterin gewesen, mittlerweile hatte sie sich freiwillig zur Teilnehmerin an Balthasars Lebensdrama gemacht. Und zu allem Überfluss sandte er ihr jetzt auch noch Botschaften aus dem Jenseits. Wenn Zacharius Patel das erfuhr, würde er eine sehr sarkastische Augenbraue lüpfen.

Sie unterdrückte ihre gemischten Gefühle zu Mrs. Chaliks Verkündigung und glitt auf den Fahrersitz. Die Heilerin hielt durch das Wagenfenster Lindiwes Hand. »Ich komme zu einem Gespräch, wenn ich zurück bin. Ich lasse Sie wissen, wie ich mich entscheide.«

»Erzählen Sie mir mehr über diese Lotion«, sagte Maggie, als sie und Lindiwe auf der N3 in östlicher Richtung auf Shongweni zuhielten. Der Highway war voller LKWs, trotzdem behielt sie den Rückspiegel im Blick für den Fall, dass ein schwarzer BMW hinter ihnen auftauchte.

Lindiwe berichtete, dass Balthasar schon in London mit Kräutern experimentiert hatte, um die Kaposi-Sarkome seines leidenden Liebsten zu lindern. Er hatte sein Geheimrezept mit nach Hause gebracht und Mrs. Chalik beauftragt, es herzustellen.

»Ist es teuer?«

»Sie macht es für uns zum Selbstkostenpreis«, antwortete Lindiwe. »Balthasar zuliebe.«

»Und jetzt, wo er tot ist, könnte da der Preis steigen?«

»Nein, es gibt eine Vereinbarung, und sie hat zugestimmt, uns zu diesen Bedingungen weiter zu versorgen. Natürlich werden wir uns neue Sponsoren suchen müssen, jetzt wo Balthasar nicht mehr dafür aufkommen kann.«

»Wollen Sie die Produktion nicht einstellen? Das Geld ist woanders vielleicht besser angelegt.«

Lindiwe faltete ihre Hände im Schoß, blies die Backen auf und atmete heftig aus. »Die Menschen, mit denen wir zu tun haben, sterben, Maggie. Bis wir allgemeinen Zugang zu antiretroviralen Medikamenten bekommen, werden sie weiter sterben. Wir unterstützen ihre Familien bei der palliativen Pflege, und Balthasars Balsam ist der Hauptbestandteil dieser Pflege. Er verschafft Erleichterung. Es geht um Menschen, die vor permanenten Beschwerden wahnsinnig werden.«

»Wie unterscheidet es sich von dem, was Schloegel anbietet?« Diese Frage hatte Mrs. Chalik schon beantwortet, aber sie wollte hören, was Lindiwe dazu meinte.

Die schlang die Arme um ihre riesige Handtasche. »Es besteht ein Riesenunterschied zwischen dem Angebot, das Leiden der Leute zu lindern, und dem betrügerischen Versprechen, sie von der Krankheit zu heilen. Wir reden hier von Dörflern, Maggie, von Leuten, die nicht mal die Zeitung lesen können, ganz zu schweigen vom Kleingedruckten auf Vitaminfläschchen. Schloegel hat ihre Unwissenheit ausgenutzt, und Balthasar wollte das abstellen.«

Sie schloss die Hände fester ums Lenkrad. »Dazwischen liegen Welten«, hatte Mrs. Chalik gesagt. Aber hatte Balthasars Versuch, Doktor Schloegel auf legale Weise das Handwerk zu legen, ihm den Tod gebracht?

Sie verlor sich im Anblick der Landschaft. Hier, wo die Hügel zum Meer hin abfielen, wurde alles saftig, üppig. Das Pfefferminzgrün der Zuckerrohrfelder verschmolz mit Bananenstauden und Palmen zu einem leuchtend grünen, fruchtbaren Gemenge. In der Ferne erhaschte sie einen flüchtigen Blick auf die See, die in unschuldigem Blau dalag.

Wie das Blau von Youvashnee Chaliks Sari. »Was hat Mrs. Chalik mit den Kalkulationen gemeint?«

Lindiwe zuckte mit keiner Wimper, sie hatte sich an Maggies

Fragen gewöhnt. »Mrs. Chalik und ich erwägen, den Balsam auf den Markt zu bringen, um so die Produktionskosten zu decken. Wir würden es weiterhin umsonst an die Bedürftigen liefern, aber wir möchten es auch zum allgemeinen Gebrauch an Apotheken verkaufen und den Ertrag in unsere AIDS-Stiftung zurückführen.«

Jetzt verstand sie, warum es Sven Schloegel heiß unter dem Kragen wurde. Nicht nur hatte Balthasar rechtliche Schritte gegen ihn initiiert, sein Balsam würde auch mit Schloegels auf einem freien Markt konkurrieren. War das Grund genug für ihn, Msomis Rottweiler auf Youvashnee Chalik zu hetzen?

Sie machte sich eine gedankliche Notiz, später noch mal Thandi Mathonsi anzurufen und nachzufragen, ob Schloegel aufgetaucht war. Sie würde auch in Errol Mdunges Kanzlei anrufen, um zu erfahren, ob sie irgendetwas über den Verbleib ihres Klienten zu berichten hatten.

Bald teilte sich der Highway, und nach kurzer Absprache mit Lindiwe wählte sie die alte Strecke nach Durban. Ein Großteil des Verkehrs strömte weiter auf den neuen Highway und in Richtung Meer davon. Sie nahmen die Abfahrt und fuhren über zehn Minuten nur an Stallungen vorbei, in denen teure Pferde ihre gekämmten Schweife und verwöhnten glänzenden Hinterteile schwenkten, während sie auf opulenten Büscheln grüner Mahd herumkauten. Dies war mit der wertvollste Grundbesitz der gesamten Provinz. Es brauchte Armeen von Arbeitern, um das Land zu kultivieren, und komplex vernetzte Bewässerungsanlagen, um diese Felder so grün zu halten. Alles nur, damit Leute wie Sally-Anne Sheperd oder Balthasars sogenannte Freunde ihre Wochenenden damit verbringen konnten, auf Pferderücken oder beim Golfen die Zeit totzuschlagen.

Maggie schnupperte einen letzten Hauch von Pferdemist, bevor sie den Kombi nach links lenkte und die steilen Flanken des Tals hinunterfuhr, das aus tausend Hügeln bestand. Die pockennarbige Asphaltstraße schlängelte sich den Hang hinab, und sie ließ den Fuß fest auf der Bremse. Die Straße wurde nicht nur von Autos genutzt, sie war auch ein Hauptweg für Wanderer und Tiere, und sie wollte nichts und niemanden über den Haufen fahren. Eine Frau mit einem Bündel Reisig auf dem Kopf winkte ihnen vom Straßenrand aus zu. Maggie und Lindiwe winkten zurück.

Lindiwe seufzte. »Es heißt, es sind tausend Leute jeden Tag.«

»Die sich infizieren?

»Nein, tausend pro Tag, die sterben. Jeden Tag ein Mensch für jeden dieser wunderschönen Hügel. Das ist ein Tal des Todes.«

Kein Wunder, dass die Friedhöfe sich füllten und Gangster wie Lucky Bean Msomi jede Menge Reibach machten. »Sind Sie wütend?«, fragte sie leise.

»Manchmal wütend«, Lindiwe wandte sich ab und schaute aus dem Fenster. »Manchmal traurig bis zur Verzweiflung. Manchmal alles zugleich.«

Sie holperten auf der löchrigen Straße dahin, die hügelabwärts auf einen kleinen Fluss zuführte, einen Nebenfluss des Umsinduzi, der sich durch die ganze Provinz schlängelte. Vor dem Flüsschen endete der Asphalt, die Straße wurde zur Staubpiste. Der Kombi überquerte den Fluss auf einem niedrigen kleinen Steinwall, dann stieg der Weg steil bergan, dem Dorf der Sibanyonis entgegen. Große Aloen begrüßten sie mit polierten roten Blütenständen, ein dürrer Hund trottete mit hoffnungsvoll aufgestellten Ohren neben ihnen her. Fette weiße Wolken prangten am blauen Himmel, auf den näheren Hügeln gleißten Blechdächer, die entfernteren verschwammen violett. Es war ein vollkommener Tag. Maggie seufzte.

Das Dorf war eine Mischung aus traditionellen strohgedeckten Rundhäusern und kleinen, viereckigen Ziegelhäusern mit Blechdächern. Dazwischen erstreckten sich nackte Flächen roten Bodens, von den Füßen der Menschen und Tiere zu Staub zermahlen, und ein paar kultivierte Flecken, wo Mais und Gemüse angebaut war. Letztere waren mit Stacheldraht gegen marodierende Ziegen geschützt, die überall herumstromerten wie Taschendiebe in einer Menschenmenge.

Lindiwe bedeutete ihr, vor einem moderneren Haus zu parken, weiß gestrichen mit einem auf Kniehöhe umlaufenden schwarzen Streifen. Eine Frau kam heraus, um sie zu begrüßen. Es war

Brenda Shabalala, die sie am Samstag auf Balthasars Trauerfeier kennengelernt hatte.

Maggies Urteil über Brenda stand noch nicht fest. Mbali mochte sie nicht. Und warum hatte sie nichts unternommen, um zu verhindern, dass die Sibanyoni-Kinder in ihrem Dorf zur leichten Beute wurden, oder wenigstens der Polizei zugesetzt, damit Grace' Vergewaltigung untersucht wurde?

Die beiden Frauen begrüßten sich förmlich, dann machte sich Brenda daran, Lindiwe irgendetwas in allen Einzelheiten zu erzählen. Es klang nach Beschwerden. Lindiwe nickte mitfühlend.

Brenda kam zum Ende ihrer Litanei und bot, ins Englische wechselnd, Tee an. Sie wollte schon ablehnen, als Lindiwe erklärte, sie hätte sehr gern einen Becher. Maggie erinnerte sich, dass sie beurlaubt war und unter keinerlei Deadline-Zeitdruck stand. Sie konnte es sich leisten, an diesem schönen Tag in der Sonne zu sitzen, eine Tasse Tee zu trinken und den beiden Frauen zuzuhören. Brenda schleppte drei weiße Plastikstühle aus dem Haus, platzierte Lindiwe und sie darin und brachte dann heißen süßen Tee in blauen Emaillebechern.

Ihr Schädel pochte, aber es war angenehm, dort im Morgensonnenschein zu sitzen. Sie sah zu, wie eine Ziege ihren Kopf durch den Stacheldraht steckte, der Brendas Mielie-Beet umgab, und sich beim Versuch, eine Pflanze zu ergattern, fast strangulierte. Brenda brüllte etwas, die Ziege schenkte ihr einen Blick milder Verwunderung und strolchte davon, um anderswo ihr Glück zu versuchen.

»Brenda und ich machen jetzt unsere Besuchsrunde«, sagte Lindiwe, sammelte die Becher ein und übergab sie Brenda. »Wollen Sie mitkommen? Auf dem Weg können wir Ihnen das Haus der Sibanyonis zeigen.«

Branda brachte die Becher nach drinnen und kam mit einem großen Sonnenhut auf dem Kopf wieder heraus. »Es ist so heiß heute«, sagte sie. Maggie pflichtete ihr bei.

Sie wanderten zwischen den Häusern hindurch, wo Wäsche über den Zäunen hing und kleine Kinder mit selbstgebasteltem Spielzeug spielten. Hier hatten die Sibanyonis ihr bescheidenes ländliches Leben geführt – bis ihr Vater die Krankheit bekam und sich alles für immer veränderte. Wo sie vorbeikamen, lugten neugierige Köpfe aus Türen und Fenstern. Lindiwe war ein bekanntes Gesicht hier im Dorf, aber Maggie war eine Fremde, ihre Anwesenheit fiel auf.

Ihre erste Anlaufstelle war bei Gogo Chamane. Lindiwe erzählte ihr, wie Gogos Tochter Buselaphi entdeckt hatte, dass sie HIV-positiv war, und ihrem Mann vorwarf, sie infiziert zu haben. Er leugnete es, verprügelte sie, warf sie aus ihrem Haus und verweigerte ihr den Kontakt zu ihren drei Kindern. Seither lebte sie bei ihrer Mutter, die jetzt auf ihre alten Tage für ihre sterbende Tochter sorgen musste.

Gogo kam an die Tür ihres Hauses und begrüßte die drei Frauen nach Zulu-Tradition – die Unterarme gekreuzt, die offenen Handflächen zum Himmel, um zu zeigen, dass es keine versteckten Waffen oder betrügerischen Absichten gab. Sie war sehr alt und so verschrumpelt wie eine Walnuss, und als sie lächelte, zeigten sich etliche Lücken, wo einst Zähne gewesen waren.

Drinnen lag Buselaphi auf einer Matratze auf dem Boden. Im Innern des Einraumhauses war es heiß, denn Gogo kochte alle Mahlzeiten auf einem Feuer, das in der Mitte des Raumes brannte.

Brenda verfiel in geschäftiges Treiben, gab Gogo Anweisungen. Maggie gefiel ihr Tonfall nicht, der jede Achtung vor der kranken Frau vermissen ließ. Während Gogo schweigend zuhörte, beobachtete Maggie Lindiwe. Ja, ihr Umgang mit der Kranken war vorbildlich. Sie trat zu Buselaphi, begrüßte sie, setzte sich zu ihr und fasste über die braune Karodecke hinweg nach ihrer dünnen Hand, die sie festhielt. Sie murmelten leise miteinander. Dann grub Lindiwe in ihrer Handtasche, förderte ein Marmeladenglas mit Balthasars Lotion zutage, schraubte es auf und rieb Buselaphi sanft Hände und Arme damit ein.

Als sie gingen, sagte Lindiwe: »Es ist schrecklich. Sie vergeht so schnell. Sie kann nicht mehr essen.«

»Bekommt sie ARVs?«

»Nein, Maggie«, sagte Lindiwe. »Dafür ist kein Geld da.«

Sie verstummte beschämt. Natürlich.

Brenda, die keine Zeit mit Sentimentalitäten verschwendete, blickte auf ihre Liste. »Das nächste Haus ist dort«, sie zeigte den Hügel hinauf.

Sie mochte sich keinen weiteren dickhäutigen Auftritt von Brenda ansehen, also fragte sie nach dem Weg zum Haus der Sibanyonis.

»Da drüben«, zeigte Brenda. »Das mit dem blauen Dach.«

Dach war eine ziemlich optimistische Bezeichnung für das, was sie dort vorfand. Wo einst ein Zweizimmer-Steinhaus wie das von Brenda gewesen war, stand jetzt nur noch eine leere Hülle. Alle Fenster fehlten, es gab keine Türen mehr und nur noch etwa zwanzig bläuliche Ziegel auf dem Dach. Sie ging durch den klaffenden Eingang und stolperte sofort rückwärts wieder heraus. Jemand hatte das leere Haus als öffentliche Toilette benutzt, es stank penetrant nach Fäkalien.

Durch den Mund atmend ging sie wieder hinein und sah sich aufmerksam um. Viereckige Abdrücke auf dem staubigen, vollgeschissenen Boden zeigten, wo Möbel gestanden hatten. Aber jedes einzelne Möbelstück, alles Annehmliche oder Nützliche war entfernt. Das Haus war komplett auseinandergenommen worden.

Sie ging außen herum und spähte durch das Fenster des hinteren Raums. Dies musste das Schlafzimmer gewesen sein. Es gab noch Vorhangschienen, aber keine Vorhänge mehr, auch sonst war der Raum leer bis auf ein paar zerfledderte Bilder aus Zeitschriften, die noch an den Backsteinwänden klebten. Hauptsächlich Fotos von Fußballstars. Sie musste an die beiden kleinen Fußballfans denken, die jetzt in Balthasars Haus lebten, und ihr fiel ein, wie Mondli geduldig gewartet hatte, bis Lungi mit seinen Siegesrunden um den Garten fertig war. Hatten die zwei auch Fußball gespielt, als Grace vergewaltigt wurde?

Hinter dem Haus befand sich ein Dickicht aus Unkraut, möglicherweise einst ein Gemüsegarten. Sie konnte noch erkennen, dass da ein Zaun gewesen war, aber auch der war geklaut worden. Gegenüber stand ein Haus. Sie holte Mbalis Bild hervor und vergewisserte sich: Ja, das war das Haus, wo Mbalis Zeichnung zufolge Grace vergewaltigt worden war. Es gab keinerlei Lebenszeichen dort. Nachdenklich ließ sie sich im Schatten des Sibanyoni-Hauses nieder, um zu beobachten und zu warten.

Sie hockte sich auf ihre Fersen, den Rücken an die Mauer gelehnt, und starrte mit ihrem einen offenen Auge in den Himmel. Von dort, woher sie früher am Morgen gekommen waren, zogen Gewitterwolken auf. Vorerst waren sie noch hellgrau, aber sie und Lindiwe würden aufbrechen müssen, bevor der Regen einsetzte. Mit dem klapprigen Kombi vom HIV-Haus den angeschwollenen, reißenden Fluss zu überqueren hieße das Schicksal herausfordern.

Geckos jagten einander die Wände hoch und runter. Ein kleines barfüßiges Kind schritt mit einer Ladung Wäsche auf dem Kopf zum Fluss hinab. Drei Hühner staksten an Maggie vorbei und machten kurz bei ihr halt, um zu picken.

Nach etwa vierzig Minuten kam aus dem Haus gegenüber eine Frau und starrte sie an. Sie winkte, doch die Frau zeigte keinerlei Reaktion. Nicht sehr nachbarschaftlich. Sie schüttete einen Eimer Wasser in ihr Mielie-Beet, warf noch einen abschließenden Blick über die Schulter und ging wieder hinein. Es sah nicht aus, als hätte sie Lust auf Besuch, andererseits war sie Journalistin und daran gewöhnt, sich uneingeladen in fremder Leute Häuser zu manövrieren.

Sie klopfte an, die Frau öffnete sofort.

»Sawubona«, sagte sie in ihrem rudimentären Zulu. *»Wena unjani?«*

»Ngiyaphila, wena unjani?« Die Fremde befolgte die Regeln der Höflichkeit, doch in ihrer Stimme lag keine Wärme. Ihr Blick glitt unstet seitwärts zum Haus der Sibanyonis.

»Ich bin hier zu Besuch. Haben Sie einen Schluck Wasser? Es ist so heiß heute.« Sie war mit ihrem Zulu am Ende und fächelte sich Luft zu, um ihr Anliegen deutlich zu machen.

Die Frau sah sie eine Weile an. Dann gab sie einen Klicklaut von sich und ging nach drinnen.

Sie wartete. Ihr fiel auf, dass man von hier aus direkt ins Schlafzimmer der Sibanyonis gucken konnte. Die Frau kam wieder heraus und reichte ihr Wasser in einem Becher. Sie sah zu, wie sie trank, und Maggie musterte sie ihrerseits. Sie hatte junge Arme, aber ein faltiges, verbittertes Gesicht.

»Was ist mit dem Haus da passiert?« Sie zeigte auf das Sibanyoni-Grundstück.

»Sie sind weggegangen«, sagte sie. »Die Eltern sind gestorben, dann sind die Kinder weggezogen.«

»Was ist mit ihrem Zeug passiert?«

Die Frau zog ihre Mundwinkel noch tiefer. »Die Menschen sind arm.«

»Leben Sie hier allein?«

Die andere nickte, nahm den Becher, zog sich in ihr Haus zurück und schloss die Tür.

Sie nahm das als Zeichen, dass das Gespräch beendet war.

24

Mittwoch, 13 Uhr

Sie ging wieder zu Brenda Shabalalas Grundstück. Die Frauen waren von ihrer Visite noch nicht zurück, also suchte sie sich hinterm Haus ein schattiges Plätzchen. Mit dem Rücken an der Mauer ließ sie sich nieder. Die Gewitterwolken über dem Tal wuchsen zu gewaltigen Türmen auf den tausend Hügeln an, und die Luft schien sich zu trägen, schwebenden Pfützen zu ballen. Ihre Kopfwunde pochte, und sie rubbelte sie behutsam.

Wie konnte hier, in diesem Dorf, wo jeder jeden kannte und alle über alles Bescheid wussten, ein zweijähriges Kind in jemandes Haus verschwinden, wo man es vergewaltigte und dann zum Sterben ans Flussbett schaffte, ohne dass irgendwer was davon mitbekam? Sie fand das schwer zu verstehen.

Am Himmel zog ein Falke Spiralen hoch in der Thermik, ganz eins mit seinen Kreisen. Sie fühlte sich allein, ein winziger Krümel im Auge eines Riesen. Dies alles war zu groß für sie, zu viel. Sie sollte das Ganze vergessen, heimfahren, sich richtig ausruhen, nächste Woche wieder zur Arbeit gehen und über Verbrechen schreiben. Einfach bloß berichten, wie Patel sagen würde. All ihre Bemühungen, darüber hinaus etwas zu erreichen, zu ermitteln, Verantwortung zu übernehmen, hatten nichts gebracht. Sie war nicht einen Schritt weitergekommen, hatte nichts darüber herausgefunden, wer Balthasar ermordet und wer Grace vergewaltigt hatte.

Sie hörte Stimmen, die sich näherten: Lindiwes tiefe Tonlage und die schrillere von Brenda. Als sie beim Haus ankamen, stand sie aus dem Schatten auf und ging ihnen entgegen. Ihr Kopf fühlte sich wirr an und ihre Beine wie Gummi.

»Ich brauch jetzt einen Cooldrink, am besten mit Kohlensäure und viel Zucker«, verkündete sie. »Gibt es hier einen Spaza Shop?«

»Gibt es«, sagte Brenda. »Mein Mann säuft da jeden Abend. Da den Hügel rauf.« Sie deutete auf einen Trampelpfad, der hinters Dorf führte.

»Kann ich euch was zum Lunch ausgeben?«

Die beiden Frauen waren einverstanden und machten sich auf zu ihrer nächsten Visite. Maggie wanderte bergauf zum Laden. Die Luft war schwer. Es war so verdammt heiß. Sie hoffte, dass weiter oben auf dem Hügel ein leichtes Lüftchen wehte, aber keine Spur. Nicht mal die Plastiktüten, die sich in den Umzäunungen der Gemüsegärten verfangen hatten, rührten sich. Genauso wenig wie die Wäsche, die zum Trocknen draußen hing.

Der Spaza Shop war ein längliches, niedriges Gebäude. Sie stieg die drei Betonstufen hoch und blieb im Schatten der Veranda stehen, um zu Atem zu kommen. Sie war Läuferin und ziemlich fit, aber die Kombination aus der Hitze und dem Hügel hatte sie doch ins Keuchen gebracht. Dann betrat sie die Dunkelheit des Ladens. Hier war es kühler. Als ihre Augen sich angepasst hatten, erkannte sie, dass weitgehend leere Regale die Wände säumten. Es war ein Laden ohne Waren. Leer. Genau wie sie sich fühlte.

»*Sawubona*«, ertönte eine Stimme. In einer dunklen Nische des Ladens erhob sich mit knackenden Knien ein alter Mann von einem der allgegenwärtigen weißen Plastikstühle, um sie zu bedienen.

»*Sawubona Baba*«, erwiderte sie, der förmliche Gruß, der Respekt bezeugte.

»Wie geht es Ihnen?«, fragte er. Die Zulu-Tradition gebot es, erst ein paar Nettigkeiten auszutauschen, bevor man zur Sache kam.

»Mir geht es gut, und Ihnen?«

Er nickte bedächtig und stützte die Ellenbogen auf den Tresen. Dann sagte er auf Englisch: »Mir geht es schlecht. Meine Knochen schmerzen.«

»Das ist nicht gut.«

Er schüttelte zustimmend den Kopf. »Was machen Sie hier im Dorf?«

»Ich bin mit Lindiwe Dlamini hier. Von der AIDS-Mission.«

»Sie ist eine gute Frau. Sie hilft den Kranken, und es gibt viel, viel zu viele davon.«

Er hatte recht. Es gab viel zu viele.

Sie blickte sich in dem leeren Laden um und versuchte irgendetwas zu finden, das zur Not als Mittagessen taugte. Sie entschied sich für einen Laib Brot, eine Dose Sardinen, eine Tüte Chips und drei Cooldrinks. In einer düsteren Ecke erspähte sie einen Karton mit einzeln verpackten Marshmallow-Fischen. Ihre Lieblingssorte. Sie bat ihn um zehn Stück davon.

Er knarzte die Regale entlang, um ihre Bestellung zusammenzupacken, und schob alles sorgsam in eine dünne Plastiktüte.

Sie zahlte, und er gab ihr das Wechselgeld heraus. »Die jungen Leute sind alle tot. Die Einzigen, die noch übrig sind, sind die Kinder und die Alten. Was wird nun aus diesem Dorf?«

»Ich weiß es nicht«, antwortete sie.

»Die Regierung, die hat uns vergessen«, sagte er auf dem Weg zurück zu seinem Plastikstuhl in der Ecke. Als sie zur Tür ging, rief er ihr nach: »Schwerer Regen heute. Überqueren Sie nicht den Fluss.«

Rechts von der Tür hing, mit zwei blauen Reißzwecken befestigt, wieder so ein Flugblatt zur Sammelklage. Sie deutete darauf. »Wer hat das hier angebracht?«

»Der AIDS-Mann«, sagte er. »Der lange Weiße.«

Als sie auf die Veranda hinaustrat, schlug der erste Regentropfen in die Erde ein. Die Gewitterwolken öffneten sich, Stunden früher als gedacht, und färbten den Himmel in Purpur und Schwarz. Die Bäume peitschten sich gegenseitig, und noch während sie gebückt zu Brendas Haus zurückrannte, flossen Rinnsale braunen Wassers hügelabwärts. Ein Hund lief ihr über den Weg, den Schwanz zwischen die Hinterbeine geklemmt. Die Ziegen drängten sich unter den Bäumen, und Frauen rannten aus den Häusern, um eilends ihre Wäsche reinzuholen.

Sie und Lindiwe mussten schleunigst über die Brücke und aus dem Tal heraus, bevor der Weg unpassierbar wurde. Triefend öffnete sie die Tür von Brendas Haus, wo die beiden Frauen saßen und auf sie warteten. »Brechen wir auf?«

Lindiwe lächelte. »Nicht sofort. Das sollten wir lieber abwarten.«

Brenda holte ihr ein Handtuch, und sie trocknete sich so gut wie möglich ab. Während die Frauen ihren Lunch aßen, hämmerte der Regen aufs Blechdach. Maggie kaute auf einem zähen Marshmallow-Fish herum. »Wenn das nicht bald aufhört, kommen wir nicht mehr aus dem Tal raus.«

Dann fiel ihr die Begegnung von vorhin wieder ein, das gezeichnete Gesicht, die abweisende Haltung.

»Brenda, wer ist die Frau, die neben dem Haus der Sibanyonis wohnt?«

»Das ist Mrs. Ndlela«, sagte Brenda mit verschlossener Miene.

Sieben verschiedene Schauder liefen ihr das Rückgrat runter, aber sie wahrte einen unbeteiligten Gesichtsausdruck. »Hat sie schon immer allein da gewohnt?«

»Nein, sie hat einen Mann. Früher lebte er auch hier.«

»Warum ist er weg?«

»Weiß nicht. Es heißt, er ist mit Dumisane Phiri verwandt. Er arbeitet jetzt wohl für ihn.«

»Seit wann?«

»Weiß ich nicht.« Brenda wirkte, als wären ihr diese Fragen unbehaglich, sie stand auf und warf die leeren Dosen in den Eimer.

»War das etwa zu der Zeit, als die Sibanyoni-Kinder wegzogen?«

Brenda stemmte die Hände in ihre mächtigen Hüften. »Ich bin sehr müde. Der Regen macht mich schläfrig. Ich werd mich ein bisschen hinlegen.« Sie verschwand in dem anderen Zimmer.

Maggie beugte sich vor, das Blut pochte in ihren Ohren. »Lindiwe, ich weiß, wer Grace vergewaltigt hat. Als sie in Balthasars Haus diesen Schreikrampf bekam, war Dumisane Phiri im Fernsehen. Vincent Ndlela stand direkt hinter ihm. Ich dachte erst, Grace hätte wegen Phiri geschrien, aber es war Ndlela, den sie sah. Und jetzt erfahre ich, dass er ihr Nachbar war.«

Lindiwe sah sie an, in ihren ehrlichen Augen stand Kummer.

»Die Gemeinde hier hält die Reihen fest geschlossen. Sie wollen keinen Ärger.«

In ihrem Beruf sah Maggie die übelsten Taten, die Menschen sich nur einfallen ließen, aber Vincent Ndlela schien ihr das Niedrigste, das Verabscheuungswürdigste von allem. »Ich will, dass Ndlela weggesperrt wird.«

Lindiwe schnalzte mit der Zunge und starrte aus dem Fenster in den Regen. Er prügelte auf die Erde ein, schuf Ströme und Flüsse, die sich hügelabwärts ergossen und sich mit dem schlammig braunen Wasser des Flusses vereinigten, das jetzt schon über die Brücke flutete. Träumerisch erzählte sie: »In meinem Dorf wurde einmal ein Nachbarskind bei einer Überschwemmung fortgerissen. Meine Großmutter sagte, sie wurde von einer Flutwelle aus braunem Wasser ergriffen und ins Meer gespült. Nachts lag ich wach und dachte an das arme Kind. Die Jungs hatten uns erzählt, dass bei starken Flutwellen die Haie den Fluss hochschwimmen. Ich habe den Fluss immer gemieden, auch noch lange nach der Regenzeit. Ich wollte keinen dieser großen Fische treffen.«

Maggie fragte, woher sie kam.

»Ein Dorf an der Südküste. Wenn ich vom Haus meiner Großeltern auf den höchsten Hügel stieg, konnte ich das Meer sehen.« Sie schaute Maggie an. »Aber ich war nie am Strand.«

Maggies Familie hielt nichts von Urlaubsreisen. Ma mochte ihre Küche nicht verlassen und Pa nicht seine Bastelecke, wo er Ledereinbände für Bibeln anfertigte. Ihr Hobby war Kochen und die Ergebnisse verspeisen, seins war, mit scharfen Messern in Tierhaut zu schneiden. Christo und sie hatten zahllose heiße Sommer hindurch auf der Straße gespielt, dem Asphalt beim Schmelzen zugesehen und mit Stöckchen darin herumgestochert.

»Ich habe meine Kindheit am Fluss verbracht«, fuhr Lindiwe fort. »Unsere Großmütter gaben uns einen Stapel Dreckwäsche und etwas Waschpulver und schickten uns zum Waschen runter zum Fluss. Das war harte Arbeit, aber danach suchten wir uns einen Felsen, um die Wäsche zum Trocknen auszubreiten, und ein Plätzchen für uns, und dann lagen wir in der Sonne wie die Leguane.«

»Wo war Ihre Mutter?«

Lindiwe schüttelte den Kopf und sah sie ernst an.

»Verstehe. Tut mir leid, Lindiwe.« Wie die meisten jungen schwarzen Frauen hatte Lindiwes Mutter im Haus einer weißen Familie arbeiten müssen, weit weg von ihren Eltern und ihren Kindern. »Dann sind Sie bei Ihren Großeltern aufgewachsen?«

»*Ehe*.« Ja. Lindiwe kreuzte die Arme vor dem Körper, als ob sie eine Erinnerung an sich drückte. »Meine Mutter fand Arbeit in Pietermaritzburg, da musste ich bei ihnen bleiben. Ich sah sie nur zweimal im Jahr.«

Maggie atmete aus. »Das muss schwer gewesen sein.«

»Ja. Ich habe sie vermisst. Alle anderen Mütter arbeiteten in Durban oder Port Shepstone und konnten viel öfter nach Hause kommen. Die Jungs im Dorf haben mir erzählt, meine Mutter bliebe fort, weil der Tokoloshe sie in einen bösen Geist verwandelt hat, der kommt, um unseren Stammsitz zu verfluchen.«

»Sie haben nie bei ihr gelebt?

»Nein, sie hatte immer Hausanstellungen, bei denen sie auch dort wohnen musste. Als ich zwölf war, hat sie mich nach Pietermaritzburg geholt. Ich lebte bei einer Frau, die wir Tante nannten, meine Mutter hat ihr Miete gezahlt. Von da an sah ich sie öfter – sie hatte sonntags frei, und wenn sie nicht mit ihrem Freund zusammen war, kam sie mich besuchen.«

»Das war besser für Sie.«

»Ja, das war es wohl.« Lindiwe lächelte schief.

»Die Kinder werden heute immer noch von den Großeltern aufgezogen«, sagte Maggie. »Aber jetzt, weil die Eltern tot sind.«

»Die Generation der Waisen.«

Sie dachte an die sieben Waisen in Balthasars Haus. »Das macht mich so wütend.«

»Ich bin auch wütend.«

»Was ist mit Ihrem Sohn, Lindiwe? Was ist mit ihm passiert?«

Unwillkürlich legte sich Lindiwe die Hand aufs Herz. »Peter. So ein wunderschöner Junge. So stur. Hat den Test verweigert. Wurde einfach immer schwächer und schwächer.« Durch einen Tränenvorhang sah sie Maggie an. »Es fällt mir immer noch schwer, darüber zu reden.«

Ihr Puls beschleunigte sich. Sie ergriff die Hand der älteren Frau. »Lindiwe, wir haben immer noch die Chance, etwas für Grace Sibanyoni zu tun. Helfen Sie mir. Wir wissen jetzt, dass im Hause Ndlela etwas vorgefallen ist. Wir wissen, dass er für Phiri arbeitet. Gemeinsam können wir noch mehr herausfinden.« Sie brauchte Lindiwes Hilfe. Am liebsten wäre sie auf die Knie gefallen. Wenn sie schon vorhatte, alle Regeln journalistischer Objektivität und Neutralität zu brechen, brauchte sie unbedingt Verbündete, brauchte jemanden innerhalb der Gemeinde, der ihr half, die Mauer des Schweigens zu durchdringen. »Lindiwe, bitte.«

In diesem Moment kam Brenda etwas zerzaust aus dem Schlafzimmer. Sie sah aus dem Fenster in den Regen. »Das hört nicht auf. Ihr müsst die Nacht im Dorf verbringen.«

25

Donnerstag, 6 Uhr

Maggie erwachte orientierungslos. Sie lag nicht nur nicht in ihrem Bett, es schlief auch jemand neben ihr, und zum ersten Mal seit vielen Stunden hörte sie keinen Regen. Zu Hause wachte sie allmorgendlich davon auf, dass die Anwälte in ihrem Wohnblock die Motoren ihrer Sportwagen aufheulen ließen und die Auffahrt zur Straße hochjagten, um wichtig ins Büro zu rasen und ihre Klienten auszunehmen. Das Gehupe der Taxis lieferte die Hintergrundkulisse dazu. Hier im Tal hingegen vernahm sie nur einen Chor aus Vögeln, tausend unterschiedliche Stimmen, die tausend verschiedene Melodien sangen.

Sie hörte Tauben gurren und den Ruf des Piet-my-vrou, des rotbrüstigen Kuckucks. Gegen Ende des Sommers legten sie ihre Eier in die Nester anderer Vögel. Hatten sie das erledigt, flogen diese Vagabunden zurück nach Zentralafrika und überließen es anderen, ihre Nachkömmlinge großzuziehen. Ein klarer Fall von Vernachlässigung elterlicher Pflichten.

Der schlafende Körper neben ihr auf dem Bett war Lindiwe. Brenda hatte ein Abendessen aus *Pap* und Bohnen aufgetischt. Brendas Mann hatte sein Essen in sich hineingeschaufelt und so gut wie nichts gesagt, der Besuch schien ihm unbehaglich. Danach war er in den Regen hinausgestampft, zum Spaza Shop, und Brenda war ins Bett gegangen. Lindiwe und sie hatten das Geschirr gespült und sich dann angezogen auf die Matratze gelegt, die Brenda für sie ausgerollt hatte.

»Bitte, Maggie, ich möchte heute nicht mehr über die Sibanyonis oder Balthasar reden«, sagte Lindiwe. Sie lagen nebeneinander und starrten an die Decke, während der Regen Tattoos auf das Dach hämmerte.

»In Ordnung«, sagte sie.

»Aber ich will dir von Peter erzählen. Er war mein schöner Sohn, mein Erstgeborener. Als er klein war, hat er immer mein Gesicht zwischen die Hände genommen und mir tief in die Augen geschaut. Dann zappelte er, bis ich ihn runterließ und mit ihm spielte. Er war so ein ungezogener Junge.« Lindiwe lachte in sich hinein. »So ungezogen. Er hörte nie auf mich. Er spielte mit seinen Freunden Fußball bis tief in die Nacht und kam verschwitzt und lächelnd nach Hause. Ich hätte ihn bestrafen müssen, aber ich konnte es nicht. Er machte Witze, bis ich lachen musste, oder er umarmte mich einfach, und ich vergaß die Disziplin.« Sie seufzte. »Es war einfach, solange er ein kleiner Junge war, aber als er größer wurde, kam ich nicht mehr mit ihm zurecht. Sein Vater ging weg, weißt du, nach Joburg, und ich war ganz allein mit den drei Kindern.«

»Wo ist denn sein Vater hingegangen?«

»In die Minen.«

»Kam er zurück?«

»Noch ein Mal.« Lindiwes Stimme klang heiser und ruhig durch die Finsternis. »Dann bekamen wir die Nachricht, dass es eine Explosion gegeben hatte. Vierundvierzig Minenarbeiter starben an diesem Tag.«

Maggie holte Luft und atmete ganz langsam aus. »Das tut mir sehr leid, Lindiwe.«

»Es war schwer für mich und die Kinder«, sagte die ältere Frau, »aber am schlimmsten war es für Peter. Er brauchte einen Mann. Er war zu geschmeidig für mich, zu schnell und zu schlau.

Am Tag, als Mandela freigelassen wurde, hatte der Direktor Mr. Ndlovu einen Fernseher gemietet, damit wir es alle sehen konnten. Wir schwebten, wir konnten nicht glauben, dass das wirklich geschah. Die Halle war gestopft voll mit Schulkindern und Lehrern, die sich um die Plätze direkt vor dem Bildschirm drängelten. Meine beiden jüngeren saßen wie brave Kinder auf dem Boden, aber Peter kam mit seinen Freunden hereinstolziert. Er trug ein ANC-T-Shirt, ich weiß nicht mal, wo er das herhatte. Sie stellten sich mit verschränkten Armen an der hinteren Wand der Halle auf. Er kam nicht zu mir oder sah mich auch nur an. Im ganzen Glück dieses Tages wurde mir plötzlich klar, dass mein Sohn mich verließ.«

Sie drehte sich auf die Seite, um Lindiwe anzusehen, aber die lag auf dem Rücken und starrte an die Decke.

»An diesem Abend gab es ein rauschendes Fest in Edendale. Es ging bis Mitternacht, mancherorts auch länger. Ich musste meine beiden Jüngsten mit Gewalt nach Hause zerren.«

Maggie erinnerte sich der trüben Stille zu Hause an jenem Tag im Februar, an die finsteren Prophezeiungen von Terror und Blut und Weißen, die ins Meer getrieben würden. Ma unternahm eine Notfallexkursion zum Supermarkt, um hastig Dosennahrung und Nichtverderbliches zu horten.

»Für Peter dauerte die Party noch sehr viel länger. Er kam erst fünf Tage später nach Hause. Da wusste ich, dass mein Sohn kein Junge mehr war. Er war ein Mann, und ich konnte ihm nicht mehr vorschreiben, was er zu tun hatte.«

Lindiwe atmete lange aus.

»Er ging nicht mehr zur Schule. Er blieb ein Weilchen zu Hause, dann ging er wieder weg, manchmal für Wochen. Ich machte mir die ganze Zeit Sorgen und wünschte mir, ich hätte die Macht, ihn zu Hause zu behalten, seine Schritte zu lenken. Aber ich wusste, das konnte ich nicht.

Dann fing er an, Geld nach Hause zu bringen. Trug gute Kleidung und gab mir Geld für dies und das. Die Straßen nach ganz Afrika öffneten sich, und er bekam einen Job als Lastwagenfahrer. Er war stolz auf seine Arbeit, und wir waren stolz auf ihn. Sein kleiner Bruder und seine kleine Schwester fragten ihn über Afrika aus, und er saß bis in die Nacht mit uns zusammen und erzählte Geschichten.«

Lindiwe seufzte. Maggie wechselte die Lage. Ihr Körper wollte eigentlich gern schlafen, aber sie war gefangen im Netz von Lindiwes Erzählung.

»Einmal blieb er sechs Monate weg. Als er zurückkam, war er dünn geworden, so dünn. Er hatte immer noch die guten Sachen und das Geld, aber er sah nicht gut aus. Das war so merkwürdig, denn er war immer ein ausgesprochen gesundes Kind gewesen. Nun wurde er ständig krank. Jedes Mal, wenn jemand einen Schnupfen hatte, bekam Peter ihn unweigerlich auch, und schlimmer als alle anderen. Er wurde immer dünner. Ich flehte ihn an, zum Arzt zu gehen, aber er weigerte sich.«

Maggies Kopf pochte wieder, und Brei und Bohnen tanzten in ihrem Magen. Ihr Herz schlug bis zum Hals. Sie kannte diese Geschichte.

»Ich hatte schon von AIDS gehört und machte mich daran, mehr zu lesen. Ich ging in die Stadtbücherei und versuchte Bücher zum Thema zu finden, aber es gab nirgends Informationen. Ich stöberte in Zeitschriften ein paar Artikel auf und las von den Symptomen – die Schwächung des Immunsystems, der Verfall des Körpers und wie er sich selbst verzehrt. Mir wurde klar, dass Peter AIDS hatte.

Mein wunderschöner Junge war zum Tode verurteilt. Er weigerte sich, den Test zu machen, und selbst wenn, die Medikamente waren damals so teuer, von meinem Lehrergehalt hätte ich sie nie bezahlen können. Er wurde einfach bloß schwächer und schwächer. Dann brauchte er Vollzeitpflege, also hörte ich auf zu arbeiten. Mein anderer Sohn verließ die Schule und suchte sich einen Job, um uns zu unterstützen. In dieser Zeit hatten wir sehr wenig.

Er wog 45 Kilo, als er starb. Er war so dünn wie ein Blatt im Wind. Ich versuchte ihn zu füttern, aber am Ende kam alles bloß wieder hoch.«

»Es tut mir so leid, Lindiwe.« Sie streckte den Arm aus und berührte ihre Hand.

Lindiwe ließ es für eine Minute zu, dann zog sie ihre Hand weg. »Ich gebe mir selbst die Schuld. Wenn ich strenger mit ihm gewesen wäre, als er jünger war, hätte er vielleicht gelernt, sich zu beherrschen. Ihm kann ich alles verzeihen, aber mir selbst nicht.«

Ein Schweigen entstand, Schwere lag in der Luft.

»Ich werde dir helfen, Maggie«, sagte Lindiwe schließlich. »Und zwar wegen Peter.«

»Danke«, flüsterte sie in die Dunkelheit. Aus irgendeinem Haus in der Nähe vernahm sie die dreistimmige Harmonie eines Chorals. Eine religiöse Zusammenkunft? Es wirkte beruhigend in der Finsternis. Sie drehte sich um und schlief ein.

Jetzt war der Regen vorüber. Sie stand auf und spähte aus dem Fenster. Pfützen glitzerten im Morgenlicht, alles sah frisch gewaschen aus, sogar die Ziegen. Sie schlüpfte in ihre Schuhe und ging hinaus, um nach dem Fluss zu sehen. Man konnte deutlich erkennen, bis wohin die Überschwemmung gekommen war, das Gras war niedergedrückt und voller Zweige. Das Wasser überspülte noch knöcheltief die Brücke. Sie lehnten Brendas Angebot ab, noch einen Tee zu trinken, und brachen auf.

»Kannst du auf dem Rückweg bitte in Edendale halten?«, fragte Lindiwe. »Ich muss mich etwas frisch machen.«

In der Township herrschte noch morgendliche Ruhe. Maggie war schon oft hier gewesen, hatte über die Protestmärsche berichtet, dann über die Freudenfeiern, als die neue Regierung an die Macht kam. Jetzt war das Szenario friedlich, fast dörflich; ein paar alte Männer hockten vor einer Hütte und rauchten in der Sonne, Frauen klapperten in der Küche oder hängten Wäsche auf. Junge Männer scharten sich um den Eingang eines Spaza Shops und hörten Arthur Mafokate im Radio.

Lindiwe bot ihr an, mit reinzukommen, aber sie blieb lieber im Wagen sitzen und brütete vor sich hin. Sie kurbelte das Fenster runter, legte den Arm auf die Tür und sah zu, wie zwei Kerle einen Fußball hin und her passten, der eine hatte Dreadlocks, der andere trug ein *China Sam's*-T-Shirt. Um Ndlela zur Strecke zu bringen, brauchte sie handfeste Beweise, dass ein Verbrechen vorlag. Beweise, dass Balthasars Tod mit *Schloegel's Herbals* und Lucky Bean Msomi verquickt war. Woher sollte sie die nehmen? Das Ganze war so ein verdammtes Geklüngel.

»Ja, es ist ein verdammtes Geklüngel«, echote Lindiwe, die wieder in den Kombi stieg. Sie hatte gar nicht gemerkt, dass sie laut gesprochen hatte. »Und ich schlage vor, wir fangen mit Dumisane Phiri an.«

»Ach, der wird uns bloß mit arschglatten Plattitüden abspeisen.« Maggie ließ sich nicht aufmuntern.

»Vielleicht. Aber wir lernen nicht nur aus dem, was Leute uns sagen. Das, was sie nicht sagen, kann auch aufschlussreich sein.«

Die Weisheit der älteren Frau besänftigte sie ein wenig. »Na gut. Und wie sollen wir zu ihm vordringen?«

»Er liebt es doch, mit der Presse zu sprechen, oder? Du arrangierst eine gemeinsame Interviewrunde mit ihm und mir, bei der es um AIDS gehen soll, und dann sehen wir mal, wo uns das hinführt.«

26

Donnerstag, 11 Uhr

Sie setzte Lindiwe und den Kombi beim HIV-Haus ab und nahm ein Taxi nach Hause. Sie sehnte sich nach einem Bad, einer Mahlzeit, etwas Ruhe. Als sie an ihrem Schlüsselbund den Summer für das Tor zu ihrem Wohnblock drückte, trat ihr ein flott gekleideter Mann mit hartem Gesicht in den Weg. Vincent Ndlela. Jetzt, wo sie Lindiwe Dlamini auf ihrer Seite hatte, spielte der Gott der Journalisten ihr die Trümpfe zu.

Noch ehe sie dazu kam, ihm eine der Millionen von Fragen zu stellen, die ihr durch den Kopf schwirrten, packte er sie am Ärmel und zerrte sie durchs Tor, das sich hinter ihnen schloss. Er drehte ihr den Arm auf den Rücken und stieß ihr Gesicht gegen die Hauswand. Ihre rechte Wange schrammte über den rauen roten Backstein.

»Du willst einfach nicht hören, was?« Er zischte durch zusammengebissene Zähne, sein Gesicht ganz nah an ihrem. Sie konnte ihn nicht deutlich sehen, denn ihr linkes Auge war immer noch leicht geschwollen, aber sie roch seine letzte Zigarette und darunter noch etwas anderes, einen chemischen Geruch.

»Lassen Sie mich los.« Sie wehrte sich, aber er drückte ihren Arm noch weiter hoch, und sie ächzte vor Schmerz.

»Du denkst, du bist so schlau, Frau schlau-schlau Journalistin. Aber du willst ja nicht hören.«

»Worauf denn?«

»Ich hab dir Botschaften geschickt, dass du dich von den Kindern fernhalten sollst. Genauso wie ich Meiring Botschaften geschickt habe, und genau wie er willst du nicht hören.«

Der Schmerz zog vom Arm in die Schulter. »Haben Sie ihn umgebracht?«

Ndlela drängte noch näher, sein Körper lehnte schwer auf ihr. Er keuchte, sein Atem kam in abgerissenen Stößen, und sie spürte, dass er um seine Kräfte ringen musste. »Bleib weg von den AIDS-Kindern, Magdalena Cloete. Du vergeudest nur Zeit.« Er trat zurück und versetzte ihr einen Stoß, so dass sie stolperte und hinfiel. Dann riss er ihr die Schlüssel aus der Hand und drückte den Toröffner. In der Sekunde, die es brauchte, um sich zu öffnen, erspähte sie die nässende Wunde an seinem Arm. Er trat hinaus, warf den Schlüssel in ihrer Nähe auf den Boden.

»Ich weiß, was du getan hast, Vincent Ndlela!«, brüllte sie hinter ihm her. »Ich krieg dich.«

Sie rappelte sich auf, betastete ihre zerschrammte Wange und zuckte zusammen. »Arschloch.«

Sie betrat das Gebäude und blieb vor ihrem Briefkasten stehen. Als sie ihn öffnete, flatterte ihr ein Brief entgegen, der ihr Herz in die Magengrube sinken ließ. Kitchener Klinik. Mit zerkratzter Wange und schmerzenden Schultern stand sie in der Lobby und riss den Umschlag auf.

Es war die letzte Mahnung für Christos Dezemberrechnung, eine Summe von 4500 Rand. Das war mehr, als sie auf dem Konto hatte. Wesentlich mehr.

Sie humpelte zum Fahrstuhl und fuhr hinauf in ihre Wohnung. Ihre Zuflucht. Nur dass sie sich heute versehrt anfühlte.

Sie schluckte ihre Angst runter, überwand sich und rief in der Klinik an.

»Hier ist Maggie Cloete«, sagte sie zu der Rezeptionistin. »Die Rechnungsstelle bitte.«

Tom Hurst von der Rechnungsabteilung der Kitchener Klinik war einer ihrer Kameraden vom Laufclub. Erst vor ein paar Wochen hatten sie beim Midmar Halbmarathon gemeinsam die Ziellinie überquert. »Hallo, Maggie«, sagte er. »Wie geht's dir?«

»Ich kann meine Rechnung nicht begleichen, Tom.« Sie war schon einmal in dieser Lage gewesen, und er hatte ihr geholfen. »Könnt ihr noch bis Ende des Monats warten?«

»Ich fürchte nein, Maggie.« Er klang sehr freundlich. Sie sah ihn vor sich, wie er an seiner Brille rumspielte und aus dem Fenster blickte. »Ich würde es dir gern leichter machen, aber ich steh selber unter Druck. Meine Chefs zwingen mich, bei säumigen Rechnungen hart durchzugreifen.«

»Ich schaffe es nicht, das sofort zu bezahlen, Tom. Und es liegt noch eine andere dicke Rechnung an.« Sie dachte an die Henne. »Gib mir wenigstens zwei Wochen, um das Geld aufzutreiben.«

Seine Stimme wurde noch sanfter. »Hast du mal über Broadlands nachgedacht?«

Broadlands war eine staatliche psychiatrische Einrichtung. Wer dorthin ging, kam nur mit den Füßen voran wieder raus. In der Kitchener Klinik hatte Christo wenigstens noch eine dünne Chance auf langfristige Genesung. Seine Ärzte hatten ihr das immer wieder versichert. Das Letzte, was sie wollte, war, ihren kleinen Bruder in Staatshände abzuschieben. Nicht noch mal. Aber wenn sie nicht zahlen konnte, würde sie das müssen.

»Eine Woche, Maggie, eine Woche«, sagte Tom Hurst. »Mehr kann ich dir einfach nicht einräumen.«

Um sich von Christo abzulenken, blätterte sie in den Phiri-Akten. Dumisane war noch neu in der Politik. Er hatte bei der letzten Wahl einen Sitz im Provinzparlament errungen, weil er zur richtigen Zeit am richtigen Ort war, und nicht nur das, er war in der Regierung gelandet und Minister für Gesundheit und Soziale Gleichstellung geworden. Aus den Zeitungsartikeln, die sie überflog, schloss sie, dass er behutsam lavierte und sich buchstabentreu an die Parteilinie des ANC hielt.

Die große Herausforderung hatte in KwaZulu-Natal darin bestanden, der traditionellen Zulupartei Inkatha die nötigen Wählerstimmen abzuringen. Pietermaritzburg selbst war eine sichere Sache, eine Hochburg: Urbane, gebildete, Zeitung lesende Wähler hatten die Hauptstadt dem ANC anvertraut. Doch in vielen ländlichen Gegenden wie Hlabisa und Ndwedwe war die Inkatha mit großem Vorsprung an die Macht gekommen. Andernorts fiel der Stimmenunterschied zwischen den beiden Parteien wesentlich knapper aus. Dumis Vater Shayabantu Phiri hatte in den Achtzigern und frühen Neunzigern einen Ruf als Warlord gehabt und war stets ein standhafter Inkatha-Mann geblieben. Sie fragte sich, wie dem alten Phiri die politische Abtrünnigkeit seines Sohnes schmeckte. Das hatte sicher für die eine oder andere Anspannung bei Tisch gesorgt.

Sie überflog die Akte von Chief Shayabantu. Er hatte es vorgezogen, ein traditioneller Stammesführer zu bleiben, statt seine Ehre aufs Spiel zu setzen, indem er für einen Verwaltungsposten kandidierte. So hatte er zugleich ausgeschlossen, dass er mit Dumisane direkt konkurrierte. Womit machte er wohl jetzt sein Geld, nachdem er nicht mehr regelmäßige Waffenlieferungen von der Polizei bekam oder sich illegal Land aneignen konnte?

Dann entdeckte sie es. Eine Werbeanzeige. Sie würde Alicia zu ihrer Gründlichkeit gratulieren müssen.

Chief Shayabantu stand vor einem Tisch, auf dem sich genau die grün-weißen Produkte stapelten, über die sie letzte Woche beim Amtsgericht mehr erfahren hatte – *Schloegel's Herbals*. Und im Hintergrund, in der neugierigen Menge, die komplett mit grün-weißen Baseballmützen ausgestattet war, standen keine geringeren als der Herr Doktor persönlich und der König der Haie, Lucky Bean Msomi. Sie sah genauer hin. Auf den zweiten Blick sah er mehr wie eine Kröte aus als wie ein Hai.

Ihre Nackenhaare stellten sich auf. Dank einer lausigen Annonce hatte sie jetzt die Verbindung von Msomi zur Familie Phiri und zu Sven Schloegel. Wenn sie es recht bedachte, war die Taktik ganz schön raffiniert: Als Unterweltkönig versorgt man AIDS-Patienten mit Arzneien, die ihren Tod womöglich ein wenig beschleunigen, ihm jedenfalls nichts in den Weg legen. Dann leiht man den trauernden Familien Tausende von Rand für die Beerdigung. Da sie es nicht zurückzahlen können, macht man sie zu Klinkenputzern für *Schloegel's Herbals*. Und unablässig strömt das Geld herein.

Sie wählte Alicias Nummer. »Ich brauche noch einen Gefallen.«

»M-hm.« Die Archivarin machte sich Notizen.

Als Nächstes rief Maggie in Phiris Büro an und erklärte einer zunehmend eifriger werdenden Assistentin, dass sie an einem größeren Feature über AIDS arbeitete und Dumisane Phiri gern im Doppel mit der prominenten AIDS-Aktivistin Lindiwe Dlamini interviewen würde. Sie vereinbarten einen Termin für den nächsten Tag.

Dann rief sie Officer Mathonsi an, um zu hören, ob Sven Schloegel aufgetaucht war. Das war nicht der Fall. »Entweder ist er tot oder einfach wieder zum Normalbetrieb übergegangen«, sagte Mathonsi.

Ihr nächster Anruf galt Sven Schloegels Anwalt, Errol Mdunge. Seine Sekretärin stellte sie durch.

»Mdunge.«

»Maggie Cloete hier, von der *Gazette.*«

»Hi, Maggie!« Errol gehörte zur selben Cocktailrunde wie Jabulani Nzimande und Dumisane Phiri. Er liebte hochkarätige Fälle und sah seinen Namen gern in der Zeitung, daher schlug er Journalisten gegenüber immer einen freundlichen Ton an.

»Ich hörte, Sie waren krank«, sagte sie.

»Och, nur eine kleine Magenverstimmung. Ich bin schon längst wieder in der Tretmühle.«

»Wann wird denn im Schloegel-Fall weiterverhandelt?«

»Montag. Kommen Sie auch?«

»Ja. Sagen Sie, Errol, ist Dr. Schloegel wohlauf?« Sie wollte seinem Anwalt ungern darlegen, dass sie Sven Schloegel zuletzt gesehen hatte, als ihn gerade ein menschlicher Panzer niederwalzte und in einen Kofferraum stopfte. Das zu berichten war Sache des Doktors.

»Ja, Maggie, es geht ihm gut. Wir haben gestern zusammen zu Mittag gegessen, um den Fall zu besprechen.«

Schloegel war also zurück im Land der Lebenden. Sie durchdachte diese Entwicklung, während sie sich wieder den Phiri-Akten zuwandte. Sie musste dieses ganze Geflecht in ordentliche, nachvollziehbare Stränge aufdröseln. Im Moment war es ein einziges großes Wirrwarr.

Balthasar, ein Freund von Dumisane Phiri, war – scheinbar ohne Vorsatz – erschossen worden, kurz nachdem er wegen seiner Waisen-Schützlinge eine Reihe von Drohungen erhalten hatte. Als sie selbst die Waisen besuchte, erhielt sie ebenfalls Drohbotschaften. Und eine dieser Waisen war vergewaltigt worden, von einem Schwein, das mit Phiri verbandelt war. Und Phiris Familie war irgendwie mit *Schloegel's Herbals* verquickt sowie auf Umwegen auch mit Lucky Bean Msomi.

Sven Schloegel wollte Balthasar abservieren, dem er die Sammelklage gegen ihn anlastete und der seinen Kundenstamm gegen ihn aufwiegelte. Lucky Bean Msomi verfolgte im Fall Schloegel eigene Interessen und schickte seine Schläger, um Maggie zu entführen, als sie sich mit Schloegel traf. Balthasar und Mrs. Chalik wollten zudem eine Reihe von Konkurrenzprodukten auf den Markt bringen, also hatte Msomi seine Schläger auch zu der Heilerin geschickt, um sie einzuschüchtern. Msomis Stil war simpel und brutal: alles niederwalzen, was ihm in die Quere kam. Als Maggie sich mit der Sammelklage befasste, war sie ihm in den Weg geraten. Und er brauchte nur Schloegel zu überreden, sie mit der Aussicht auf Informationen über Balthasar zu einem Treffen an einem einsamen Ort zu locken. Sie hatten gewusst, dass sie da nicht widerstehen konnte.

Sie war halb darauf gefasst gewesen, dass es sich um eine Falle handelte, aber trotzdem hineingetappt, um mehr zu erfahren. Dank Ed war sie jetzt immer noch da, quicklebendig und bereit, Schloegel und Msomi mit weiteren Nachforschungen lästig zu fallen.

Sie scrollte die Nummern ihres Telefonverzeichnisses nach Schloegels Handynummer durch und rief ihn an. Als sie seine Mailbox dran hatte, sagte sie: »Ich bin froh zu hören, dass Sie aus dem Kofferraum heil rausgekommen sind, Herr Doktor Schloegel. Wenn Sie einen Moment erübrigen können, rufen Sie mich doch mal an und erklären mir, was Sie mit diesem lächerlichen Schmierentheater zu erreichen hofften.«

Sie wollte gerade Lindiwe anrufen, da klingelte ihr Telefon. Es war Pete Dickson von der Alpha-Werkstatt. »Was geht, Maggie?«

»Hi, Pete«, sagte sie. »Wie geht's meinem Baby?«

»Ist fertig, Mann. Ich schick gleich einen meiner Jungs rum, der sie dir bringt, zusammen mit einer schönen fetten Rechnung für dich, Maggie.«

Ihre Eingeweide zogen sich zusammen. Sie fühlte sich im Moment nicht fähig, Pete zu eröffnen, dass sie ihn nicht gleich bezahlen konnte. »Sie ist also komplett repariert?«

»Repariert, heiß und startklar.«

Sie dankte Pete von Herzen, legte auf und seufzte. Während sie auf die Übergabe wartete, rief sie Lindiwe an und berichtete, dass der Termin mit Phiri für Freitag angesetzt war. Sie verabredeten, sich zehn Minuten vorher am Rathaus zu treffen. Dann machte sie sich einen Becher Kaffee und starrte die Wand an, als könnte sich dort die Antwort auf ihre Frage manifestieren: Wer hatte Balthasar Meiring umgebracht, und warum?

Es klingelte. Die Lieferung! Sie rannte die Treppen hinunter, statt den Fahrstuhl zu benutzen, so sehr brannte sie auf die Wiedervereinigung mit ihrem Baby. Unten riss sie die Tür auf und starrte verdutzt in zwei strahlend grüne Augen. Spike Lyall.

27

Donnerstag, 13 Uhr

»Was zum Teufel …?«

»Ich bring Ihnen nur Ihre Karre zurück, Ms. Cloete.« Spike grinste breit und machte sich zusammen mit einem Typ von der Alpha-Werkstatt daran, die Henne von der Ladefläche des Trucks zu hieven. »Ihr geht's viel besser.« Er legte das Gesicht in Falten. »Sie hingegen sehen ein bisschen ramponiert aus.«

Sie tat die Bemerkung mit einer Handbewegung ab. »Seit wann arbeiten Sie denn für Pete Dickson?«

»Jonglieren bringt nicht viel ein.«

»Hatten Sie nicht so einen Job an der Uni?«

»Ja, ich halte Vorlesungen, aber heutzutage sind zwei Jobs eben nicht genug.«

Sie bemerkte, dass der andere Typ ganz regulär den roten Overall der Alpha-Werkstatt trug, während Spike in seiner üblichen Surferuniform steckte. »Oh bitte«, sagte sie, ließ ihn stehen und ging die Henne streicheln. Ihre Karosserie glänzte frisch poliert, man sah keine Spur mehr von der schrecklichen Zerreißprobe, die sie hinter sich hatte. Pete Dickson hatte wunderbare Arbeit geleistet.

»Nein, im Ernst«, sagte Spike und überreichte ihr einen Umschlag von Pete. »Dickson ist ein alter Kumpel, und ich war zufällig gerade in seinem Büro, als er Sie anrief. Da hat er Bongi hier gesagt, dass er mich mitnehmen soll.«

Das war einer der Nachteile des Kleinstadtlebens. Hier war man nicht über sechs Bekanntschaften mit jedem verbunden, sondern höchstens über zwei. Das war zwar hilfreich, wenn man etwas über jemanden erfahren wollte, aber weniger hilfreich, wenn man sich verstecken oder einen Mord untersuchen wollte, den die eigenen Vorgesetzten als Schnee von gestern eingestuft und abgehakt hatten.

Bongi saß schon wieder im Truck und ließ den Motor an.

»Sollten Sie nicht einsteigen?«, fragte sie. »Er will los.«

»Ich hoffte noch ein wenig zu bleiben.« Die grünen Augen blitzten. »Oder halten Sie da oben einen Ihrer zahlreichen Freunde im Schrank eingesperrt?«

Abgase erfüllten die Luft. Sie wandte sich um und winkte Bongi zu, der den Truck anrollen ließ.

»Warte hier«, befahl sie Spike. Sie rannte die Treppen hoch, schnappte sich ihre beiden Helme und sauste, zwei Stufen auf einmal nehmend, wieder abwärts. Sie mochte Spike Lyall, ja sie mochte ihn wirklich, aber bevor sie ihn näher an sich heranließ, würde sie ihn ein wenig auf die Probe stellen.

Sie reichte ihm einen Helm. »Aufsetzen.«

Sie trat den Kickstarter der Henne, ließ sie ein wenig im Leerlauf schnurren und bedeutete Spike dann aufzusteigen. Die XT 350 war nicht für zwei Erwachsene gedacht, und er musste sich eng an sie pressen. Sie spürte seine harten Rippen an ihrem Rücken.

Die Henne sackte hinten ein bisschen durch, aber das ging in Ordnung. Sie hatte Pete der Geländegängigkeit wegen die gesamte Straßenverkleidung abmontieren und die Stoßdämpfer kräftig anziehen lassen. Die Henne war entschlackt, wendig und rasant. Spike Lyall würde gleich merken, wie rasant.

Sie riss den Gashahn auf.

»Whoa!« Er packte sie fester um die Taille, als sie die Auffahrt hinaufröhrten. Sie blinkte rechts und hielt hügelaufwärts auf die grünen Vororte zu. Im Nu passierten sie die Stelle, wo die Henne misshandelt worden war und das üppige Unterholz rings um den Graben sie selbst vor den Schlägern gerettet hatte.

Sie nahm Spike Lyall mit zu ihrem Off-Road-Spielplatz, den Plantagen oberhalb des Chase Valley auf der World's View gegenüberliegenden Seite der Salatschüssel. Bäume stoben vorbei. Die

Henne legte sich geschmeidig in die Kurven der breiten zerfurchten Feldwege, und sie spürte, wie Spike nach Luft rang. Sie jagte ihm Angst ein. Sehr gut. Die Henne war eine wendige Geländemaschine, deren Manövrierfähigkeit enge Kurven und selbst Schlaglöcher nichts anhaben konnten, aber das wusste er nicht. Sie und die Henne trieben ausgiebig ihr Spiel mit Spike Lyall und schleuderten ihn ein bisschen herum.

Die Sonne stand schon hoch am Himmel, als sie entschied, dass Lyall genug hatte. Sie hielt an. Mit zitternden Beinen stieg er ab und setzte sich am Wegrand ins Gras.

»Ich dachte, ihr Jungs vom Goodwill College seid aus härterem Holz geschnitzt«, sagte sie und ließ den Helm an ihrer Hand kreiseln.

Er kam allmählich wieder zu Atem. »Von mir aus können wir das gleich noch mal machen.«

»Erzähl mir erst von Balthasar.« Sie setzte sich neben ihn ins Gras. »Warum haben ihn alle abgelehnt?«

»Maggie, Balthasar hat *uns* abgelehnt. Er kam aus London zurück, nachdem Steve gestorben war, und glühte vor Zorn. Er weigerte sich, mit seiner Familie zu reden, bis auf Claudine. Wir, seine Freunde, wir hatten das Gefühl, dass er uns verurteilte.«

»Wofür?«

»Dafür, dass wir keine Aktivisten waren wie er. Er konnte nicht verstehen, wie man hier leben kann, ohne sich am Kampf gegen AIDS zu beteiligen.«

Da hatte Balthasar doch nicht unrecht. »Und wie ist das mit dir?«

Nachdenklich betrachtete Spike die Pietermaritzburger Salatschüssel, die ihnen zu Füßen lag. Sie folgte seinem Blick. Direkt unter ihnen die Vorstadtgärten, lauter Hymnen an englische Blumen und Bäume, dann kam ein Golfplatz, jetzt getupft mit kleinen Figuren und ihren Carts. Dahinter und tiefer die Innenstadt mit dem belebten Zentrum, wo die Büros der *Gazette* lagen, das Rathaus und die Gerichtsgebäude. Von hier aus hörte sie nur Vogelgesang und das ferne Brummen der LKWs auf dem Highway, aber sie kannte den Lärmpegel, der in diesem Gewühl aus Taxis, Fußgängern und Händlern herrschte, all die Klänge des Stadtlebens. Abseits der Stadt lagen die Townships, manche ganz nah wie das urbane Edendale, andere, auf den Hügeln nahe dem Tafelberg, abgeschieden und ländlich. Anstelle der Eichen und Zedern der Vorstädte wuchsen dort afrikanische Bäume, flachkronige Akazien und Korallenbäume.

Und da draußen lag auch Balthasars Betätigungsfeld: Hunderte und Tausende von Menschen mit AIDS ohne Zugang zu lebensrettenden Medikamenten.

»Wo fängt man an?«, fragte er schließlich. »Hilft man einem oder zehn? Spendet man einer Organisation, oder nimmt man eine Familie auf? Das Elend scheint so unbewältigbar.«

»Das ist die Erschöpfung des Mitleids«, erklärte sie ihm. »Abstumpfung als Selbstschutz. Die Not an sich ranzulassen tut weh, also bleibt man lieber unbeteiligt und schaut weg. Sofern man nicht persönlich betroffen ist wie Balthasar, tut man lieber gar nichts.«

»Ich bin jetzt persönlich betroffen.« Spike drehte sich um und sah sie an, seine grünen Augen waren dunkel. »Jetzt, wo mein Freund ermordet wurde.«

Es war das erste echte Zeichen von Trauer, das sie an ihm sah, und er gefiel ihr umso besser. Aber so leicht wollte sie ihn nicht vom Haken lassen. »Es gab eine Trauerfeier, weißt du, in der Aidshilfe-Mission –«

»Ich weiß«, sagte er. »Ich war da.«

»Ich hab dich gar nicht gesehen.«

»Ich bin gegangen, als das Gewitter losbrach.«

Sie betrachtete ihn von der Seite. Spike Lyall stieg in ihrer Achtung.

»Wie geht's der Kriegsverletzung?« Er griff nach ihrer Hand, öffnete ihre Finger und besah sich ihre Handfläche. Die Narbe war nur ein dünner Strich. »Wer ist Lynn?«

»Sie war meine beste Freundin.« Ihr schnürte es die Kehle zu.

»War?«

»Sie ist tot. Sie wurde umgebracht.«

»Was ist passiert?«

Sie erzählte es ihm. Ein langjähriger Verehrer, der immer tagsüber kam, hatte Lynns Mutter umgebracht. Irgendwie kam es zum Streit, er schlug auf sie ein und prügelte sie tot. Aber Lynn, die schon Schulschluss hatte, saß im Schrank versteckt und sah alles mit an. Vor lauter Entsetzen fiel sie aus dem Schrank, und der Mann packte sie und warf die zierliche Elfjährige in seinen Kofferraum. Zwei Wochen vergingen, bevor man beim Oribi Airport im *Veld* ihre Leiche fand. Sie war erwürgt worden.

»Seitdem trage ich sie bei mir. Immer und überall.«

»Tut mir leid, Maggie.« Spikes schöne Augen suchten ihren Blick, aber sie konnte ihn nicht ansehen. Sie schüttelte wortlos den Kopf.

»Haben sie den Kerl erwischt?«

»Ja. Er war ein Pastor an der Kirche. Sie wünschte sich, dass er ihretwegen seine Ehefrau verlassen sollte, aber das lehnte er ab. Und dann hat er sie und Lynn umgebracht. Letzten Endes bekam er die Todesstrafe.«

Aber das war ihr kein Trost gewesen. Lynns Tod hatte sie einsam gemacht – in der Schule, in ihrer Familie. Sie wandte sich von der Kirche ab und weigerte sich, je wieder hinzugehen. Wurde zur Abtrünnigen.

»Und jetzt bist du Kriminalreporterin und führst Kreuzzüge für die Sache der Opfer.« Spike blickte über das Tal hinweg in die Ferne. »Genau wie Balthasar.«

Sie starrte auf ihre Hand.

»Na, komm, es wird zu heiß.« Spike sprang auf. »Die Straße runter ist 'ne echte Scheißkneipe, wo sie eisgekühltes Bier verkaufen. Ich geb eins aus.«

Beschattet von einem Sonnenschirm und ein paar Riesen-Taros auf einer Veranda herumzusitzen hatte deutlich entspannende Wirkung, wobei Spikes Grinsen und die Wirkung des Bieres ein Übriges taten. Krankenurlaub war vielleicht gar nicht so schlecht.

»Ich hab von der Entführung gelesen«, bemerkte Spike. »Hast du dir dabei das Veilchen geholt?«

Irgendetwas an der Kombination aus eisgekühltem Bier, sonnigem Nachmittag und Spikes durchdringendem Blick verführte sie dazu, über ihre Nachforschungen zu plaudern. Die Arbeit mit Aslan fehlte ihr, und es war eine Erleichterung, alles mit jemandem besprechen zu können. Spike hörte aufmerksam zu, nippte am Bier. Seine Miene blieb entspannt, bis sie von Balthasars Kindern erzählte. Da setzte er abrupt sein Glas ab.

»Davon wusste ich nichts.«

»Wie kann das sein?«, fragte sie. »Du warst doch sein Freund.«

Er stützte beide Ellbogen auf den Tisch, legte den Kopf in die Hände und schüttelte ihn langsam. Unter der Bräune war er leichenblass geworden. »Er hat keinem getraut. Nicht mal mir.«

»Ich glaube, den Leuten bei seiner Arbeit hat er vertraut«, wandte sie ein. »Die wussten es.«

Spike rieb sich das Gesicht. »Aber ich nicht. In diesen Bereich seines Lebens hat er mich nie eingeweiht. Ich hab ihn hängenlassen.«

Sie legte ihm die Hand auf den Arm. »Ich habe ihn auch hängenlassen.«

»Wie das?« Spike blickte auf. Seine Augen waren nass.

Sie erzählte ihm, wie sie Balthasar eine Woche vor seinem Tod abgewimmelt hatte. »Aber er hat Mbali eingeschärft, sie soll mich anrufen, falls ihm etwas passiert. Und so kam es.« Sie ergriff Spikes Hand, und er starrte auf ihre verflochtenen Finger hinab, als wären sie die Knospe einer eben erblühenden Blume. »Deshalb bin ich an der Sache dran und versuche ihm zu helfen.«

»Ich will auch helfen«, sagte Spike. »Lass uns damit anfangen, dass wir uns dieses Schlitzohr Schloegel vorknöpfen.«

»Ich hab keine Ahnung, wo er sich rumdrückt.«

»Aber ich«, sagte Spike. Er leerte sein Glas.

Auf der anderen Seite der Stadt lag die Universität, umgeben von Gebäuden, die an Studenten vermietet waren oder für irgendwelche Gewerbe genutzt wurden. Spike dirigierte sie zu einem Haus, auf dessen geteertem Dach ein Schild mit riesigen grünweißen Lettern prangte: *Schloegel's Herbals*.

»Diese Beleidigung sehe ich jeden Tag von meinem Büro aus«, erklärte Spike.

Die Helme unterm Arm traten sie durch ein hüfthohes Tor in den Vorgarten. Es war ein Backsteinbau wie der Löwenanteil von Maritzburgs Architektur, umgeben von einer umlaufenden Veranda. Sie stiegen die drei Stufen zur Vordertür hoch, und sie klopfte. Sie lauschten, aber nichts rührte sich, niemand kam an die Tür. Maggie drückte die Klinke. Abgeschlossen.

Sie schlenderten auf der Veranda ums Haus und stießen an der Rückseite auf offene Fenster. Auch die Hintertür stand offen und schwang leicht im Wind. Jemand musste kürzlich gekommen oder gegangen sein.

»Keine besonders guten Sicherheitsmaßnahmen«, murmelte Spike.

»Wenn man Msomis Protektion genießt, braucht man vielleicht keine«, versetzte sie. »Los, komm, ich geh rein.«

»Ich check kurz den Garten und den Schuppen da«, meinte er. »Bin gleich bei dir.«

Sie trat in einen Raum, der wohl mal ein Wohnzimmer gewesen war, jetzt aber als Lagerraum für Schloegels Produkte diente. Überall Stapel von braunen Kartons. Schloegel hatte sichtlich investiert und war offenbar überzeugt, dass sich sein Zeug auch verkaufen würde. Sie öffnete eine Tür und gelangte in einen Flur, von dem beiderseits mehrere Räume abgingen. Als Erstes stieß sie auf eine Küche, dann auf ein Badezimmer. Nichts Besonderes.

Plötzlich hörte sie etwas rascheln. Ihre Hand schloss sich fester um den Helm. Jemand war im Haus.

Sie stieß eine weitere Tür auf. Auf den ersten Blick sah sie nur ein Zimmer voller Bücher. Dann entdeckte sie Sven Schloegel, der vor einem offenen Fenster am Schreibtisch saß, in der Hand eine Waffe, mit der er auf sie zielte.

»Raus aus meinem Büro«, zischte er. »Das ist Hausfriedensbruch.«

»Ich komme nur, um zu sehen, ob es Ihnen gut geht, Herr Doktor. Als ich Sie zuletzt sah, warf man Sie gerade in den Kofferraum eines BMW.«

»Wegen Ihrem Fotografen, diesem *Idioten,* hatte ich eine Gehirnerschütterung.«

»Das tut mir leid«, sagte sie. »Ich übrigens auch. So was kann passieren, wenn man Entführung spielt.«

»Wir wollten Ihnen ja gar nichts tun«, behauptete Schloegel. »Bloß ein bisschen Angst machen.«

»Um mich von einer Story abzuschrecken?« Sie konnte ihre Verachtung nicht verhehlen.

»So ungefähr.«

»Ihr Fall ist aktenkundig, Herr Doktor. Selbst wenn Sie mich vergrault hätten, würde meine Zeitung einfach jemand anders darauf ansetzen.«

»Darum geht es nicht!« Schloegel schlug mit der freien Hand auf den Tisch. »Ich habe diese Gutmenschen einfach satt. Erst schnüffelt dieser Meiring herum und pfuscht mir ins Handwerk, und jetzt Sie.«

»Sie möchten endlich in Ruhe gelassen werden, damit Sie ungestört Leute ausnehmen und über den Tisch ziehen und fertigmachen können, ja? Darum geht es doch.« Ihr war bewusst, dass sie ihn mutwillig reizte. Sie konnte nicht anders. »Haben Sie deshalb Balthasar aus dem Weg geräumt?«

»Wir haben ihn nicht umgebracht.« Ein Lächeln huschte über die fleischigen Züge des Doktors. »Aber wir waren sehr froh, als jemand anders das tat.«

Sie trat einen Schritt näher. »Wer war es dann?«

Sein Lächeln wurde breiter und noch selbstzufriedener. »Das wüsste ich auch gern. Ich möchte ihm die Hand schütteln.«

Sie hörte etwas knarren. Schloegel hörte es auch. »Wer da?«, brüllte er und stand hinter seinem Schreibtisch auf. »Nicht reinkommen, sonst erschieße ich die Reporterin.«

Da krachte es, er wankte und stürzte zu Boden. Spike lehnte sich zum Fenster herein. »Sehr handlich«, sagte er und schwenkte Maggies Reservehelm. »Lass uns abhauen.«

»Ich glaub nicht, dass er mich erschossen hätte«, bemerkte sie auf dem Rückweg zur Henne.

Spike blieb stehen und sah ihr ins Gesicht. Seine grünen Augen waren dunkel. Er hob die Hand und strich ihr sachte eine Haarsträhne aus der Stirn. »Ich wollte es nicht darauf ankommen lassen.«

Sie war Zärtlichkeit nicht gewöhnt. So was machte sie nervös.

Aber seine Hand fuhr so sanft über ihren Hinterkopf, zog sie an seine Brust. Sie entspannte sich, lehnte sich in seine Umarmung. Der verrückte Doktor hätte sie töten können, aber sie war am Leben, alle Sinne hellwach, in den Armen eines Mannes, in dessen Gegenwart die Welt irgendwie erträglicher schien, weniger irre. Und dessen Hände ihren Rücken streichelten.

»Ich will, dass du mit zu mir kommst«, murmelte Spike ihrem Nacken zu.

28

Donnerstag, 18 Uhr

Sie streckte sich ausgiebig und betrachtete Spike, der neben ihr lag. Er schlief ausgestreckt auf dem Rücken, eine Hand auf dem flachen Bauch. Mit einem Finger fuhr sie von dem Perlschnurarmband an seinem Handgelenk über seinen Unterarm, an dem die Venen hervortraten, und dann den Bizeps hoch, den sie schon von Weitem bewundert hatte. Bei näherer Prüfung hatte sich dieser Bizeps als mehr als zufriedenstellend erwiesen, ebenso wie andere Teile von ihm. Alles in allem war Spike Lyall schon ein verlockendes Angebot.

Aus ihrem Rucksack, der unter einem Berg Klamotten begraben war, drang ein vertrauter Schrillton.

»Geh nicht ran«, murmelte Spike.

»Ich bin Journalistin, ich geh immer ran.« Sie schwang die Beine aus dem Bett, stemmte sich hoch und durchquerte das Zimmer, wobei sie eine geleerte Schachtel Kondome umging, die sie vor einer Stunde von sich geworfen hatten.

»Schöner Anblick«, bemerkte er und stützte sich auf einen Ellenbogen.

Sie zeigte ihm den Finger und ging ans Telefon. »Cloete.«

»Ms. Cloete, Claudine Meiring hier.« Balthasars Schwester klang panisch. »Ich brauche Ihre Hilfe. Mbali ist verschwunden.«

»Seit wann?« Sie stieg zurück ins Bett und zog die Decke über sich. Ihr war kalt, und sie wollte nicht mehr nackt sein.

»Sie hat in der Schule die letzte Stunde ausfallen lassen. Als alle anderen nach Hause gingen, war sie nicht dabei. Nkosazana hat eine Weile gewartet, und als sie nicht kam, rief sie mich an. Ich bin jetzt auf dem Weg zu ihr, aber von Durban aus.«

»Ist die Polizei verständigt?«

»Ja, die waren da, haben eine Beschreibung aufgenommen, aber Nkosazana dreht durch. Könnten Sie nicht hinfahren?«

»Warum ich?« Sie wollte für Mbali da sein, aber von Claudine brauchte sie erst mal Klärung. Bei ihrem letzten Zusammentreffen hatte die Frau mit rotem Gesicht herumgebellt.

»Nkosazana vertraut Ihnen. Sie kriegen viel geregelt.«

»Okay, ich bin unterwegs.«

»Mbali ist verschwunden«, erklärte sie Spike und warf sich in ihre Klamotten. »Sie brauchen uns dort.«

Die Henne flog durch die Stadt, brauste zwischen Lastwagen hindurch und den Hügel hoch bis zu Balthasars Haus. Maggie hielt vor dem Tor und klingelte.

Nkosazana kam aus dem Haus auf sie zugetrottet. Ihr Haar, das sonst unter einem *Doek* steckte, stand in alle Richtungen, und auf ihren Wangen zeichneten sich salzige Spuren getrockneter Tränen ab.

»Maggie, danke, dass Sie gekommen sind.« Sie keuchte, als sie das Tor aufzog. »Wir machen uns solche Sorgen um Mbali. Die Polizei sucht sie, aber wir haben noch nichts gehört.«

»Wie geht es den Kindern?«

»Es nimmt sie sehr mit. Sehr. Grace spricht kein Wort, die Jungs weinen. Kommen Sie lieber rein.«

Nkosazana bot keinen Tee an, sondern führte sie gleich ins Wohnzimmer, wo die zwei Jungs und Grace schweigend auf dem Sofa hockten. Spike ging hin und kniete sich neben sie.

»Was ist passiert?«, fragte Maggie.

»Sie ist mit den anderen zur Schule gegangen, aber sie ist nicht mit ihnen nach Hause gekommen. Ich hab in der Schule angerufen, aber da ging niemand ran. Da habe ich Claudine und die Polizei angerufen. Sie waren hier und haben ein Foto von Mbali mitgenommen und versprochen, sie zu suchen. Aber ich weiß nicht, ich weiß einfach nicht, wie viel Mühe sie sich geben.«

Nkosazanas Haltung war nicht ungewöhnlich. Den Menschen

fiel es schwer, einer überarbeiteten, unterbezahlten Polizeitruppe über den Weg zu trauen, die nicht selten korrupt war. Es gab zwar gute, solide Cops mit Berufsethos, die ihre Aufgabe darin sahen, die Bösewichter aus dem Verkehr zu ziehen. Aber es gab auch reichlich faule Drückeberger, denen alles egal zu sein schien.

»Soll ich losfahren und nach ihr suchen?«, fragte Maggie. Sie sah hinüber zu Spike, der dabei war, Lungi ein Fünfzig-Cent-Stück aus dem Ohr zu ziehen, und für seine Bemühungen mit einem schwachen Lächeln belohnt wurde.

»Oh bitte ja, Maggie.« Die alte Frau sackte auf das grüne Samtsofa, als ob ihre Beine ihr den Dienst versagten.

Sie ließ Spike dort. Er konnte versuchen, Mbalis Familie auf andere Gedanken zu bringen. Sie entschied sich, als Erstes im Wylie Park nachzusehen – der lag in der Nähe von Mbalis Schule, und dort hatten sie sich kennengelernt. Sie parkte vor dem Tor, stürmte hinein, hoffte Mbali auf der Bank vorzufinden. Sie war nicht dort.

Die Sonne sank, es war ein diamantprächtiger Abend – eine leichte kühle Brise, ein pastellrosa Himmel, die Vögel dösten in den Bäumen –, aber ihr fehlte die Muße, das zu würdigen. Sie eilte hinunter zu dem Wasserlauf, der sich durch den Park zog, folgte ihm ein Stück und rief Mbalis Namen. Allein hatte sie keine Chance, den ganzen Park zu durchkämmen, aber sie blieb noch eine halbe Stunde dran, rief und spähte hinter Büsche.

Zurück bei der Henne, fragte sie sich, wo sie jetzt hin sollte. Sie fuhr das kurze Stück zu Mbalis Schule, streifte zwischen den leeren Gebäuden umher und suchte den Spielplatz ab, einsam im sinkenden Zwielicht. Falls das Kind nicht gefunden werden wollte, konnte sie sich hier mühelos irgendwo verstecken, aber Maggie musste einfach davon ausgehen, dass sie ihr schon antworten würde. Die Alternativen waren zu deprimierend, um sich damit aufzuhalten.

Langsam und systematisch fuhr sie die üppig grünen Vorstadtstraßen ab, die Spike und sie vom Hügel aus bewundert hatten, hielt Ausschau nach einem Mädchen in braunweißer Schuluniform. Keine Mbali. Schließlich landete sie vor ihrem Wohnblock, falls Mbali auf der Suche nach ihr hier aufkreuzte. Zum zweiten Mal an diesem Tag rief sie Officer Mathonsi an. Die wirkte nicht begeistert, schon wieder von ihr zu hören.

»Ein vermisstes Kind?«

»Ja.«

»Ist das gemeldet worden?«

»Ja.«

»Tja dann. Das mit dem Kind tut mir leid, aber wir müssen darauf vertrauen, dass die Polizei weiß, was zu tun ist.«

»Thandi, ich bin hier unterwegs und versuche sie aufzuspüren. Ich hab nicht einen einzigen Suchtrupp gesehen …«

»Maggie«, unterbrach Mathonsi scharf. »Glauben Sie mir, die Polizei tut ihr Bestes. Ich verspreche Ihnen, dass ich mal nachhake.«

Damit musste sie sich zufriedengeben. Mbali war bloß eine Waise, von der Gesellschaft schon abgeschrieben. Wäre sie das Kind von Zacharius Patel oder Jabulani Nzimande oder eine von Sally-Anne Sheperds parfümierten kleinen Nichten, dann wäre die Polizei längst in der ganzen Stadt ausgeschwärmt, um sie zu finden. Aber Mbali war niemand. Und nach einem Niemand suchte niemand.

Außer Maggie. Sie musste Mbali finden. Sie musste ihr klarmachen, wie einzigartig sie war, bevor sie ihr Leben wegwarf, indem sie ins falsche Auto stieg oder am falschen Ort nächtigte. Bevor aus ihr Lynn wurde.

Also klapperten Maggie und die Henne die Straßen ab, kabbelten sich mit Taxis und Fußgängern, bremsten ab, wann immer eine braunweiße Schuluniform in Sicht kam. Sie durchkämmte die Stadt, pflügte das Straßennetz rauf und runter, wurde zusehends irre bei dem Gedanken, dass Mbali irgendwo sein musste, nur nicht da, wo sie suchte.

Die Nacht breitete ihre dunkle Decke über die Stadt. Andere Kinder waren längst im Bett und schliefen in Sicherheit, nur Mbali war immer noch da draußen.

Andere Kinder. *Andere Kinder.* In ihrer Aufregung hatte sie nicht daran gedacht, die anderen Kinder aus Mbalis Klasse zu befragen. Irgendwer hatte vielleicht was mitgekriegt. Sie donnerte den Hügel wieder hinauf, durch die samtene Dunkelheit zu Balthasars Haus.

»Kein Glück«, gestand sie, als Claudine ihr voller Hoffnung das Tor aufschloss. »Sagen Sie, haben Sie die Leute in der Schule befragt?«

»Ich habe mit ihrer Lehrerin gesprochen«, sagte Claudine. »Sie sagt, Mbali hat die Erlaubnis eingeholt, zur Toilette zu gehen, und ist nicht wiedergekommen.«

»Und die Kinder aus ihrer Klasse?«

»Ja«, sagte Claudine. »Nkosazana und ich sind die Telefonliste durchgegangen. Wir haben aber nicht alle erreicht.«

»Rufen wir die an, die Sie nicht erwischt haben. Im Grunde sollten wir bei allen noch mal anrufen, falls irgendwem noch was eingefallen ist.« Sie eilte voran ins Haus. An der Eingangstür hielt Claudine sie auf.

»Hören Sie, Maggie, ich möchte mich noch für Sonntag entschuldigen. Ich habe überreagiert und …«

»Bitte«, sie hob die Hände. »Das war eine ganz normale Reaktion. Ich hab das längst vergessen.«

Drinnen war Spike mit Mbalis Geschwistern beim Zeichnen, während Nkosazana wehklagend hin und her lief. Maggie und Claudine teilten die Klassenliste unter sich auf und setzten sich zum Telefonieren in die Küche. Sie wurden immer verzagter, während Anruf um Anruf zu nichts führte.

Dann rief eine der Mütter Maggie zurück. »Hallöchen, hier ist noch mal Sam Edwards.«

Der joviale Ton machte ihr unwillkürlich eine Gänsehaut. Das war der Kosmos von Sally-Anne – die Privatschulclique, deren selbstgerechter Standesdünkel sie umschloss wie eine große Blase aus ganz besonderem Sauerstoff.

»Ich Dummerchen«, gurrte die Frau, und Maggie meinte fast das Schütteln ihrer mit perfekten Strähnchen aufgehellten Lockenpracht zu hören. »Als Sie vorhin fragten, ob Catherine heute irgendetwas aufgefallen sei, hab ich doch glatt vergessen, dass ich ja noch andere Kinder auf dieser Schule habe. Nach dem

Auflegen hab ich dann Cameron gefragt, aber er ist erst in der ersten Klasse, und hach, Sie wissen ja, wie unaufmerksam Kinder in dem Alter sind.«

Sie kicherte Zustimmung heischend, aber Maggie war nicht nach Beifall oder Gekicher zumute.

»Nun ja, also unser Hausmädchen heißt Princess. Sie lebt mit ihren Kindern bei uns, weil sie, na, Sie wissen schon. Sie ist krank.« Der übliche Euphemismus. »Wie auch immer, ich lasse die Kinder alle vier auf dieselbe Schule gehen, weil ich finde, man muss das Richtige tun.«

Sie haschte nach Lobpreisung, aber Maggie wollte nichts als endlich wissen, was mit Mbali war.

»Ich hab also Thuli und Bheki gefragt, ob sie irgendetwas gesehen haben. Bheki sagte Nein, aber Thuli – wissen Sie, sie ist ja im gleichen Schuljahr wie Mbali und Catherine, aber in einer anderen Klasse. Wir hielten es nicht für sinnvoll, die beiden Mädchen in dieselbe Klasse zu stecken, weil das ihre Freundschaft doch überstrapazieren könnte.«

Sie biss die Zähne zusammen und hoffte, die Frau würde allmählich zur Sache kommen.

»Jedenfalls sagte mir Thuli, sie hat Mbali draußen vor der Schule gesehen. Sie sagt, sie hat sie in einen großen weißen *Bakkie* steigen sehen. Der Wagen blieb noch eine Weile da stehen, dann ist er weggefahren.«

»Warum hat sie das denn niemandem erzählt?«, fragte sie halb erleichtert, weil sie endlich eine Spur hatten, halb wütend, weil das jetzt erst herauskam.

»Es hat sie ja niemand gefragt«, sagte Sam. »Bis jetzt. Das war dann wohl mein Fehler, schätze ich.«

Maggie verweigerte Sam Edwards entlastende Beteuerungen, aber sie bedankte sich bei ihr, dann legte sie auf. Claudine sah sie mit einem großen Fragezeichen im Gesicht an. Als Maggie sie auf den Stand brachte, rieb sie sich mit beiden Händen die Wangen.

»Ein weißer *Bakkie*«, flüsterte Balthasars Schwester. »Es gibt Hunderte von weißen *Bakkie*s, wenn nicht Tausende.«

»Kennen wir jemanden, der einen fährt?« Ihr Treffen mit Lourens Meiring fiel ihr ein. Er hatte an einem *Bakkie* gelehnt. »Was ist mit Ihrem Vater?«

Claudine runzelte die Stirn. »Aber woher sollte er denn wissen –?« Sie stockte. Maggie spürte deutlich, wie es ihr widerstrebte, den Bruch in ihrer Familie einzugestehen, die tiefgreifende Unstimmigkeit, die sie entzweit hatte.

»Claudine, ich hab es ihm gesagt.«

»Oh.« Sie setzte sich auf den nächsten Stuhl und sah zu Maggie hoch. »Warum denn das?«

»Ich fand, er und Sanet sollten es wissen. Und Verantwortung für Balthasars Kinder übernehmen.«

»Und da fühlten Sie sich berufen, es ihnen zu sagen?« Claudine raufte sich die Haare. »Obwohl Balthasar sich dagegen entschieden hatte? Sie sind wirklich übergriffig, wissen Sie das eigentlich?«

»Wir wollen jetzt nicht über meinen Standpunkt diskutieren, Claudine, wir müssen ein Kind finden.« Maggie kribbelte es im Genick. »Warum fahren Sie nicht zur Farm raus?«

»Auf die verschwindend geringe Möglichkeit hin, dass mein Vater Mbali hat? Es wäre ja wohl einfacher, ihn anzurufen.«

»Nein, Sie fahren hin und ich komme mit. Während Sie mit Ihren Eltern sprechen, durchsuche ich die Nebengebäude nach Mbali. Wenn wir sie nicht finden, rufe ich die Polizei.«

Claudine fuhr auf. »Was meinen Sie damit, die Polizei rufen?« Sie schien drauf und dran, wieder überheblich zu werden.

»Für den Fall, dass Mbali in Gefahr ist.«

»Etwa bei meinem Vater?«

»Wir können es uns nicht leisten, diese Möglichkeit auszuschließen, Claudine. Es gibt eine Verbindung zwischen Mbali und Ihrem Vater, auch wenn Ihnen das noch so abwegig vorkommt.«

»Ja«, Claudine erhob sich. »Es gibt eine Verbindung jetzt. Ihretwegen.«

29

Donnerstag, 20 Uhr

Claudine fuhrwerkte herum und warf alle möglichen Dinge in ihre Handtasche. Spike kam aus dem Zimmer der Jungen.

»Es wäre gut, wenn du hier bei Nkosazana und den Kindern bleibst«, sagte Maggie.

»In Ordnung.« Spike legte ihr eine Hand auf die Schulter. »Sei vorsichtig. Und sag Bescheid, wenn du mich brauchst.«

Mit versteinerter Miene fuhr Claudine sie stadtauswärts. »Ich habe Ihren Artikel gelesen. Woher nehmen Sie das Recht, über Menschen zu urteilen? Was mein Vater getan hat, war längst Geschichte, trotzdem haben Sie es wieder an die Öffentlichkeit gezerrt.«

»Sie können doch nicht abstreiten, dass Ihr Vater Pontius Ncube ermordet hat.«

»Es war Notwehr.«

»Das sagt er.«

»Das Gesetz hat ihm recht gegeben!«

Maggie starrte aus dem Fenster in die dunklen Hügel, jetzt nur noch Schatten gegen den Himmel. Kleine Lichter glommen, wo die Vorhänge nicht zugezogen waren. Diese ganze Ermittlung – zu Balthasars Tod wie auch zu Mbalis Verschwinden – konnte so leicht erlöschen. Sie war die Letzte, die überhaupt noch Fragen stellte, ein einsames Licht in der Finsternis.

Sie sah wieder Claudine an, deren Profil sich grau gegen die Nacht abhob.

»Ihr Vater meint, die Ncubes haben Balthasar umgebracht«, sagte sie. »Aus Rache. Halten Sie das für möglich?«

Claudine schüttelte den Kopf. »Sie hören einfach nicht auf, was? Sie hören wohl nie auf.«

»Das ist mein Beruf. Außerdem ist ein Kind verschwunden, und ich will sie finden, bevor sie als Leiche auftaucht wie Ihr Bruder.«

Schmerz flackerte über das Gesicht der Frau, und sie stieß einen langen Atemzug aus. »Ich nehme an, es schadet nichts, wenn Sie es wissen. Wir sind mit Pontius Ncube aufgewachsen. Er war vier oder fünf Jahre älter als Balthasar, aber sie waren gute Freunde. Wann immer Pa draußen auf der Farm beschäftigt war und Ma im Garten, zog Balthasar los und suchte Pontius. Wenn wir Glück hatten, nahm er uns mit.«

»Wohin?«

»Auf der Farm herumstreifen, Echsen fangen, im Fluss schwimmen. Was Kinder eben so tun.«

»Hat die Freundschaft gehalten?«

»Bis Pa Wind davon bekam. Da ist er schier ausgeklinkt und hat uns alle ins Internat abgeschoben. Wir beide kamen auf eine Mädchenschule in der Stadt, Balthasar nach Goodwill.«

»Wie war das für Sie?«

»Himmel, wir waren wie Aussätzige. Christa und ich hatten wenigstens noch einander.«

Sie dachte an Sally-Annes Geläster über die Zwillinge und empfand unwillkürlich einen Hauch Mitleid. »Und Balthasar?«

»Er hat Freunde gefunden, hat sich arrangiert. Aber in so was war er immer schon gut.«

Sie ließ sich dieses Bild durch den Kopf gehen: Balthasar, das soziale Chamäleon. Schon wieder eine Tiermetapher für die Galerie widersprüchlicher Beschreibungen, die ihr die Leute von dem toten Mann lieferten. »Und was war mit Pontius?«

»Er ist nach den sieben Pflichtjahren von der Schule abgegangen, hat für Pa gearbeitet. Später schien er dann auf einmal zu erwachsen für uns und unseren Kinderkram. Er hielt Abstand zu uns, vor allem zu Balthasar.«

»Das muss wehgetan haben.«

»Wir Mädchen haben das kaum gemerkt, aber ich glaube, Balthasar fühlte sich ziemlich vor den Kopf gestoßen. Eines Sommers, da muss Balthasar so vierzehn gewesen sein, kamen wir in den Ferien nach Hause, und Pontius war weg.«

»Wohin?«

»Das wusste keiner. Etwa ein Jahr später kam er zurück, und wir merkten deutlich, dass er kein Junge mehr war. Er wirkte beängstigend, grimmige Miene, dauernd zornig. Balthasar hat immer gesagt, er muss zur militärischen Ausbildung im Ausland gewesen sein.«

»Wie kam er darauf?«

Claudine zuckte die Achseln. »Pontius war neunzehn, da prahlt man schon mal. Er erzählte Balthasar, er hätte auf der Farm einen Haufen Waffen vergraben und man erwarte von ihm, dass er sie mit seinem Leben verteidige.«

»Glauben Sie, die hat Ihr Vater gefunden? War das vielleicht der Anlass für den Streit?« Damals wurden ANC-Kader im Ausland ausgebildet und dann zurückgeschickt, um Geheimoperationen durchzuführen. Wenn Lourens Meiring auf etwas Derartiges gestoßen war, konnte sie sich gut vorstellen, dass er extrem reagiert hatte.

»Möglich. Aber bei der Verhandlung war nie die Rede davon.«

»Und wie war es nach dem Mord auf der Farm?«

»Pa nahm Christabel und mich von der Schule, er hat versucht, uns das Schlimmste zu ersparen. Balthasar weigerte sich, die Schule zu verlassen. Danach kam er kaum noch nach Hause. Er hat es so gedeichselt, dass er die Ferien bei seinen Freunden verbringen konnte – meist bei Francois Bezuidenhout, manchmal bei den Lyalls.«

Ihr Puls beschleunigte sich, als sie seinen Namen hörte. Spike Lyall war ihr eindeutig unter die Haut gegangen. Sie lenkte sich vom Gedanken an die vergangene Nacht ab, konzentrierte sich auf ihren Job. »Könnte ich mal mit den Ncubes sprechen? Lebt noch jemand von ihnen in Greytown?«

»Seine Schwester Cora.«

Cora! Sie erinnerte sich an Cora, groß, kalt. Sie hatte ihnen auf der Veranda Eiswasser serviert, und sie hatte ihren Abgang beobachtet. Unbegreiflich, dass sie noch immer für den Mann arbeitete, der ihren Bruder getötet hatte, Notwehr hin oder her.

Claudine sah die Frage kommen. »Es war Teil der Wiedergutmachungsabsprache, dass Pa sie angestellt hat. Pontius war der Haupternährer der Familie. Ohne ihn hatten sie nichts.«

Damit war die Ncube-Theorie wohl vom Tisch. Wenn jemand von ihnen Balthasar oder ein Mitglied seiner Familie hätte töten wollen, dann Cora. Und dann hätte sie das längst tun können. Aber hätte sie von geheimen Waffenlagern gewusst?

Das Klicken des Blinkers kündigte an, dass sie die Hauptstraße verließen. Claudines Wagen holperte über die Schlaglöcher des Feldweges zur Farm. Maggies Überlegungen richteten sich wieder auf Mbali. Konnte sie hier sein? Womöglich gefesselt und geknebelt in einem der vielen Nebengebäude?

Claudine klingelte am Tor. »*Ma, ek's hier.*«

Maggie öffnete die Wagentür, schlüpfte hinaus und folgte Claudines Fahrzeug durch das Tor, das hinter ihr zuschwang. Sie huschte in den Streifen Azaleenbüsche, der das Anwesen säumte, und sah, wie Sanet mit weit geöffneten Armen aus dem Haus kam, um ihre Tochter zu begrüßen. Der Schäferhund folgte ihr auf dem Fuße. Das Biest schnüffelte misstrauisch und bellte laut.

»Sei nicht albern, *Meisie*!« Sanet zerrte am Halsband. »Es ist doch nur Claudine.« Die beiden Frauen gingen hinein.

Die Azaleen als Deckung nutzend schlug sie einen Bogen, bis sie zur Garage gelangte. Meirings weißer *Bakkie* und Sanets kleiner silberner Opel waren zur Nacht hier untergestellt. Sie überprüfte das Innere beider Fahrzeuge. Leer. Sie ging zum Kofferraum des Opels und klopfte dagegen. Es klang hohl, kein Geräusch antwortete ihr.

An der Rückseite der Garage befanden sich noch zwei Räume – ein unbenutztes Schlafzimmer (Cora schlief augenscheinlich nicht hier auf dem Anwesen) mit einem stählernen Bettrahmen und einer kahlen, fleckigen Matratze sowie ein winziges Bad. Hier hatte wahrscheinlich Nkosazana gehaust, als sie noch für die Familie arbeitete, hier hatte Balthasar sie aufgesucht, um mit ihr zu kuscheln und sich Geschichten erzählen zu lassen. Das Bett stand auf Backsteinen zum Schutz gegen den Tokoloshe, in der Luft hing noch ganz dünn der Dunst, den jahrelanges Kochen hinterließ. Doch die freundlichen Gerüche von Nahrung und Leben waren lange verweht. Der Raum war eine leere Hülle.

Sie spähte unters Bett. Nichts als Staub. Dann sah sie etwas schimmern. Sie streckte den Arm ganz aus, die Wange an den dreckigen Boden gedrückt, und förderte eine kleine Blechdose zutage. Sauber, frei von Staub, als hätte jemand sie noch vor kurzem benutzt. Sie öffnete den Deckel und fand mehrere Tablettenstreifen, stellenweise durchgedrückt und leer, teilweise noch bestückt mit dicken Tabletten.

Norvir. D4T. 3TC.

Hochaktive antiretrovirale Medikamente. Irgendwer in diesem Haushalt hatte HIV und wollte es vor den anderen geheim halten. Cora?

Sie legte die Tabletten zurück und schob die Dose wieder unters Bett. Dann durchsuchte sie den Rest des Zimmers und das angrenzende Bad. Aber es gab keine Falltüren, keine verschließbaren Schränke, keinen einzigen Platz, wo man etwas oder gar jemanden verstecken konnte. Dieser Raum verriet ihr nichts weiter.

Unweit der Garage lag ein zweites Nebengebäude. Hier gab es eine Waschküche, daneben eine Werkstatt voller Werkzeug und Gartengerät. Sie durchsuchte beide Räume gründlich. Nichts.

Sie duckte sich wieder hinter die Hecke und schlich sich ums Haus herum zur anderen Seite des Gartens. Dort lag ein drittes Nebengebäude. Die Tür war verschlossen, aber nach einem kurzen Duell mit dem Schnappschloss gelangte sie hinein.

Es fühlte sich an wie in einer Kirche – still, staubig und Ehrfurcht gebietend. Es gab einen langen Arbeitstisch mit Farbspritzern und eine Anzahl sperriger flacher Objekte, die mit Staubtüchern verhüllt an der Wand lehnten. Sie lüpfte den Stoff und stieß auf bemalte Leinwände. Sie schaute sie kurz durch. Das meiste war Blumenmalerei von der Art, die ihre Mutter geliebt hätte, und Landschaftsbilder, die Berge. Doch das letzte Bild, direkt an der Wand, war kein Blumengruß, sondern ein Porträt.

Sie stellte die anderen zur Seite und drehte es aufrecht, damit sie es besser betrachten konnte.

Es zeigte einen jungen Mann. Balthasar. Sie erkannte ihn von dem Schulfoto her, das sie in der *Gazette* veröffentlicht hatten, und auch an der kräftigen Nase, die er von seiner Mutter geerbt hatte. Das Bild war ein Ölgemälde mit dicken, einander überlagernden Schichten von Grau- und Beigetönen. Er schaute halb über seine Schulter zurück, ein schwaches Lächeln auf den Lippen. Sein Blick wirkte wehmütig, als sähe er jemanden an, der ihn im Stich gelassen hatte.

Jemanden, der ihn auf einem Friedhof vergessener Gemälde beerdigt hatte.

»Maggie!«

Das war Claudine, die ihren Namen in die Nacht brüllte.

30

Donnerstag, 22 Uhr

Was fiel der Frau bloß ein?

»Maggie!« Erneutes Gebrüll.

Schnell blickte sie sich in dem Atelier um. Es war zwar dunkel, aber sie sah keinerlei Schränke oder Winkel, wo man einen Menschen, selbst einen kleinen, hätte verstecken können. Sie seufzte und stieß die Tür nach draußen auf. Was spielte Claudine für ein Spiel?

»Pa bittet Sie auf einen Drink herein!« Claudine stand an der Terrassentür, umgeben von Licht, das aus dem Haus fiel – aus dem Esszimmer, soweit sie sich von ihrem Besuch her erinnerte. Sie winkte hektisch, ein gefrorenes Lächeln im Gesicht, als Maggie über den Rasen auf sie zukam.

»Haben Sie ihn nach Mbali gefragt?«

»Ja. Er sagt, er hat sie nie kennengelernt.«

»Das heißt noch nicht, dass er sie nicht irgendwo weggesperrt hat.«

Claudine hakte sie unter. »Pa sagt, es ist Zeit, Feierabend zu machen. Kommen Sie rein und entspannen Sie sich, nehmen Sie einen Drink.«

Maggie fühlte sich nicht entspannt. Sie hatte gerade das Anwesen der Meirings nach einem verschollenen Kind durchsucht – wie sie dank Claudine jetzt sehr wohl wussten –, und nun erwartete man von ihr, dass sie ein geselliges Bierchen mit ihnen schlürfte?

Durch die Doppeltür betraten sie das Speisezimmer, wo die Vorfahren der Meirings eingesperrt in ihren düsteren Rahmen lauerten. Claudine führte sie hindurch und weiter in den Korridor. Vor einem Zimmer, aus dem überlaut ein Fernseher plärrte, blieb sie stehen. Ihre Augen weiteten sich, sie hob die Hand und klopfte. Maggie bemerkte die graue Blässe ihrer Wangen. Furcht?

»Herein, herein!« Lourens Meiring erhob sich aus seinem Lehnstuhl. Er schüttelte Maggie die Hand, seine andere umschloss ein halbvolles Brandyglas. In Riechweite seiner Fahne wurde klar, dass dies heute Abend nicht sein erster Drink war.

»Setzen Sie sich«, sagte er jovial. Sie schob sich auf die Kante eines braunen Kordsamtsofas. Claudine hockte sich neben sie, ergriff ein Glas Wein und schwenkte den Inhalt im Kreis. »Was möchten Sie trinken?«

Rasch sah sie sich um. Sie würde aus keiner Flasche etwas trinken, die sie nicht sehen konnte, und die einzig sichtbare Flasche im Raum war der Brandy. »Das Gleiche wie Sie.«

»Gut!« Meiring nickte zufrieden und schüttete großzügig Brandy in ein Glas.

Was er ihr in einem schweren Kristallschwenker überreichte, sah aus wie ein Doppelter. Sie hielt ihn vor sich wie eine Waffe.

»Meine Frau lässt sich entschuldigen«, verkündete er, als er sich wieder in seinem Lehnstuhl niederließ. Der war so in der Mitte des Zimmers platziert, dass er sowohl den Fernseher im Blick hatte als auch jeden, der im Flur oder im Garten vorbeiging. Eindeutig der Kommandosessel. »Sie muss früh aufstehen, morgen ist Bibelkreis.«

»Macht ja nichts«, sagte sie und nippte am Brandy. Kein Eis, nur pures Feuer. Er brannte sich einen flammenden Pfad ihren Schlund hinab.

»Claudine sagt, eins der Kinder wird vermisst.« Sein Tonfall verriet nichts, aber im einen Mundwinkel zuckte eine leichte Grimasse, der sehr weit entfernte Verwandte eines Lächelns.

»So ist es«, begann sie.

»Sie hat darauf bestanden, herzukommen, Pa!«, stieß Claudine hinter ihrem Weinglas hervor. Verschwunden war die Frau von Welt, die in Durban lebte. In Gegenwart ihres Vaters blieb von ihr nichts als ein wimmernder Teenager, eine Halbwüchsige, verzweifelt darum bemüht, sich aus der Schusslinie zu halten. Maggie fühlte ein Prickeln im Nacken. Hier hatte sie es mit einer alten Familiendynamik zu tun, samt tückischen Unterströmungen aus Zwang und Macht und Angst. Hatte diese Dynamik auch Balthasar vertrieben?

»Sie hat gesagt, sie ruft die Polizei, wenn ich nicht mit ihr hierher fahre.«

Lourens Meiring ignorierte seine Tochter, die sich wieder hinter ihrem Glas versteckte. Maggie wünschte, sie könnte sie irgendwie trösten.

»Ich bewundere Ihre Arbeit«, erklärte er Maggie. Ihr fiel ein, dass Balthasar am Telefon etwas Ähnliches zu ihr gesagt hatte. Damals war er bloß ein gesichtsloser Anrufer gewesen. Jetzt war er tot, und hier saß sein Vater und wiederkäute seine Worte.

Sie nippte wieder an ihrem feurigen Drink. »Balthasar hat Mbali aufgetragen, sich an mich zu wenden, falls ihm etwas passiert, und jetzt ist sie weg. Das führt mich zu der Annahme, dass sein Tod und ihr Verschwinden irgendwie zusammenhängen.

»Könnte sein.«

»Und sie hat mir erzählt, dass er sich in den Wochen vor seinem Tod am Telefon mit jemandem gestritten hat. Wer kann das gewesen sein?«

Meiring zuckte die Achseln. Er ergriff eine Fernbedienung, richtete sie auf den Bildschirm und schaltete die Nachrichtenkoryphäen ab. »Er hat sich seine Genossen selbst gewählt, Miss Gutmensch, und seine Familie auf Abstand gehalten. Wenn er uns an sich herangelassen hätte, hätten wir ihm vielleicht helfen können.«

Claudine nickte eifrig und machte zustimmende Mäuschengeräusche in ihr Weinglas.

»Fühlten Sie sich auch von Balthasar abgewiesen?«, fragte Maggie sie direkt. »Ich dachte, Sie beide hätten Kontakt gehalten.«

»Wir hatten Kontakt, ja, aber er hat mich nie wirklich an sich herangelassen.« Die Frau zog einen Schmollmund. An ihrem Unterlid hing eine Träne, fiel dann über den Rand auf ihre Wange, eine zweite folgte. Sie machte keine Anstalten, sie wegzuwischen.

»Wenn er sich nicht mit Pontius Ncube eingelassen hätte, wäre das alles nie passiert.« Meiring beugte sich vor, so dass sein Glas sich gefährlich zur Seite neigte. »Der Kerl hatte einen schlechten Einfluss auf ihn, hat ihm Zeug eingeflüstert, mit dem er in diesem Haus nie in Berührung gekommen wäre. Politik. Der ANC. All dieser Dreck!« Er warf ihr einen wütenden Blick zu, dann bettete er ermattet den Kopf gegen die Lehne seines Kommandosessels, ohne sie jedoch aus den Augen zu lassen. Er leerte seinen Brandy, den Blick fest auf Maggie geheftet.

»Wären wir ihm bloß nie begegnet«, leierte Claudine.

»Sei still!«, fuhr Meiring seine Tochter an. »Ich hab dein ewiges Gejammer satt! Wie deine Mutter.« Claudine duckte sich, ihr Körper fiel in sich zusammen. Es sah nach blindem Instinkt aus, ein gewohnheitsmäßiger Reflex der Selbsterhaltung.

»Bringen Sie sie nach Hause, bitte«, sagte er zu Maggie, jetzt wieder in freundlichem Ton. »Sie ist ein betrunkener Jammerlappen.«

Die Augen fielen ihm zu, ein deutliches Zeichen, dass die Cocktailstunde vorbei war.

»Gehen wir.« Sie stupste Claudine an, die sich mühsam aufrappelte.

Die Frau zitterte, ob vor Furcht oder von zu viel Schnaps, war unklar.

»Geben Sie mir den Schlüssel«, sagte sie. »Ich fahre.«

31

Freitag, 10 Uhr

Sie erwachte mit einem bangen Dröhnen im Herzen. Mbali. Sie duschte, schnappte sich einen schon etwas runzeligen Apfel aus der Obstschale, warf ihre Tasche um und eilte die Treppe runter zur Henne. Zügig fuhr sie bergauf zu Balthasars Haus. Wenn sie schon nicht bei Mbali sein konnte, konnte sie wenigstens ihren Geschwistern beistehen, bis das Treffen mit Phiri anstand.

Nkosazana ließ sie ein, ihr Gesicht gezeichnet von Erschöpfung und Sorge. »Die Jungs sind schon los zur Schule«, erklärte sie. »Die Tagesschwester ist da, aber Busi hat die ganze Nacht geweint, und ich bin nur noch müde.«

»Ich sehe nach Grace. Sie gehen sich ausruhen«, ordnete sie an. »Nur eins noch, solche Medikamente für die Kombinationstherapie – was kosten die so im Monat?«

»Über 4000 Rand.« Die alte Dame wandte sich ab und wankte in ihr Schlafzimmer.

Sie traf Grace in dem Zimmer an, das sie mit Mbali teilte. Die Kleine blickte nicht auf, aber als sie sich neben sie setzte, reichte sie ihr ein Plüschtier. Es war ein kleiner Bär. Grace selbst hatte eine Babypuppe. Beide wirkten etwas schäbig vom vielen Spielen.

Grace bemutterte ihre Puppe, zog sie an und aus und sprach mit ihr, mit tiefer, monotoner Stimme. Maggie dachte über die Medikamente nach, die sie gestern auf der Farm entdeckt hatte. Für eine Person mit einem Hausmädchengehalt waren sie absolut unerschwinglich. Sofern nicht jemand deutlich Betuchteres

Cora die Arznei als Gegenleistung für irgendetwas – vielleicht ihr Schweigen – verschaffte, mussten die Tabletten einer der beiden Personen gehören, die im Haupthaus lebten.

War es denkbar, dass Lourens oder Sanet Meiring HIV hatte?

Grace' Ton wurde schärfer, und sie wandte ihre Aufmerksamkeit wieder dem Kind zu, das die Puppe herumschubste, jetzt mit schneidender Stimme. Püppchen steckte offenbar in Schwierigkeiten. Grace fuchtelte ihr mit ausgestrecktem Finger vor dem Gesicht herum und schimpfte. Maggie schnappte ein paar Phrasen auf: »du unartiges Ding«, »dir werd ich's zeigen«. Dann nahm sie ihr den Bären aus der Hand und benutzte seinen Körper als Waffe, um die Puppe in den Boden zu rammen.

Es war eine Vergewaltigungsszene.

Entsetzt sah sie zu, alle Sinne in Alarmzustand. Der Teddy bestrafte das Püppchen, weil es ein böses Mädchen war. Als er fertig war, stand er auf und trat nach ihr. Dann stolzierte er davon. Die Puppe lag eine Weile weinend da. Schließlich vergab Grace ihr, nahm sie hoch und umarmte sie wieder, klopfte ihr sanft auf den Rücken und gab beruhigende Laute von sich.

Jetzt sah Grace Maggie zum ersten Mal an. »Zana?«, fragte sie.

»Nkosazana ruht sich aus. Ich kann mit dir spielen.« Das winzige Zimmer bedrückte sie fast so sehr wie das, was sie gerade gesehen hatte. »Komm, wir gehen nach draußen.«

Zu ihrer Erleichterung ließ Grace die beiden Spielsachen liegen und folgte ihr. Grace wollte Fußball spielen – eine Variante des Spiels ihrer Brüder, in der Maggie Torwart war und Grace die triumphale Torjägerin. Die meiste Zeit verwendete Grace auf Ehrenrunden, während Maggie im Tor herumstand und auf ihren nächsten Versuch wartete.

Eine Hadeda landete in ihrer Nähe, kreischte und lenkte Grace vom Fußballspielen ab. Sie wurde selbst zur »Ha-ha-hadeda« und amüsierte sich königlich über Maggies Versuch, eine Taube darzustellen. Dann nahm sie Maggie an die Hand und führte sie auf eine Reise durch den Garten. Unter einem Korallenbaum ging sie in die Hocke, griff zu und hielt einen seiner ovalen roten Samen hoch: Lucky Bean, eine Glücksbohne.

Sie sammelten haufenweise Glücksbohnen. Zuerst suchten sie alle Schoten zusammen, die sie unter dem Baum finden konnten, dann zeigte Grace Maggie, wie man die dünnen grauschwarzen Hülsen mit den Fingernägeln aufbrach und die Schätze darin freilegte. Als Maggie des Sammelns müde wurde, lehnte sie sich an den Baum und sah dem Kind beim Spielen zu. Grace' Gesicht war rund und niedlich mit einer kleinen Kerbe unter jedem Auge. Nicht wie Grübchen, die sich bilden, wenn man lächelt, sondern dauerhafte süße Einkerbungen auf beiden Wangen. Maggie kam die Galle hoch. Was für ein Monster musste man sein, um so ein Kind skrupellos zu missbrauchen? Mühsam bezwang sie das Grauen und schwor sich, sie würde ihn finden und dafür sorgen, dass er lebenslang weggesperrt wurde, koste es, was es wolle.

Sie wusste genau, dass Dumisane Phiri der Schlüssel war.

32

Freitag, 13:50 Uhr

Sie kam etwas zu früh und parkte die Henne unter einem Baum. Dann schlenderte sie aufs Rathaus zu und sah, dass Lindiwe schon auf sie wartete, ganz in Schwarz, ihre wuchtige Tasche am Arm. Maggie informierte sie, dass Mbali spurlos verschwunden war und sie die einzige vage Fährte bis zur Meiring-Farm verfolgt hatte.

»Verdächtigst du Meiring?« Lindiwe sah ihr forschend ins Gesicht.

»Ich traue ihm nicht über den Weg. Aber ich schließe auch Ndlela nicht aus. Er hat durchaus ein Motiv, die Sibanyonis loszuwerden.« Sie dachte an seine Chemikalienfahne und seine rabiaten Drohungen.

Sie meldeten sich am Empfang an und wurden zu Phiris Büro weiterverwiesen.

Phiris Assistentin führte sie in ein Sitzungszimmer. »Er hat noch eine Besprechung mit dem Bürgermeister«, erklärte sie ihnen mit großen Augen, »aber er kommt gleich.«

Mit fünfzehn Minuten Verspätung kam Phiri hereingerauscht, in Schlips und Anzug, aber ohne Jackett und mit aufgekrempelten Hemdsärmeln. Er schüttelte beiden Frauen überschwänglich die Hand, ließ sich auf einen Stuhl fallen und zerrte seinen Schlips zur Seite. Dann ließ er seine Zähne aufblitzen und wandte sich an Maggie: »Meine Assistentin hat es mir gesagt, aber ich hab's schon wieder vergessen – warum sitzen wir hier noch gleich?«

»Nun«, sagte sie, » wie Sie sicher wissen, leitet Mrs. Dlamini die

Aidshilfe-Mission, ein mit kirchlichen Mitteln finanziertes Netzwerk, das für Menschen mit HIV und AIDS und ihre Familien Hilfeleistungen und Aufklärung anbietet. Vor dem Hintergrund der internationalen AIDS-Konferenz in Durban kommenden Juli fand ich es spannend, sie mit Ihnen als Minister für Gesundheit und Soziale Gleichstellung zusammenzubringen. Lassen Sie uns darüber sprechen, was wir für Fortschritte machen, zum einen in der Praxis, aber auch auf der Ebene der Politik.«

»Bestens, bestens.« Er grinste. Aber ganz anders als das verzerrte Grinsen bei der Beerdigung: Dies hier war sein Politikerlächeln, es sollte dem Publikum Wärme und Wohlwollen suggerieren. »Nur eine Frage – sind Sie nicht Kriminalreporterin? Fällt AIDS denn überhaupt in Ihr Ressort?«

Maggie hatte diese Frage erwartet und hielt die Antwort bereit. »Aslan Chetty ist nicht in der Stadt, er hat mich gebeten, für diese Story einzuspringen. Zudem habe ich ein persönliches Interesse am Thema AIDS. Auf die eine oder andere Weise sind wir doch alle davon betroffen.«

Es klang ein bisschen schmierig, aber er schien es zu schlucken. Sowohl Lindiwe als auch Phiri erklärten sich damit einverstanden, dass sie ihr Aufnahmegerät einschaltete.

»Mrs. Dlamini, wenn ich mit Ihnen anfangen darf. Im Juli findet in Durban der erste internationale AIDS-Gipfel auf südafrikanischem Boden statt. Was sagen Sie, welchen Themen sollte die Konferenz sich vorrangig widmen, und inwiefern berühren diese Themen unseren Alltag hier?«

»Nun, Maggie, da wäre zuallererst die Frage der Medikamentenversorgung. Schwangere Mütter übertragen AIDS auf ihre ungeborenen Kinder, was buchstäblich einem Todesurteil gleichkommt, und das ließe sich durchaus verhindern, wenn die Regierung nur dafür sorgen würde, dass antiretrovirale Medikamente allgemein zugänglich sind. Es ist erwiesen, dass diese Medikamente bei erwachsenen Patienten die volle Entfaltung des AIDS-Syndroms hemmen und die Mutter-Kind-Übertragung ganz verhindern können. Wir haben durch mangelnde Aufklärung bereits eine Generation von Menschen an AIDS verloren, wir müssen den Verlust einer weiteren mit allen Mitteln verhindern.«

Das war genau die Antwort, die Maggie von ihr erwartet hatte. Lindiwe lehnte sich zurück und wartete ab, was der Politiker sagen würde. Sein Statement fiel überraschender aus.

»Also aus meiner Sicht«, er lächelte Maggie an, »müssen wir viel weiter ausholen. Die Fragen, die sich die Regierung stellt – verhindern ARVs bei HIV den Ausbruch von AIDS? Verursacht HIV überhaupt wirklich AIDS? Und wenn nicht, was dann? – das sind die Fragen, über die ich derzeit nachdenke.«

Lindiwe öffnete den Mund, um etwas zu sagen, aber er stemmte die Ellbogen auf den Tisch und beugte sich weit vor.

»Ich meine, dieses Medikament, dieses AZT, ist ja nicht mal erwiesenermaßen wirksam. Was, wenn es die Leute vergiftet, statt sie zu heilen? Aktivisten wie Sie«, er nickte in Lindiwes Richtung, »fordern von der Regierung, dass sie Millionen von Rand investiert, um Menschen mit ungetesteten Medikamenten zu versorgen, die sie ebenso gut töten könnten.«

»Diese Arzneien *sind* getestet«, sagte Lindiwe mit Nachdruck. »In den USA nehmen Menschen mit AIDS seit Jahrzehnten AZT und ähnliche Medikamente und überleben damit jahrzehntelang. Sie wirken.«

»Davon ist mir nichts bekannt.« Phiri lächelte. »Manche Wissenschaftler meinen, dass antiretrovirale Medizin AIDS verursacht.«

Das war die neue Linie des Präsidenten, und Phiri hatte sie offenbar geschluckt. Maggie sah, wie auf Lindiwes Stirn eine Ader hervortrat. Sie ging dazwischen. »Mr. Phiri, lassen Sie mich das kurz rekapitulieren. Ihrer Ansicht nach sollte sich der AIDS-Gipfel 2000 mit den Fragen befassen, ob HIV wirklich AIDS verursacht und ob antiretrovirale Medikamente ein wirksames Gegenmittel sind?«

»Ich vertrete den Standpunkt, dass man erst noch weitere Forschungen abwarten muss, bevor die Regierung sich hinter eine ARV-Kampagne stellen kann. Wir müssen genau wissen, womit wir es zu tun haben, und nicht einfach blind das übernehmen, wovon die Erste Welt behauptet, dass es angeblich funktioniert. Die Situation hier in Afrika ist anders – hier gibt es viel Armut, schlechte sanitäre Einrichtungen, mangelnde Versorgung. Es gibt weitere Krankheiten wie Malaria, Tuberkulose und Cholera. Wir haben es hier mit anderen Strukturen zu tun. Wir müssen erst einmal ausarbeiten, was für uns funktioniert.«

»Die Menschen sterben«, warf Lindiwe dazwischen. »Wir haben keine Zeit, um ganz von vorn anzufangen.«

»Mrs. Dlamini«, sagte Maggie, »vielleicht könnten Sie uns kurz die wesentlichen Schwerpunkte einer sinnvollen Kampagne gegen AIDS darlegen?«

Lindiwe straffte sich. »Zuerst und vor allem Aufklärung, Anleitung zum Gebrauch von Kondomen und Safer Sex. Wir brauchen Gemeindearbeit, ein Heer von ausgebildeten Laien vor Ort, die noch in den entlegensten Gemeinden die Menschen unterweisen können. Wir brauchen eigens geschulte Krankenpfleger und Klinikpersonal, um den Leuten zu erklären, welche Gewohnheiten sie ändern müssen. Und wir brauchen die Medikamente.« Sie beugte sich vor und sah Phiri an, der die Hände über einem nicht vorhandenen Bauch gefaltet hatte. »Die Medikamente, von denen wir bereits wissen, dass sie wirken.« Er hielt ihrem Blick stand.

»Mr. Phiri, wie stehen Sie zu Safer Sex?«, fragte Maggie.

»Ich stehe absolut dahinter«, sagte er. »Die Benutzung von Kondomen ist lebenswichtig, um zu verhindern, dass sich HIV noch weiter ausbreitet.«

»Aber es gibt so viel Desinformation da draußen. Zum Beispiel der Aberglaube, Sex mit einer unberührten Jungfrau könne AIDS heilen. Mr. Phiri, was schlagen Sie vor, wie kann man gegen solche fatalen Mythen vorgehen?«

»Kampagnen, Aufklärung.« Er wedelte mit den Händen. Blieb unverbindlich.

»Meinen Sie damit solche Kampagnen, wie Mrs. Dlamini und andere Aktivisten sie bereits durchführen? Oder denken Sie an offizielle Regierungskampagnen?«

»Ich glaube, auf das Verhalten der Bevölkerung Einfluss nehmen können wir nur durch nachhaltige Kampagnenarbeit auf Regierungs- und NGO-Ebene.«

»Wundert es Sie denn, dass der eingefleischte Aberglaube von Genesung durch Jungfrauenvergewaltigung sich bis heute gehalten hat?«

»Miss Cloete, die Menschen, mit denen wir es hier zu tun haben, sind allesamt Opfer eines systematischen Feldzugs, der dem Volk Qualifizierung und Bildung vorenthielt. Das verdanken wir der Apartheidspolitik.«

»Die Apartheid ist der Grund dafür, dass Männer vergewaltigen?« Sie konnte nicht verhindern, dass sie ungläubig klang.

Phiri setzte sich auf. »Ich weiß nicht recht, worauf Sie hinauswollen. Ich dachte, wir sprechen hier über AIDS-Politik.« Jetzt wirkte er zunehmend unbehaglich.

»Mr. Phiri«, Lindiwe lächelte ihn versöhnlich an. »Wir wissen alle, dass Vergewaltigung ein Instrument des Krieges ist. Als der von den Nationalisten geschürte Bürgerkrieg diese Provinz erschütterte, wurden Frauen vergewaltigt. Jetzt, wo die Provinz der schwersten AIDS-Epidemie gegenübersteht, die die Welt je gesehen hat, werden Frauen vergewaltigt. Die Vergewaltigung sowohl von Frauen als auch von Kindern ist eine der Hauptursachen der Verbreitung von HIV. Ich wüsste gern, was die Regierung dagegen zu unternehmen gedenkt.«

»Vergewaltigungen gehören angezeigt, damit die Polizei ermitteln kann.« Er rückte seinen Schlipsknoten gerade.

»Aber was, wenn das Opfer ein knapp dreijähriges Kind ist?«, fragte Maggie. Ihr Magen revoltierte, aber ihre Stimme verriet nichts davon. »Ein Kind, das kaum sprechen kann und schon gar nicht vor Gericht aussagen – was dann?«

»Ich weiß nicht, warum Sie mich das fragen.« Phiri machte sich daran, seine Hemdsärmel herunterzukrempeln.

»Was werden Sie als Regierungsmitglied unternehmen, um Frauen und Kinder vor der Geißel der Vergewaltigung zu schützen?«, hakte Lindiwe nach.

»Verbrechensbekämpfung fällt nicht in meine Zuständigkeit«, erklärte er und knöpfte sich die Manschette zu.

»Aber die Vorsorge liegt in Ihrer Zuständigkeit«, parierte Maggie.

»Ich weiß wirklich nicht, was das Ganze hier soll«, Phiri stand auf. »Ich habe wahrlich Wichtigeres zu tun, als mich von ein paar militanten Feministinnen an den Pranger stellen zu lassen.«

Maggie schoss das Blut in den Kopf. Sie stand ebenfalls auf. »Ich sage Ihnen, was das soll. Es geht um einen Mann, der ein Kleinkind vergewaltigt hat und jetzt von Ihnen protegiert wird. Ich will wissen, was Sie zu unternehmen gedenken.«

»Schalten Sie das Ding aus«, er deutete auf den Kassettenrecorder. Maggie tat es. »Miss Cloete, Sie sind ja völlig außer Kontrolle. Wenn Sie weiterhin solche haarsträubenden Anschuldigungen von sich geben, muss ich Sie Ihrem Herausgeber melden.«

»Mich können Sie nicht melden«, bemerkte Lindiwe trocken. »Ich weiß definitiv, dass Ihr Cousin Vincent Ndlela, der aus dem Dorf Simunye stammt, dort letztes Jahr Grace Sibanyoni vergewaltigt hat. Anschließend haben Sie ihn unter Ihre Fittiche genommen, und jetzt arbeitet er als Mitglied Ihres Teams.«

»Wilde Unterstellungen.« Er fuhr sich mit den Fingern durchs Haar.

Lindiwe erhob sich, die Ruhe in Person. »Übergeben Sie ihn der Polizei. Er muss ein Geständnis ablegen, vor Gericht gestellt werden und seine Strafe absitzen. Vergewaltigung ist kein Kavaliersdelikt.«

Phiri lachte. Es war kein angenehmer Klang. »Er soll ein Geständnis ablegen? Auf welcher Grundlage denn? Auf die Aussage einer Dreijährigen hin? Oder die wilden Spekulationen von zwei Frauen? Sie wissen so gut wie ich, dass jeder im Dorf das Kind vergewaltigt haben kann. Es könnte ebenso gut einer ihrer eigenen Brüder gewesen sein.«

Lindiwe richtete sich kerzengerade auf. Bewundernd sah Maggie, wie sie zum Angriff überging. »Wenn Ihr Cousin abstreitet, Grace Sibanyoni vergewaltigt zu haben, warum haben Sie dann an Balthasar Meiring Geld gezahlt?«

Sprachlos starrte Phiri sie an, völlig überrumpelt. Maggie wahrte eine ausdruckslose Miene, obwohl sie genauso überrascht war.

»Ich habe hier ein paar Unterlagen«, Lindiwe zog eine Mappe aus ihrer überdimensionalen Handtasche, »aus denen hervorgeht, dass Sie Balthasars Schweigen erkauft haben.« Sie las vor: »18. November: Phiri aufgesucht. Beschuldigung gegen Vincent Ndlela vorgebracht. Phiri leugnet. Habe gedroht, mit der Story an die Presse zu gehen. 21. November: Anruf von Phiri, der mich bat, die Sache für mich zu behalten. Skandal politisch nicht wünschenswert. Will Grace' Medikamente finanzieren. 30. November: Erste Zahlung auf mein Konto eingegangen. 5000 Rand zum 30. jeden Monats.«

Lindiwe schüttelte einen Umschlag, aus dem diverse Papiere herausfielen. »Hier habe ich Kontoauszüge. Sie haben am 30. November, Dezember und Januar jeweils 5000 Rand auf Balthasars Konto überwiesen. Gedenken Sie den Betrag auch diesen Monat zu zahlen? Jetzt, wo er praktischerweise tot ist?«

Phiri setzte sich wieder. Stützte den Kopf in die Hände. Als er aufblickte, war das Weiße in seinen Augen ganz gelb geworden. Leise begann er zu sprechen, die selbstgerechte Pose wie weggeblasen.

»Vincent kam im August letzten Jahres zu mir. Er sagte mir, dass die Polizei in seinem Dorf ermittelte und er einen Unterschlupf brauchte, um sich für einige Zeit aus der Schusslinie zu halten. Er meinte, es habe da einen Vorfall mit einem Kind gegeben, aber er nannte keine Einzelheiten, und die wollte ich auch nicht wissen. Ich stellte ihn als Leibwächter ein. Er ist sehr gut darin, hart und schnell. Im November sprach mich dann Balthasar an. Er erklärte mir, dass er Vincent Ndlela verdächtigte, das Kind missbraucht zu haben. Er verlangte, dass ich ihn der Polizei ausliefere, aber ich flehte ihn um Aufschub an. Ich steckte mitten im Wahlkampf und konnte absolut keinen Skandal gebrauchen. Also bot ich ihm das Geld für die medizinische Versorgung des Kindes an. Ich zahle die Medikamente, die sie am Leben erhalten.«

»Und dann, sobald Sie gewählt waren, ließen Sie Balthasar umbringen«, sagte Maggie kalt. »Zwei Fliegen mit einer Klappe.«

»Nein!« Er wandte sich ihr entrüstet zu. »Balthasar Meiring war mein Freund! Ich habe nichts mit dem Mord zu tun. Das war grauenhaft, ganz entsetzlich.«

Entweder war Phiri ein sehr überzeugender Schauspieler, oder er sagte die Wahrheit. Sie war sich nicht sicher. »Hören Sie, Phiri. Hier geht es jetzt nicht mehr um Sie. Es geht um Vincent Ndlela. Ich muss ihn finden, und zwar schnell. Grace' Schwester Mbali ist verschwunden, und ich glaube, dass er sie hat.«

»Er ist nicht bei mir zu Hause«, sagte der Anwalt.

»Wo ist er dann?«

»Er hat jetzt einen anderen Job.«

»Mr. Phiri, wenn Lindiwe hier weggeht, geht sie direkt zur Polizei und erstattet Anzeige gegen Vincent Ndlela wegen Vergewaltigung von Grace Sibanyoni. Wenn Sie jetzt nicht mit uns kooperieren, sind Sie wegen Behinderung der Justiz dran.«

Der Anwalt sprach mit gedämpfter Stimme.

»Er arbeitet für Lucky Bean Msomi.«

33

Freitag

Er hatte das Kind. Sie war klein für eine Elfjährige, noch gar nicht entwickelt, aber ein niedliches Gesicht, außer wenn sie jammerte. Sie jammerte nach der alten Frau und nach den anderen Kindern und nach ihm, vergaß ganz, dass er tot war.

Die Aussicht auf Kuchen hatte gewirkt. Wie ein kleines Lamm war sie angetrabt gekommen. Dann hatte er ihr Mangosaft gegeben, und sie hatte sofort angefangen zu gähnen. Es war beinahe schon zu leicht gegangen.

Jetzt war sie an einem sicheren Ort, dort würde niemand suchen. Zu viele Erinnerungen, zu viel längst vergangenes Glück. Ein dunkler, staubiger Ort, den alle mieden. Dort war sie in Sicherheit, bis er so weit war. Er würde die Nacht abwarten, warten, bis seine Frau fest schlief. Das war am besten.

Jetzt, wo er die Pillen nahm, wurde seine Sicht besser, er hatte weniger Schmerzen, selbst die Wunden begannen zu heilen. Er war wieder ein Mann der Tat, kam Schritt für Schritt zur Sache. Er hatte ein Feuer entzündet, dann noch eines, und nun war es leicht, weitere zu entfachen. Seine Taten waren ein Buschfeuer, das die Vergangenheit desinfizierte und reinigte und ihm eine neue Zukunft schenkte. Seine Frau brauchte davon gar nichts zu wissen.

Wenn seine Adern erst frei vom Virus waren, würde er auch wieder schlafen können. Kein nächtliches Hochschrecken mehr, keine Albträume, keine Angst, dass jemand es herausfand. Er sah sein Leben ohne Gespenster vor sich, friedlich, ruhig, ohne drohende Schatten am Horizont.

Und er würde rein sein. Gereinigt und frei.

Alles, was dazu nötig war, war ein kleines Mädchen.

34

Freitag, 15 Uhr

»Balthasar wusste es?« Vor dem Rathaus stellte sie Lindiwe zur Rede. Ihre Hände zitterten. Wäre sie Raucherin, sie hätte sich auf der Stelle eine angesteckt, um die beruhigende Wirkung des Nikotinschubs zu verspüren.

»Vergewaltigung ist enorm schwer zu beweisen.« Lindiwe schenkte ihr einen abgeklärten Blick. »Besonders, wenn das Opfer ein zweijähriges Kind ist. Wahrscheinlich hat er die Folgen bedacht, die ein Prozess bei Grace anrichten würde, noch dazu ein Prozess mit unsicherem Ausgang. Und hat das abgewogen gegen ein friedliches, sicheres Leben mit von Phiri bezahlten antiretroviralen Medikamenten.«

Sie knirschte mit den Zähnen. »Ich fasse es nicht, das krieg ich einfach nicht auf die Reihe. Wie kann er das dreckige Geld von Phiri nehmen? Statt Ndlela endlich wegzusperren?« Ihr Bild von Balthasar als unerbittlichem Helden hatte plötzlich Flecken bekommen. Sie wünschte ihn sich unfehlbar und leuchtend, ein höher entwickeltes Wesen, wie Mrs. Chalik behauptet hatte. Sie wollte nicht, dass er genauso voller Graustufen und Kompromisse steckte wie ein x-beliebiger Jedermann.

»Er hatte kein Vertrauen in den Rechtsstaat. Willst du ihm das vorwerfen?«

Sie wusste nur zu gut, mit wie vielen ungelösten Fällen die Polizei zu kämpfen hatte. Und Gerichte waren flatterhafte Instanzen. Balthasars Vater hatte für einen Mord nur eine Bewährungsstrafe bekommen. »Wann hat er dir diese Unterlagen gegeben?«

»Gar nicht. Sipho hat sie heute früh gefunden, als er seinen Schreibtisch ausgeräumt hat.«

»Und gerade als Balthasar dir davon und von den Drohungen erzählen wollte, wurde er umgebracht.«

Sie hockte sich auf das niedrige Mäuerchen, das den Parkplatz hinterm Rathaus säumte. Ihr Nacken prickelte. Suchend fischte sie in dem Meer aus Worten, die sie und Lindiwe geäußert hatten. Was hatte sie eben noch gesagt? *Ein zweijähriges Kind.* Sie dachte an Mbalis Zeichnung, auf der Ndlela ein Kind vergewaltigte. Wie konnte sie davon wissen? Grace war damals erst zwei gewesen, außerstande, einen erigierten Penis oder eine Vergewaltigung in Worte zu fassen. Sie hätte ihrer Familie vielleicht etwas von einem bösen Mann gesagt, aber nicht beschreiben können, was genau er getan hatte. Mbali musste etwas anderes mitgekriegt haben, und das hatte sie auf ihrem Bild dargestellt.

Sie stand auf und packte Lindiwe am Arm. »Es gab mehr als einen Missbrauch! Ndlela ist ein Serienvergewaltiger. Und ich glaube, Mbali hat etwas beobachtet, und er hat sie sich geschnappt.«

»Nicht Lourens Meiring?«

»Wir haben auf der Farm keine Spur von ihr gefunden.« Sie tigerte auf dem Gehweg auf und ab. »Nein, es ist Ndlela, und er hat sie entführt, weil sie eine Zeugin ist. Ich muss ihn finden, Lindiwe.«

Lindiwe packte Maggies Theorie zusammen mit Balthasars Unterlagen in ihre Riesenhandtasche und zog los zum Polizeirevier, um gegen Ndlela Anzeige zu erstatten, wegen Vergewaltigung von Grace und Entführung von Mbali. Sie würde auch darauf hinweisen, dass er in den Mord an Balthasar Meiring verwickelt war.

Maggie stieg auf die Henne. Obwohl sie sie in den Schatten gestellt hatte, kochte das Bike, und das glühend heiße Blech versengte ihr die Beine. Je eher sie in Fahrt kam, desto schneller würde das Metall abkühlen.

Doch zuvor musste sie noch einen Anruf tätigen. »Irgendwas gefunden, Alicia?«

»Oh ja«, sagte die ältere Frau. »Wir sind auf Gold gestoßen.«

Die Adresse, die Alicia ihr gab, lag in einem Zipfel von Edendale, wo nur riesige Häuser standen. Lucky Bean Msomi hatte es offenbar vorgezogen, in der Gemeinde zu bleiben, die er plünderte und ausbeutete, statt in die plüschgrünen Vororte zu ziehen, die ihm früher verwehrt gewesen waren. Das Haus war leicht zu finden – es war doppelt so groß wie jedes andere in der Nachbarschaft und beherbergte in seiner Auffahrt eine Flotte schwarzer BMWs, sicher verwahrt hinter einem zwei Meter hohen, mit Stacheldrahtschleifen gekrönten Zaun.

Sie fuhr am Haus vorbei und bog links in die nächste Querstraße ein, wo sie parkte. Dann stellte sie ihr Handy auf Vibration und ließ es in die Tasche gleiten. Sie wollte das Haus beobachten, aber nicht Msomis Schläger aufscheuchen. Zurück in seiner Straße fand sie einen geeigneten Beobachtungsposten hinter einem Auto, das dem Anwesen gegenüber geparkt war. Er bot ihr sogar einen Hauch von Schatten, trotzdem kam sie fast um vor Hitze, während die Sonne tiefer sank. Vier Uhr an einem Februarnachmittag war keine angenehme Zeit zum Draußensitzen. Sie nahm ein Stöckchen und pulte am Straßenrand im Asphalt herum. Er war weich. Eine Schweißperle rann ihr den Rücken hinunter, gefolgt von der nächsten.

Sie konnte nichts tun als warten und beobachten. Msomis Haus hatte drei klassizistische Säulen, um seinen Status zu demonstrieren, und sämtliche Fenster waren zu und vergittert. Das einzige Indiz dafür, dass sich jemand im Haus befand, war die in der Auffahrt geparkte Wagenkolonne. Sie stocherte weiter im Asphalt. Sie hatte Übung im Warten, aber es schmerzte, nichts zu tun, während Mbalis Leben in Gefahr war.

Ob sie in Msomis Palast steckte, eingesperrt und gefesselt, in Angst um ihr Leben? Oder schlimmer, schon tot?

Die Haustür schwang auf. Lucky Bean Msomi trat heraus und stellte sich auf die Treppe, eingerahmt von seinen Säulen. Sein Bauch wölbte sich über die sorgsam gebügelten cremefarbenen Leinenhosen, seine Krokodillederschuhe glänzten in der Sonne. Zwei Männer folgten ihm aus dem Haus: Backsteinklo, der in World's View Sven Schloegel ins Gras geworfen hatte, und ein

Mann, den sie gestern erst gesehen hatte, als er ihr seine chemisch dünstenden Drohungen ins Gesicht atmete. Vincent Ndlela.

Maggie holte tief Luft und beobachtete, wie Ndlela und der Gefolgsmann mit Msomi sprachen, die Köpfe dicht zusammengesteckt. Irgendwas an dem weißen Kerl ließ ihre Alarmglocken schrillen. Die Art, wie er dastand, mit hängenden Armen, den kleinen Kopf Msomi zugeneigt, als müsse er sich ungeheuer auf seine Instruktionen konzentrieren. Dann blickte er auf, und sie sah die vom Rugby ruinierte Nase. Genau wie sein Bruder. Es war Yskas Steenkamp, Claasies älterer Bruder, dem sie an der Hoërskool Andries Pretorius seinen Spitznamen verpasst hatten: Yskas – Afrikaans für Kühlschrank, weil er die Größe und Intelligenz dieses Geräts besaß.

Yskas und Ndlela stiegen zusammen in ein Auto, Ersterer ging ans Steuer. Das Tor glitt auf, sie setzten rückwärts auf die Straße und rollten davon. Msomi drehte seine Markenschuhe türwärts und ging ins Haus. Die Straße kam wieder zur Ruhe.

Maggie blieb eine Sekunde, um sich zu entscheiden: Sollte sie dem Wagen folgen oder Msomis Wohnsitz im Auge behalten?

Sie warf noch einen Blick auf die vergitterten Fenster und rannte los in Richtung Henne.

Als sie das letzte Mal ein Auto verfolgt hatte, hatte ihre Unvorsicht sie fast das Leben gekostet. Sie musste an dem BMW dranbleiben, ohne die beiden Männer merken zu lassen, dass sie ihnen folgte.

Sie hielt vier Wagen Abstand und folgte ihnen raus aus Edendale in Richtung Camp's Drift. Vor dem Fluss bogen sie rechts ab und hielten auf The Grange zu. Ihr zog sich der Magen zusammen. Hier hatte sie einst gelebt, war Teil der heilen Familie gewesen, die aus Ma, Pa, Christo und ihr bestand. Als Christo in den Knast wanderte, hatten ihre Eltern das kleine Vorstadthaus verkauft, mit dem Erlös ein Domizil an der Südküste erworben und es ihr überlassen, sich eine neue Unterkunft zu suchen. Das war Maggies letztes Gespräch mit ihren Eltern gewesen.

Der schwarze Wagen schwamm weiter durch die Nachmittagshitze. Sie folgte ihm nach Mkondeni ins größte Industriegebiet der Stadt. Hier gab es eine Großmarkthalle, etliche Gewerbehöfe sowie das Verkehrsamt, wo tagtäglich eine Schlange Teenager mit schwitzenden Händen ihrer Führerscheinprüfung entgegenfieberte.

Msomis BMW wurde langsamer und hielt gegenüber dem Verkehrsamt. Der Fahrer zog ohne zu blinken quer über die Straße und parkte ein. Sie glitt ein paar Meter dahinter in eine Lücke, einen Allradtruck und einen alten gelben Escort zwischen sich und Msomis Schlägern.

Was wollten sie hier? Was hatte Msomi mit dem Verkehrsamt zu schaffen?

Sie betrachtete die Gebäude innerhalb der Umzäunung. Das Hauptgebäude, geduckt und hässlich, davor lag der Übungsplatz mit Straßenmarkierungen in Weiß und Gelb, wo eben ein blauer Golf umständlich versuchte, rückwärts in eine Bucht einzuparken. Ein Mann mit einem Klemmbrett in der Hand sah kritisch zu. Er schüttelte sein Haupt. Ein von Kopf bis Fuß schwarz gewandeter Jüngling mit einer Kappe aus grün gefärbten Haaren stieg mit hängenden Schultern aus dem Golf.

Hinter dem Hauptgebäude erstreckte sich eine Reihe identischer grauer Schuppen, wahrscheinlich Lagerhallen für Ersatzfahrzeuge und Straßenbauausrüstung. Unwillkürlich dacht sie an ihren Deep Throat, den verschwundenen Kontaktmann. Konnte dies das Areal sein, von dem er gesprochen hatte?

Eine Autotür schlug zu. Ndlela schlenderte über die Straße zur Tankstelle. Ein paar Minuten später kam er mit zwei Getränkedosen zurück. Er und sein Komplize hatten offenbar reichlich Zeit. Warteten sie auf die Dunkelheit?

Sie rief Spike an.

»Was gibt's denn da?«, fragte er, als sie ihm sagte, wo sie war.

»Möglicherweise hat Ndlela Mbali hier irgendwo eingesperrt. Ich werd wohl Rückendeckung brauchen. Kannst du herkommen?«

»Klar.«

Sie erklärte ihren Plan. »Ich brauche auch eine Kamera, eine Rolle Kabel oder Seil und mein Pickset.«

»Noch was?«

»Nein, das reicht mir, danke.«

Sie saß da und schaute zu, wie das Verkehrsamt dichtmachte. Die Angestellten kamen aus dem Gebäude und strebten zu ihren Autos oder querten den Übungsplatz, um in eins der Taxis zu steigen, die vor der Tankstelle warteten. Der letzte zog die Tore zu und schloss ab. Als alle Autos und Leute in den Feierabend verschwunden waren, sah sie die Bremslichter des BMW aufleuchten. Es ging los.

Ndlela stieg aus dem Wagen, schloss das Tor auf und ließ es offen stehen, als der BMW hindurchfuhr. Ohne Rücksicht auf die Markierungslinien rollte der Wagen über den Übungsplatz, Ndlela trottete hinterher. Sie beobachtete, wie sie sich zu dem am weitesten vom Hauptgebäude entfernten Schuppen begaben.

Sie sah sich in alle Richtungen um und stieg von der Henne. Nach einer Stunde rittlings sitzen waren ihre Beine ganz steif. Sie packte erst einen Fuß, dann den anderen, beugte das Knie zum Boden und dehnte die Oberschenkelmuskeln.

Ein betagter Mercedes fuhr auf die Tankstelle, der Fahrer winkte. Ihre Rückendeckung war eingetroffen.

»Hab dein Zeug.« Spike hielt einen Rucksack hoch.

Lichtmasten rings um den Platz warfen helle Muster auf das Pseudo-Straßennetz. Sie deutete hinter das Hauptgebäude. »Wir müssen in den Schatten da.«

Sie sprinteten über den Übungsplatz und verschmolzen schwer atmend mit der Dunkelheit.

»Ich will sehen, was in diesen Lagerschuppen ist.« Sie spürte ihren hämmernden Puls, hörte Spike hinter sich keuchen, kramte Sperrhaken und Spanner hervor.

Ihre Finger wurden feucht, als sie den Spanner ins Schloss gleiten ließ. Sie drehte erst in eine Richtung, dann in die andere. Da! Der Zylinderkern. Dennis Mukerjee hatte ihr beigebracht, ganz sachte zu hantieren. »Lockpicking ist nichts für Grobmotoriker«, hatte er gesagt. »Mach's mit Gefühl.« Sie hielt den Spanner fest und schob den Haken ins Schlüsselloch. Zählte die Stifte, fünf Stück. Von hinten angefangen setzte sie jeden Stift einzeln, lauschte jeweils auf das Erfolg verkündende Klicken. Dann drückte sie den Spanner weiter hinein, drehte den Zylinder und fühlte die Tür nachgeben.

»Hey! Wir sind drin«, flüsterte sie Spike zu. Quietschend schwang die Tür ganz auf. Der riesige Schuppen war vollgestopft mit Frontladern, Bulldozern und Zementmischern. Sie zog die Tür wieder zu. »Hier ist nur drin, was reingehört. Los, zum nächsten.«

Der war voll mit Straßenflickausrüstung. Ebenso der nächste und der übernächste. Ihre Hände waren inzwischen ziemlich rutschig. Dennis sagte immer, man müsse unbedingt die Ruhe weg haben, aber ihr schlug das Herz bis zum Hals.

»Nur noch den hier«, sagte sie. »Danach geh ich gucken, was Ndlela und Yskas da machen.« Aus einem der Lagerschuppen drang gedämpftes Getöse, als würden die beiden Männer etwas Schweres umherwuchten.

»Yskas?«, fragte Spike mit schiefem Grinsen.

»Gebaut wie ein Kühlschrank«, murmelte sie über das Schloss gebeugt.

»Woher …?«, setzte er an, aber seine Frage blieb ungestellt, abgewürgt von dem Anblick, der sich ihnen in diesem Lagerschuppen bot.

Särge.

Unmengen von Särgen, aus Holz und aus Stahl, aufeinandergestapelt bis unter die Decke.

35

Freitag, 19 Uhr

Sie ging zum nächsten Turm aus Quadern und strich mit der Hand über einen Holzsarg. Sauber geschliffen und lackiert.

»Ich kann's nicht glauben«, sagte Spike.

»Ich schon«, erwiderte sie mit zusammengebissenen Zähnen. »Gib mir die Kamera.« Er griff in den Rucksack und reichte sie ihr.

Sie drückte ab, hörte den Spiegelreflex surren. Dies war der Beweis, nach dem sie seit Monaten suchte. Der Beweis, dass Lucky Bean Msomi ein Wucherer war, der Beerdigungskosten manipulierte, um die Trauernden auszunehmen. Sie fand ein Logo auf dem Sarg, eine dezente kleine Plakette auf einer der kurzen Seiten des Quaders. *LB Msomi & Co.*

Als sie sicher war, dass sie genügend Fotos von dem Logo und Msomis Lagerbestand hatte, wandte sie sich an Spike. »Es ist Zeit.«

Sie nahm den Rucksack und ihren Helm, und er ging nach hinten durch bis zum Ende der Lagerhalle. Maggie hörte leise Geräusche, als er ihren Anweisungen folgte.

»Bin so weit.« Spikes Stimme klang gedämpft.

Mit baumelnder Kamera trat sie aus der Lagerhalle. Das war der Teil des Plans, der nicht schiefgehen durfte. Sie fühlte, wie sich ihr Magen hob.

Sie ging auf den Lagerschuppen zu, in dem Msomis zwei Männer arbeiteten, der eine ein notorischer Vergewaltiger, der andere ein notorischer Schläger. Vorsichtig lugte sie um den Türpfosten und sah sie am anderen Ende der Halle, einen angehobenen Ebenholzsarg zwischen sich. Sie atmete tief durch und stellte sich in die Türöffnung, Kamera im Anschlag.

»Yskas Steenkamp! Vincent Ndlela!«

Beide Gesichter wandten sich ihr zu, die Kamera surrte. Mit einem Rums ließen sie den Sarg fallen. Sie rannte in die Nacht hinaus. Am Eingang der Halle, in der Spike wartete, blieb sie stehen und lief hinein, als sie Yskas drüben herauskommen sah. Sie stürmte an den Sargreihen entlang. Er war ein Schwergewicht, aber behände, sie fühlte schon seinen Atem im Nacken. Er griff nach der Kamera, die auf ihrem Rücken tanzte, seine Finger streiften ihr T-Shirt. Mit trockenem Mund duckte sie sich weg, rannte weiter. Sie hörte ihn keuchen – im gleichen Rhythmus, wie ihr das Herz in der Brust raste, der hämmernde Beat des Schreckens.

Am Ende der Reihe sprang sie, das rechte Bein hoch angezogen, das linke flog fast gestreckt hinterher.

Yskas sah das Seil nicht und krachte hart zu Boden. Sie hörte einen Knall, als Spike ihm mit dem Helm eins überzog. Der Riese war aus dem Spiel. Spike nahm ein zweites Stück Seil und machte sich daran, ihm Hände und Füße zu fesseln.

Maggie umrundete die Ecke. Wo blieb Ndlela? Er war ihr ebenfalls nachgejagt, aber wo steckte er jetzt?

Offenbar war er schlau genug gewesen, ihr nicht in Spikes Falle zu folgen.

Ein Teil von ihr wollte weglaufen. Fliehen. Das war der Mann, der die zweijährige Grace Sibanyoni in sein Haus gelockt und vergewaltigt hatte. Und noch andere Mädchen. Balthasar hatte sein Verbrechen aufgedeckt und Ndlelas Arbeitgeber davon erzählt, der für sein Schweigen bezahlte. Doch Ndlela hatte es nicht fertiggebracht stillzuhalten. Er hatte Balthasar bedroht. Er hatte Maggie bedroht. Und jetzt hatte er Mbali.

Sie duckte sich zwischen die Sargreihen, Kopf runter, spähte in beide Richtungen, ob sie ihn sah. Die Lichter von draußen warfen Schatten in die Halle, diffuse Stellen, wo er sich verstecken konnte.

Sie blieb stehen. Besser still sein und lauschen.

Sie hörte etwas. Abgehackte Atemzüge. Er war irgendwo hier drin.

»Ndlela!«, rief sie. »Wo sind Sie?« Ihr war bewusst, dass sie ihre Position verriet. »Ndlela, ich weiß, dass Sie Grace Sibanyoni vergewaltigt haben. Die Cops wissen es inzwischen auch. Es ist vorbei, Ndlela!«

Stille. Er horchte.

»Wo ist Mbali? Was haben Sie mit ihr gemacht?«

Ein scharrendes Geräusch. Tastende Füße, schleifende Knie. Er kletterte an einem Turm Särge hoch. »Halt!«, rief er. »Ich hab eine Waffe!«

Das bedeutete, dass er sie ungern benutzen wollte. Jemand Schießwütiges hätte längst ein paar Salven in ihre Richtung geballert. »Glaub ich nicht, Ndlela.«

Wieder Stille.

»Sie sind es müde. Haben es satt, gejagt zu werden. Erst Balthasar, dann ich. Sie sind krank, stimmt's? Sie würden gern in Ihr Dorf zu Ihrer Frau zurückgehen und sich pflegen lassen. Sagen Sie mir, wo Mbali ist. Wo finde ich sie? Sagen Sie mir, dass sie noch am Leben ist.«

Sie wartete, lauschte mit hochgerecktem Kopf. Hörte Atmen.

»Sagen Sie mir, wie ich es beenden kann, bevor es zu spät ist, Ndlela.«

Eine Bewegung am Boden zog ihren Blick auf sich. Spike. Er kletterte an den Särgen hoch, ein Fuß nach dem anderen fand Halt. Er nickte ihr zu: *Mach weiter.*

»Sie wollen nicht noch mehr Blut an Ihren Händen, Vincent. Sie sind müde. Krank und müde.«

Spike war jetzt oben auf dem Särgestapel, kroch auf allen vieren vorwärts.

»Sie wollen doch, dass es aufhört, oder?«

Ein Grunzen verriet ihr, dass Spike Ndlela erreicht hatte. Soweit sie sich erinnerte, hatte er den Helm nicht mitgenommen. Säure fraß ihre Magenwand an. Die beiden Männer rangen oben auf dem Sargstapel. Das konnte nicht gutgehen.

Sie hörte einen Knall, etwas jaulte, und Staub rieselte von der

Decke. Ndlela hatte doch eine Knarre, und er versuchte auf Spike zu schießen. Das Keuchen und Grunzen der beiden Männer über ihr war zu viel für sie. Sie machte sich an den Aufstieg.

Ihr erster Tritt fühlte sich sicher an. Aber der zweite nicht. Der Stapel, an dem sie hing, begann zu schwanken. Spontan packte sie den Griff des Sarges über sich und zog. Der Stapel schwankte erneut, sie stieß sich ab und sprang gerade noch zur Seite, als das ganze Gefüge zusammenbrach. Der Boden erzitterte unter den aufschlagenden Särgen. Staub flog durch die Luft. Sie hörte zwei Aufschläge, die weicher klangen als Holz oder Stahl. Menschenkörper.

Spike setzte sich mühsam auf. »Der ganze Scheiß-Stapel ist runtergekommen.« Er rieb sich die Schulter und stöhnte. »Du verrücktes Weib.«

Sie hielt Ausschau nach Ndlela. Er lag ausgestreckt auf dem Fliesenboden, ein Bein unter einem Stahlsarg eingeklemmt. Als er sie kommen sah, versuchte er sich auf einen Ellbogen zu stützen, dann ließ er sich wieder flach auf den Boden sinken.

Sie kniete sich neben ihn. »Wo ist Mbali? Du Schwein, wo hast du sie?«

Vincent Ndlela öffnete ein Auge. Zog die Lippe hoch und zeigte seine Zähne. Er hatte Schmerzen. »Keine Ahnung.«

Sie stand auf und bezwang das Verlangen, ihm in den Bauch zu treten. Neben einem offenen Sarg sah sie seine Knarre auf dem Boden liegen. Bückte sich und hob sie auf.

Dann zielte sie auf Ndlela.

»Sag mir, wo Mbali Sibanyoni ist. Oder ich töte dich.«

Dieses Mal öffnete er beide Augen. »Ich weiß nicht, wo sie ist.«

»Lügner! Du hast sie entführt und irgendwo versteckt. Oder du hast sie schon vergewaltigt und umgebracht. Wie du ihre Schwester vergewaltigt und halbtot hast liegen lassen.«

Sie fühlte das Gewicht der Waffe in ihrer Hand. Wut kroch kalt durch ihre Adern, ihr Finger lag auf dem Abzug.

»Maggie, nicht!«, sagte Spike. »Er sagt, er weiß es nicht. Sieh ihn dir doch an, Maggie.«

Ndlela hatte die Arme vor dem Gesicht. Jetzt sah sie, dass er schwitzte. Grace' Vergewaltiger hatte Angst um sein Leben, und sie hatte die Macht, es zu beenden.

»Maggie –«, seine Stimme kippte. »Ich weiß nicht, wo das Kind ist. Ich schwöre es. Ich wollte nur, das Sie sich von ihnen fernhalten und keine Fragen mehr stellen.«

»Was ist mit den Drohungen gegen Balthasar?«

»Er sagte, er würde zur Polizei gehen. Ich wollte ihn davon abhalten.«

Der Mann sah zu ihr auf. Sie verspürte ein Fünkchen Mitleid und wischte es weg. Er war Abschaum. Sie ließ die Waffe auf ihn gerichtet, doch sie nahm ganz langsam den Finger vom Abzug. »Wo sind die Kräuter?«

»Kräuter?« Er versuchte eindeutig auszuweichen.

Sie verpasste ihm einen Tritt gegen das eingeklemmte Bein, und er stöhnte laut auf vor Schmerz. »Mrs. Chaliks Kräuter! Du arbeitest für Msomi, wo hat er sie?«

Mit dem freien Arm deutete Ndlela auf eine große Kiste in der Ecke der Lagerhalle.

Sie gab die Waffe an Spike weiter. »Halt ihn in Schach.«

Im Laufschritt lief sie zu der Kiste hinüber, öffnete sie. Msomi war so selbstsicher, dass er sie nicht mal verschlossen hatte. Drinnen befand sich eine Anzahl kleiner Jutesäckchen. Sie öffnete einen und steckte die Finger hinein. Sie erwartete getrocknete Blätter, stattdessen fühlte sie kleine harzige Klümpchen.

Sie nahm eine Handvoll mit zu Spike und zeigte sie ihm. »Sag nicht, das Msomi auch noch Drogen vertreibt.«

»Nein, Maggie«, sagte Spike. »Das ist kein Hasch.«

»Was dann?«

Spike strich mit dem Finger über die braunen Klumpen auf ihrer Handfläche. »Es ist Myrrhe.«

36

Samstag, 9 Uhr

»Cloete!«, bellte Patel. »Ich will dich in meinem Büro sehen. Jetzt sofort!«

»Aber es ist Samstag«, protestierte sie und hielt sich die Hand über die Augen. Einen gereizten Patel konnte sie jetzt überhaupt nicht gebrauchen. Sie hatte bis weit nach Mitternacht die Fragen der Polizei beantwortet. Dank Lindiwe Dlamini saß Vincent Ndlela hinter Gittern. Dank ihr und Spike untersuchte die Polizei Msomis abstruses Sarglager. Aber niemand hatte Mbali gefunden.

Ihr Chefredakteur kannte kein Erbarmen. »Mach, dass du herkommst.«

Sie parkte auf ihrem gewohnten Platz hinter Ernies Kabuff und stiefelte nach oben. In der Nachrichtenredaktion traf sie die übliche schmale Wochenendbesetzung an. Es gab keine Sonntagsausgabe, aber ein Reporter kam immer die Meldungen für die Montagsausgabe sichten. Heute war es Aslan. Er winkte ihr zu, sie ignorierte ihn. Noch hatte sie ihm nicht verziehen, dass er Schlagzeilenfutter aus ihr gemacht hatte. Als sie zu Patels Schreibtisch ging, spürte sie, wie sein Blick ihr durch den Raum folgte.

»Melde mich zum Dienst«, sagte sie zu Patel, ohne auch nur die Spur eines Lächelns zu ernten.

»Komm mit.« Er stand auf, sah ihr nicht in die Augen. Sie folgte ihm wortlos. Es war klar, wo sie hingingen – in Mr. Nzimandes Büro. Ihr wurde kalt.

Patel klopfte an. »Patel und Cloete.«

»Herein.«

Jabulani Nzimandes Mund verzog sich nicht zu dem regulären wohlwollenden Lächeln, als sie eintrat. Seine Lippen bildeten eine harte Linie, und er kam direkt auf den Punkt. »Magdalena, ich habe eine Beschwerde vorliegen. Dumisane Phiri hat gestern angerufen und mir mitgeteilt, dass Sie ihm gedroht haben.«

»Das kann ich erklären –«, begann sie.

»Oh, das ist nicht nötig.« Aufrecht saß er hinter seiner mächtigen Schreibtischplatte, seine breiten Schultern wirkten wie ein Echo der ausladenden Mahagonifläche. »Zacharius und ich haben uns das schon zusammengereimt. Sie wurden bereits vorige Woche von der Balthasar Meiring-Story abgezogen, aber Phiri und Sally-Anne Sheperd zufolge sind Sie trotzdem bei der Beerdigung aufgekreuzt. Und jetzt, obwohl Sie krank gemeldet sind, sind Sie unter Vorspiegelung falscher Tatsachen auf eigene Faust in Phiris Büro vorgedrungen, wo Sie ihm unterstellt haben, dass er einen Vergewaltiger deckt.«

»Aber es ist wahr, das tut er, und ich kann es beweisen«, rief sie und sah vom einen zum anderen. Sie blickte in versteinerte Mienen. »Lindiwe Dlamini hat ihn gestern angezeigt. Fragen Sie doch Thandi.«

»Das mag ja sein, Maggie«, sagte Patel. »Aber der Punkt ist, du kannst dir nicht mit dem erlogenen Vorwand, einen Artikel zu schreiben, Termine erschleichen. Ich hatte nichts dergleichen autorisiert.«

»Ganz zu schweigen von der verrückten Räuberpistole letzte Nacht im Verkehrsamt«, ergänzte Nzimande. »Davon habe ich erst heute Morgen erfahren.«

»Ich hab dafür gesorgt, dass ein Vergewaltiger gefasst werden konnte. Ein Serienvergewaltiger.« Wieder schaute sie in die Gesichter der Männer. Beide blieben ausdruckslos.

»Diesmal sind Sie zu weit gegangen, Magdalena«, sagte Nzimande, die Arme über dem Bauch verschränkt. »Sie sind bis auf weiteres suspendiert.«

»Das glaub ich einfach nicht!« Sie wandte sich an Patel. »Zacharius, du kennst mich doch! Du weißt, dass ich immer eine Story zustande bringe.«

»Es ist nicht deine Kompetenz, die hier zur Debatte steht, Maggie. Es geht um deine Methoden.« Sie musste Patel zugute halten, dass er peinlich berührt aussah. Er hasste es, wenn die Politik ins Redaktionsbüro eindrang.

»Folgendes wird geschehen, Magdalena«, sagte Nzimande. Immer wenn er sie Magdalena nannte, musste sie an ihren Vater denken. Er setzte seine Unterarme auf die Tischplatte wie ein Patriarch und verkündete das Strafmaß. »Sie sind für zwei Wochen suspendiert. Anschließend erscheinen Sie hier zu einer Anhörung, bei der Sie Gelegenheit bekommen, Ihre Sicht der Dinge zu erläutern. Sollten wir dann feststellen, dass Sie unverantwortlich gehandelt haben, werden wir uns von Ihnen trennen müssen.«

Von Ihnen trennen. Die drei Worte hallten in ihrem Kopf wider, als Patel sie aus Nzimandes Büro führte. Dieser Beruf war ihr Leben, war alles für sie. Von einem Nichts hatte sie sich zu einer geachteten, bekannten, tüchtigen Journalistin gemausert, die im Ruf stand, jede Story in den Kasten zu kriegen. Ihre Signatur bürgte für Qualität, sie hatte einen Namen in dieser Stadt. Ohne das alles würde sie wieder zu nichts werden.

Ohne Arbeit konnte sie auch Christo nicht mehr in der Kitchener Klinik unterbringen. Er würde nach Broadlands umsiedeln müssen, eine staatliche Einrichtung wie die, wo er den Verstand verloren hatte. Sie hatte die Grenzmarkierungen missachtet, hatte mutwillig die dicke Linie im Sand übertreten, und jetzt stand das auf dem Spiel, was ihr wirklich viel bedeutete, nämlich ihr Bruder. Sie war entsetzt über sich selbst.

Patel brachte sie bis an die Tür des Redaktionsbüros. Tätschelte ihr die Schulter. Ausnahmsweise sah er zugewandt und freundlich aus. Er senkte sogar die Stimme, damit die gespitzten Ohren ringsum nicht mithören konnten. »Fahr nach Hause, Maggie. Mach mal Pause. Diese Meiring-Story ist dir viel zu sehr unter die Haut gegangen. Geh zum Arzt, hol dir eine Stresssymptome-Diagnose, und in zwei Wochen sehen wir dann, was wir für dich tun können.«

Sie vernahm einen Strom aus Worten und sah ihr Leben den Bach runtergehen. Das Gefühl, hilflos weggschwemmt zu werden, nahm noch zu, als sie die Treppe hinunterstieg. Seit elf Jahren arbeitete sie für die *Gazette*, hatte oft buchstäblich ihr Leben riskiert, immer im Dienste der starken Schlagzeilen und der gedruckten Auflage. Und jetzt wollten sie sie über Bord werfen.

Draußen hockte sie sich auf den Kantstein und vergrub den Kopf in den Händen. Hörte, wie Passanten betroffen mit der Zunge schnalzten.

Sie dachte an ihre allererste Story. Damals ackerte sie seit einem Jahr als Hiwi bei der Personalstelle der *Gazette*. Einer der Journalisten, ein alter Säufer namens Reinhard van der Merwe, hatte einen Narren an ihr gefressen. Er lud sie häufig zum Mittagessen ein und gab ihr Tipps, wie man Journalist werden konnte. Nach dem Essen geleitete sie ihn dann mit Schlagseite zu seinem Stuhl, wo er seine Storys verzapfte.

Eines Nachts, kurz nach Christos Entlassung aus dem Gefängnis, brach in ihrer Wohnstraße ein Feuer aus. Sie schnappte sich Papier und Stift, vergaß Schuhe anzuziehen und rannte los. Das brennende Haus gehörte einer jungen Familie – der Mann kam nichtsahnend von der Spätschicht nach Hause und durfte mit ansehen, wie die Feuerwehrleute sich bemühten, seine Frau und die zwei kleinen Kinder aus dem Inferno zu retten. Sie schafften es nicht. Maggie hatte einen Augenzeugenbericht, zwei versengte Füße und ein Interview mit dem verzweifelten Mann.

Sie blieb die ganze Nacht auf, schrieb ihre Story, überarbeitete sie wieder und wieder. Am nächsten Morgen brachte sie sie mit einem dicken Kloß im Hals zu Reinhard.

»Scheiße, Maggie, das ist verdammt gut!« Er schlug ihr kumpelhaft auf den Rücken. »Ich hab ja gar nicht gemerkt, dass du mir all die Monate tatsächlich zugehört hast.«

Dann trug er ihre bekritzelten Zettel rüber zu Bert Townsend, der sich die überkämmte Glatze kratzte, während er las. »Hol dir noch einen Kommentar von der Polizei, und du hast eine Titelstory, junge Dame.« Der Rest war Geschichte.

Sie holte tief Luft. Durchatmen, die Panik bezwingen. Langsam und tief, langsam und tief. Sie musste sich zusammenreißen. Sie stand auf, stopfte die Hände in die Taschen und sah sich um. Die vertrauten Straßen wirkten fremd, eine Wildnis voller Autos und Läden und Gesichtern, die sie nicht kannte.

Jemand tippte ihr auf die Schulter. Es war Aslan.

»Ich hab's gerade gehört«, sagte er, sein lebhaftes Gesicht und die lächelnden Augen ausnahmsweise ernst. »Es tut mir so leid, Maggie.«

»Die werfen mich auf den Müll.« Sie stieß die Hände tiefer in die Taschen und zog die Schultern hoch. »Ich bin weg vom Fenster. Ein Nichts.«

Aslan schüttelte den Kopf. »Nein, Maggie, da irrst du dich. Du bist die beste Journalistin, die ich kenne.« Seine Augen schimmerten, und sie blickte tief hinein, versuchte darin die Überzeugung zu finden, die sie brauchte. Er streckte den Arm aus, legte ihr eine Hand auf die Schulter. »Ich weiß ja nicht, hinter was du eigentlich her bist. Aber ich schätze, du wirst es wohl zu Ende bringen müssen.«

Sie nickte, und er drehte sich um und ging zurück ins Büro. In ihrer Tasche berührten ihre Finger etwas Kleines, Hartes. Sie zog es heraus – eine von Grace' Glücksbohnen.

Mbali.

Ihr Leben war in Gefahr, und es war ihre Schuld. Aslan hatte recht. Selbst wenn es das Letzte war, was sie als *Gazette*-Reporterin tat, diese Aufgabe musste sie zu Ende bringen.

Und diesmal war ihre Deadline wörtlich zu nehmen.

37

Samstag, 11 Uhr

Maggie rieb die Glücksbohne und versuchte sich zu sammeln. Ndlela war aus dem Schneider. Er hatte Mbali nicht entführt. Das hatte ihr sein Gesicht vor der Mündung der Pistole letzte Nacht klar gemacht.

Sie hatte noch einen letzten, bisher unbeschrittenen Pfad übrig. Jemand, der bis jetzt nur geschwiegen hatte.

Sie trommelte eine Nummer in ihr Handy, und die alte Dame ging ran. »Nkosazana, wissen Sie, wo in Greytown Cora Ncube wohnt?«

Ihr Notizbuch auf das angezogene Knie gestützt, schrieb sie die Adresse in eNhlalakahle mit und die Wegbeschreibung bis zur Bus-Endstation an der Jabula Road. Dann trat sie den Kickstarter der Henne durch und wandte sich nach Nordosten. Sie kam an den Farm-Schildern vorbei, die den Weg nach *Oorwinning* wiesen, fuhr aber weiter geradeaus. Bis kurz vor der Stadt zogen sich neben ihr die Akazien über die Hügelkämme, dann änderte sich das Straßenbild, ein Industriegebiet, Gebrauchtwagen, eine Glasfabrik, abblätternde Werbetafeln für Heim- und Bürobeleuchtung. Die Läden waren noch geöffnet, aber das Geschäft brummte nicht gerade. Anscheinend nahmen die Leute in Greytown ihre Mittagspause ernst. Hoffentlich traf sie Cora zu Hause an.

Unter einem einsamen knorrigen Baum neben der Bushaltestelle schloss sie die Henne an. Ein kleiner Junge in Shorts und orangenem T-Shirt bot an, auf sie aufzupassen. Sie gab ihm zwei

Rand. »Ich bin echt gut in so was, Miss«, rief er ihr nach und reckte stolz den Daumen hoch. Sie wanderte die Jabula Road auf der Suche nach Hausnummer 1167 entlang und wünschte, sie wäre ebenso zuversichtlich.

Die Gassen der Township summten vor samstäglicher Betriebsamkeit. Auf offenen Feuern wurde Fleisch gegrillt, aus hundert wetteifernden Ghettoblastern wummerte Musik, Leute schwatzten, lachten, riefen durcheinander.

Hausnummer 1167 unterschied sich deutlich vom Nachbarhaus, durch dessen Türen und Fenster in vergnügtem Chaos unablässig Leute wuselten: Diese Hütte wirkte verlassen, die Türen zu, Fenster dicht und Vorhänge vorgezogen. Maggie beugte sich über das Eisentörchen, öffnete den Riegel, schritt zur Vordertür. Wollte schon anklopfen, hielt jedoch inne. So oft hatte sie das schon getan, auf der Jagd nach Informationen an fremde Türen geklopft. Jetzt hatte sie zum ersten Mal nicht die Rückendeckung der *Gazette*-Strukturen, egal wie wacklig und unzuverlässig das oft gewesen war. Sie konnte keinen Presseausweis schwenken. Sie war bloß Maggie, die versuchte, mehr über einen Menschen zu erfahren, der tot war, und einen anderen Menschen suchte, der hoffentlich noch am Leben war.

Sie klopfte. Alles blieb still, doch es war eine angespannte Stille. Als hielte jemand den Atem an und hoffte, der Besucher möge weggehen.

Sie wartete, klopfte erneut.

Die Tür ging ein Stück auf, aber es war niemand da.

»Hallo.«

Sie schaute nach unten und blickte ins Gesicht eines kleinen Mädchens. Sie war kaum größer als Grace.

»Gogo schläft.«

Sie ging in die Hocke und sah dem Kind in die Augen. Sie schienen die Weisheit der Welt zu enthalten. »Sag Gogo, dass Maggie da ist.«

Eine halbe Stunde später hoppelte sie über einen schlaglöchrigen Feldweg auf *Oorwinning* zu, und Cora Ncube saß hinter ihr, Maggies Ersatzhelm auf dem Kopf. Cora hatte ihre Fragen kurz und knapp beantwortet. Als Maggie ihr sagte, dass sie jetzt zur Farm wollte, sagte Cora nur: »Ich komme mit«, und ließ ihre Enkeltochter bei einer Nachbarin.

Cora tippte ihr auf den Rücken, sie fuhr rechts ran und hielt am Zaun der Plantage, wo sie die Henne unter einem Baum aufbockte. Sie nahmen die Helme ab und ließen sie beim Motorrad, um ungehindert laufen zu können. Cora gab an, dass sie für den Fußmarsch zum Haus eine Stunde brauchen würden.

Das einzige Geräusch weit und breit war das Knacken ihrer Schritte im Unterholz. Ein richtiger Wald hätte vor Leben gesungen, aber Meirings Pseudowälder waren Baumfabriken, seelenlos und leer.

»Nein!« Cora blieb stehen und deutete nach oben. Maggie blickte hoch. In den Ästen über ihren Köpfen erkannte sie die Umrisse einer Eule. Sie schuhute leise, drehte den Kopf hin und her und zog ihn dann wieder ein, um weiterzuschlafen. »Ein böses Vorzeichen«, sagte Cora.

Sie glaubte nicht an Omen. Sie strebte weiter.

Coras Schätzung erwies sich als richtig. Es dauerte eine Stunde bis zum Haus. Erst vor zwei Tagen war sie hinter Claudines Wagen durch die Einfahrt geschlichen. Drei Hunde gab es hier. Sie musste sehr aufpassen, die nicht aufzustören, vor allem den aggressiven Schäferhund, der beim ersten Mal auf sie losgegangen war.

Cora winkte, und sie folgte ihr. Sie umrundeten das Haus, hielten sich im Schutz des Waldes. Der Weg verlief außerhalb des Zauns um das Grundstück herum und stieg dann steil einen Hügel hoch. Von dieser Seite konnten sie den Garten überblicken, beherrscht von der riesigen alten Eiche.

Plötzlich eine Salve von wildem Gebell. Die Hunde hatten sie gewittert.

»Ag, was ist los? Habt ihr wieder die Affen gesehen?«

Sanet.

Sie ging in die Hocke, Cora hinter sich, und beobachtete die Hunde. Einer, ein älterer Labrador, hörte beim Klang von Frauchens Stimme sofort zu bellen auf, doch die zwei eifrigen Schäferhunde warfen sich drohend gegen den Zaun. Sie wussten, dass da draußen jemand Fremdes herumschlich.

»Ist ja gut.« Sanet kam aus dem Haus, ihre große, mädchenhafte Gestalt steckte in Shorts. »Lasst mich noch meinen Tee austrinken, dann machen wir einen Spaziergang.«

Ein Schäferhund folgte ihr brav, der andere lief am Zaun auf und ab und knurrte in ihre Richtung. Sie würden wohl in Deckung bleiben müssen, bis die Hunde ihren Auslauf bekamen.

Es schien eine Unendlichkeit zu dauern, obwohl nur fünfzehn Minuten vergingen, bis Sanet in den Garten kam, die Leinen schwenkte und die Hunde rief. »Wenn wir auf dem Hügel sind, lasse ich euch von der Leine«, versprach sie ihnen. »Aber ihr wart letztes Mal so ungezogen, seid zum *Kraal* gerannt und habt die Kinder erschreckt, also muss es sein. *Meisie, kom hier.*«

Sie hörte das Tor aufschwingen und die Hunde hecheln. Keiner von ihnen drehte sich zu ihr und Cora um, stürmisch drängten sie den Hügel hoch. Als Sanets Stimme immer leiser wurde und das Hecheln verklungen war, rührten sich Maggie und Cora.

Cora nickte ihr zu und folgte Sanet und den Hunden in Richtung *Kraal.* Sie würde dort nach Mbali suchen.

Sie selbst huschte zum Tor. Es war offen stehen geblieben. Sie schlüpfte hindurch und duckte sich rechts hinter die Azaleen. Die richteten drohend ihre scharfen grünen Zungen auf sie.

Die Garage stand jetzt leer, Meirings *Bakkie* war unterwegs, und Sanet hatte ihren kleinen silbernen Opel vor der Küche geparkt. Sie durchsuchte erneut die Räume hinter der Garage. Immer noch nichts außer Staub und den ARVs. »Die gehören nicht mir«, hatte Cora in der Jabula Road zu ihr gesagt. »Aber ich weiß, wer sie nimmt.«

Sie durchkämmte auch die Waschküche und die Werkstatt noch einmal, falls das Tageslicht Geheimnisse enthüllte, die neulich in der Dunkelheit unsichtbar geblieben waren. Nichts. Schließlich verschaffte sie sich wieder Zutritt zum Atelier und starrte Balthasars Geist an.

Sie hörte die Hunde bellen. Mist! Jetzt saß sie in der Falle. Durch die staubige Fensterscheibe sah sie, wie Sanet ihren Hunden Wasser gab. Der alte Labrador ließ sich fallen und schlappte träge, während die beiden Schäferhunde im Stehen soffen. Sanet stand ein Weilchen da und schaute zu, dann ging sie wieder ins Haus.

Sie wusste, wenn die Hunde erst auf ihren Geruch stießen, würden sie im Nu vor der Tür stehen, kratzen und jaulen, aber für den Augenblick schienen sie sich ausruhen zu wollen. Sie prüfte die Tür – von innen steckte ein Schlüssel. Sie drehte ihn um und setzte sich neben dem niedrigen Fenster auf den Boden, um abzuwarten, bis die Hunde schliefen oder im Haus waren.

Es war zum Verzweifeln. Irgendwo musste Lourens Meiring Mbali versteckt haben, irgendwo auf dieser Farm. Sie musste sie schleunigst finden.

Sie machte ein paar Atemübungen, um innerlich zur Ruhe zu kommen. Es funktionierte nicht. Sie stellte sich Mbali vor, gefesselt in irgendeiner Grube oder abgelegt in einem finsteren unbenutzten Stall. Zerknirscht dachte sie an die Stunden, die sie damit verschwendet hatte, Msomi und Ndlela zu jagen. Sie hätte direkt hierher fahren und Meiring persönlich zur Rede stellen sollen. Es war durchaus möglich, dass Mbali jetzt schon tot war.

Reglos saß sie da, den Rücken neben Balthasars Konterfei an die Wand gelehnt, und lauschte auf die Geräusche um sich herum. Es knackte im Gebälk. Das Gebäude, dieses unbenutzte Atelier, machte sich hörbar. Was für Geschichten hatte es wohl zu erzählen? Das Märchen von der talentierten Frau, die ihre Kunst aufgab, weil die ihr mehr Ehrlichkeit abverlangt hätte, als sie ertragen konnte?

Plötzlich wurde ihr klar: Was sie da hörte, konnte nicht das wahllose Knacken im Gebälk eines verlassenen Bauwerks sein. Das Geräusch war zu regelmäßig, es war ein deutliches Tock-tock-tock. Sie sprang auf. Nahm alle Leinwände hoch und warf sie auf den Tisch, ohne sich darum zu kümmern, in welcher Ordnung sie gestanden hatten. Dahinter war nichts. Balthasar lag obenauf und starrte sie an.

»Es ist deine Schuld«, sagte sie zu ihm. »Hättest du mal die Kinder nicht ohne vernünftigen Schutz gelassen, dann wäre das nicht passiert. Und meine Schuld ist es auch, weil ich deinem Vater von ihnen erzählt habe.«

In der anderen Ecke des Raums stand eine große Staffelei, ebenfalls mit einer Staubdecke verhüllt. Sie rückte sie zur Seite. Die Ecke war leer. Sie betrachtete prüfend den Boden. Keine Falltür. Sie schaute hoch zur Decke.

Da war es. Was sie gesucht hatte.

Was sie übersehen hatte.

Eine verriegelte Klappe, die zum Dachstuhl oder auf einen Spitzboden führen musste.

Sie griff sich einen Plastikgartenstuhl. Er war nicht staubig. War er vor kurzem benutzt worden?

Die Klopfgeräusche klangen jetzt lauter, dringlicher. Sie drückte den Riegel zur Seite und stieß die Klappe auf. Das Klopfen wurde deutlicher, sie vernahm gedämpftes Quieken. Sie griff mit beiden Händen in die Luke und zog sich hoch, die Beine strampelten in der Luft. Ein Fußtritt traf die Staffelei, die zu Boden krachte.

»Mbali!«

Mit zitternden Muskeln stemmte sie sich durch die Luke. Fand Halt mit einem Ellbogen, dann mit einem Knie. Dann hockte sie in einer niedrigen Dachkammer ohne Licht bis auf das bisschen, was durch die Luke zu ihren Füßen eindrang. In der Mitte gab es einen dicken hölzernen Stützbalken, und dort fand sie Mbali. Das Kind war geknebelt, an Händen und Füßen gefesselt und an den Pfosten gebunden. Ihre Augen waren weit aufgerissen und voller Angst.

38

Samstag, 15 Uhr

Schnell nahm sie ihr den Knebel ab.

»Hab keine Angst, Maggie ist da. Maggie ist da«, brummte sie leise, während sie mit einiger Mühe die Knoten der Hand- und Fußfesseln löste.

Mbali sagte nichts, nur ihre Augen füllten sich mit Tränen, die sie wegwischte, sobald sie die Hände frei hatte.

»Maggie ist hier.« Sie umarmte Mbali. »Wir kriegen dich hier schon weg, bringen dich in Sicherheit, ich versprech's.«

Mbali ließ sich schlaff gegen sie sacken. So klein sie war, die Wucht ihrer Erleichterung warf sie beinahe um.

»Lass mich kurz telefonieren, Mbali, dann überlegen wir uns, wie wir dich hier rauskriegen.«

Einen Arm um das Kind gelegt, zerrte sie sich den Rucksack runter und langte hinein. Sie fand ihr Handy sofort, aber es gab keinen Empfang. Sie saßen in einem Funkloch fernab aller Kommunikationstechnologie. Sie sandte Officer Mathonsi eine Textnachricht und drückte die Daumen, dass sie ankam. Dann kopierte sie die Nachricht und schickte sie auch an Spike.

Nun galt es zu prüfen, ob Mbali die Kraft hatte, sich zu bewegen. Sie setzte sie aufrecht an den Pfosten, streckte ihre Beine und begann sie zu massieren, um die Durchblutung wieder in Schwung zu bringen. »Hast du irgendwas zu essen bekommen?«

Mbali nickte langsam und zeigte auf ein paar Apfelkernhäuser und zwei leere Chipstüten. Wenigstens hatte das Schwein sie nicht hungern lassen.

Sie massierte weiter und musterte das Kind prüfend. Sie steckte noch in ihrer braunweißen Schuluniform und schien unversehrt, wenn auch schmuddelig. Sie entdeckte keine Spuren von Missbrauch oder Gewalt. Schwer zu sagen, was das Schwein mit seiner Gefangenen noch vorgehabt hatte.

Die Massage schien nicht sonderlich gut zu helfen. Mbali wirkte nach wie vor schlaff. Obwohl sie an dem Pfosten lehnte, hingen Schultern und Arme kraftlos herab, und ihre Füße fielen immer wieder nach außen. Maggie sah ihr in die Augen. Sie fokussierte nicht richtig.

Sie hob einen der herumliegenden Saftkartons auf und roch daran. Hatte er das Zeug mit Sedativen versetzt, damit sie benebelt blieb?

Sie musste sie aus der Dachkammer raus und zur Henne schaffen, aber wie? Jetzt bereute sie es, so weit weg geparkt zu haben. Auf keinen Fall war Mbali fähig, die ganze Strecke zu laufen. Und selbst wenn es ihr gelang, sie hinzutragen, würde sie sich auf dem Motorrad überhaupt halten können? Kaum.

Es gab nur eine Möglichkeit, und die war nicht gerade unbedenklich. Aber sie musste es riskieren. »Hör zu, Mbali, ich geh los und hole Hilfe.«

Mbalis Gesicht verzerrte sich, sie versuchte zu protestieren, kniff die Augen zu und schüttelte den Kopf.

»Pass auf, ich lass die Luke offen, damit du Licht hast. Ich versprech dir, ich mach so schnell, wie ich kann.«

Mbalis Beine begannen zu zittern.

»Ich lass dir meinen Rucksack da. Da ist mein Hausschlüssel drin und mein ganzer Arbeitskram, dann weißt du, dass ich wiederkomme.«

Sie stellte den Rucksack dicht neben sie, legte Mbalis Arm darauf und hoffte, dass sie das ein wenig tröstete. Steckte ihr Handy ein, dann ließ sie sich durch die Luke hinab. Unten atmete sie tief durch und schloss die Tür wieder auf. Nachdem sie sich vergewissert hatte, dass der *Bakkie* noch nicht zurück war, ging sie auf das Haus zu. Die Schäferhunde stimmten ein wildes Gebell an, was die erhoffte Wirkung hatte.

Sanet kam aus dem Haus. »Was ist denn los mit euch beiden?«

Das größere der Tiere machte ein paar Sätze in Maggies Richtung, knurrte und bleckte eine Reihe furchterregender Zähne. Sanets Blick folgte ihm.

»*Meisie!*« Sie rief den Hund bei Fuß und hielt ihn am Halsband fest.

Maggie ging auf sie zu, als wäre es ganz normal, dass sie ohne ihre Erlaubnis am Samstagnachmittag in ihrem Garten herumspazierte. »Hallo«, sagte sie. »Ich brauche Ihre Hilfe.«

»Was? Was meinen Sie?« Sanet sah verwirrt und ängstlich aus.

»Kommen Sie. Ich muss Ihnen etwas zeigen.«

Statt ins Haus zu stürzen und sich einzuschließen, folgte Sanet ihr willig. Im Befolgen von Anweisungen war sie gut. Die Hunde tanzten um sie herum, nicht mehr im Verteidigungsmodus, sondern begierig auf ein neues Spiel.

»Kommen Sie rein«, sagte Maggie, als sie zum Atelier kamen.

»Was haben Sie hier drin gemacht?« Sanet sah, dass ihre Bilder auf dem Tisch durcheinanderlagen, sah die umgestürzte Staffelei.

»Es geht nicht um mich, sondern darum, was Ihr Mann hier gemacht hat.« Sie rückte den Stuhl unter der Luke zurecht und bedeutete Sanet, darauf zu steigen. »Sehen Sie selbst.«

Die große Frau kletterte auf den Stuhl. Sie steckte den Kopf durch die Luke und stieß einen Schrei aus. Dann starrte sie mit schreckensweiten Augen Maggie an, blieb reglos stehen und legte beide Hände vor den Mund. »Was tut sie denn hier?«, fragte sie durch die Finger. In ihren Augen stand Angst, ein kindlicher Ausdruck des Grauens, wenn Ärger drohte.

»Claudine hat Ihnen doch am Donnerstag erzählt, dass sie vermisst wird. Hatten Sie wirklich keine Ahnung?«

Sie schüttelte den Kopf, die Augen immer noch aufgerissen.

»Sie müssen mir helfen, sie hier rauszukriegen. Sie ist schon zwei Nächte hier, steht unter Drogen und kann sich nicht bewegen. Ich geh rauf, und Sie bleiben hier und helfen ihr runter.«

Stumm stieg Sanet von dem Stuhl und sah zu, wie sie hochkletterte.

Mbali blickte dankbar zu ihr auf.

»Siehst du, ich bin wieder da«, sagte sie und setzte ihren Rucksack auf. »Und jetzt holen wir dich hier raus.«

Sie half Mbali zur Luke. Das Kind legte sich auf den Bauch und ließ die Beine hinab, die Sanet ergriff. Maggie hielt sie erst an den Schultern, dann an den Armen, schließlich an den Händen fest. Als sie dann durch das Loch nach unten sah, saß Sanet auf dem Stuhl, hielt das Mädchen auf dem Schoß, wiegte sie und summte leise. Sie ließ ihnen einen Moment Zeit, dann brachte sie sich in Erinnerung.

Mbali unter den Schultern stützend stand Sanet auf. Maggie ließ sich runter.

»Wie konnte er so etwas nur tun?« Sanet sah sie an, Tränen in den Augen, das schlaffe Kind in den Armen.

»Er ist ein Monster«, sagte sie leise. Sie nahmen Mbali zwischen sich, führten sie aus dem Atelier und durch den Garten. Als sie zum Haus kamen, erklärte sie: »Ich brauche Ihren Wagen. Ich hab mein Motorrad im Wald stehen, aber sie ist zu schwach, um sich an mir festzuhalten.«

»Aber was soll ich dann sagen?« Sanet geriet in Panik. Mbali war für zwei Nächte Meirings Gefangene gewesen, diese Frau lebte seit über dreißig Jahren wie eine Geisel.

»Sie können mitkommen. Niemand zwingt Sie hierzubleiben.«

Sanet Meiring betrachtete ihr Gefängnis, dann sah sie Mbali an und traf ihre Entscheidung. »Ich hole mir nur ein paar Sachen.«

»Gut, aber schnell. Wir müssen Mbali hier wegbringen.«

Mbali und sie lehnten sich an Sanets Opel. Die heiße Nachmittagssonne spiegelte sich in den Wagenfenstern, aber Mbalis Haut war kalt, sie stand unter Schock. Sie gehörte ins Krankenhaus, und sie alle mussten dringend von Lourens Meirings Land runter. Schnell.

Es fühlte sich an, als brauchte Sanet ewig, doch schließlich kam sie heraus, im Arm einen Koffer, den sie in den Kofferraum legten. Dann gab sie Maggie die Schlüssel. »Sie fahren.«

Sie schnallte Mbali auf dem Rücksitz an, da kam mit hohem Tempo ein *Bakkie* angebraust. Lourens Meiring. Sein wütender

Blick schien sich durch die Windschutzscheibe hindurch in sie hineinzubohren.

Sie erstarrte und versuchte zu entscheiden, ob sie fliehen oder ihm die Stirn bieten sollte. Meiring nahm ihr die Entscheidung ab: Als er aus dem *Bakkie* stieg, hielt er eine Pistole in der Hand. Sie rammte den Schlüssel ins Zündschloss, startete, fuhr einen wilden Schlenker und hielt auf die Ausfahrt zu. Höchste Zeit zu verschwinden.

Sie kamen nicht weit. Mit der Sicherheit eines Scharfschützen zerschoss Meiring beide Hinterreifen. Der Opel brach zur Seite aus und verfehlte nur knapp einen Baum. Als er zum Stehen kam, sah sie vor sich die herausgestreckten Zungen der Azaleen.

Mbali duckte sich in den Sitz, hielt sich die Hände vor die Augen und war beängstigend still. Sanet stieg langsam aus, um ihrem Mann gegenüberzutreten. Er kam mit großen Schritten auf sie zu wie ein Kolonist, der seinen Grund abschreitet. Sanet zitterte.

Als er auf ihrer Höhe war, schaute sie ihn an. Blitzartig holte er aus und schlug ihr ins Gesicht, so schnell, dass Maggie es fast nicht sah. Sanet stürzte zu Boden, doch er packte ihren Arm und zerrte sie wieder auf die Füße. »Wenn ich von der Arbeit komme«, fauchte er, »hat meine Frau in der Küche zu sein. Geh rein und mach mir mein Essen.«

Mit blutendem Mund stolperte Sanet zum Haus. Maggie sah ihr nach.

»Hol das Kind!«, befahl er scharf, die Augen schmal und hart wie Kieselsteine.

Wut ballte sich in ihrer Brust zusammen, breitete sich aus und durchdrang sie mit Kälte, aber sie musste gehorchen. Er hielt eine Waffe auf sie gerichtet. Mbali zuliebe musste sie Ruhe bewahren. Ihr ganzes Leben lang hatten Erwachsene Mbali im Stich gelassen. Jetzt war Maggie dran.

39

Samstag, 15:30 Uhr

Sie öffnete die Autotür. Mbali hatte sich zusammengekauert, Arme und Gesicht im Schoß vergraben, und atmete hörbar. Das stoßweise Keuchen machte ihr Angst, fast mehr als der Mann mit der Waffe hinter ihr.

»Mbali, wir steigen aus.« Sie wollte ihr etwas Tröstendes ins Ohr flüstern, aber Meiring stand ganz dicht hinter ihr. Sein Körper war nur Zentimeter von ihrem entfernt, sein Schweiß roch nach Terpentin und Teer. Er atmete schwer.

Sie legte Mbalis Arme frei und hob sie so sanft wie möglich aus dem Wagen. Ihre Beine gaben nach und sie fuhr zusammen, als sie Meiring sah, aber sie ließ sich von Maggie stützen, und langsam gingen sie auf das Haus zu.

»Halt«, rief Meiring, als sie den *Bakkie* erreichten. Die Waffe auf sie gerichtet, beugte er sich hinein und holte ein Seil heraus. »Jetzt ins Haus«, bellte er und fuchtelte mit der Knarre.

Sie gingen in die Küche, wo Sanet sich mit einer Hand ein feuchtes Tuch auf den Mund drückte und mit der anderen in einem Topf rührte. Meiring rückte zwei Stühle vom Tisch ab, und Maggie und Mbali setzten sich. Erst fesselte er Maggie an die Lehne und ihre Füße an die Stuhlbeine. Dann band er Mbali fest, die so schlaff war, dass er sie gegen den Stuhl drücken musste.

»Sie brauchen sie nicht zu fesseln«, sagte sie. »Das Kind kann nirgendwo hin.«

»*Hou jou mond toe!*«, schrie er. Halt den Mund. Speichel flog in ihre Richtung, sie zuckte zusammen.

»Sie finden mich abstoßend, was?« Seine Stimme klang wieder ganz ruhig. Er beugte sich vor und sprach ihr direkt ins Ohr. Sein heißer Atem auf ihrer Haut war noch schlimmer als die Spucke. »Ich sag Ihnen, was wirklich abstoßend ist. Weiber, die nicht auf ihren Mann hören. Söhne, die nicht auf ihren Vater hören. Der Verlust von Respekt. Das ist abstoßend.«

Sie blickte zu Mbali, wollte nicht, dass sie das mitanhörte. Ihre Augen waren geschlossen und sie wirkte wie in Trance. Ihr Körper sperrte den Schrecken aus.

Befriedigt, dass er seinen Standpunkt dargelegt hatte, schlenderte Meiring zu seiner Frau hinüber, immer noch die Waffe in der Hand. Er packte ihren Arm und drehte ihn, bis sie zusammenzuckte. Gleichzeitig strich er ihr eine Locke aus den Augen. Sein Tonfall wurde sanft. »*Meisie*«, sagte er, »du dachtest, du könntest mir weglaufen. Wie oft hab ich es dir schon gesagt? Das kann nicht klappen. Was der *Heer* zusammengefügt hat, darf kein Mensch trennen.« Sie schnappte nach Luft, als er ihren Arm noch weiter verdrehte. »Was kocht da?«, fragte er und sah in den Topf.

»*Hoendersop*«, antwortete sie mit zusammengepressten Zähnen.

Er ließ sie los, setzte sich Maggie und Mbali gegenüber an den Tisch. »*Bring my*«, befahl er.

Sanet brachte ihm eine Schale voll, dazu Brot und Butter auf einem separaten Teller.

»*Jy eet ook.*«

Sie gehorchte und setzte sich mit einer Schale hin. Ohne seine Waffe loszulassen, erfüllte Meiring die stille, schwere Luft mit seinem Schlürfen und Schmatzen. Sanet nippte lautlos, nahm mehr Luft als Nahrung in den Mund.

Während sie so tat als ob, stand Meiring auf und holte sich ein Bier aus dem Kühlschrank. Dabei fiel ihm ein, dass er ein Publikum hatte. Er ging wieder auf Maggie los.

»Was glauben Sie eigentlich, wer Sie sind? Was zum Donner glauben Sie, wer Sie sind?« Er packte ihr Kinn, sie zog den Kopf weg. Drohend hielt er ihr seinen Finger vors Gesicht. Es war eine Geste, die sie nur zu gut kannte. Der drohende Finger der selbstherrlichen Gockel, die so viele Jahrzehnte lang die Kirche und den

Staat beherrscht hatten. Die ihren Überlegenheitswahn als Gerechtigkeit verklärten und die Rechtfertigung dafür in der Bibel fanden. Es war der Finger des wöchentlichen Sermons ihrer Familie, der auf sie gerichtete Stab der Verdammnis und der Hölle.

Er berührte ihre Nase mit diesem Finger. Sie sah die Reste einer Blase auf seinem Handrücken. In der Mitte nässend, an den Rändern verschorft und rissig. Dann setzte er sich wieder, öffnete sein Bier und trank.

»Da haben wir nun die drei kleinen Ausreißer.« Es klang amüsiert. Er leerte das Bier und stellte Sanet die Dose hin. »Bring mir noch eins.«

Sie begann den Tisch abzuräumen, da packte er sie am Handgelenk. »Bring mir noch eins, sofort, Weib.«

Sanet reichte ihm ein Bier aus dem Kühlschrank und setzte sich wieder hin. Maggie versuchte in ihrem Gesicht zu lesen, aber es war ausdruckslos.

»Du hast versucht, mir wegzulaufen, *Meisie*«, sagte er. »Warum?«

Es war eine rhetorische Frage. Ihre Antwort interessierte ihn nicht. Maggie wurde bewusst, dass er seine Frau genauso nannte wie sie ihren Hund. *Mädelchen.*

»Hast du gedacht, du kannst mit dieser sogenannten Reporterin und dem Kaffernkind da verschwinden, oder was? Ein Leben ohne mich führen?«

Das brutale alte Wort. Es harkte über Maggies Haut mit all dem Hass, den es übermitteln sollte.

Er streichelte seiner Frau den Arm. Sie starrte auf seine Hand, als wäre sie eine unbekannte Spezies, die noch keinen Namen hatte. Furcht huschte über ihr Gesicht. Und noch etwas anderes.

Er lehnte sich zurück und kratzte sich die Seiten. »Du kannst jetzt abräumen.«

Wie ein Automat stand Sanet auf und begann das Geschirr wegzutragen.

»Ich habe in dieser Familie immer alle Entscheidungen treffen müssen«, wandte sich Meiring an Maggie. »Eine Familie führen ist wie eine Farm führen – es läuft nur, wenn einer der Boss ist.«

Meiring machte eine Pause und schüttelte entrüstet den Kopf.

Er trank sein Bier aus, stand auf und holte sich eine Flasche Brandy und einen Schwenker. Setzte sich wieder, schenkte sich ein. Nachdem er den Brandy genüsslich beschnüffelt hatte, nahm er einen Schluck.

»Der Boss muss Entscheidungen treffen, manchmal auch harte. Söhne sind dazu bestimmt, ihren Vätern nachzueifern, sie sollen sie bewundern und so sein wollen wie sie. Hat er mich je bewundert? Hat er mich je nach meiner Arbeit gefragt oder irgendwelches Interesse gezeigt? Hat er je gesagt, Pa, zeig mir die Farm? Nein, hat er nicht. Er gammelte bloß herum mit seinen Schwestern und seinem *Freund.*«

Hinter ihm wusch Sanet das Geschirr ab, mit dem Rücken zu ihm. Noch nie hatte sie einen derart aufmerksamen Rücken gesehen.

»Weißt du noch, Sanet?« Meiring stieß ein hicksendes Lachen hervor, das keinerlei Humor enthielt. »Als er zur Strafe eine Woche lang mit mir im *Bakkie* raus musste? Der kleine *Brak* verbrachte die ganze Woche in der Kabine mit Radiohören. Fummelte nur an den Sendern rum, so wie er den Jungs an den *Piels* rumfummelte.«

Er sammelte einen Mundvoll Rotz und spuckte auf den Tisch.

»Wisch ab, Weib«, blaffte er. Wortlos wischte Sanet seinen Schleim weg.

Meiring nahm die Waffe wieder auf und richtete sie auf Maggie. »Ich weiß, was Sie von Männern halten, die andere Männer ficken«, sagte er.

Sie war nicht sicher, ob das wieder eine von seinen rein rhetorischen Einlagen werden sollte. Er stand auf und begann umherzuwandern.

»Sie finden, es ist in Ordnung. Sie denken, es ist eine Form von Liebe, und der Herr im Himmel klatscht Beifall.«

Er blieb bei Maggie stehen, legte einen Arm auf die Lehne ihres Stuhls und beugte sich runter, die Hand mit der Knarre dicht vor ihrer Nase.

»Tja, ich sehe das anders! Ich finde es degeneriert und ekelhaft. Ich denke, sie sind Schweine und verdienen den Tod.«

Er legte die Waffe auf den Tisch und wischte sich die Hände an seiner Hemdbrust ab, rieb sie über seinen ganzen stattlichen Bauch.

»Also habe ich es getan. Ich habe die Erde von diesem Schwein befreit. Ich habe die Erde und meine Familie gereinigt.« Er deutete auf Maggie. »Und nicht nur einmal, sondern zweimal.«

Sanet beugte sich tief über die Spüle, ihr beredter Rücken starr und verkrampft. Sie hörte ihre schweren Atemzüge.

Zum ersten Mal, seit Meiring schwadronierte, ergriff Maggie das Wort. »Warum haben Sie Mbali entführt?«

Er hängte lässig einen Arm über die Lehne seines Stuhls, der Inbegriff von Gleichgültigkeit. »Weil es leicht war.« Er deutete mit dem Daumen in Mbalis Richtung. »Ich hab ihr erzählt, ihre *Ouma* hätte ihr einen Kuchen gebacken und wollte sie gern kennenlernen. Da ist sie zu mir ins Auto gestiegen. Ich gab ihr etwas Mangosaft, und schon schlief sie. Ich hab sie zur Sicherheit im Atelier weggesperrt.« Er blickte Maggie mit einer hochgezogenen Augenbraue an. »Ich wollte sie nicht umbringen.«

Er schwieg einen Moment. Ein Ausdruck huschte über sein Gesicht, und Maggies Körper kribbelte bei der Erkenntnis, dass er vollkommen wahnsinnig war.

»Ich brauche nur ihr Blut, um meins zu reinigen.«

Sanets Atmen wurde lauter.

»Aber jetzt hab ich meine Pläne geändert.« Meiring nahm seine Pistole, hielt sie so beiläufig, als sei sie eine Verlängerung seines Körpers. »Jetzt werd ich sie doch töten, und dann Sie, und dann mein beschissenes verräterisches Weib.«

»Nein! Nie mehr!«, schrie Sanet, ein gellender Klageschrei, der im Schmerz begann und sich über Zorn in wilde Wut steigerte. Sie hob den schweren gusseisernen Suppentopf und zog ihn ihrem Mann über den Schädel, wieder und wieder, bis Blut über den Tisch spritzte, auf sie, über Maggie und die apathische Mbali.

Die Pistole flog aus seiner Hand, polterte schwer zu Boden. Dann fiel er um.

Sanet stand über ihm und betrachtete ihr Werk. »*God, versoen my.*«

»Sanet! Binden Sie mich los!«, schrie Maggie, aber die Frau starrte wie paralysiert auf ihren blutenden, halb bewusstlosen Mann.

Meiring packte seine Frau am Bein und zerrte sie mit einer letzten Kraftanstrengung zu Boden. Sie hörte, wie Faust dumpf auf Fleisch und Knochen traf, als die beiden sich auf der anderen Seite des Tisches grunzend und keuchend in einem grauenhaften Ringkampf wälzten.

Sie zerrte an ihren Fesseln, aber Meiring hatte gute Knoten gemacht. Sie musste Sanet beistehen. Verzweifelt begann sie mit dem Stuhl um den Tisch zu ruckeln, um wenigstens nach ihm treten zu können. Meiring war jetzt auf den Knien, aus seinen Kopfwunden quoll Blut. Seine Hände legten sich um Sanets Hals. Sie machte sich schlaff, als habe sie aufgegeben. Das war ihre Strategie, zu der sie schon früher Zuflucht genommen hatte.

Sein Griff schloss sich fester.

»Halt!«, rief eine Stimme.

Auf der Türschwelle stand Cora, Meirings Waffe im Anschlag.

40

Samstag, 16 Uhr

Meiring ließ die Hände sinken und verharrte kniend wie ein Büßer. Seine Brust hob und senkte sich, dann sackte er gegen den Küchenschrank und streckte die Beine von sich. Blut lief in dickem Strom aus seiner Nase und sickerte in seinen Bart. Auf einer Seite des Kopfes hatte er eine große Platzwunde.

Die Waffe auf den Mann am Boden gerichtet, sagte Cora: »Sanet, mach die Reporterin und das Kind los.«

Die große Frau raffte sich auf und humpelte zu Maggie. Ihr Hals war dunkel angelaufen, ein Auge schwoll bereits zu. Beileibe nicht das erste Veilchen in dieser Ehe, dachte Maggie, aber höchstwahrscheinlich das letzte. Sanet mühte sich mit den Knoten, doch ihre Finger rutschten immer wieder ab.

»Komm, halt die Pistole«, sagte Cora. Sanet ging zur Tür und übernahm die Waffe, Cora kam und band Maggie los. Sie rieb sich die Handgelenke.

Sanet ging zu ihrem Mann und hielt ihm die Mündung an die Schläfe. Ihre Hände zitterten. Maggie spannte sich an, wartete auf den Schuss.

»Lass!«, sagte Cora. »Er entrinnt seiner Strafe nicht.«

Sanet gab auf, ihr großer Körper erschlaffte.

»Befreien Sie das Kind«, sagte Cora zu Maggie und nahm Sanet die Waffe ab. Die ließ sich auf einen Stuhl fallen.

Sie band Mbali los und nahm sie in die Arme. Das Kind wirkte immer noch leblos, sie hoffte, dass es in seiner Benommenheit die grauenhaften Geschehnisse der letzten Minuten nicht zu genau mitbekommen hatte. Sie setzte Mbali ihrer Großmutter auf den Schoß, und Sanet legte die Arme um das Kind.

Cora hielt die Waffe fest auf Meiring gerichtet. Es gab keinen Zweifel, dass sie schießen würde, falls er aufstand. Er lehnte reglos am Küchenschrank, den Kopf auf der Brust.

»Sie haben Pontius Ncube ermordet«, sagte Cora und ging langsam auf Meiring zu. »Sie haben ihn erschossen, weil er der Geliebte Ihres Sohnes war.«

Sanet sah Cora entgeistert an.

»Ja, Sanet«, sagte Cora. »Sie waren mehr als Freunde. Pontius war mein kleiner Bruder, der Ernährer unserer Familie. Was glaubst du, wie es für uns war, ohne ihn zu leben? Für mich, die jeden Tag zur Arbeit kommen und seinen Mörder sehen musste?«

»Warum?«, flüsterte Sanet.

Cora lachte auf, ein hartes Geräusch, das durch die stille Küche hallte. »Warum, fragt die reiche Dame.« Sie wandte sich um und starrte Sanet hasserfüllt an. »Ich bin eine schwarze Frau ohne Schulabschluss. Meine Eltern brauchten die Entschädigung deines Mannes für ihren Ruhestand. Wie sollte ich denn meine Familie ernähren?«

Sie ließ sich auf den Stuhl fallen, wo Meiring sein Abendessen verzehrt hatte.

»Ich hatte keine Wahl. Ich konnte nur weiter für den Mörder arbeiten oder meinen Körper verschachern oder meine Kinder verhungern lassen. Ich ging zum Sangoma, der einen Schutzzauber für mich webte. Dann kam ich wieder her, blieb auf der Hut und wartete ab.« Ihr Gesicht wurde lebendig. »Ich hab dich beobachtet, Sanet, aber das hast du nicht gemerkt. Ich weiß alles über dich, und das ist dir nie klar geworden. Ich wusste es, wenn er dich schlug und du Make-up trugst, um die blauen Flecken zu verbergen. Ich weiß genau, wann er dich zwang, mit dem Malen aufzuhören. Ich weiß auch, wann er dich zum Sex gezwungen hat.«

Bei diesen Worten hob Meiring den Kopf wie ein alter Hund, der seinen Namen hört.

»Guck mich nicht an«, fauchte Cora. Sein Kopf sank wieder auf seine Brust.

»Es tut mir leid.« Sanets Stimme war leise, aber klar. »Es tut mir leid, Cora.«

»Tu dir selber leid«, sagte Cora. »Du hast nichts dagegen getan. Du hast ihn immer weitermachen lassen.«

»Was hätte ich denn tun können?« Tränen füllten Sanets Augen.

»Du hättest fortgehen können, deine Kinder in Sicherheit bringen, eine bessere Mutter sein. Du hättest ihn verlassen können, als er deinen Sohn aus dem Haus warf. Oder als er Pontius umbrachte. Aber du bist hiergeblieben wie eine Memme.« Cora lehnte sich über den Tisch, den sie jahrelang geschrubbt und abgewischt hatte, und starrte Sanet in die Augen. »Er hat deinen Sohn ermordet! Und du sitzt immer noch hier. Was für eine Mutter bist du?«

Sanet schüttelte es. Sie drückte Mbalis schlaffen Körper an sich.

»Der einzige Mensch in dieser Familie, der kein Feigling war, war Balthasar. Als er zurückkam, gab er mir Geld für meine Kinder. Er sagte, er würde mir immer helfen.«

Zum ersten Mal, seit sie hereingekommen war, wirkte Cora zögerlich. Sie trug schwer an der Last weiteren Wissens. Maggie sah, wie sie damit rang.

»Er wusste …«

»– dass Ihr Mann HIV-positiv war«, ergänzte Maggie.

»Was?«, flüsterte Sanet. Unwillkürlich legte sie die Arme noch fester um Mbali, mehr zur eigenen als zur Beruhigung des Kindes.

»Er ist positiv«, wiederholte sie. »Balthasar wusste das. Er drohte seinem Vater, er würde zur Polizei zu gehen und aussagen, dass der Mord an Pontius nicht aus Notwehr, sondern kaltblütig und mit Vorsatz geschah. Es sei denn, er würde Ihnen gestehen, dass er positiv ist. Deswegen hat Meiring ihn umgebracht.«

»Aber woher wussten Sie …?« Sanet schauderte.

»Ich hab die ARVs gefunden. Er versteckt sie in dem Zimmer hinter der Garage unterm Bett.«

»Und du, Cora?« Sanet drehte sich zu der Frau um, die mit der Waffe ihres ehemaligen Arbeitgebers in der Hand dasaß.

»Ich hab sie auch gefunden. Ich war es, die Balthasar davon erzählt hat.« Coras Miene war entschlossen, harte Linien verliefen von den Nasenflügeln zum Kinn.

»Aber wo hatte er die her?«

»Das musst du deinen Mann fragen.« Coras Finger schlossen sich fester um die Waffe. »Und frag ihn auch gleich, wieso er Mbali entführt hat. Wie er darauf kommt, das Blut einer Jungfrau könnte ihn von seiner Krankheit heilen.«

»Du bist ein böser, schlechter Mann«, sagte Sanet zu ihrem Gatten. Seine blassblauen Augen öffneten sich. »Du hast versucht, unsere ganze Familie zu zerstören, und du hast es fast geschafft.« Sie zeigte mit dem Finger auf ihn. »Aber die von uns, die noch übrig sind, werde ich in Zukunft zusammenhalten.«

Wie im Selbstgespräch fuhr sie fort: »Mein wunderschöner Junge. Du hast dein Leben für mich gelassen. Es tut mir so leid, dass ich dir nicht half, als du Hilfe brauchtest. Ich war so feige. Ich lebte in Angst.« Sie drückte Mbali an sich. »Aber jetzt will ich auf deine Kinder aufpassen. Gott helfe mir, das werde ich. Sie sind bei mir in Sicherheit, und du kannst in Frieden ruhen.«

»Gehen Sie die Polizei rufen«, sagte Cora zu Maggie.

»Zu spät.« Die Stimme schien tief aus Meirings Brust zu kommen. »Ihr habt euch selbst gerichtet mit eurem Geschwätz. Blöde Weiber.«

Ihre Kopfhaut piekte.

Er öffnete die Augen, das Blau fast zu Weiß erloschen, und starrte seine Frau an. »Die Farm steht in Flammen. Ihr werdet alle mit mir sterben.«

Sie rannte nach draußen. Rauch füllte ihre Lungen, und die Hügelketten um die Farm waren in Dunkelheit getaucht. Entlang der Straße in Richtung des *Kraals* sah sie eine Mauer aus Flammen.

»Kommt!«, schrie sie den anderen zu. »Wir müssen hier weg, schnell!« Die einzige Chance war Meirings Wagen. Sie schnappte sich die Schlüssel vom Küchentisch. »Cora, Sie bringen Mbali in den *Bakkie*.«

Cora hob das Kind von Sanets Schoß und trug sie hinaus.

Sie wandte sich an Sanet, die blasser war als je zuvor. »Helfen Sie mir.« Sie zeigte auf Meiring, der aus seiner Kopfwunde blutend dalag. »Wir müssen ihn mitnehmen.«

Sie packten jede einen Arm und zogen. Es war, als versuchten sie ein Haus anzuheben. Er rührte sich nicht von der Stelle. Lourens Meiring hatte nicht vor, seine Farm lebend zu verlassen.

Sie stürzte nach draußen, kletterte auf den Fahrersitz des *Bakkie*s. Drehte den Schlüssel. Das Fahrzeug hustete bloß. Sie drehte nochmals, und es schüttelte sich in Gang. Mit Blick über die Schulter setzte sie den Wagen rückwärts an die Küchentür, so nah es ging. »Cora, wir brauchen Ihre Hilfe.«

Zu dritt zerrten sie den riesigen Mann durch die Küchentür. Unter Grunzen und Schieben schafften sie es, seinen leblosen Körper auf die Ladefläche zu hieven.

»Setzen Sie sich zu ihm, Sanet«, sagte sie, und die Frau kletterte zu ihrem Mann auf den *Bakkie*. »Habt ihr Decken?«, fragte sie Cora.

»Im Flurschrank.«

Sie rannte hinein, zog drei schwere graue Decken aus dem Schrank und machte sie mit Hilfe Coras und des Gartenschlauchs vor dem Haus nass.

»Wir müssen los!«, rief Sanet von der Ladefläche. Sie zeigte auf den Hügel. Die Bäume standen in Flammen, jeder einzelne eine lodernde Fackel. Brennende Äste stürzten zu Boden.

Schweißnass und hustend warf Maggie Sanet die nassen Decken zu, sprang in die Kabine und drehte den Zündschlüssel.

Sie fuhr auf das Tor zu und drückte wie besessen die Fernbedienung. Hinter ihrem Kopf trommelte Sanet an die Heckscheibe. »Halt, Maggie! Die Hunde!« Sie trat auf die Bremse, die drei Hunde sprangen auf die Ladefläche. Sanet warf die Decken über sich, die Hunde und den leblosen Körper ihres Mannes. Das Eisentor schwang auf.

Die Straße vor ihnen war eine Feuerwand.

Schnell schaute sie Cora an, eine unausgesprochene Frage. Sie vermutete, dass Meiring einen Kreis aus Feuer um die Farm gelegt hatte. Der einzige Weg war, den Ring zu durchbrechen.

»Los!«, sagte Cora.

Sie gab Gas. Flammen leckten am *Bakkie*. Asche wirbelte im Luftstrom. Äste brachen nieder, Rauch quoll meterhoch über das Verdeck. Ans Lenkrad geklammert, konzentrierte sie sich auf die Straße, trat das Gaspedal bis zum Anschlag durch. Cora hielt Mbali auf dem Schoß, die Arme fest um das Kind geschlungen.

Die Hitze war unerträglich, ihre Lungen voller Asche und Staub. Sie hörte Cora husten und würgte selbst wie verrückt. Sie bekam keine Luft mehr. Sie würden alle ersticken, hier im brennenden Herzen von Lourens Meirings Wald.

Ein Wimmern erfüllte die Kabine. Mbali?

Das Wimmern schwoll an zu einem grellen Kreischen, ein entsetzliches Tohuwabohu aus Schmerz, das an ihren Trommelfellen riss. Sie presste die Zähne zusammen. Sie musste sie rausbringen, sie musste.

Dann prasselte Wasser gegen die Windschutzscheibe. Sie bremste.

Zwei Feuerwehrlöschzüge standen zu beiden Seiten der Straße, daneben drei Polizeibusse und dahinter zwei Krankenwagen.

Und noch ein Auto. Ein alter Mercedes, den sie erst gestern gesehen hatte, was ein ganzes Leben her war. Er gehörte Spike Lyall.

41

Drei Wochen später

Maggie fühlte das Koffein durch ihre Adern rauschen. Es war ein nasser, grauer Morgen, die Berge ragten aus dem Nebel. Später würde die Sonne durch die Wolken brechen, und sie würden den Bergpfad entlangwandern, den Vögeln lauschen und die dampfenden Täler unter sich bewundern.

Tief befriedigt schnupperte sie an der zusammengefalteten Zeitung in ihrer Hand. Nach der Feuerprobe auf der Farm war sie eine ganze Woche lang nicht fähig gewesen, eine Ausgabe der *Gazette* anzusehen. Schon die Schlagzeilen, angeschlagen an den Telefonmasten der Stadt, hatten ihr Brechreiz verursacht.

Doch nichts war so schlimm, wie zu Msizis Beerdigung zu gehen. Nkosazanas jüngster Enkel hatte sein gesamtes Leben schwerkrank verbracht. Er war niemals gekrabbelt oder taumelnd auf seinen Babybeinen gelaufen, hatte nie einen Gecko gejagt oder Fußball gespielt. Sein Sarg war kaum größer als ein Schuhkarton.

Die Trauerfeier wurde an Sanets neuem Ort der Besinnung abgehalten: eine konfessionslose Kirche, nur einen kurzen Fußweg von Balthasars Haus entfernt. Lindiwe hielt eine Rede, Sanet las einen Abschnitt aus der Bibel. Nkosazana weinte laut und raufte sich die Brust. Maggie hielt Mbalis Hand und weinte auch.

Msizi wurde eingeäschert. Nkosazana war nicht glücklich mit dieser Abkehr von den alten Zulu-Sitten, aber Lindiwe überzeugte sie, dass es verantwortungsbewusster war.

Sie verstreuten seine Asche rund um den Glücksbohnenbaum.

Sanet erklärte, wenn Joyce und Busi erst größer waren, konnten sie rausgehen, unter dem Baum spielen und sich ihres kleinen Cousins erinnern. Nkosazana hob skeptisch die Augenbrauen. Ihr war nichts recht, was ihre frühere Arbeitgeberin sagte. Die beiden Frauen waren regelrecht ineinander verkeilt, trugen einen beständigen Machtkampf aus. Sie mussten neue Verhältnisse aushandeln, und jede Entscheidung wurde zu einem Schlachtfeld.

Nkosazana rief bei Maggie an, um sich zu beklagen. »Sie ist nicht mehr meine Chefin.«

»Ja, Nkosazana, sag ihr das.« Sanet musste das lernen. Nkosazana war jetzt ihre Partnerin in Balthasars Waisenhaus. Lindiwe hatte ihnen geholfen, es als NGO registrieren zu lassen, mit beiden Frauen als gleichberechtigten Verantwortlichen. Sie hatten noch zwei Waisen aus Sweetwaters aufgenommen. Nkosazana wirkte jetzt viel munterer – all die Rangeleien mit Sanet hatten sie neu belebt.

Das Einzige, was sie wirklich guthieß, war die funkelnde neue Küche, die Sanet im Haus hatte einbauen lassen. Nie wieder würde sie auf dem vorsintflutlichen Ofen kochen oder den leckenden Kühlschrank trockenlegen müssen.

Irgendwann rief Lindiwe an und erzählte Maggie, dass Sanet eingewilligt hatte, einen HIV-Test zu machen.

Ein weiterer Anruf während ihres Exils kam von Thandi Mathonsi. »Wir brauchen Sie bei der Meiring-Verhandlung im April als Zeugin. Die Story für die *Gazette* wird jemand anders schreiben müssen.«

Sie wusste, wer das sein würde. Jabu. Seit ihrer Suspendierung hatte es der Frischling regelmäßig auf die Titelseite geschafft.

Nzimande berief sie eine Woche verfrüht zu ihrer Disziplinaranhörung ein. Vor seinem Büro fing er sie ab. »Wir haben die Anhörung gestrichen«, eröffnete er ihr. »Vor dem Hintergrund der Geschehnisse auf der Meiring-Farm. Sie haben Ihr Leben riskiert, um ein Kind zu retten und einen Mörder aufzuhalten, und auch wenn Sie sämtliche Befugnisse überschritten haben, können wir Sie dafür einfach nicht bestrafen.« Er begab sich hinter die

Weite seines Schreibtischs und nahm Platz. »Aber wie dem auch sei, Ihren alten Job sind Sie los. Jabu übernimmt von jetzt an das Ressort des Kriminalreporters.«

»Was?« Sie sackte auf einen Stuhl.

Der Geruch von Pfefferminz kündigte Zacharius Patel an. Mit einem trockenen Lächeln erschien er im Türrahmen. »Na, wie geht's unserer neuen Investigativ-Journalistin?«

Sie starrte vom einen zum anderen.

»Sie werden befördert, Cloete«, sagte Nzimande. »Hier ist ein Bonus.« Er schnippte ihr über den Tisch einen Umschlag zu. »Benutzen Sie dieses Geld, um Ferien zu machen. Und wenn Sie zurück sind, arbeiten wir einen Plan für Ihren neuen Job aus.«

Sie schwebte. Die Erleichterung glühte so warm wie eine Sonne in ihrem Bauch.

»Ich fürchte, Maggie muss noch eine Story schreiben, bevor sie ihren Urlaub antreten kann. Die Cops haben heute Morgen Lucky Bean Msomi verhaftet.« Wahrhaftig, Patel grinste. Maggie nahm sich vor, diesen Anblick sorgsam im Gedächtnis zu bewahren.

»Ja, ja.« Nzimande strahlte. »Hören Sie lieber auf Ihren Boss, Maggie. Los, gehen Sie schreiben.«

An diesem Tag überwies sie Christos Krankenhausrechnungen, bezahlte Pete Dickson von der Alpha-Werkstatt, schrieb die Lucky Bean Msomi-Story und buchte ein Ferienhaus in den Drakensbergen. In dieser Reihenfolge.

Jetzt, umgeben von den Bergen und mit rumpelndem Magen bei dem Geruch gebratener Eier mit Schinken, entfaltete sie die Zeitung. Die Schlagzeile traf sie wie ein Dolch.

Angeklagter auf der Flucht

Von Kriminalreporter Jabu Sibiya

Die Polizei hat gestern Abend eine Fahndung nach dem wegen organisierten Betruges angeklagten Geschäftsmann Lucky Bean Msomi eingeleitet, nachdem er aus dem Polizeigewahrsam geflohen war.

Polizeisprecherin Thandi Mathonsi gab an, dass Msomi im Schutz der Dunkelheit entkommen konnte. »Wir können noch nicht sagen, wie er es geschafft hat, sich aus einer verschlossenen Zelle zu befreien, aber wir ermitteln weiter und haben eine Zielfahndung eingeleitet. Es ist die Pflicht der Staatsgewalt, die Schwächsten und Verwundbarsten der Gesellschaft vor denen zu schützen, die sich auf ihre Kosten bereichern, und die Anklagepunkte gegen Msomi sind äußerst schwerwiegend.«

Msomi wird organisierter Betrug vorgeworfen, zusammen mit Sven Schloegel, einem deutschen Staatsbürger und Beklagten einer Sammelklage vor dem Landgericht wegen Verkaufs unwirksamer Medikamente an AIDS-Opfer.

Der Anklage zufolge soll Msomi systematisch teure Kredite an Familienangehörige vergeben haben, um die Gebühren für Schloegels »Kur« sowie überhöhte Beerdigungskosten zu begleichen. Solchermaßen bei Msomi verschuldet, steckten sie in der Notlage, den Geschäftsmann auszahlen zu müssen. Im Verlauf einer Undercover-Ermittlung für die *Gazette* deckte Reporterin Magdalena Cloete auf, dass die trauernden Familien sämtlich als Handelsvertreter für *Schloegel's Herbals* eingespannt wurden.

Msomi wurde im April zusammen mit Schloegel und fünf weiteren Geschäftspartnern festgenommen. Darunter befindet sich auch Chief Shayabantu Phiri, dessen Sohn, der ANC-Lokalpolitiker Dumisane Phiri, sich wegen Behinderung der Justiz im Fall des mehrfacher Vergewaltigung beschuldigten Vincent Ndlela vor dem Landgericht verantworten muss.

Spike kam ins Schlafzimmer und platzierte ein Tablett auf dem Nachttisch. Es war turmhoch beladen mit Spiegeleiern, gebratenem Schinken, Toast und frischem Kaffee.

»Das glaubst du nicht«, sagte sie und schwenkte die Zeitung. »Der Hai ist entkommen! Msomi. Er ist auf der Flucht. Ich fahre in die Ferien, und dann passiert so was. Ich muss schleunigst zurück.«

»Gib mir mal die Zeitung«, sagte Spike.

Sie ignorierte ihn.

»Magdalena Cloete, gib mir sofort die Zeitung. Du bist im Urlaub und hast strikte Anweisung, weder an die *Gazette* zu denken noch an Arbeit oder irgendwelche entsprungenen Verbrecherkönige, egal wie mächtig und böse.« Spike rupfte ihr die Zeitung aus der Hand und warf sie durchs Zimmer. Dann kniete er sich neben ihr aufs Bett, schlang die Arme um sie und küsste sie auf den Hals.

Sie stellte fest, dass es ganz leicht war, an nichts zu denken.

Nachbemerkung

Menschen, die in Ländern wie Deutschland leben, sind oft erstaunt, dass AIDS in vielen Teilen der Welt nach wie vor ein Thema ist. Schließlich existieren wirksame Medikamente, und Betroffene könnten heutzutage ein relativ normales Leben führen. Nichtsdestotrotz gab es zu Beginn dieses Jahrtausends eine kurze, hochgradig wahnwitzige Zeitspanne, in der die südafrikanische Regierung nicht anerkannte, dass das Humane Immundefizienz-Virus (HIV) AIDS verursacht. Sie weigerte sich, den Einsatz lebenserhaltender Medikamente freizugeben, schickte damit Hunderttausende von Menschen (zumeist Erwachsene in der Blüte ihres Lebens) in den frühen Tod und machte ihre Kinder zu Waisen. Die Anzahl der AIDS-Waisen in Südafrika beläuft sich aktuell auf fast zwei Millionen.

Ich schätze mich glücklich, brillante Schriften von hervorragenden südafrikanischen Autoren zum Thema AIDS gelesen zu haben. Bedanken möchte ich mich bei Edwin Cameron (*Der Tod in Afrika: Mein Leben gegen AIDS*), Kerry Cullinan und Anso Thom (*The Virus, Vitamins & Vegetables – The South African HIV/AIDS Mystery*), Adam Levin (*Aidsafari – A Memoir of My Journey with Aids*) und Jonny Steinberg (*Sizwe's Test*), die mir halfen, die ganze Komplexität der Krankheit wie auch die ihres gesellschaftlichen Fallouts zu begreifen. Alle eventuellen Unstimmigkeiten gehen ausschließlich auf mein Konto.

Noch zwei Bücher haben dieses hier beeinflusst: *Faith in Turmoil – The Seven Days War*, herausgegeben von Lou Levine, beschreibt sieben Kriegstage in den sanften Hügeln um Pietermaritzburg just zu der Zeit, als Südafrika in den Geburtswehen seiner Freiheit lag. Ich las auch Rebecca Brown: *Die Gaben des Körpers*, worin sie von ihren Erfahrungen als ambulante Betreuerin für Menschen mit AIDS erzählt. Ihr grenzenloses Mitgefühl und ihre emotionale Großzügigkeit prägten meine Figuren Balthasar und Lindiwe.

So viele Menschen ließen mir die Ehre ihrer Unterstützung und Ermutigung zuteil werden. Ich kann jeder Schriftstellerin, die sich auf das Abenteuer einlässt, ihren ersten Roman zu schreiben, nur wünschen, sie möge ein ebenso vielfältiges, zahlreiches und zugewandtes Team von Cheerleadern, Verbündeten und Helfershelfern haben wie ich. Freundinnen, Freunde und Familie nah und fern, online und im echten Leben sowie jene, die den Sprung vom Internet ins echte Leben schafften – ihr seid zu viele, um euch alle aufzuführen, aber ich bin so glücklich, euch zu haben.

An meine Agentin Michaela Roell: Ich danke dir, dass du die erste Person in der Buchbranche warst, die Maggie ins Herz schloss. Und an meine Verlegerin Else Laudan: Danke, dass du die zweite warst. Ich bin euch ewig dankbar für euer Vertrauen in sie – und in mich.

An meine Eltern, meinen Bruder und mein Team zu Hause – Thomas, Lily, Daisy und Ollie – ihr seid die Besten, und ich liebe euch über alle Maßen.

Charlotte Otter
Heidelberg, im Juni 2013

Glossar

Afrikaaner-Sezession: die Sezessionsbestrebungen der AWB, die sich eine unabhängige Republik von Afrikaanern wünscht (den im Deutschen geläufigen Ausdruck *Buren* betrachten auch die nicht rechtsextrem gesonnenen weißen Afrikaaner als diskriminierend)

AIDS-Leugnung: HIV ist als Ursache von AIDS eindeutig belegt, ebenso die Zuverlässigkeit von HIV-Tests und der Nutzen von HIV-Medikamenten. Die Wissenschaftsgemeinde wirft den AIDS-Leugnern vor, aktuelle Forschungsergebnisse zu ignorieren, Studiendaten falsch zu zitieren oder sogar frei zu erfinden. Die Aussagen der AIDS-Leugner sind als gefährliche Verschwörungstheorie anzusehen, da hierdurch Laien überredet werden, auf Schutzmaßnahmen gegen HIV zu verzichten und erwiesenermaßen wirksame Medikamente abzulehnen. Zahlreiche Menschen sind deshalb bereits infiziert worden und gestorben. Insbesondere in Afrika (vor allem in Südafrika, wo rund ein Fünftel der erwachsenen Bevölkerung mit HIV infiziert ist) wird den AIDS-Leugnern vorgeworfen, durch ihre Beeinflussung der Mbeki-Regierung für den AIDS-Tod hunderttausender Menschen mitverantwortlich zu sein. (Wikipedia)

ARVs: Antiretrovirale Medikamente. Da HIV ein Retrovirus ist, spricht man von einer antiretroviralen Therapie. Um bei einer HIV-positiven Person den Ausbruch von AIDS hinauszuzögern, werden mehrere Medikamente kombiniert, die an unterschiedlichen Punkten des Vermehrungszyklus des HI-Virus ansetzen und so seine Verbreitung im Körper bremsen. Im Idealfall bewirken antiretrovirale Medikamente, dass die Bildung neuer Viren vollständig unterdrückt wird. Die Viruslast nimmt ab und die Zahl der Helferzellen nimmt zu – das Immunsystem erholt sich, und so kann man lange mit HIV leben. Trotzdem breiten sich auch heute noch AIDS-Pandemien aus, wo immer solche Medikamente nicht allgemein zugänglich sind oder die Menschen Bedenken haben, sie zu nehmen, oder beides.[1]

AWB: Afrikaner Weerstandsbeweging, von Eugène Terre'Blanche 1973 gegründete rechtsextreme politische, zeitweilig paramilitärische Separatistenbewegung, die die Schaffung eines unabhängigen Burenstaates in Teilen Südafrikas anstrebt. In ihrer Blütezeit in den 1980er und 1990er Jahren erregte die AWB viel Aufsehen als weiße neo-faschistische Rassistengruppierung, die mit gewaltsamen Aktionen das Ende der Apartheid zu verhindern versuchte. Führerkult und Symbolik erinnern an deutsche Nazis.

Bhangra: Punjabi-Volkstanz, eine Mischung traditioneller und moderner indischer Musik mit Pop- und Hiphop-Einschlag

Biltong: getrocknetes gewürztes Fleisch

Boerewors: Afrikaans für »Bauernwurst«, schneckenförmige Grillwurst aus Rind, Schwein und Wild, kräftig gewürzt

Brak: Afrikaans-Wort für Mischlingshund (Töle, Köter)

Beamer: südafrikanischer Slang für BMW

Cane: südafrikanischer Zuckerrohrschnaps

Canna: Blumenrohr, ausdauernde krautige Pflanzen mit Wuchshöhen zwischen 0,5 und 5 m, gehört zur Ordnung der Ingwerartigen (*Zingiberales*), einige Arten sind weltweit in den Tropen verwildert, manche dienen als Zierpflanzen für Parks und Gärten

Chicken-Walkie-Talkies: Füße und Köpfe von Hühnern, erst gekocht, dann mariniert und gegrillt

1 »Im Jahr 2011 starben weltweit 1,7 Millionen Menschen an AIDS. (…) 7 Millionen Menschen, die gegen HIV behandelt werden müssten, haben nach wie vor keinen Zugang zu antiretroviraler Therapie. (…) 72 % der Kinder, die mit HIV leben und Behandlung brauchen, haben keinen Zugang zu antiretroviraler Therapie.« http://www.unaids.org/en/resources/campaigns/20121120_globalreport2012/factsheet

»Durch Behandlung mit neuen Medikamenten ist AIDS in Mitteleuropa seltener geworden. (…) Im südlichen Afrika ist die Rate am höchsten. Die Rate der schwangeren HIV-Infizierten unter 20 Jahren ist in Südafrika auf 15,4 % gesunken (1998: 21 %); dies bedeutet, dass Aufklärungsprogramme langsam Erfolge zeigen. Jedoch sind die AIDS-Raten bei älteren Frauen immer noch sehr hoch. 32 % der Frauen zwischen 24 und 29 Jahren sind derzeitig mit der Krankheit infiziert. Insgesamt sind 20 % der Bevölkerung Südafrikas mit HIV infiziert.« (Wikipedia: Aids)

Dagga: südafrikanischer Slang für Marihuana

Dassie: Klippschliefer, kaninchengroßes pflanzenfressendes, in Kolonien lebendes Säugetier

Doek: Afrikaans-Wort für Kopftuch

Donga: tiefes Schlagloch oder Furche in der Straße

Gogo: respektvoller Zulu-Ausdruck für alte Dame/Großmutter

Grenzkrieg: Der südafrikanische Grenzkrieg wurde 1966–1989 hauptsächlich in Deutsch-Südwestafrika (heute Namibia) und Angola geführt und war eng verschränkt mit dem angolanischen Bürgerkrieg und dem namibischen Unabhängigkeitskrieg. Die Gegner waren auf der einen Seite Südafrika und seine Verbündeten (vor allem die UNITA), auf der anderen Seite die angolanische Regierung, die SWAPO und ihre Verbündeten (vor allem Kuba). Während der Apartheid gab es in Südafrika eine zweijährige Wehrpflicht für alle weißen Männer. Die Mehrheit der Wehrpflichtigen kämpfte im Grenzkrieg.[2]

2 Weitere Quellen zu diesem Thema, das bei uns kaum mit Südafrika in Verbindung gebracht wird: »Der Angola-Krieg begann 1975, als die prowestliche Guerilla-Organisation Unita, von Südafrika und den USA finanziert, das linke Regime in Luanda vertreiben wollte. Noch 1975 holte Angola deshalb kubanische Söldner über den Atlantik. Etwa zur gleichen Zeit schickte Südafrika aus dem rechtswidrig besetzt gehaltenen ehemaligen Deutsch-Südwestafrika, heute Namibia, Truppen ins benachbarte Angola. Seither kämpfen bis zu 60 000 Savimbi-Rebellen, 50 000 Kubaner und an die 2000 Südafrikaner in Angola. Für die Unabhängigkeit Namibias kämpft seit 1966 die linke Guerilla-Organisation Swapo, seit 1975 auch von angolanischen Militärbasen aus. Der Krieg hat Angola, dank seiner Öl- und Diamantenvorkommen eines der reichsten Länder Schwarzafrikas, ruiniert: über 100 000 Tote, 1,5 Millionen Flüchtlinge.« (*Der Spiegel* 33 / 1988)

»Soldaten Südafrikas helfen der sich antikommunistisch gerierenden Unita. (…) Wirtschaftsinteressen spielen mit: Die Unita finanziert sich durch den Verkauf von Diamanten an Südafrika. Waffenhändler in aller Welt reiben sich die Hände ob der guten Kundschaft. (…) Auch wenn die 27-jährige Geschichte des angolanischen Krieges sich stellenweise wie Satire liest – seine ernste Seite sind eine halbe Million getöteter Zivilisten, mehr als vier Millionen Flüchtlinge, ein ruinierter Staat. Rund vier Fünftel der Bevölkerung haben bis heute keinen Zugang zu medizinischer Versorgung, mehr als die Hälfte hat kein Trinkwasser. Jedes dritte Kind stirbt, bevor es fünf Jahre alt ist. Rund 15 Millionen Landminen fordern auch zehn Jahre nach Kriegsende noch Todesopfer oder verstümmeln Menschen.« (*ZEIT online* 2012: Tausendfaches Töten im Interesse der Großmächte)

Hadeda: Hagedasch-Ibis (*Bostrychia hagedash*), ein 60 bis 75 cm großer Schreitvogel, graubraun mit schimmernden Flügelspitzen und dunklem, gebogenen Schnabel, verbreitet in weiten Teilen Afrikas südlich der Sahelzone. Der engl. Name verweist auf die durchdringend quäkenden Rufe: »ha-de-da«.

Hau: Zulu-Ausdruck des Schreckens oder der Verblüffung

Hirtenmainas: invasive Singvögel aus der Familie der Stare, gut an urbane Ökosysteme angepasst, ca. 25 cm lang, braun mit Dunkelgrau und Cremeweiß. In der Dämmerung versammeln sich Schwärme zum Schlafen in Bäumen und rufen mit gurgelnden, quiekenden und klickenden Tönen.

Inkatha: politische Partei Südafrikas, bis heute geführt von Gründer Buthelezi. Die Inkatha Freedom Party (IFP) wurde 1975 in der Provinz Natal gegründet, anderswo entstanden rasch Ableger. Da Buthelezi vorher Mitglied der ANC-Jugendorganisation war, standen sich die beiden Parteien zunächst nahe und bekämpften gemeinsam die Apartheid, doch im Laufe der 1980er änderte sich das. Als *Chief Minister* des Homelands KwaZulu stützte sich Buthelezis Macht auf den Apartheidstaat und seine Wirtschaft. Anti-Apartheid-Regierungschefs in Südafrika und im Ausland forderten Sanktionen gegen Buthelezi, der zunehmend als Marionette der Regierung galt. In KwaZulu-Natal kam es Anfang der 1990er zu einem blutigen Bürgerkrieg zwischen Zulu-Anhängern und

(noch Fußnote 2) »Das Exempel der afrikanischen Massaker belegt durchaus das Vorhandensein einer kühl kalkulierten politischen Ökonomie des Krieges. Der Strom und Zustrom der realisierten Finanzmittel gibt darüber Auskunft: Wichtiger Abnehmer der angolanischen Diamanten ist die Firma De Beers. Seit 60 Jahren dominiert das britisch-südafrikanische Unternehmen und seine Central Selling Organisation (CSO) die internationale Diamantenindustrie, indem sie weit über 70 % der weltweiten Diamantenproduktion klassifizieren, bewerten und verkaufen. Auch Ölexporte finanzieren die afrikanischen Kriege. An der Seite der Großkonzerne und der afrikanischen warlords bei der Kontrolle über Bodenschätze stehen private Söldner. Diese ›Soldiers of Fortune‹ assistieren seit vielen Jahren den kriegführenden Parteien und den transnationalen Konzernen in Angola und anderswo in Afrika. Die südafrikanische Sicherheitsagentur Executive Outcomes (EO) ist Marktführer der privaten Sicherheit. Sie rekrutierte ihre Söldner größtenteils aus der berüchtigten Koevot-Spezialeinheit der ehemaligen südafrikanischen Armee. Die Angebotspalette umfasst sämtliche militärischen Dienstleistungen, die für einen Bodenkrieg notwendig sind.« (Angola: Die Anatomie eines Mega-Verbrechens / www.medico.de)

ANC-Mitgliedern. Auszug aus Wikipedia: »Die IFP versteht sich als antikommunistisch und als Gegenpartei zum ANC. Während der Apartheid suchte sie punktuell die Zusammenarbeit mit der weißen Regierung. Die entgegenstehenden Positionen von ANC und Inkatha führten ab 1989 zu Übergriffen und Kämpfen (...), kosteten rund 7000 Menschen das Leben. Erst als es Mandela 1994 gelang, Buthelezi in die neue Regierung einzubinden, hörten die Unruhen auf.«

Koppie: Afrikaans-Wort für Hügel

Kraal: Afrikaans-Wort für ein traditionelles Dorf

Kwaito: südafrikanische Musikrichtung, überwiegend House-Beats mit Rap-artigem Sprechgesang, kam in den 1990ern aus den Townships um Johannesburg

Melktert: traditionelles südafrikanisches Gebäckstück, süß mit Zimt-Vanille-Füllung

Minderheitenrechte: Minority rights – der Begriff umfasst zwei unterschiedliche politische Ansätze, zum einen den Schutz der als Individualrechte formulierten Menschenrechte bezogen auf Angehörige z. B. ethnischer, religiöser, sprachlicher, sexueller Minderheiten, zum anderen die Kollektivrechte minderheitlicher Gruppen. Während des politischen Umbaus Südafrikas zur Demokratie gab es massive Ängste der Afrikaans- und Englisch-stämmigen weißen Bevölkerungsgruppen, dass ihre Menschenrechte nicht gewahrt würden. Die vor den ersten demokratischen Wahlen 1994 in langen Auseinandersetzungen ausgehandelte südafrikanische Verfassung gewährt zwar keine Volksgruppenrechte, wie von den Verhandlungsführern der weißen Minderheit gewünscht, wohl aber Schutz vor Diskriminierung für alle Volksgruppen wie auch für Schwule, Lesben und Behinderte: Gleichheit vor dem Gesetz, Rede-, Religions-, Versammlungs- und Vereinigungsfreiheit, Schutz der Privatsphäre und des persönlichen Eigentums sowie das Recht auf Freiheit und Unversehrtheit.

Muti: Zulu-Ausdruck für Arznei meist traditioneller Heilkunde

Oorwinning: Afrikaans-Ausdruck für Sieg oder Genugtuung

Panga: eine im Osten und Süden Afrikas gebräuchliche Machete.

Das Wort entstammt vermutlich dem Swahili und hat mit dem gleichnamigen Fisch nichts zu tun. Die Klinge ist 40 bis 46 cm lang und wird zur Spitze hin breiter, wobei auch die der Schneide abgewandte Kehle geschärft sein kann. Eigentlich ein Erntewerkzeug, wurde die Panga speziell im Südafrika der 1980er und frühen 1990er als Waffe eingesetzt, als die Konflikte zwischen ANC und IFP die Provinz Natal zerrissen.

Pap: Afrikaans-Wort für Brei

Peppermint Crisp: Milchschokoladen-Riegel mit einer süßen, nach Minze schmeckenden weichen Füllung. In Südafrika so ein Hit, dass es viele Rezepte für Nachtisch, Kuchen und Torten gibt, bei denen die Riegel ganz oder zerkleinert Verwendung finden.

Piel: Afrikaans-Wort für Penis (geringschätzig)

Romany Creams: Schokoladenkekse, in Südafrika sehr beliebt

Sangoma: traditionelle/r Heiler/in, Medizinmann (Zulu, Xhosa, Ndebele und Swazi)

Sisi: Zulu-Wort für Schwester, gern auch allgemein als Anrede für jüngere Frauen gebraucht

Sjambok: schwere Lederpeitsche, traditionell aus Flusspferd- oder Nashornhaut

Songololo: Zulu-Wort für Tausendfüßler, afrikanische Arten werden bis zu 30 cm lang und 2 cm dick

Spaza Shop: kleiner, informeller Kramladen im ländlichen und urbanen Südafrika

Stoep: die Veranda vor dem Haus, vor der Sonne geschützt und doch draußen, um jedes Lüftchen zu genießen. Hier werden Gäste empfangen und bewirtet. Die *Stoep* gehört fest zur traditionellen (überwiegend viktorianischen) Bauweise Pietermaritzburgs.

Subs: sub-editors, die Schlussredakteure einer Zeitung, die vor Drucklegung alle Texte auf Fehler, Recherchemängel, Ungereimtheiten oder Unklarheiten prüfen, mit Headlines und Unterüberschriften versehen, ins Layout einpassen und ggf. kürzen. Ihre Arbeit sichert auch die Journalisten dagegen ab, verklagt zu werden oder einfach dumm dazustehen.

Takkies: Turnschuhe

Tannie: Afrikaans-Wort für respektable Frau, wörtlich: Tante

Tearoom: nicht etwa eine Teestube, sondern in Südafrika die Bezeichnung für einen städtischen oder vorstädtischen Eckladen oder Mini-Supermarkt, wo man (ähnlich wie bei uns an Tankstellen) eine kleine Auswahl Lebensmittel kaufen kann sowie Zeitungen, Zeitschriften, Getränke und Süßigkeiten

Tokoloshe: ein gehässiger, böser Geist (Zulu), der am liebsten im Schlaf angreift. In südlichen Teilen Afrikas stellen Menschen ihre Betten auf Backsteine, damit der 20–30 cm große Tokoloshe sie nicht erreicht.

Toyi-toyi: eine traditionelle Mischung aus Protestmarsch und Tanz, wobei man mit den Füßen rhythmisch aufstampft und immer wieder spontan in gemeinsam skandierte Parolen oder Songs ausbricht. Das Toyi-toyi spielte schon seit den 1950er Jahren eine große Rolle bei Protesten gegen die Apartheidsregierung. Bis heute kommt es bei Streiks und Demonstrationen zum Einsatz.

Veld: Als *Veld* (Afrikaans, deutsch: Land) bezeichnet man in Südafrika hauptsächlich die plateauartigen Regionen im Innern des Landes. Im weiteren Sinne lässt sich der Begriff mit dem australischen Outback, der argentinischen Pampa oder dem neuseeländischen High Country vergleichen. (Wikipedia)

Aktuelle Links, um die Einblicke dieses Buchs zu vertiefen:

– zum südafrikanischen Grenzkrieg:

www.das-parlament.de/2009/48/Themenausgabe/27887946.html

www.medico.de/projekte/angola/

– zu HIV/AIDS:

www.unaids.org/en/resources/campaigns/20121120_globalreport2012/factsheet

www.unaids.org/en/media/unaids/contentassets/documents/unaidspublication/2013/20130521_Update_Africa.pdf

www.gib-aids-keine-chance.de

www.vitanet.de/krankheiten-symptome/hiv-aids

– zu Christopher G. Moores Essay *Dispatches from the frontline of Crime Fiction's Extremistan* (englisch):

www.culturmag.de/crimemag/christopher-g-moore-views-from-bangkok-57/69041

Clementine Skorpil

Gefallene Blüten

Ariadne Krimi 1212 · ISBN 978-3-86754-212-8

»Das ist so gut und clever geschrieben, dass man's gar nicht glauben kann.« Peter Pisa, *Kurier*

»Shanghai 1926 – eine Metropole, in der es ›genauso viele Banditen wie anständige Leute, oder sogar mehr‹ gibt. Korrupte Politiker, skrupellose Fabrikanten und fiese Bordellbesitzer haben überall ihre Finger im Spiel. Wer gefährlich wird, muss sterben. Sterben musste auch Liu Er – in den Armen der Kurtisane Pflaumenblüte. Und zwar in einem Madennest, wie Bordelle dort genannt wurden. Die wunderschöne Pflaumenblüte ist die Enkelin der Hauptfigur eines unglaublich lebendigen Romans: Ai Ping bringt ihr Drachenamulett zum Pfandleiher, verlässt mit dem Geld ihr Dorf und macht sich mutig mit der ihr unbekannten Eisenbahn auf den Weg in die Stadt, in der die Straßen so breit sind wie Flüsse.
In diesem Buch tummeln sich zahlreiche Gestalten, die alle leben und atmen und also echt sind: bescheuerte Ganoven, widerliche Banker, höfliche Japaner, ausgekochte Kurtisanen, opiumsüchtige Kulis – und historisch verbürgte Figuren. Aber die sind nur ein Teil des Vergnügens, das *Gefallene Blüten* beschert. Dieser grandiose Roman vermittelt das Gefühl, die Autorin hätte vor Ort recherchiert – im Shanghai des Jahres 1926. Geschrieben wurde das Buch von einer Historikerin, Sinologin und Journalistin. Clementine Skorpil kennt die Gepflogenheiten der Zeit ganz genau, die Bräuche, die Gerüche, die Konventionen und Traditionen – und unzählige längst vergessene Begriffe. Sie lässt uns einfühlsam durch dieses vergangene Shanghai ziehen. Und sie erzählt komische, geradezu irrsinnige Episoden rund um erfundene und historische Figuren. So ganz nebenbei spielt auch die Moral eine Rolle. Nicht säuerlich oder mit dem Zeigefinger: Vielleicht ist *Gefallene Blüten* ein feministischer Roman, ein sozialistischer oder sogar eine gut versteckte Parabel. Was dieser Roman aber in jedem Fall ist: ein verdammt gut recherchierter, perfekt konzipierter und überaus clever strukturierter historischer Kriminalroman.«

Matthias Kühn, *Krimi-Couch.de*

Merle Kröger

Cut!

Ariadne Krimi 1146 · ISBN 978-3-88619-876-4

Ein Programmkino gibt seine letzte Vorstellung vor dem Abriss, und Mattie Junghans verstrickt sich in den losen Fäden eines dunklen Kapitels deutsch-indischer Geschichte.

»Es gibt sie tatsächlich, die kleinen Wunder in der Kriminalliteratur. Die Sprache ist einfach und bildstark, ihr Sinn für Dramaturgie und Spannung überzeugt. Merle Kröger könnte sich zur Avantgardistin in diesem Bereich entwickeln.« *WDR*

Kyai!

Ariadne Krimi 1166 · ISBN 978-3-88619-896-2

Ein fulminanter Kriminalroman um indisches Kino, deutsche Politik, große Illusionen und Kung-Fu.

»So beherzt wie überzeugend … Merle Kroegers Krimi ist auf der Höhe der Zeit, ihre Figuren sind so rund und bunt wie das Leben.« Sylvia Staude, *Frankfurter Rundschau*

Grenzfall

Ariadne Krimi 1210 · ISBN 978-3-86754-210-4

Ausgezeichnet mit dem *Deutschen Krimipreis* 2013

Was geschah 1992 im deutsch-polnischen Grenzgebiet? Sicher ist: Es gab zwei Tote. Und es hat gebrannt. Der Rest ist gnädig überdeckt von zwanzig Jahren Alltag im wachsenden Europa – Demokratie und Wohlstand für alle. Für alle?

»Intelligent gestrickt, mit viel Witz erzählt: *Grenzfall* ist vielleicht der beste deutsche Krimi des Jahres.« Thekla Dannenberg, *Perlentaucher*

»Exquisite Geschichte voller intelligenter Überraschungen. Ein veritables Meisterstück.« Ulrich Noller, *Die Zeit*

»Der beste deutsche Krimi 2012. Merle Kröger hat ein geradezu unfassbares Geschick, Figuren, Situationen, Zusammenhänge leichthändig tiefenscharf zu schraffieren.« Elmar Krekeler, *Die Welt*

»Der europäische Kriminalroman par excellence. Grandios.« Thomas Wörtche, *kaliber .38*

Dominique Manotti bei Ariadne

»Manotti hat sich zu einer der wichtigsten Stimmen Europas entwickelt. So schillernd sind die Figuren, so erschütternd die Verwicklungen, so klug und stark der Manotti-Sound, der alles trägt.« Horst Eckert, *Focus online*

Letzte Schicht

Der knallharte Wirtschaftskrimi

Aus dem Französischen von Andrea Stephani

Ariadne Kriminalroman 1188 · 978-3-86754-188-6

Roter Glamour

Der brisante Politthriller

Aus dem Französischen von Andrea Stephani

Ariadne Kriminalroman 1192 · 978-3-86754-192-3

Einschlägig bekannt

Der ultimative Polizeithriller

Aus dem Französischen von Andrea Stephani

Ariadne Kriminalroman 1198 · 978-3-86754-198-5

Das schwarze Korps

Der historische Noir-Thriller

Aus dem Französischen von Andrea Stephani

Ariadne Kriminalroman 1206 · 978-3-86754-206-7

Zügellos

Von Aktien bis Zocken: hardboiled

Aus dem Französischen von Andrea Stephani

Ariadne Kriminalroman 1193 · 978-3-86754-193-0